L'AUTRE VIE
DE BRIAN

Né en 1951 à Londres, Graham Parker a enregistré une vingtaine de disques dont plusieurs (*Howlin'wind, Squeezing out
sparks*…) sont considérés comme des chefs-d'œuvre de l'histoire du rock. Installé aux États-Unis, il prépare actuellement la
sortie d'un nouveau livre et d'un nouvel album.

DU MÊME AUTEUR

Pêche à la carpe sous valium
nouvelles
L'Esprit des péninsules, 2003

Graham Parker

L'AUTRE VIE
DE BRIAN

ROMAN

*Traduit de l'anglais
par Christine Raguet*

L'Esprit des péninsules

La traductrice remercie chaleureusement Moya Jones,
Jean-Sylvain Ducourtieux et Aurélie Bouvart pour leurs précieux conseils.

TEXTE INTÉGRAL

TITRE ORIGINAL
The other life of Brian
ÉDITEUR ORIGINAL
Thunder's Mouth Press, New York

© 2003 by Graham Parker

ISBN 978-2-7578-0584-8
(ISBN 2-84636-091-X, 1ʳᵉ publication)

© L'Esprit des péninsules 2006 pour la traduction française

Chapitre 1

C'était une après-midi d'été ; j'étais allongé près de la piscine, scrutant d'un œil paresseux deux papillons du céleri qui voletaient autour du foisonnement de fleurs sauvages que j'avais plantées au printemps, quand ma vague rêverie fut interrompue par cet agressif produit de la technologie : le téléphone portable.

Depuis la maison (la douche ? la baignoire ? de devant les immenses miroirs encastrés à l'éclairage design si délicieusement exquis pour l'application des produits Christian Dior aux prix exorbitants ?), ma femme m'appela et m'ordonna de répondre, ce que je fis, bien qu'en grimaçant et en poussant un soupir de résignation, avec le secret espoir que ce serait une erreur, un pervers sexuel que je pourrais insulter, ou un télévendeur au nez duquel je pourrais raccrocher. Hélas, aucun de ces irritants fâcheux dont il est si facile de se débarrasser, mais Tarquin Steed, mon manager cinglé et dévoyé, qui me hurlait dans l'oreille droite depuis l'autre côté de l'Atlantique, sans même un seul de ces mots que la plus ordinaire des courtoisies inspire habituellement aux gens normaux.

– Alors, BP ! brailla-t-il, avec un sérieux qui m'accabla.

– Une minute ! lui ordonnai-je, en m'agitant pour tenter de lui faire croire que j'étais en train de vaquer à quelque importante affaire.

Qu'est-ce qu'il voulait, cette fois ?

Quel sinistre et débile truc promotionnel allait se retrouver en travers de mon chemin ? Vers quelle nation arriérée serais-je propulsé tel une comète en fin de course ? Quel projet son autre client rock star, le guitariste de Néanderthal, avait-il fait avorter à la dernière minute, si bien que Steed, incapable de se contenir et de se contrôler, s'était jeté sur son gigantesque atlas mondial pour y piquer partout des épingles à tête rouge... avec mon nom dessus ?

Si seulement je pouvais profiter de la fin de l'été et de l'automne aux couleurs d'or pour continuer mon observation languide du changement des saisons. Jouir de cette période mélancolique et fugace pour creuser, comme une taupe, la matière même de la nature. Observer les minuscules rejetons, vert émeraude, du serpent vert arboricole sortir des coquilles crayeuses de leurs œufs sous les planches que j'avais disposées pour eux, les oisillons de l'oiseau bleu et de l'hirondelle bicolore (nés dans les nids que j'avais moi-même installés dans le pré derrière notre maison), la fabrication de la chrysalide puis la métamorphose du Monarque et de son rusé imitateur, le Vice-roi, et suivre la trace des ours noirs qui sillonnent mes terres dans les montagnes du Vermont, la vague de chaleur les invitant à partir en quête de succulentes feuilles et baies. Ou tout simplement ne rien faire sinon traîner au bord de la piscine et puis laisser les doigts de ma main gauche se reposer pour que les cals formés à leurs extrémités par la guitare deviennent aussi tendres que la peau des fesses d'un bébé.

J'avais reçu mon Sarcastique Grammy au début de l'année, j'étais apparu devant des millions de téléspectateurs il y avait moins de trois semaines au cours d'un grotesque hommage à Donovan diffusé dans le monde entier. Pourquoi ne pourrais-je pas, comme diraient les autochtones, « glander » pendant le reste de l'année ?

Une grosse libellule d'un vert iridescent surgit du pré, fit deux fois le tour de la piscine, me frôla comme une flèche, resta un instant en suspens à moins d'un mètre de moi puis, avec un bruit à peine audible, dévora un moucheron noir à l'aide de ses puissantes mandibules. Quand elle s'éloigna dans le pré en dansant sous le soleil et que sa stridulation se perdit dans le lointain, je compris que les jours paresseux de mon été allaient se clairsemer encore plus vite que mes cheveux.

Ma femme, toute fraîche sortie de son exquise toilette, passa la tête par les portes de verre cathédrale de la salle de bain, juste vêtue d'une camisole de soie fauve clair, jetant un regard inquisiteur en direction du téléphone. Une pulsion chimique traversa mon corps à la vitesse de la lumière, de mon cerveau jusqu'à mon entrejambe, et je dus lutter contre l'envie de jeter le téléphone dans la piscine pour me glisser dans la maison auprès d'elle.

Notre jeune hyperactif de fils était au jardin d'enfants, très certainement à terroriser un malchanceux au comportement plus calme, et avant l'interruption de Steed, j'avais entretenu dans mon maillot de bain marron une quéquette paresseuse parce que j'en espérais la pleine et proche expansion avec l'aide de ma ravissante femme. Or, à présent, à la simple pensée de ce qui ne manquerait pas d'être une longue et difficile conversation avec Tarquin Steed, je sentais l'organe perdre de sa vigueur car nos conversations étaient rarement brèves, et presque toujours difficiles.

– Steed ? souffla ma moitié, et je hochai la tête, toujours suspendu au téléphone pendant cette féconde pause déchirant le flot de grésillement.

– Comment va Findhorn, Tarquin ? demandai-je, espérant détourner mon teigneux manager de ses intentions initiales.

Findhorn, là où il habitait dans le nord de l'Écosse, avait la réputation d'un lieu presque enchanté, bénéficiant d'un exceptionnel courant d'air chaud apporté par la mer grâce au Gulf Stream ; un endroit qui attirait aussi bien les représentants obséquieux de la tendance New Age aux cheveux permanentés, convaincus des pouvoirs magiques des cristaux que, pour une raison inexplicable, les managers de rock'n'roll. À Findhorn, on pouvait, paraît-il, faire pousser des légumes géants. Mais malgré les nombreuses invitations de Steed, je n'avais jamais fait cette route chiante depuis Londres et ne la ferais jamais. Pour ce que j'en savais, au nord de Watford, il pleuvait, gelait ou les deux absolument tout le temps.

– Mes aubergines vont faire dans les trente centimètres de long, continuai-je, décidant que je pourrais bien réussir à orienter la discussion comme je le souhaitais si je m'y attelais. Les tomates sont énormes. Je t'enverrai un Polaroïd… Tiens, et puis j'ai une citrouille grosse comme le postérieur de la matrone des shoppings ! Allez, Steed, à toi. Qu'est-ce que tu cultives là-haut ?

Mais, hélas, impossible de détourner l'attention de Steed, têtu comme un bouledogue, sur de bizarres fruits de la terre, et la seule entorse qu'il daigna faire aux convenances fut un brusque semblant de gloussement qui me donna envie d'envoyer balader le téléphone dans la piscine. Quelle serait la réaction de Tarquin ? Est-ce qu'il se lancerait dans cet inévitable discours sur les tournées, les compromis et les collaborations, sans cesser de raconter n'importe quoi tandis que le gargouillis dans son oreille s'amplifierait jusqu'à ce qu'il finisse par piger que quelque chose ne tournait pas rond et qu'il se mette à m'appeler par mes initiales sur un ton égaré et perplexe ? Peut-être devrais-je effectivement *plonger* dans la piscine, le téléphone à la main. De cette manière, je réussirais à entendre son discours se diluer dans la confusion tandis que l'appareil rendrait l'âme. Je me suis souvenu avoir lu quelque part que des téléphones portables étanches existaient maintenant sur le marché, des appareils que s'arrachaient les yuppies accros du téléphone qui partent en vacances faire de la plongée dans les Caraïbes, et peut-être en avais-je acheté un sans le savoir.

J'observais le lourd objet noir que j'avais dans la main, pendant que mon manager commençait son monologue. Nous étions en 1983 ; à cette époque, les téléphones portables étaient encombrants et chers, et ils étaient faits de deux parties : un lourd micro et un monstrueux écouteur. En étudiant l'appareil, j'imaginais, avec un frisson malicieux, que, sous l'eau, ce que Steed avait à dire prendrait un ton bien plus séduisant, plus énergique et plus vivant. L'idée avait pris les proportions d'une expérience et avant d'avoir pu renoncer à mes pulsions, je bondis de mon transat sous le regard stupéfait de ma femme, je m'approchais d'un pas nonchalant du bord de la piscine et je sautai dedans !

Écrasant le téléphone entre mon épaule et mon oreille droite (serrant toujours sa monstrueuse base indépendante dans mon autre main), je me servis de mon bras libre pour exercer une pression sur l'eau afin de descendre dans les profondeurs, libérant de discrètes quantités d'air de mes poumons. En quelques secondes, mes pieds touchèrent le fond, deux mètres cinquante plus bas. Malheureusement l'expérience n'affecta point la réalité comme je l'avais espéré : j'entendais toujours la voix de Steed, indemne, continuer son baratin sur les représentants d'A & R, mon absence de coopération avec les services publicitaires des divers labels de disques, les obscurs chanteurs-compositeurs avec lesquels il pensait que je devrais collaborer, et sur l'effort délibéré qu'il m'aurait fallu pour faire naître des idées fraîches en « travaillant » avec une bande de blaireaux qui, à mon avis, feraient aussi bien de vendre des ficus en pots à la place de disques. En bref, du banal.

Dépourvu de tout nouvel angle d'argumentation, je ne répondais guère qu'à l'aide de répliques inertes, sauf qu'au lieu de ressembler à « Oui, Steed », « D'accord », « OK », tout ce qui sortait était : « Glouglou. Glouglou ».

À ce stade, je commençais à avoir l'impression que ma tête allait s'ouvrir en deux, et un intense bourdonnement se fit entendre entre mes oreilles. Néanmoins, le téléphone continuait de fonctionner à la perfection (ce devait vraiment être le modèle étanche, décidai-je), et tandis que je levais les yeux vers la forme oblique et miroitante de la camisole de ma femme qui, penchée au-dessus de la piscine, me donnait des petits coups à l'aide d'un filet pour ramasser les feuilles, Steed gueula d'une voix parfaitement audible : « Putain, t'as pratiquement plus de pognon ! »

Cette remarque me propulsa à la surface comme un bouchon, me fit aspirer un peu d'air et hurler dans le téléphone avec la plus grande inquiétude : « Quoi ? Quoi ? ». Exaspérée, ma femme me tira de l'eau, mais je levai la main gauche pour lui faire signe de se taire, même si ses yeux me suppliaient d'expliquer mon comportement ridicule.

– Qu'est-ce que tu racontes ? suffoquai-je, en haletant comme une baleine échouée. Qu'est-ce que tu racontes, que je n'ai pratiquement plus de pognon ? Comment ça ? Pourquoi ?

– Tu te sens bien ? demanda Steed, réagissant avec un peu de retard à mon glouglou sous-marin. À t'entendre, on aurait dit que tu étais sur le point d'étouffer.

– Non, je… j'étais en train de boire une margarita… j'ai avalé le sel de travers.

– Bon, voici le fin mot de l'histoire, poursuivit Steed. Porker Intangibles Ltd est descendu à moins de dix mille au Royaume Uni et BP Muzak aux États-Unis vaut, disons… 15 plaques. Je parle en dollars. Et nous n'attendons pas de rentrées de royalties significatives dans un futur proche – en tout cas, pas tant que tu n'auras pas fait un autre disque, et même si tu enregistres cette année, ça va prendre un certain temps avant que les droits affluent – telles que se présentent les choses. Je sais qu'il n'y a pas très longtemps que tu as sorti *Porker, Himself*, ajouta Steed, faisant allusion à mon dernier album, paru neuf mois plus tôt, mais moi je te parle d'un disque *commercial*, de quelque chose que tu n'as pas l'air de vouloir envisager.

Je me suis installé dans le transat, tout essoufflé, ma femme me dévisageant d'un regard que l'on réserverait d'ordinaire à un fou. Même mon chien, Moustafa, le doberman, une oreille dressée et sa grande langue rouge pendouillant de stupéfaction, parut déconcerté par mon comportement. Steed continuait de pilonner mon tympan.

– Bon, c'est bien gentil de jouer en hommage à Donovan à Madison Square Garden et de te récolter un Sarcastique dans je ne sais quelle catégorie…

– Dans la catégorie « Meilleur vieux salaud pas encore mort », interrompis-je, ce que ce prix aurait très bien pu être, vu qu'en fait, il était attribué aux « Plages les mieux chronométrées entre les morceaux sur un disque pop » et donné en reconnaissance de l'énervante longévité de ma carrière.

– D'accord, d'accord, poursuivit Steed. Seulement ça n'a rien changé. Pour je ne sais quelle raison, tu demeures invisible ! Tu ferais bien de reprendre la route, si tu veux mon avis. Bon, il y a cette proposition suédoise de Yoast Willem. Elle m'a tout l'air de crouler sous les couronnes… je vois mal comment tu pourrais la refuser.

Et le voilà qui démarre, décrivant dans les moindres détails l'hilarante loi suédoise sur les contrats tandis qu'hébété, je me tenais près de la piscine à voir l'été s'évanouir.

– T'es cinglé ? demanda ma femme. Question pertinente, pensai-je.

– Quoi ? Non… Je vais bien, ma chérie, très bien, répondis-je évasivement.

Mais alors qu'elle repartait vers la maison, son caraco se collant subtilement à sa peau bronzée, j'ai fait tomber de tout son poids la base sur la margelle en béton et d'un geste précis j'ai envoyé l'émetteur par-dessus mon épaule dans le grand bain, laissant Steed jacasser sur le labyrinthique système des impôts scandinave.

Chapitre 2

Laissez-moi m'expliquer. Ma carrière musicale a débuté dans les années 70. En janvier 1974, pour être précis. Comme presque tous les musiciens, j'avais suivi la longue voie, celle des groupes d'ados, montés à la va-vite, avec des vieux copains d'école ou des relations toutes fraîches, qui commencent par jouer dans le garage ou le salon et finissent par rejoindre des ensembles composés de gens suffisamment désespérés pour répondre aux petites annonces des gazettes locales (« Cherche bassiste avec matériel perso et moyen de transport pouvant jouer Floyd, Cochise, Stones. Si uniquement intéressé par le fric, s'abstenir. ») et unir leur destinée à celle d'un chanteur-compositeur-guitariste sans capacité précise, acharné mais pas trop difficile à vivre. Mes divers combos arborèrent une armada de noms différents, avec, habituellement à leur tête, mon invraisemblable surnom, et se traînaient, comme prévu, dans le sud de l'Angleterre, pour se produire dans les pubs, les salons des particuliers, les églises et les clubs de travailleurs, proposant une variété de morceaux parfois bien reçus, parfois sifflés et souvent accueillis par des ricanements haineux et de solides objets volants. Typique des débuts, en d'autres termes.

Des noms comme « Brian Porker and the Wankers [1] » (du hard rock à tendance punk prophétique – mais ignoré des journalistes – aucun d'eux ne nous avait vus jouer), « The Pink Porkers [2] » (du glam-rock flamboyant avec des paroles influencées par l'acid-rock), « The Brian 3 » (du hard rock minimaliste réduit à sa plus simple expression), « Brian Porker and the Surrey Puma » (d'après cette bête crypto-zoologique que plus d'un conducteur ivre avait aperçue sur l'A30 après s'être fait virer des pubs le vendredi soir dans les années soixante et le début des années soixante-dix), « The Porker 5 » (genre Little Feat joué hyper rapide), « The Furniture Men » (personne, pas même le groupe, ne pouvait affirmer pouvoir définir le genre de musique que jouait cette incarnation), « Brian Porker's Soulbilly Shakers » (Soulbilly, c'est de mon invention : Tamla rencontre Eddie Cochran), et d'innombrables variations avaient, sous la forme d'affiches bon marché, décoré les poteaux téléphoniques de Wapping jusqu'à High Wycombe, sans qu'aucune n'adhère à la créosote des poteaux, ni d'ailleurs à l'imagination du public, plus longtemps qu'il ne faut au groupe de rock de base pour se retrouver en train de sombrer dans une sinistre déprime due à une profonde lassitude ou dans un virulent accès de haine. Ils semblaient tous condamnés à l'échec. Puis, soudain, sorti de nulle part et sans bonne raison apparente, j'ai fait un hit.

Par désespoir, j'avais associé mon destin à celui d'un éditeur de musique aux cheveux filasse et à la peau grêlée qui avait lui-même installé son studio dans sa remise de jardin au fond d'une banlieue sans intérêt du Middlesex. C'est là que j'ai enregistré mes samples

1. Brian Porkers et les Branleurs *(Toutes les notes sont de la traductrice)*.
2. Les Cochnnets Roses.

avec une valse de musiciens fournis par l'éditeur – qui faisait ainsi l'acquisition de mon catalogue de chansons que je lui avais naïvement cédé par contrat à 50 % – semaine après semaine pendant une période d'environ trois mois durant l'été 73.

Au cours de l'une de ces séances, par une longue et humide après-midi de juillet, la combinaison de musiciens a, de façon inexplicable, tout de suite marché, et parmi les cinq nouveaux titres que nous avons enregistrés, « Knee Trembler », une célébration de trois minutes et demie des relations sexuelles à la verticale, est sorti du lot aussi clairement que les feux qui signalent des passages pour piétons. J'avais quasiment inventé le Soulbilly, mélange assez subtil de Duane Eddy et des Four Tops, et je jouais ce nouveau style depuis six mois sous ma nouvelle incarnation, Brian Porker's Soulbilly Shakers, utilisant la technique du martèlement d'Eddy (une signature qu'il apposait sur presque tous ses morceaux), combinée à la sonorité orientale style intro de « Reach Out I'll Be There », face à l'indifférence étonnante de pratiquement tous les publics devant lesquels on se produisait.

Mais les Soulbilly Shakers des origines n'avaient jamais vraiment pris forme, et j'avais le sentiment que mon astucieuse invention manquait sérieusement de reconnaissance, jusqu'à cette après-midi où Sal Amblewood – l'éditeur aux cheveux filasse déjà cité – s'amena avec un bassiste irlandais alcoolique dont les accords Motown tombaient dans le mille, un joueur de synthé dingue de hash qui réussit finalement à accompagner mes chansons avec une merveilleuse finesse rythmique qu'aucun autre magicien des touches d'ivoire n'avait pu faire pareillement tinter jusque-là, et un vieux (il devait avoir cinquante ans bien sonnés) batteur frisé des quartiers sud de Londres du nom de « Spots » Morgan qui tapait debout sur les trois caisses

17

de sa batterie avec une férocité très inquiétante, mais qui, solide comme un roc, ne lâchait pas le rythme ; je me demandais pourquoi cet homme était resté autant d'années dans l'obscurité. En fait, du moins dans les cercles rockabilly *hardcore*, Spots n'était pas aussi obscur que cela et il gagnait raisonnablement sa vie dans cette profession depuis de nombreuses années, jouant dans un petit, mais très actif monde underground pour d'innombrables groupes aux cheveux tout raides de gel qui, pour rien au monde, n'auraient laissé mourir la flamme rockabilly. Je découvris que Spots était toujours très demandé et booké ferme des mois à l'avance.

Nous avions trouvé l'accord parfait avec « Knee Trembler », et nous sommes restés bouche bée en écoutant la bande, ayant chopé ce truc phénoménal en une prise super énergique.

– C'est un putain de hit ! s'exclama Sal triomphant. Ça, c'est un putain de hit !

Et ça le fut, se hissant jusqu'à la troisième place dans les charts des singles en Angleterre, fin janvier 74.

Même Spots Morgan avait cessé d'être fidèle à son boulot régulier avec toutes les grosses pointures américaines qui venaient en Angleterre pour exercer leur art ancien et faisaient appel à des groupes improvisés, lesquels incluaient presque toujours Spots, leur batteur préféré. Il avait préféré venir jouer avec moi et parcourir le pays pour soutenir l'incroyable succès de « Knee Trembler ».

C'est moi qui avais trouvé le nom du groupe et je ne voyais pas pourquoi j'aurais cherché autre chose. C'est ainsi, qu'en accord avec le style unique de ce morceau, nous affrontions tous les quatre le monde en tant que Brian Porker's Soulbilly Shakers.

Nous formions un improbable quartet : « Spots » Morgan vêtu de son jeans trop grand qui flottait autour d'une carcasse en sérieuse surcharge pondérale, coiffé de boucles noir de jais graisseuses qui s'agitaient autour de son gros visage rougeaud ; Mickey « Monkey » O'Hoolan, portant un éternel costume de scène vert irlandais tout froissé, son corps maigre et ivre tanguant dangereusement au bord de chaque scène que nous honorions ; Johnny « Ice Man » Gill, raide, émacié, ses cheveux blancs comme neige sauvagement courts et ses lunettes de soleil orange encadrant des traits aquilins sur lesquels ne se dessinait jamais un sourire, bien qu'il fût défoncé en permanence. Et pour finir, moi, Brian Porker, (alias BP ou Beep pour les amis), plutôt moins audacieux, en jeans noir standard et blouson de cuir rock'n'roll, mais dégageant tout de même une intensité excentrique dans la manière de tenir ma Gretsch blanche et d'arracher chaque chanson comme si c'était la toute dernière fois que je chantais.

Il fallait nous voir au *Top of the Pops* ! Peut-être que vous nous avez vus, seulement dix ans plus tard, c'est dur de trouver autre chose que des fans purs et durs de Porker (et pour être honnête, il y en a eu suffisamment au cours de ces dix années pour m'assurer un coquet train de vie) capables de se souvenir de la date où « Knee Trembler » a ébranlé les charts et a même fait la deuxième page du *Daily Mirror* :

« KNEE TREMBLER, PASTEUR ? » s'étalait en gros titre sur la page.

« Le hit suggestif de Brian Porker "Knee Trembler" provoque un sacré remous dans tout le pays ! Cette coquine chansonnette qui vante les mérites des relations sexuelles à la verticale a incité les teenagers de toute la nation à mettre en pratique ses éhontés conseils : « Debout et en avant la trique ! » répète le refrain, et nom de Dieu, c'est ce qu'ils ont fait ! Mais lorsque le pasteur de St Mary's By The Gate, dans le village d'ordinaire conservateur de Bunstead, fut surpris

pantalon baissé, c'en fut trop pour ses habitants. « Je sors du pub vendredi soir, et voilà que le pasteur était en train de s'envoyer une jeune dame contre le mur derrière la maison de quartier », affirme Ted Jasper, un plombier local. « Tous les deux debout, eux aussi. À en faire dégringoler le chaume du toit, ça c'est sûr ! Vous savez, ils faisaient ça debout, mais dans la position du missionnaire, alors je suppose qu'il y a pas de problème, non ? »

Cependant je ne pouvais plus assurer, et mon single suivant (une des dix chansons tirée du premier album, *Tremble*, qui recyclait les mêmes astuces que celles utilisées dans « Trembler », avec bien moins d'effet toutefois) eut du mal à atteindre le top 20 et disparut dès la seconde semaine suivant sa sortie. En outre, je ne voulais pas assurer le suivi. Même quand « Trembler » était en haut des charts, j'essayais d'échapper au chaos que suscite un succès et je fichais le camp chaque fois qu'il y avait un moment de libre entre les télés et les tournées pour me concentrer sur des compositions moins unidimensionnelles, des trucs qui tiendraient et voudraient vraiment dire quelque chose. Le genre que j'avais créé commença à m'étouffer avant même d'avoir atteint sa brève apogée. En réalité, « Knee Trembler » n'était guère plus qu'une nouveauté et j'avais du mal à accepter de devoir compter sur l'évident caractère éphémère de ses paroles plutôt complaisantes comme fondement d'une carrière durable.

J'avais toujours été en colère. Même si je me montrais courtois et poli avec la plupart des gens dans mes échanges quotidiens (sauf si quelqu'un m'emmerdait, évidemment, alors je lui en envoyais plein la tronche façon feu d'artifice), mon hostilité à l'égard du monde était légendaire sans toutefois dépasser les limites de ma petite tête. Mais au fond, j'enrageais, et je mourais d'envie de faire une musique qui aurait été l'écho de ce bouillonnement d'angoisse. Une fois que je me retrouvais seul, je n'arrivais pas à arrêter l'épanchement de la diatribe. Pourtant, et fort heureusement, j'avais suffisamment de talent pour modérer cette turbulence volcanique avec des chansons sur l'amour, le sexe et la trahison – des standards du rock, autrement dit – et je me suis mis à créer une intéressante variété de compositions, au plus grand désespoir de Sal Amblewood. Évidemment, Sal devint mon manager à partir du jour où « Knee Trembler » disparut de ces saletés de machines de Sound City avec toute cette férocité animale. Il ne garda pas longtemps ce boulot. Le producteurmanager acnéique et aux cheveux filasse attendait que je resserve la formule jusqu'à l'écœurement, et moi, avec mon esprit de contradiction, après ce premier album, j'ai tout simplement refusé d'envisager de recommencer ne serait-ce qu'une seule fois. Compositeurinterprète, voilà ce que je voulais être, pas la célébrité d'un titre culte, et dans ce domaine sincère je suis parvenu à atteindre un certain succès, en dépit de choses du genre classement de mes albums dans les trente derniers des charts pendant deux semaines, et du fait que je n'ai jamais plus rien fait d'autre que des incursions mineures dans les charts des singles. Et d'une certaine manière, je me maintiens à ce niveau depuis plus de dix ans, un très beau parcours dans le monde capricieux de la pop.

Cependant, quand mon dernier (et peut-être le plus excentrique) manager, Tarquin Steed, me harcelait afin que je reprenne du service pour des clopinettes, j'aurais parfois souhaité ne pas m'être détourné du côté commercial du genre avec autant de détermination et avoir entrepris d'adapter et de raffiner le Soulbilly pour en faire quelque chose de plus durable, quelque chose qui m'aurait fourni encore quelques hits, donc fait gravir quelques échelons supplémentaires sur l'échelle des valeurs du rock.

C'est ainsi que par une matinée moite de la fin août, je suis entré dans JFK pour quitter l'Amérique, ma seconde patrie, en partance pour des coins paumés de Scandinavie où je devais chanter pour mes comptables, avec, pour couronner le tout, un groupe de fortune suédois comme accompagnateur. Rien que cela suffisait à me mettre d'humeur grincheuse, et ce n'est pas ce long voyage qui allait me faire avaler la pilule en douceur.

Steed avait faxé les comptes au moment précis où le téléphone avait finalement rendu l'âme dans la piscine, et ce qu'ils racontaient était irréfutable : il fallait que j'aille là-bas pour me récupérer quelques shekels, même si cela annonçait la fin brutale et mélancolique de l'été paresseux que je m'étais ménagé.

La Gretsch Countryman et l'Ibanez acoustico-électrique que j'avais eues gratos étaient rangées dans la soute du jumbo monolithique de la British Airways, avec mon invincible valise Tumi.

En me glissant dans mon minuscule siège, j'ai ressenti une vibration communicative entre mes voisins immédiats. Pratiquement à partir du moment où je me suis assis, la parfaite étrangère avec laquelle j'allais devoir partager les sept heures de vol ne cessa de sourire rêveusement dans ma direction. Un sourire planant genre « Ne suis-je pas la plus heureuse imbécile que vous ayez jamais vue ? », ce qui promettait un vol d'un sinistre presque sans relâche, et en l'espace de deux secondes, ma voisine, la Mata Horreur, comme je l'avais immédiatement surnommée, se présenta :

– Bonjour, je suis une Bahaï, dit-elle sans y avoir été invitée, et son accent gnangnan classe moyenne anglaise suggérait un penchant pour les histoires religieuses farfelues.

La Mata Horreur, remarquant peut-être ma distraction tandis que j'essayais de me protéger de la chute potentielle d'une grosse valise marron à roulettes (un engin tellement volumineux que je n'arrivais pas à croire que le personnel de bord ait pu l'autoriser comme bagage à main), valise qu'un énorme rouquin en sueur était en train de fourrer dans le compartiment à bagages le plus proche de ma tête, finit par détourner son regard excessivement heureux et commença à lire un petit dépliant beige. J'ai passé en revue les gens autour de moi. Certains d'entre eux se parlaient sur un ton empreint d'une douceur voulue, souvent par-dessus le dossier de leur siège, renforçant ma conviction que j'avais atterri en plein milieu d'une convention de je ne sais quelle obscure religion dont la Mata Horreur avait prétendu être membre. Elle remarqua mon intérêt, et sans la moindre réticence afficha de nouveau le sourire béat.

– Nous sommes des Bahaïs. Nous sommes nombreux ici. Elle gesticula avec désinvolture en direction de la grande masse de corps qui m'entouraient.

Je la dévisageais avec un demi-sourire artificiel, mâchonnant l'intérieur de ma joue dans un réflexe nerveux, lorsqu'elle se lança, sans y avoir été invitée, dans une présentation de la genèse de ses croyances avec une naïveté mécanique et bien rodée. Leur gourou, m'informa-t-elle, était un Iranien du nom de Bahá'u'lláh (1817-1892).

Elle me dit cela comme si c'était la chose la plus facile au monde à prononcer, comme Steve Martin disant « Anne Amelmahey », ou le cerveau disant « Dr Hfuhruhurr » dans *L'Homme aux deux cerveaux* [1].

1. Film de Carl Reiner, 1983.

Elle me fourra une brochure graisseuse entre les mains. Je remarquai les nombreuses merdes de chiens qui flottaient au-dessus de cet atroce nom iranien et je me demandai s'il existait quelque lien ancien entre la Suède, mon pays de destination, et l'Iran. J'ai jeté un coup d'œil aux autres membres de cette religion, me demandant comment autant de gens pouvaient être assez insensés pour suivre les conseils de quelqu'un dont il devait falloir des années pour apprendre à prononcer le nom. En fait, ils avaient l'air heureux d'être ensemble, entassés pendant sept heures dans un tube où l'on souffre de claustrophobie, à partager les fétides effluves corporelles de tous les autres. Qu'est-ce qui pouvait bien tellement clocher chez les gens ? Quel élan de désespoir les amenait à cela ? En tout cas, pourquoi ne pas l'écouter jusqu'au bout puisqu'elle allait de toute façon tout me raconter et que rien sinon un insistant « Va te faire foutre ! » ne pourrait la lui boucler.

Avec l'esprit de marteau-piqueur d'une troupe d'œufs à la coque, les membres de ce culte échangeaient de joyeux propos tandis que ma voisine débitait son histoire. Ils n'arrêtaient pas de répéter leurs histoires à l'eau de rose à propos de leur récent *love-in* mondial, au Jacob Javits Center de New York, relié par satellite. Elle aussi, la Mata Horreur, après que j'eus avoué ma complète ignorance de cette secte, commença joyeusement à me mettre au courant de ses prérogatives et de son histoire. Elle me donna les grandes lignes d'une espèce de philosophie de « l'amour du monde » particulièrement détestable, qu'ils espéraient stupidement répandre dans le reste de l'humanité. J'ai serré les dents, battu rapidement des paupières, et affiché un sourire figé tout en faisant plaisir à cette lourdaude en prétendant être intéressé. Je l'ai détaillée, repérant la moustache, le rideau rouge qu'elle portait en guise de robe et la répugnante expérience agricole qu'elle menait sous ses ongles. Pendant qu'elle poursuivait sa litanie, j'ai continué à observer du coin de l'œil les autres membres du culte ; ils avaient l'air intéressés par la progression de ce qui s'apparentait à une technique de recrutement.

Brusquement, le long de la piste, l'avion se mit à produire ce grondement perturbant qui annonçait les sept heures de vol.

Les Bahaïs formaient une bande de parfaits toqués comme je n'en avais encore jamais vue, et à en juger par leurs bavardages excités, la plupart devait être dans un avion pour seulement la seconde fois de leur vie – la première ayant été celle qui les avait conduits ici. J'ai également remarqué avec inquiétude qu'ils semblaient tous avoir des gros doigts boudinés – un prérequis pour l'accession au culte ?

Quelques instants après le décollage, une femme assise deux sièges plus loin se débarrassa de ses chaussures et de ses chaussettes, et une odeur fétide vint chatouiller mon organe olfactif d'une grande sensibilité. De toute évidence, je m'étais retrouvé en plein milieu d'une variété de culte de la nature incluant pilosité corporelle et sueur. Peut-être était-ce la lumière fade des néons sur l'allée au moment où ce tube géant s'enfonça dans les cieux, on aurait dit que ces gens avaient des poils sur les dents !

Les outrages visuels et olfactifs ne m'avaient en rien préparé à l'abomination sonore que j'allais endurer à partir du moment où le jet aurait fini son ascension. Soudain, la Mata Horreur en personne se mit à psalmodier la plus banale des non-mélodies imaginable (les mots semblaient faits de complexes variations en boucle sur le nom stupide du fondateur, du genre : « Bahá'a'u'lláh, u'llah a hab, ballah'hu'a'hall a Bahá'i »), aussitôt repris par d'autres membres du culte, plus particulièrement par cette pétasse au gros cul du Yorkshire dont le volume détruisait presque le siège devant le mien.

Pour ajouter l'insulte au préjudice, quand arriva l'hôtesse, chacun des acolytes commanda un jus de tomate et de la sauce Worcestershire et sembla vraiment apprécier les cacahuètes grillées.

À un moment donné, pendant le bourdonnement hypnotisant du groupe, le demi-Valium que j'avais avalé avec un Bloody Mary au bar près de la porte d'embarquement, fit son effet et je m'assoupis avec soulagement, demeurant, par miracle, au moins partiellement inconscient jusqu'à ce que le repas arrive.

Je me suis réveillé quelques heures plus tard pour entendre de réguliers marmonnements d'impatience tandis que les hôtesses et les stewards remontaient les allées avec une insupportable lenteur, poussant leurs encombrants chariots devant eux, tendant les repas recouverts de papier aluminium avec des sourires tout aussi mièvres que ceux des Bahaïs. J'eus la nette impression (nette étant un terme tout à fait relatif quand on est sous Valium) que la Bahaï m'avait dévisagé pendant mon sommeil. Imagination, me dis-je. Il ne pouvait en être autrement.

Chaque membre du culte était évidemment un végétarien strict, et la lente progression des hôtesses fut encore stoppée un peu plus longtemps lorsqu'elles firent soudain demi-tour en arrivant à mon niveau, disparaissant juste au moment où j'étais prêt à commander deux ou trois mini bouteilles de rouge avec mon repas. L'équipage agité finit par revenir, balançant au-dessus de ma tête comme des jongleurs des repas spéciaux, qu'ils distribuèrent au clan éternellement reconnaissant. Finalement, une jeune représentante du personnel de cabine, couverte d'une couche de maquillage qui aurait suffi à remettre Jézabel à sa place, prit ma commande. J'avais choisi le steak, davantage pour m'affirmer aux yeux de la Bahaï que pour tout autre raison ; mais la Mata Horreur aux lèvres sombres ne sembla pas le remarquer tandis qu'elle écartait le rideau rouge plein de taches qui lui servait de vêtement, plongeait sous la tablette de son siège et me passait toujours plus de littérature subversive qu'elle sortait de quelque part là-dessous, entre ses jambes poilues.

– Je crois que vous êtes intéressé, dit-elle à travers une bouchée de grains sans couleur qui devaient être du couscous précuit.

Je devais bien admettre qu'elle ne manquait pas d'enthousiasme, vu la façon dont j'avais répondu à ses discours mécaniques, à savoir sans rien dire de plus que quelques hâtifs « hum, hum » et « ah oui, je vois ».

J'ai étudié la propagande tout en descendant mon vin au goût farineux. « Dans le monde entier, une communauté de... » annonçait l'accroche de quatrième de couverture de la brochure des Bahaïs, puis je fus bombardé de brillantes idées comme : « L'unicité de Dieu » (très original) « L'égalité des hommes et des femmes », « L'éducation universelle obligatoire », (je savais que ça devait venir : au milieu de toutes ces platitudes couardes, ils glissent subrepticement le vieux couplet sur le contrôle des esprits. Eh oui, il ne m'a pas échappé !), et « La paix mondiale assurée par un gouvernement mondial » (il faut croire que tous les membres de ce gouvernement tomberont d'accord grâce à « l'éducation universelle obligatoire » reçue des Bahaïs qui leur sont supérieurs, tout en étant toutefois curieusement leurs égaux). Et ça continuait sur ce ton à vous engourdir le cerveau.

Absorber l'essentiel de cette abominable discipline nécessitait une quantité de matière grise considérablement inférieure à celle de la gerboise commune. Mais quelque chose dans leurs psalmodies monotones et le ronronnement des divagations de la Mata Horreur avaient créé en moi une étrange lassitude, plus forte que le Valium, dont l'effet, de toute façon, se dissipait à présent, et j'ai commencé à perdre mes repères jusqu'à sombrer dans un état semi-comateux où le temps s'était distendu pour devenir une curieuse abstraction fluide.

La Mata Horreur, la grosse pétasse du Yorkshire, et les jeunes hommes minces au teint mat et aux yeux en amande qui composaient l'élément masculin du groupe entonnèrent d'une voix monocorde les tonalités atones de Bahá'u'lláh, alors je me mis à flotter dans cette mare informe de non-mélodie, curieusement incapable de m'en détacher.

Peut-être, me disais-je, hébété, que le steak pourri consommé plus tôt avait été contaminé par des bactéries hostiles en train d'infecter mes sucs peptiques. Mes doigts, minces et souples il y a encore cinq heures, n'étaient-ils pas en train de gonfler comme des saucisses ? Et d'où venait cette crasse sous mes ongles ? Et puis, qu'était-il advenu de ces cinq dernières heures ?

– Euh… pardon ? bredouillai-je comme si je m'éveillais d'un sommeil profond, bien que mes yeux me fissent l'effet d'être restés grand ouverts pendant tout ce temps.

Alors que ma vision devenait plus nette, je constatai que la Mata Horreur me dévisageait avec une inquiétante intensité. Je lui renvoyai son regard du mieux que je pus, mais je fus distrait, et encore plus inquiet lorsque je constatai que ses frères étaient tous, comme un seul homme, penchés par-dessus leurs sièges, les cous tordus dans toutes sortes de positions autour de moi, afin de scruter mon visage avec la même fascination. Il ne s'agissait plus du tout d'imagination, pourtant j'étais bizarrement indécis sur ce point.

– Je vous ai demandé si vous vous sentiez détendu…
c'est-à-dire à propos de votre tournée en Suède, finit
par commenter Mata. Êtes-vous content de faire cette
tournée, Brian ? demanda-t-elle, les yeux toujours pel-
lucides et pénétrants.

– Euh… détendu. Oui, oui. Quand avais-je expliqué
mes affaires à cette adepte vêtue d'un rideau ? Impossible de m'en souvenir.

Je me suis secoué comme un chien mouillé pour me
débarrasser de ce ridicule « sourire de l'au-delà » qui
avait désormais l'air plaqué sur mon visage. J'ai tendu
le bras en direction de ma tablette à la recherche d'un
peu plus d'alcool, mais je n'ai trouvé qu'un sachet de
cacahuètes grillées, que j'ai fixé, sans rien dire, comme
s'il venait de tomber d'une fissure spatiale, tel une
manifestation de l'éther au-delà. Les voix monocordes
continuaient de chanter autour de moi, et à l'intérieur
de cette intemporelle région de l'inconscient à demi
endormie, j'ai eu la sensation lointaine que je me joi-
gnais à eux, imposant à mes cordes vocales les psalmodies insipides des Bahaïs.

Soudain, il y eut une secousse : l'avion touchait le
tarmac de l'aéroport d'Heathrow. Les Bahaïs s'affai-
rèrent autour de leurs obscurs bagages, fouillant par
terre en quête de brochures et de sandales égarées,
arborant de nouveau cette agaçante allure joviale qui
m'avait accueilli à mon arrivée à bord.

J'avais complètement oublié qu'afin de faire des éco-
nomies, Yoast Willem, mon futur compagnon de route,
m'avait réservé à Londres une place sur un vol avec
escale.

Tandis que les Bahaïs rassemblaient leurs bagages à
main et attendaient de débarquer, j'ai remarqué les
regards qu'ils lançaient par en dessous dans ma direction. L'air moins stupides et plus déterminés qu'au
début, leur attitude devenue presque menaçante. La

Mata Horreur plongea ses yeux dans les miens tandis que je restais assis à attendre que l'avion se vide des passagers pour Londres et que s'écoule l'inévitable heure de monotonie avant de continuer vers ma destination : Stockholm.

– Peut-être nous retrouverons-nous à Stockholm, dit-elle avant de s'éloigner le long de l'allée dans un bruissement de jupes. Nous aimons aller en Suède parfois.

Chapitre 3

Les corneilles mantelées,
croque-charognes minaudières
visitent à l'improviste les pies
et volent leurs biens
au milieu des crottes de chiens.
Des femmes surveillent des files
de bambins en bonnets à pompons ;
ils trottinent en me plongeant
dans une mélancolie vive
comme une douleur.
De mini tourbillons de vent
emportent des sacs de plastique
et un désordre de feuilles
et les font tournoyer en de parfaits
cercles sinistres. Les
lotissements de Stockholm,
lieux les plus solitaires de la
Terre.

La Suède, loin de me remonter le moral après l'étrange expérience avec les Bahaïs au cours de mon voyage transatlantique, m'a instantanément flanqué la trouille. Ce ne fut pas la dernière fois que je me mis à maudire en silence mon manager pour m'avoir contraint à abandonner mon été heureux, mon apaisante piscine bien entretenue et mon apaisante femme non moins bien entretenue (et légèrement vêtue). Je disposais d'une journée libre avant les répétitions pour broyer du noir à la fenêtre de ma chambre d'hôtel en regardant les lotissements massifs et sans âme derrière le bâtiment, décrits avec tant de justesse dans les inepties ci-dessus, composées dans un élan d'inspiration perverse. J'ai entendu dire que des gens gagnent bien maigrement leur vie en écrivant des âneries de ce genre – ça s'appelle de la « poésie », je crois.

Tel était mon état d'esprit en traînant dans l'hôtel puis en arpentant les rues mouillées de Stockholm, à présent plongées, comme le reste de la Scandinavie, dans les affres de ce qui faisait l'effet d'un hiver très sombre – deux mois avant le reste du monde ! Si j'avais compris que pendant quatre semaines complètes, je ne verrais pas le moindre rayon de soleil, la débâcle qui en est résultée aurait parfaitement pu être évitée, car seul un imbécile était prêt à se soumettre à des conditions aussi extrêmes, quel que fût son cachet.

Malgré cela, le lendemain je me suis retrouvé dans une Saab remplie de poils de chien qui fendait la pluie incessante à toute allure en direction d'une banlieue perdue de Stockholm, avec lui, Yoast Willem, qui maniait simultanément le volant et son téléphone portable. Dans ce coup monté, la spécialité de Yoast, je ne suis rien d'autre qu'un mercenaire, un nom international à hisser devant son groupe instable de musiciens d'accompagnement suédois, les Yöbs, et celui qui, au bout du compte, ramasse un substantiel paquet de couronnes. Je dois avouer que derrière cela, il y a, en quelque sorte, la réalisation d'un vieux rêve, car lorsque j'étais plus naïf, être une star pop signifiait pour moi aller dans un autre pays, jouer devant des gens et me fourrer de l'argent tous les soirs dans la poche, au lieu de le voir disparaître dans l'espace intersidéral des *tour managers*, en chèques, en comptes en banque, en mandats et finalement dans le logo d'une compagnie de disques.

Évidemment, le pognon finirait inévitablement d'une de ces manières, mais au moins, je pouvais nourrir la séduisante illusion qu'il était bien tout à moi chaque fois que j'empochais de gros rouleaux de couronnes, comme au Monopoly. Yoast, une crapule de menteur sans talent, soi-disant chanteur-compositeur-promoteur-comptable, au charme insidieux d'un manager de rock, avait constitué le groupe, supporté le coût des moniteurs, de la sono et de l'éclairage, de plus il avait obtenu d'excellentes conditions pour la vedette : il avait réussi à embobiner les promoteurs locaux, à leur soutirer des sommes rondelettes et à leur faire couvrir toutes les dépenses.

Seulement il y a toujours une histoire de livre de chair[1] derrière cela, une transaction impliquant des cellules grises, de la fierté et de la soumission, des histoires de météo et d'humeur, en fait, un prix à payer.

La salle de répétitions, m'assura Yoast, serait plus grande que la dernière fois que j'étais venu (c'était ma deuxième sortie avec le Suédois et son ingénieuse équipe). Or après quarante-cinq sinistres minutes de discussion à propos de la dérisoire quantité de concerts que Yoast avait effectivement réussi à assurer pour cette tournée, nous étions arrivés dans une immense bâtisse vide, avions franchi une très lourde porte comme on en trouve dans les usines, puis zigzagué dans de menaçantes tours d'équipement avant de finir par arriver dans la salle en question qui était, tout compte fait, plus petite que la dernière fois.

Alors, les souvenirs de cette dernière expérience avec Yoast et les Yöbs affluèrent comme des blessures à

---

1. Allusion au *Marchand de Venise* de William Shakespeare. Shylock demande à être payé d'une livre de chair. *(N.d.T)*

nouveau ouvertes : les interminables déplacements en voiture sur des routes à deux voies, coincés dans une camionnette surchargée à écouter les membres du groupe bavasser en suédois avec en bruit de fond à la radio des imitations suédoises de Mersey Beat ; le suédois – cette étrange langue compliquée qui, après cinq heures de route de nuit et de bouteilles de bière Pripps #3 commençait à sérieusement ressembler à du pakistanais. Parfois, je me demandais vraiment si je n'avais pas été enlevé pendant mon sommeil et transporté vite fait dans un étrange restaurant indien mobile.

Et puis, au cours d'une nuit frigorifique, au fin fond des montagnes norvégiennes, alors que nous nous taillions un chemin dans le blizzard avec le vain espoir d'atteindre Bergen à temps pour le concert, Gork, le joueur de claviers, m'avait raconté l'effrayante légende des Femmes des Montagnes. Gork m'avait prévenu avec le plus grand sérieux qu'il était *verboten* de s'arrêter pour pisser, car c'est ici, au milieu de ces pentes sauvages et accidentés que vivaient les Femmes des Montagnes. Combien de fois, m'avait-il assuré, des hommes peu méfiants étaient sortis de leur véhicule à la nuit tombée pour se retrouver, pénis à la main, entourés de gigantesques femmes vêtues de fourrure et coiffées d'un casque viking orné de cornes d'où sortait une queue de cheval blonde. Avant même d'avoir pu secouer les dernières gouttes, la pauvre victime était emprisonnée dans des filets et hissée en haut des falaises jusqu'au « nid d'amour disco » d'une Femme des Montagnes. Là, contraint d'accomplir des devoirs sexuels jusqu'à épuisement, jusqu'à être complètement éreinté, l'homme ne serait renvoyé que des semaines plus tard, pâle et amaigri, l'ombre de lui-même.

– Bordel, qu'est-ce que tu racontes, Gork ? avais-je demandé, troublé.

– C'est ces putains de Femmes des Montagnes, avait-il affirmé.

Gork conduisait et j'étais assis sur le siège avant pendant qu'il racontait son histoire. Les Yöbs ronflaient par à-coups derrière. Malgré l'absurdité du conte de Gork, je sentais des frissons me parcourir la colonne vertébrale tandis que l'image de cette horrible créature, parée d'une cotte de mailles et d'un bouclier, une lance à deux piques dans son énorme main, passait sous mes yeux dans un éclair.

Il faut que j'abandonne ce métier, me rappelai-je avoir pensé. Ça me monte à la tête. Puis je me suis mis à ricaner, me rendant compte que la puissante herbe que Gork m'avait refilée avait soutenu comme un gant son récit pince-sans-rire.

L'effrayant souvenir des Femmes des Montagnes me revenait à l'esprit, alors que Yoast et moi nous tenions à l'entrée de ce minuscule espace de répétition. Je me suis faufilé le long d'un tas de baffles miteux et j'ai balayé du regard ce trou exigu, où s'entassaient du sol au plafond des amplis, des câbles, des claviers et une batterie. Un homme tenait une basse. Il s'est présenté avec un large sourire : « Ja, Brihan, heureux de te rencontrer. Je suis Stigma, le bassiste ». J'ai tressailli en lui serrant la main, observant sa boule de cheveux bruns bouclés et son jean d'un bleu délavé, au pli soigneusement repassé. Il ressemblait à un vendeur de Lancia modèle 1969, et avant que la soirée de répétition ne soit terminée, ce plaisantin m'avait fait une description détaillée de la façon dont il avait récemment rasé la « châtte » de sa copine. Une châtte rasée ne l'excitait pas vraiment plus que ça, fut-il prompt à me faire savoir, mais en fait ce qui lui plaisait c'était de le faire. Il m'a paru dangereux. Mais ce qui m'avait positivement tapé sur les nerfs, c'est que je m'attendais à voir Gorm, l'habituel bassiste des Yöbs.

– Ben, merci de m'avoir parlé de Stigma, Yoast, dis-je d'un ton geignard sur le chemin du retour après la répétition. Qu'est-il arrivé à Gorm ? ai-je ajouté sans conviction.

– Gorm ? fit Yoast, qui s'ennuyait déjà et cherchait sa drogue – son téléphone portable. L'air distrait, il composait un numéro et tapotait le volant, attendant que quelqu'un décroche. Ses petits yeux noirs et brillants scrutaient la pluie dans le rayon des phares lorsqu'il se lança dans une conversation agressive avec sa femme. Sa bouche mitraillait un feu soutenu de phrases dans lesquelles résonnait à l'infini le mot « oor ». J'avais passé trois semaines en bus avec lui l'année précédente lors d'une tournée et aucune chaîne de montagnes, aucune pluie torrentielle, aucune distance n'avait été suffisamment exceptionnelle pour l'empêcher d'avoir une de ces putain de séance de « oor » toutes les demi-heures.

– Alors ? Gorm ? Gorm ? demandai-je après qu'il eut raccroché.

– Oh, ja. Gorm choue au Theater. Il faudrait qu'on y aille dans la semaine, un soir de relâche. Il paraît que ça faut le coup d'être vu. Et les autres gus ? Très bien, hein ? Les meilleurs de Suède.

Ouais, ouais, ai-je approuvé, bien que par pure politesse. Le batteur, dont je n'arrivais pas encore à prononcer le nom, avait la ponctualité d'un homme atteint du syndrome de Tourette, le joueur de clavier marquait une préférence pour les programmes synthé, j'avais donc dû lui en parler en aparté, et le lead guitariste connaissait tous les trucs de quelqu'un qui a appris la guitare rock dans une salle de classe. Au moins, ils avaient fait leurs devoirs et les chansons sur la bande que je leur avais envoyée avaient été apprises avec un parfait professionnalisme, moyennant quoi les répétitions se déroulaient comme sur du velours.

– Et donc… jusque-là, m'aventurai-je, revenant à l'important sujet de la rémunération financière, nous n'avons de concerts que le week-end, c'est bien cela ?

– Non, maintenant il y en a un jeudi, la semaine prochaine.

– Ouais, ouais, j'ai vu ça. Alors, c'est tout ?

– Bon… euh, tu sais… l'économie va mal, tout d'un coup, comme partout. Mais j'essaie fraiment de nous trouver d'autres soirées, je me casse fraiment les couilles pour ça, tu sais ? Et puis quoi, Stigma est fraiment bon, ja ?

– Ouais, Yoast, il est super. C'est juste que j'aurais aimé *savoir*, c'est tout. Juste histoire de pas *toujours* avoir l'impression d'être une tête de nœud géante, tu vois ce que je veux dire ?

– *Ja*, Brihan, et puis, poursuivit-il d'un ton mielleux, les gars ont un engagement à honorer avec le National Skiffle Band le deuxième week-end, mais les gus qui vont les remplacer sont fraiment bons, pas de problème.

– Quoi ? hurlai-je.

– T'emballe pas, glapit Yoast, au moment où son téléphone démarrait comme une sirène. Une fois qu'il en eut fini avec la série de *Oors* et de *Jas* emberlificotés qui passent pour de la conversation en suédois, nous étions garés devant le *Sticka Bargrill* en face de mon hôtel, et après la répétition et le début d'un sérieux décalage horaire, la seule chose que je voulais, c'était une grande bière fraîche.

– La couronne a été dévaluée pendant la nuit, expliqua Yoast tandis que nous buvions une Pripps #3 au *Sticka Bargrill*.

– Alors ? fis-je, en regardant une femme vêtue de rouge à l'allure vaguement familière entrer dans les toilettes.

– Alors, tu sais. Ce que tu vas gagner, ça fera pas tout à fait autant. Mais je me démène comme un malade pour qu'on ait plus de concerts. C'est tellement... dur en ce moment, tu sais.

Aux paroles pessimistes de Yoast, ces picotements familiers que suscite l'agacement se transformèrent aussitôt en gigantesques requins marteaux de mélancolie. Je dévisageais Yoast, me demandant ce que je foutais là, à Stockholm, l'hiver en train de nous enserrer comme un étau et la pluie tombant à flots devant le bar. Mes yeux continuèrent à étudier Yoast, comme s'ils le voyaient vraiment pour la première fois. Son visage avait davantage l'air poupin que dans mon souvenir et ses cheveux noirs, qui pendaient en mèches raides autour de son visage, semblaient gras, plus hirsutes que lors de ma première visite ici. Yoast, faut-il ajouter, ouvrait le concert avec les Yöbs, jouant huit ou neuf de ses déplorables morceaux pop guimauve creuse totalement dénués d'ironie. Ce soir-là, il portait un genre de suroît de pêcheur en ciré. Cet homme aspire à devenir une pop star ? pensai-je, arrivé à ce stade, sans même y voir la moindre plaisanterie. Pourtant, je ne peux pas en vouloir aux Suédois pour leur ridicule sens de la mode vestimentaire. Qui peut bien se soucier de son apparence dans un pays où pendant neuf mois de l'année règne une glaciale nuit d'encre ?

De l'autre côté de la pièce, la stéréo crachouilla un son à vomir et Yoast se ranima.

– T'as entendu ça ? C'est Donny Breed. Tu le connais ?

– Non.

– Je viens de le faire venir. Il a joué à guichets fermés tous les soirs. Trois hits cette année. Un Américain. T'as jamais entendu parler de lui ? Il est à moitié Cherokee. « Iss hard to find a true love, yeh, iss har, har, har, hard ».

Yoast chantait en même temps que Donny. J'ai commandé des bières, maudissant le succès de ce Breed, dont le répertoire se composait exclusivement de chansons qui parlaient d'aventures avec des teenagers. Yoast me demanda ce que je pensais de ces atrocités et je lui dis sans hésitation que la place de ce joueur de funk écervelé était dans un asile d'aliénés.

– Ah, ah, ah, ah, éclata Yoast. T'es fraiment cool, Brihan. Fraiment cool !

Tandis que la dernière chanson pédophile de Breed se terminait et que les Rollmöps entamaient leur ersatz de foutaise des sixties, la femme en rouge que j'avais aperçue plus tôt apparut soudain à côté de moi. Un choc violent me parcourut lorsque je la remis : c'était elle, la Mata Horreur ! Je l'ai regardée, stupéfait, se hisser sur le tabouret près du mien et poser ses doigts en forme de saucisses sur le formica du bar. Un soudain désir de m'enfuir fut tué dans l'œuf par le spectacle de la pluie qui s'abattait derrière la vitre enfumée.

– *Bahá'a'u'lláh, u'llah a hab i bah bah*, me lança-t-elle doucement à la figure. Je me suis finalement dit que j'allais venir en Suède, fit-elle, puis elle se tourna vers moi, tout sourire avec ses yeux globuleux, avant de se diriger droit vers la porte pour sortir.

– Qu'est-ce que c'était que ça, bordel ? demanda Yoast.

– Rien d'autre qu'une imbécile rencontrée dans l'avion, ai-je marmonné, réellement agité de tremblements jusqu'au bout de mes chaussures. Il était temps d'aller au lit : la bière, la fumée dans le bar, tout ça me montait à la tête.

– Belle chanson, dit Yoast, avec le plus grand sérieux. J'aime beaucoup.

Nous sommes restés assis sans rien dire pendant un moment. Yoast a commandé encore deux bières. Un nain assis à une table derrière nous racontait des blagues. Ses trois compagnons, des femmes vachement bien balancées en manteaux de fourrure pour deux d'entre eux, riaient à s'en faire éclater.

– Donc, Brihan, j'ai quelques fers au feu, là tout de suite, dit Yoast, comme ça.

– Quoi ?

– Des fers sérieux, continua-t-il ; on aurait dit que la bière l'avait rendu pleurnichard.

– *Ja*, et puis en plus de ce business rock, poursuivit-il tandis que je parcourais nerveusement des yeux les fenêtres sur lesquelles s'abattait la pluie, j'ai une affaire d'importation de bonnets de ski qui marche fraiment bien, numéro trois en Suède.

Cette fanfaronnade me rappela les classements bidons dans les charts que ma pléthore de managers m'avait cités au fil des années pour me convaincre de faire des tournées dans des pays comme celui-ci.

– Ah vraiment, répondis-je, étonné du nombre d'arnaques dans lesquelles Yoast était impliqué et soudain ravi de la diversion.

Au cours de ma dernière visite ici sous ses auspices, il avait lentement révélé sa liste d'affaires douteuses, depuis l'élevage de lévriers afghans jusqu'à une participation dans un magasin de disques rastafari spécialisé dans les introuvables de la musique ska des sixties.

– *Ja*, continua-t-il, ils sont en laine, doublés de puces.

– De puces ? ai-je répété, troublé.

– *Ja*, les bonnets de ski... tout en puces à l'intérieur.

Je l'ai dévisagé, perplexe.

– Je sais pas comment tu dis ça en anglais... puces !

– Les bestioles qui sucent le sang et qui sautent ? me suis-je aventuré, sans doute par association d'idée avec mes nombreux managers.

– Je sais pas, a répondu Yoast, frustré. Puces !

– Ah oui, fis-je en hochant la tête, ayant soudain pigé. Peluche !

– *Ja*, puces ! hurla Yoast, écrasant son verre de bière contre le mien pour célébrer cela.

Quelques bières plus tard, je traversais la rue dans les tourbillons de pluie et entrais dans mon hôtel. Établissement labyrinthique avec un hall grand comme un placard, le *Stöokabröton* attirait une curieuse clientèle constituée pour l'essentiel de gens de passage qui occupaient les petites chambres du couloir situé à droite du hall et d'hommes d'affaire à l'allure très conservatrice, qui louaient les suites sur la gauche. Yoast s'était bien débrouillé pour moi, du moins sur ce point-là, la suite qui m'avait été réservée était agréablement grande bien qu'atrocement laide, peinte d'une couleur que j'ai immédiatement qualifiée de « suicidogène », un fréquent cauchemar de décoration intérieure suédoise.

J'ai traversé le salon, regardant avec désespoir le massif canapé rouge brique, peu attirant, la triste table basse en verre, et le malheureux téléviseur, puis je me suis dirigé vers ma chambre. L'unique lampe de la chambre, que les Suédois responsables de cette parodie de confort avaient eu la délicatesse de placer en plein milieu du plafond (après s'être assurés que l'installation électrique ne permettait rien d'autre qu'une ampoule de puissance maximale disponible ici, équivalant à l'éclairage d'un avion au moment de l'atterrissage), me baignait de sa lumière hostile tandis que je me laissais tomber sur le lit. J'entrepris aussitôt de passer mentalement en revue ce qui m'était resté des anciennes tournées scandinaves, essayant de les remettre en ordre, tentant de mettre des dates dans cet erratique méli-mélo de souvenirs aléatoires. Mes errances mentales dues au décalage horaire continuèrent pendant un moment tandis que j'étais allongé ainsi et je ne fis rien pour les calmer, ces visions intérieures bien plus divertissantes à mon goût que ce que servait la télévision suédoise où un homme dégarni jouant de la guitare et chantant pour un chat empaillé passe pour le comble du distrayant. Je jetais un coup d'œil au radio-réveil sur la table de chevet et constatais qu'il était 23 h 30, au moment précis où le téléphone se mit à sonner.

– Allô, dis-je d'une voix gutturale, affectant une extrême fatigue, même si le décalage horaire m'avait joué son cruel tour habituel, à savoir me maintenir parfaitement éveillé à l'heure du coucher.

– Allô, Brian, dit une voix masculine aux intonations arabes d'une envoûtante douceur. Vous ne me connaissez pas, mais vous avez rencontré mon amie dans l'avion. Je m'appelle Moukraik. J'étais également sur ce vol. Nous allions à Londres, mais nous avons ensuite décidé de venir immédiatement à Stockholm. Vous allez bien ?

La réponse que je faisais habituellement aux étrangers qui m'appelaient au milieu de la nuit pour la seule raison que je suis une vague célébrité, consistait en un juron sommaire, après quoi je raccrochais de la manière la plus violente possible. J'ai détruit des téléphones de la sorte, et des tympans aussi, j'espère. Mais ce Moukraik avait la voix la plus mielleuse et la plus apaisante qui fût et elle m'a immédiatement arraché aux divagations de mon esprit qui menaçaient de me maintenir éveillé toute la nuit. Je suis donc resté assis à écouter, détendu et attentif.

– *Bahá'i bah u'lláh, ahab i allah bah...* aimez-vous ce morceau, Brian ? demanda Moukraik à la voix de velours. Sans attendre de réponse, il s'est de nouveau lancé dans ses insipides stupidités.

Une étrange sensation d'engourdissement m'envahit, et la seule chose dont je me souvienne ensuite c'est de m'être réveillé à 9 heures, frais et dispos, mais ne sachant pas trop comment s'était terminée la communication avec Moukraik, ni ce qui était arrivé après la chansonnette.

Habillé en hâte, je me suis dirigé lentement vers la salle de petit-déjeuner où je suis tombé sur le guitariste du groupe pop anglais Slade, celui dont la tête avait exactement la forme d'un œuf. Lui et ses musiciens avaient maintenant choisi de s'appeler Slade Two, ou quelque chose du genre, avais-je lu récemment. Yoast m'avait prévenu qu'ils étaient ici, cherchant à faire le circuit disco scandinave, sans l'attraction essentielle du groupe, leur chanteur. Le guitariste à la tête d'œuf m'a demandé ce que je fichais, et quand je lui ai parlé du petit manège de Yoast, il s'est écrié avec un fort accent du nord : « Dis, c'est mieux que d'être au chômage, non ? »

J'ai vaguement approuvé, mais mon esprit était obsédé par cette insidieuse chanson bahaï, que j'avais, sans me poser de questions, décidé d'intégrer à mon répertoire – je pouvais glisser ces vers puérils juste entre les changements d'accords de l'un de mes morceaux favoris sans que personne ne le remarque. Cette pensée m'était venue aussi naturellement que si j'avais envisagé de changer l'arrangement de l'introduction ou de la conclusion d'un morceau précis. Cette idée ne me paraissait pas du tout bizarre.

Une fois revenu dans ma chambre, je me suis assis devant l'écran de télévision silencieux et j'y suis resté pendant une bonne dizaine de minutes sans me poser de questions quant à mon étrange comportement. J'avais l'impression d'attendre quelque chose. Justement, le téléphone sonna et la voix sinueuse de Moukraik le Bahaï résonna dans mon oreille ; une fois encore je fus tétanisé et obéissant, m'accrochant à chacune de ses paroles.

– Brian, nous vous attendions, vous savez. Voilà longtemps que nous nous y préparions. Allez-vous inclure notre chant dans votre répertoire comme je vous l'ai suggéré ?

Je n'avais pas le moindre souvenir d'une quelconque suggestion concrète, mais quelque part il avait été fait allusion à quelque chose, ou un ordre avait été donné – je ne savais pas trop quoi.

– Oui, Moukraik, ai-je répliqué, incapable de contrôler mes paroles. Je pense que c'est une bonne idée. Je vais répéter aujourd'hui, donc je vais travailler cela avec les autres. C'est une jolie mélodie, je trouve.

– Oui, c'est vrai, répondit Moukraik, étouffant un petit rire, sa voix telle un ruisseau de chocolat s'écoulant sur des cailloux ronds. Lolla vous salue bien, Brian. Elle vous verra bientôt. Je sus automatiquement qu'il faisait allusion à la Mata Horreur. Nous vous verrons bientôt, Brian. Il se prépare de bonnes choses. Le temps est cyclique, il renvoie des expressions répétées du divin, des manifestations récurrentes de l'unicité de Dieu. Vous faites partie de ce cycle, Brian, tout comme nous tous, mais vous êtes, nous le savons, un très important aspect de ce cycle. Vous le découvrirez bientôt. Continuez votre tournée, ça occupera votre temps jusqu'au jour dit, le grand jour de l'intronisation.

– Euh… ai-je marmonné, complètement envoûté par ce tas de vieilles foutaises.

– D'ici là, *good Bahaï* Brian, *good Bahaï* ! dit Moukraik

Je suis resté assis à rire de sa petite blague. Quel homme charmant, ai-je pensé ! Et je suis parti répéter.

Chapitre 4

Plus tard dans l'après-midi, tandis que les Yöbs et moi-même massacrions de nouveau à la chaîne mes compositions, je ne pouvais m'empêcher, non sans l'accompagner d'une secrète grimace, de me poser intérieurement cette question : les Suédois ont-ils une âme ? Cette idée avait surgi dans mon esprit au cours des répétitions avec les Yöbs. Car, quoiqu'ils maîtrisent raisonnablement leurs instruments, le fondement de leur expression est, de toute évidence, plus technique qu'émotionnel.

Passant en revue mes morceaux ce jour-là, j'eus la pénible impression de repérer à différents moments de leur interprétation les marques d'une aggravation. Les percussions ne sont-elles pas légèrement en avance sur le tempo ou au contraire microscopiquement en retard ? Est-ce que Pörfen (je me suis *promis* d'apprendre correctement son nom) joue du clavier ou d'un diabolique engin à résonance numérique ? Pourquoi la basse de Stigma ne crépite-t-elle pas ou ne pète-t-elle pas de temps à autre ? Pourquoi chaque note est-elle si parfaite, si ronde ? Pourquoi Torke, le guitariste, éprouve-t-il le besoin de taper sur cette méga boîte à effets numérique chaque fois que nous démarrons une chanson ? Serait-ce qu'il préfère ce hideux barrage ultra sophistiqué et fade (joué sur sa guitare rouge vif toute neuve, une Quantum ou une Sceptre ou n'importe quoi d'autre) aux tonalités truculentes sur lesquelles j'ai insisté pour mes compositions ?

Certes, jouer avec ces diables nordiques ne mettaient pas qu'un peu votre crédibilité en péril, mais au moins je n'avais pas à les payer et j'empochais mon argent en premier grâce à Yoast et son indubitable sens aigu des affaires. Tandis que nous travaillions cette après-midi là à inclure le chant bahaï dans un de mes vieux délires sans que ces malléables Suédois n'émettent le moindre mot de désaccord, j'ai à nouveau pensé à la première tournée avec Yoast et les Yöbs. À cause de l'argent qu'il y avait derrière et du fait que je considérais que la Scandinavie était trop éloignée du monde civilisé de la critique pour compter, j'avais tout simplement fait mon temps jusqu'au bout, sans me préoccuper de cette série de « pourquoi » énumérée plus haut. Pourtant chaque commune glaciale et sombre semblait recéler une petite population de Britanniques qui se souvenaient du temps où j'étais une icône, où j'étais celui qui avait marqué l'histoire du rock pendant un bref moment radieux et harmonieux avec la Soulbilly.

Certains soirs, on entendait s'élever du fond, près du bar, une voix solitaire qui hurlait : « Casse-toi Porker ! » ou : « Ça swingue comme des couilles d'eunuque ! » ; je ne faisais pas attention à ces remarques, préférant séduire les diverses Suédoises répondant au nom de Yorge ou Jarre qui venaient me haranguer backstage après le spectacle dans un anglais lamentable en me postillonnant à la figure, tout ça pour nous complimenter, le groupe et moi.

N'empêche, tandis que ces pensées m'agaçaient chaque fois que Torke tordait le son de sa rutilante machine à circuits intégrés en plein milieu d'une chanson, ou quand je lui disais : « Écoute, joue un peu plus à la Steve Cropper », en parlant de l'exécution d'un solo et qu'il me regardait comme si je faisais allusion à un style de coupe de cheveux, alors je ressentais quelque gêne, voire de la culpabilité. Et merde ! On ne peut pas rester éternellement branché, et puis qu'est-ce qu'il y a de si mal à être un rocker vieillissant qui cherche à gagner sa croûte ? Sans compter que ce n'était que la Scandinavie, me raisonnai-je, et j'aimais la façon dont ce chant bahaï s'intégrait. Ça, au moins, ça avait l'air de donner une agréable petite touche.

La tournée finit par démarrer et nous suivîmes le circuit habituel de clubs et de discothèques, les tables de roulette et de blackjack cachées dans les coins de chaque établissement selon une mode typiquement suédoise, j'éprouvais presque un désintérêt narcotique au cours de nos pénibles déplacements de Gothenburg à Norrköning, de Jönköning à Eskilstuna, comme si je visionnais un film particulièrement ennuyeux. Les seules fois où je me sentais vraiment en symbiose avec la situation, c'était au cours des brèves périodes du set où j'incorporais la mélopée bahaï. Alors, un intéressant phénomène électrique étincelait en moi, la foule y réagissait, et même leur nombre semblait enfler comme si les gens qui traînaient au fond dans le noir près des toilettes, du bar ou des tables de jeu, se trouvaient à présent attirés vers la piste de danse par la limpide simplicité du morceau.

Il était incroyable que je ne me rende pas compte que cette mystérieuse démonstration de banalité représentait tout ce contre quoi je m'étais battu pendant toute ma carrière. Le groupe était insipide et il arrivait à produire des harmonies acceptables sur ce morceau, quant aux membres de l'assistance qui sortaient de l'ombre, ils avaient un air stupéfait ; ils me dévisageaient comme si j'étais digne d'être dévisagé. Puis lorsque l'extrait bahaï était fini, ils retournaient dans l'ombre et je reprenais le spectacle avec la même indifférence qu'au début.

À la dernière minute, Yoast avait réussi à trouver un certain nombre d'engagements pour la semaine, de sorte que notre calendrier prit du tonus, nous infligeant l'horrible corvée d'une tournée plus typique. Le deuxième jeudi d'août, nous jouions à Gävle dans une caisse de bois à l'acoustique démente, puis nous nous empilâmes dans la camionnette pour un voyage de nuit de neuf heures jusqu'à Jokkmokk où nous devions nous produire le vendredi soir. Le trajet fut tout aussi épuisant que nous l'avions imaginé, et rien d'intéressant ne se présenta, pas même quelque histoire des légendaires Femmes des Montagnes.

Descendre de la camionnette et finalement échapper à l'air confiné, à l'odeur de peaux de banane, de bière et d'haleine humaine à 9 h 30 le vendredi matin, fut un délicieux soulagement. Devant l'hôtel à Jokkmokk – une ville tellement au nord qu'elle aurait presque pu demander son rattachement à la Laponie – j'ai inspiré l'air pur et glacial, et tenté de faire quelques glissades exploratoires sur le trottoir gelé tandis que Yoast faisait pour nous les démarches à la réception de l'hôtel Börped. Jokkmokk avait cette qualité de gnome si typique des petites villes suédoises où le mercantilisme effréné des franchises de fast food américains s'était intégré aux rues pavées et effectivement miniaturisées.

Nous sommes allés directement au restaurant de l'hôtel et avons englouti des œufs à la coque, des toasts, des conserves maison de fruits dont je n'avais jamais entendu le nom auparavant avec du thé parfumé à la réglisse de Gotland et trois variétés de harengs marinés avant de nous précipiter dans nos chambres pour une journée de sommeil. En sortant de la salle de petit-déjeuner noire de monde – de toute évidence c'était l'endroit où il fallait commencer la journée à Jokkmokk – j'ai fait halte à la table occupée par le guitariste de Slade Two à la tête d'œuf, et le reste du groupe. Après quelques plaisanteries sur la nourriture, les trajets interminables et les horaires insupportables de la tournée, j'ai trouvé l'ascenseur et je suis monté jusqu'au troisième étage. Au moment où ma tête tombait sur l'oreiller, le téléphone a sonné, j'ai décroché en m'attendant à entendre Yoast m'exposer un problème, mais la familière voix fluette du fantôme arabe, Moukraik, m'accueillit avec un salut sinueux.

– Brian, comment allez-vous ? J'espère que le trajet n'a pas été trop dur, et que vous avez la journée pour dormir, n'est-ce pas ?

– Humm, oui, marmonnai-je, les yeux fixés sur ma main libre qui semblait enflée et dont les ongles paraissaient incrustés de saleté bien que je les aie brossés juste avant le petit-déjeuner.

– Ne vous inquiétez pas pour vos mains, Brian, dit-il comme s'il lisait mes pensées. C'est une caractéristique bahaï même si nous ne comprenons pas encore vraiment – c'est un signe divin envoyé de l'au-delà. Peut-être – nos sages en plaisantent parfois – que le grand Bahá'u'lláh avait les doigts dodus et aimait faire un peu de jardinage. Aujourd'hui est un jour important dans notre calendrier bahaï et vous êtes très important pour l'avenir de notre religion. Ça a été déterminé, Brian. Ça a été écrit : « Et le messager de Dieu vous apparaîtra du ciel, sous des traits semblables à ceux de sa précédente incarnation, Bahá'u'lláh. Il vous indiquera la voie. Et vous le reconnaîtrez et vous serez des guides selon les préceptes des maîtres et dans les déserts glacées sa grandeur rayonnera et sa gloire sera manifeste ».

– Ah, ah, répliquai-je.

La seule chose dont je me suis ensuite souvenu c'est que le radio réveil sonnait, que l'après-midi était bien avancée et qu'il était l'heure d'aller régler les balances.

Une fois cette tâche accomplie, j'ai mangé tôt avec les Yöbs, dîner préparé dans la gigantesque cuisine située à l'arrière de la discothèque. Les portes du club n'ouvraient pas avant 20 h 30 ce soir-là, j'ai donc décidé de pousser un peu plus avant mon exploration de cet énorme bâtiment. J'ai passé mon temps à gravir des marches raides pour atteindre des réserves remplies de chaises et de bureaux jusqu'au plafond, à entrer et sortir d'une série de salles de conférence complètement aménagées, il n'y manquait pas même des paniers de stylos billes bon marché et de grands écrans de projection, ainsi que d'autres pièces sur les côtés, en dessous et au-dessus de la salle de danse rustique agrémentée de globes lumineux disco et d'une petite scène où nous allions nous produire plus tard. Le lieu était vaste, et son immensité était insoupçonnable lorsqu'on entrait dans le petit vestibule ; il se situait dans la diagonale du hall de notre hôtel, de l'autre côté de la rue. De là, il ressemblait tout simplement à n'importe quel club disco-rock suédois, toujours spacieux comparés aux petits clubs anglais ou américains. Or une fois à l'intérieur, derrière la cuisine qui aurait très bien pu nourrir un grand hôpital, je découvris qu'il s'agissait sur plusieurs niveaux d'un centre d'activités-arts-loisirs pour la ville de Jokkmokk, et selon leur habitude de tout miniaturiser, les Suédois avaient masqué son immensité en construisant un complexe presque entièrement souterrain.

Les salles de conférence et les réserves étaient étrangement vides et j'ai eu un pressentiment bizarre en les explorant, une nervosité injustifiée que je n'ai pu calmer qu'en fredonnant le chant bahaï, lequel décrivait de curieuses boucles et configurations qui me venaient avec une facilité absolue.

Finalement, j'ai contourné un angle entre deux réserves, me baissant pour passer sous d'énormes poteaux capitonnés et des systèmes de climatisation, pour tomber sur Yoast qui fouillait la poche géante de son ciré à la recherche de son téléphone portable, un feutre noir sur sa tête morose, ce qui lui donnait l'air d'un maquereau. Par un heureux hasard, j'étais retourné aux vestiaires qui jouxtaient la lumineuse cuisine agitée des bruits du personnel affairé à préparer du poulet rôti en panier et des hamburgers pour les clients de la soirée.

– Brihan, dit Yoast d'un air égaré, déjà en train de composer un numéro, tu retournes à l'hôtel ? On n'est pas programmés avant 23 h 30.

– Ce lieu est gigantesque, Yoast ! Comment arrivent-ils à le faire tourner ?

– Pas avec nos entrées, répondit-il en émettant un gloussement narquois. On n'en a vendu que cinquante – et Slade Two, trente-huit. Ah, ah ! Au moins, on fait un peu mieux, non ?

– Tu veux dire que Slade Two joue ici ? Dans ce bâtiment-ci ? Dans ces murs-ci ?

Je pouvais très bien imaginer qu'il existait une autre salle sur laquelle je n'étais pas tombé au cours de mes balades, mais je trouvais que c'était un tantinet gonflé de la part du promoteur local de mettre sous le même toit deux groupes d'envergure internationale, le même soir, dans une ville à partir de laquelle on pouvait pratiquement aller à pied jusqu'au cercle polaire.

– Je sais, dit Yoast, le téléphone collé à son oreille. C'est idiot, hein ? Mais c'est comme ça qu'ils fonctionnent ici : ils boivent tellement d'alcool, putain, parce qu'ils sont tellement déprimés ; il fait une putain de nuit noire tout l'hiver, et puis en été, le soleil brille à minuit ! Ça les rend dingues... *Ja !* Hello, *hello* Monica !

Et le voilà à faire des « oor » et des « ja » dans le téléphone, adressés à une petite minette qu'il avait planquée, encore une blonde au visage lisse, épaisse comme une planche à pain, accompagnée par une copine, une brunette maigrichonne, pour consoler les autres membres du groupe.

Nous sommes revenus à 23 heures pour le concert – Yoast et ses dociles groupies lui emboîtant le pas – et nous nous sommes frayé un chemin jusqu'aux coulisses, qui étaient, chose très pratique, situées près de la cuisine, de l'autre côté du hall. Les projecteurs de la discothèque éclaboussaient les couples à l'air triste assis autour de la pièce et je pensais que c'était bien de ne jamais faire salle comble dans ces lieux insupportables à l'agencement inhospitalier. Si cela avait été le cas, il nous aurait été difficile d'atteindre la scène.

Une demi-heure plus tard les lumières baissèrent, alors le groupe et moi – en même temps qu'un jeune serveur empoté, balançant des assiettes pleines de nourriture, et qui avait choisi ce moment-là pour émerger de la cuisine où nous avions traîné – nous avons traversé la piste de danse abandonnée pour nous rendre sur la scène sous quelques exclamations et hurlements du public, qui, à présent, s'élevait à 132 personnes, n'enlevant pourtant rien de son immensité à la salle.

Nous avons commencé le show sans grand enthousiasme (pas facile de s'échauffer en face d'une table de Suédois obèses, assis pile devant la scène, en train de hurler à un serveur pour savoir à qui allait une assiette de morceaux de poulet mal cuit). Comme auparavant, je me sentais détaché de la musique, et ce n'est que lorsque nous avons atteint ce moment du set qui incluait la mélopée bahaï que je me suis senti pris dedans. Comme on pouvait s'y attendre, des silhouettes fantomatiques semblèrent surgir des recoins de la salle et s'éparpiller sur le pourtour de la piste de danse, créant un petit semblant d'atmosphère qui s'évanouit dès que nous avons repris notre fonctionnement habituel. Une fois joués les derniers accords de notre morceau final, je me suis précipité dans les loges, évitant avec grossièreté les deux fans qui tendaient leurs talons de billets pour avoir un autographe. Après avoir ingurgité quelques bières avec le groupe, je suis descendu dans les entrailles du bâtiment pour voir si je pouvais trouver la salle dans laquelle se produisait Slade Two. Cette fois-ci, je me suis complètement perdu et je me suis retrouvé dans un sous-sol froid et humide, l'oreille collée au mur derrière une pile d'équipement sono en piteux état, en train d'écouter une version embrouillée d'un vieux hit de Slade. Je cherchais une porte à tâtons dans le noir et je l'ai trouvée en partie dissimulée derrière un écran de projection à moitié pourri. J'ai ouvert la porte et là, juste en face de moi, se tenait un jeune homme mince, d'origine arabe ; j'ai immédiatement deviné que c'était Moukraik, mon guide jusque-là invisible.

– Bienvenue, Brian, dit-il en me faisant signe d'entrer, ce que j'ai fait, devenant instantanément passif et langoureux au son de sa voix.

– Lolla est ici, dit-il, montrant du doigt un groupe très compact de personnes. Et tous vos sujets. Brian, vous êtes celui que nous cherchions. Vous êtes l'incarnation de Bahá'u'lláh ! Nous vous attendions !

À ces mots, la Mata Horreur en personne, toujours resplendissante dans le rideau rouge qui lui servait de robe, suivie d'un large groupe de Bahaïs, m'a fait signe de la suivre par une porte étroite. J'ai ressenti leur chaleureuse et impatiente présence pleine d'espoir autour de moi lorsque nous sommes entrés dans une pièce enfumée d'encens où je fus conduit jusqu'à un siège élevé sur une sorte d'estrade faite à la hâte dans un assemblage de vieilles planches. Ils m'assirent sur ce trône de fortune, ornèrent mon cou d'une guirlande de fleurs, et Lolla, les yeux humides et exorbités, désigna du doigt une peinture accrochée au mur tandis que tous entonnaient les tonalités atones de Bahá'u'lláh.

J'ai fixé la peinture, incapable d'abord d'en saisir la totale implication. C'était une affiche, en fait – une reproduction de ce qui avait dû autrefois être une aquarelle plutôt honorable, avec un côté poisseux comme si elle venait de sortir d'une photocopieuse couleur qui aurait affadi les couleurs originales pour les réduire à un ocre sombre. Le portrait d'un jeune Moyen-oriental, le visage rayonnant comme s'il était au septième ciel et les épaules enveloppées d'une tunique dorée.

Il avait une ressemblance frappante avec moi.

À ce moment précis, je me suis senti désespérément sur le point de me débarrasser de cette torpeur que les Bahaïs semblaient capables de provoquer en moi avec une facilité si inquiétante. Je ressentais un malaise schizophrène qui me tirait d'un côté puis d'un autre tandis que mon esprit cherchait à dominer une énergie plus profonde, plus primaire. En l'espace de quelques nanosecondes, j'ai oscillé entre l'indignation en face de ce qui s'était effectivement produit depuis que j'avais rencontré les Bahaïs dans l'avion et la morne acceptation que j'étais bien, en fait, la réincarnation de Bahá'u'lláh !

Mes yeux s'agrandirent tandis que je restais immobilisé sur le trône, comme cloué, à écouter Moukraik débiter une litanie qui témoignait de l'autocratie de ma nouvelle situation. Il semblait que j'allais pouvoir puiser à pleins tombereaux dans le butin que les Bahaïs avaient amassé au fil des ans. J'aurais la possibilité de juger les membres de la secte, de parcourir le monde en jet pour prêcher le baratin simpliste que j'avais lu dans leur littérature et, chose typique de ces cultes messianiques, je pourrais me servir parmi les femmes.

Ce futur tout en rose était décrit sous forme poétique par Moukraik et les Bahaïs qui faisaient des révérences et manifestaient leur approbation autour de moi, avec la plus grande servilité. Mais quelque chose d'autre m'agaçait, éperonnant mon être anesthésié, quelque chose qui, ai-je senti, si seulement je pouvais y accéder, me libérerait complètement de la paralysie. Puis j'ai progressivement compris que j'entendais une autre chanson qui minait la banalité bahaï comme un vivifiant astringent. Elle résonnait à travers le mur juste derrière la représentation de Bahá'u'lláh. C'était Slade Two qui jouait à fond la caisse un de leurs vieux succès, « Gudbuy T' Jane ».

Soudain, il y eut une explosion et un morceau de placoplâtre du mur, de la taille d'un homme, juste à gauche du portrait de Bahá'u'lláh, s'effondra à l'intérieur sous le poids d'un homme en chair et en os. Les Bahaïs s'interrompirent en plein milieu de leur mélopée, s'éloignant du mur, les yeux rivés sur la silhouette gémissante qui gisait là, une grande guitare acoustique à la main et un certain nombre de câbles électriques qui pendaient au bas de son pantalon. Il tourna son regard vers les Bahaïs avec une surprise tout aussi grande. Puis il m'aperçut et cligna rapidement des paupières. Un petit filet de fumée s'élevait de la rosace de la guitare.

– Ça alors. Brian Porker ! s'exclama-t-il. Comment s'est passé ton concert, mon pote ? On n'a eu que 38 pékins, tu veux te joindre à nous pour le rappel ? Juste un medley de Chuck Berry, rien de très subtil, tu vois.

Il s'est péniblement remis debout, tout en époussetant sa veste de velours pourpre. Après quoi il a regardé avec curiosité l'étrange assemblée au centre de laquelle je me trouvais, assis sur le trône de fortune en bois.

– Drôle de scène en coulisse qui se déroule ici, finit-il par dire, me lançant un clin d'œil insolent, comme s'il venait de découvrir qu'un autre musicien se livrait à une peccadille sexuelle particulièrement intéressante.

C'était le guitariste de Slade Two, resplendissant sous sa coiffure au bol caractéristique et arborant un sourire irresponsable sur son visage d'un parfait ovale d'œuf. D'évidence, il rencontrait des problèmes avec un système d'amplification acoustique qui avait l'air dangereux, mais sa présence incongrue parmi cette excentrique foule religieuse eut l'effet revigorant dont j'avais besoin, et secoué par la sensation de rentrer physiquement en moi, j'ai retrouvé mes esprits d'un seul coup.

– Seigneur Jésus ! hurlai-je.

– Non, non, supplia Lolla, tirant sur ma veste comme si elle essayait de me faire retourner dans mon état planant antérieur.

– Non, Brian, pas Jésus – Bahá'u'lláh !

– Vous m'avez hypnotisé ! accusai-je formellement les membres du culte, me débarrassant de l'effet hypnotique comme s'il s'était agi de pellicules mentales. Moukraik et Lolla se jetèrent à mes pieds.

– Il le fallait, il le fallait ! implora Lolla. Sinon, vous ne nous auriez jamais cru. Et c'est écrit : « L'incarnation sera établie dans ses droits, de son propre gré ou de force ». Nous savions que votre cynisme vous empêcherait d'entrer dans la gloire du royaume bahaï de votre propre gré – nous avons dû avoir recours aux méthodes hypnotiques de notre guide suprême pour vous ouvrir les yeux. Mais regardez, Brian ! L'icône ! C'est bien vous ! Vous êtes Bahá'u'lláh de retour sur la terre une nouvelle fois pour nous servir de guide…

– Ça suffit ! exigeai-je. Assez de toutes ces conneries.

J'ai regardé le portrait encore une fois. C'est vrai, il y avait une ressemblance frappante ; ça aurait pu être moi, bronzé avec un plus gros nez. J'ai regardé dans la direction de Slade Two ; ils étaient maintenant tous passés par le trou derrière la scène attenante.

– Bien, dis-je, levant les yeux en direction du guitariste à face d'œuf, ce remarquable système d'amplification que tu utilises inconsidérément a eu un effet vivifiant sur moi ; et « Gudbuy T' Jane » ne m'a pas fait de mal non plus. Merci mon pote. C'est quoi, au fait ? demandai-je avec un signe de tête en direction de sa guitare.

– Ça s'appelle un Stouffer Sonic Set-Up, me répondit-il, en levant l'instrument avec quelque difficulté ; il y avait un énorme amplificateur noir inséré à l'intérieur de la rosace, d'où s'échappaient à intervalles réguliers des volutes de fumée. C'est un génie du nom de Stouffer qui a bricolé ça – il est du nord, ouais, pas loin de chez moi. C'est super méga quand ça marche bien, quoi. Incroyable son acoustique naturel, mais il faut que tu portes tout cet attirail, quoi. Putain de câbles et de thermostats et tout le reste. Un truc qui fonctionne avec l'électricité locale et la température du corps. De temps à autre, ça déconne, tu vois ce que je veux dire ?

– Nom de Dieu, c'est… différent, dis-je, étonné qu'il ait réussi à se faire embobiner au point d'utiliser cette abomination.

– C'est explosif quand ça marche bien, et explosif quand ça foire ! plaisanta le guitariste, ouvrant de grands yeux sous sa coupe au bol.

– Au fait, c'est qui ces couillons ? ajouta-t-il, en zieutant la masse de Bahaïs.

Mon attention s'est reportée sur les membres de la secte et en conséquence, j'ai affiché un air féroce d'indignation dégoûtée. Ils avaient utilisé des techniques de contrôle de l'esprit dans le but d'exaucer leurs obscures prophéties. Mais le charme était rompu ; c'en était fini pour moi de leurs histoires farfelues.

– Peut-être qu'il me ressemble un peu, finis-je par concéder, en étudiant le portrait du gourou. Mais d'entendre ce super vieux succès de Slade et de voir ce connard défoncer le mur, ça m'a fait sortir de l'infecte torpeur dans laquelle vous m'aviez contraint d'entrer avec vos maléfices. Hypnotiser ? Putain, je regrette, mais c'est pas très catholique – allez vous faire foutre ! Et puis, ajoutai-je, savourant la sensation d'avoir retrouvé le bon usage de ma féroce sensibilité habituelle, je ne me nourris pas de cacahuètes grillées !

En jetant un coup d'œil à mes doigts, je fus soulagé de constater qu'ils ne ressemblaient plus à des saucisses, aspect apprécié par la secte. Je me suis tourné vers Slade Two. À présent, quelques personnes du public étaient montées sur la scène et passaient la tête par le trou, se demandant s'ils allaient avoir un rappel. L'un d'eux m'a vu, un petit mec qui avait l'air d'être critique de rock.

– *Ja*, BP ! hurla-t-il, d'évidence aussi saoul que n'importe quel Suédois typique un soir de sortie. Vous allez en scène, *ja*, avec Slade Two pour le rappel, *ja* ?

– Ouais ! braillai-je, m'avançant vers le trou dans le mur. Passez-moi une guitare ! Ça va déménager !

Chapitre 5

Cette soirée au centre de loisirs de Jokkmokk s'est conclue par une belle jam session avec Slade Two, suivie d'un after-show sérieusement imbibé au cours duquel aussi bien les légendes du nord de l'Angleterre que mes acolytes suédois se sont retrouvés en train de faire la java dans les rues glaciales de la ville jusqu'à ce que la police locale réussisse avec politesse et fermeté à nous parquer en lieu sûr dans nos chambres d'hôtel avant que quelqu'un ait un accident. Les Bahaïs ne s'étaient pas joints à nos célébrations, bien que je fusse tout à fait prêt à passer l'éponge et que j'eusse volontiers traîné avec eux, assuré de la sécurité que m'apportaient mes copains rockeux. Ils avaient tout bonnement disparu. Ils ne résidaient pas dans notre hôtel, ça c'était évident, et personne ne savait où ils passaient la nuit.

Le lendemain matin, nous avons quitté Jokkmokk en plein blizzard pour une autre destination aussi peu animée plus au sud. Le plus gros de la tournée était fait et la ligne d'arrivée était en vue. Mon humeur s'améliora nettement, et comme dans toutes les tournées, les événements des jours passés semblaient à des années-lumière et cette curieuse virée suédoise s'acheva sans histoires dans un désordre de shows devant un maigre public (pour lesquels Yoast me paya sans rechigner l'intégralité de la somme sur laquelle nous nous étions entendus.

Enfin, je partis à Londres rejoindre ma femme et mon fils venus d'Amérique. Je ne sais pas comment, mais durant cet été violemment interrompu et les longues heures passées dans les chambres d'hôtel suédois, j'avais écrit assez de morceaux pour un album et j'étais impatient de réserver les sessions d'enregistrement. Au bout d'une semaine de douloureuses conversations téléphoniques avec mon brillant mais rétif manager, Tarquin Steed, et son assistant, Smyke, j'avais finalement réussi à les convaincre que, oui, à l'évidence, mes dernières compositions étaient exceptionnelles, d'une grande maturité, d'une superbe finesse artistique et irrésistiblement commerciales ; chacun de ces joyaux avait été extrait de son logement dans mon subconscient avec autant d'inspiration que de transpiration. Les ayant tous les deux accablés de mes lamentations, ils finirent par accepter d'utiliser l'argent que je leur avais rapporté pour payer un mois de studio, et avant Noël, j'avais achevé mon nouvel album *Porker in Aspic*, prêt à sortir en urgence au début de la nouvelle année. Une fois débarrassé de cette tâche, je pouvais occuper mon temps à reposer mon intellect en restant des heures devant une télévision exécrable, me plongeant ainsi suffisamment dans l'hébétude pour traverser un Noël anglais sans devenir complétement dingue.

Comme l'avait décidé le destin, une rediffusion du Sarcastique Grammy était programmée sur ITV à 1 h 30 du matin un vendredi – armé en conséquence de grandes quantités de canettes de McEwen's, je suis resté pour me regarder recevoir une deuxième fois le Sarcastique Grammy des « plages les mieux chronométrées entre les morceaux sur un disque pop ».

C'était la comédie habituelle, et en un rien de temps j'avais déjà avalé la moitié du saladier de crudités que mon fils m'avait préparé tandis qu'une succession infinie d'Afro-américains défilait sur le podium pour faire leur discours de remerciement, à Dieu, à leur label, à leur manager, et à toutes sortes de professeurs de lycée inconnus.

Enfin j'arrivais sur scène pour recevoir mon trophée, qui m'était remis, de façon parfaitement incongrue, par Tina Turner, que j'embrassais et serrais dans mes bras trop longtemps, si bien que les applaudissements gênés s'achevèrent en queue de poisson. À ce moment-là, assis dans le canapé italien du superbe appartement londonien à la décoration impeccable, j'étais tellement énervé que je n'ai pas remarqué le piment fort entier que mon gredin de fils avait glissé sur l'assiette de légumes coupés en morceaux. Tandis que mon image sur l'écran recevait la statuette à l'allure ridicule et prononçait mon prétentieux discours qui tenait en un seul mot (« Justice ! »), j'ai mordu à pleines dents dans le piment et commencé à en mastiquer les graines, les yeux grand ouverts dans la lumière bleue de la télévision, où je sortais à présent de scène en titubant suivi par une Tina Turner à l'air perturbé. La force du piment en fusion avait commencé à me brûler le palais comme un lance-flammes, j'ai étouffé un cri et me suis emparé de la canette de McEwen's tiède, avalant de désespoir cette bière sans goût. Mais ce n'était guère efficace pour calmer l'ardeur du légume qui continuait à dévaster l'intérieur de ma bouche selon une multitude de nuances que je n'aurais jamais crues possibles.

Finalement, après davantage de bière et une concoction chimique anglaise sortie du congélateur que certains escrocs avaient le culot d'appeler « glace », la brûlure se calma et je me retrouvai assis à la table de bois noir de la salle de séjour tachée par les repas en train de suer abondamment, bien résolu à donner une bonne fessée à mon garnement de fils le lendemain matin.

En reprenant doucement mes esprits, j'ai observé ce qui encombrait la table : un nouvel annuaire téléphonique, du courrier publicitaire et une pile de lettres que Smyke avait rapportées de notre bureau londonien. Celle que j'ouvris venait d'un cabinet d'avocats américains représentant un couple qui avait logé mon cher vieux demi-oncle, John « Sir » Bacon, pendant deux ans jusqu'à sa mort à l'âge de quatre-vingt-onze ans. Il avait un peu perdu la tête et légué à ces gens – Gaylord et Loretta Baedburger – tous ses biens.

J'ai lu la lettre avec dégoût et décidé sur-le-champ, à 2 h 15 du matin, alors que les derniers soûlards hurlaient en titubant dans la rue sous notre fenêtre, de rédiger une réponse concise. Ces vipères rapaces avaient tout simplement l'air d'espérer que je la bouclerais et que je laisserais des bouseux au gros cul partir avec l'argent de mon demi-oncle. Pas question. J'allais mettre les choses au clair, et la lettre que j'avais rédigée montrait ma détermination avec une vivacité absolue :

À Messieurs Goldtraub, Cardbaum et Silvermein
Messieurs,

John Bacon était, et a toujours été, complètement cinglé. À chaque fois que j'eus affaire à lui au cours de mon existence, soit en personne, soit par l'intermédiaire des nombreuses lettres qu'il m'écrivit pendant la dernière partie de sa vie, ce fut toujours dans un climat de folie. En vieillissant, il devenait de plus en plus dément (mot qu'utilisait son dernier médecin pour décrire John au Lombardi Memorial Hospital), il s'installa chez de nombreuses familles et à ces occasions rédigea des testaments presque identiques à celui que reçurent les Baedburger.

Depuis mon enfance, je me souviens très bien qu'il a raconté à tous ceux qui voulaient bien l'écouter comment il avait été blessé en France pendant la guerre, comment il avait été opéré et comment on lui avait alors inséré une plaque métallique dans le crâne. Il s'était réveillé pour trouver le roi George V à ses côtés venu le féliciter d'avoir survécu à cette intervention rarissime. À chaque fois, ce qui arriva souvent, qu'il racontait cette histoire à ma famille qui croyait bêtement qu'il disait la vérité, il désignait son pénis et faisait allusion à la regrettable conséquence que cette opération avait eue sur lui. De quoi s'agissait-il, la chose ne fut jamais éclaircie. Or, puisque cette plaque fut prétendument insérée lorsqu'il était un jeune homme de vingt ans et compte tenu qu'il engendra cinq enfants, on peut en toute sécurité exclure l'impuissance, du moins jusqu'à ce qu'il ait dépassé la fleur de l'âge. Avant sa mort, on lui fit un scanner qui ne révéla aucune plaque : voilà de quel homme nous parlons en ce moment.

M. Bacon a bien des fois embrassé et abandonné de prétendues religions, et il a embrassé leurs fidèles avec la même célérité, pour finir par les dénoncer avec grande véhémence sous des prétextes qui n'avaient absolument aucun sens pour ceux qui les entendirent. Il m'envoyait des lettres, que je détiens toujours, dont le contenu est extrêmement étrange. D'une minute à l'autre, il m'aimait, voulait me revoir (et, bien entendu, il voulait me donner tout son argent) pour ensuite souhaiter me voir brûler sur un bûcher comme un hérétique, pour des raisons que lui seul connaissait. Vous ne savez pas (et je suis convaincu que vous ne souhaitez pas savoir) que cet homme fut interné dans plus d'un asile psychiatrique au cours de sa vie.

Même après quatre-vingts ans, il lui arrivait de se mettre soudain en colère contre la famille qui avait alors la tâche immonde de s'occuper de lui, puis de se précipiter vers la gare routière la plus proche et de traverser le continent tout entier à la recherche de la prochaine religion qu'il pourrait embrasser avant de bientôt la dénoncer de manière aussi absolue que définitive. Une fois, on le vit apparaître dans l'Utah, devenir Mormon et épouser trois pauvres femmes séduites par son charme (oui, il était fou, mais néanmoins charmant) pour les laisser tomber sans autre cérémonie lorsqu'il eut découvert que les membres d'un groupe pop jadis célèbre avaient précisément été de fervents adeptes de cette religion. Ceci peut paraître un acte raisonnable, compte tenu de la nature insoutenable du répertoire dudit groupe pop. Or M. Bacon ne dénonça pas cette religion à cause de leurs criailleries banales, mais plutôt parce qu'il espérait voir le groupe se reformer et devenir leur manager, et quand ils refusèrent, il piqua une crise et frappa le membre le plus célèbre en plein sur le nez. M. Bacon évita des poursuites judiciaires de justesse en quittant l'État pour disparaître pendant deux ans au sein de l'enclave protectrice d'un monastère peuplé de moines qui pratiquaient l'obscure foi du « Silencio », en conséquence de quoi, selon leurs vœux, ils ne soufflèrent mot de sa présence.

Ne vous méprenez pas, Messieurs, je vais contester ces dernières volontés et ce testament ridiculement déplacés car vous n'êtes pas compétents pour instruire ce dossier, et je ne doute pas que devant le tribunal, je démonterai votre cas avec férocité.

Veuillez agréer, Messieurs, mes sincères salutations.

Brian Porker

Une fois la lettre achevée, je me suis ouvert une autre bière et je me suis approché de la table, stylo à la main, ma rage coulant à flots, la quantité démesurée de haine envers ce que je percevais comme un monde rempli de gens parfaitement stupides brûlait dans ma tête comme un équivalent mental du piment fort. Je me suis soudain souvenu que pendant la tournée suédoise, un concert à Halmstad avait été annulé sans un mot d'excuse par des agents peu scrupuleux. Dans la stupeur causée par les Bahaïs, je n'avais pas envisagé de demander réparation, mais une fois l'envoûtement de la secte rompu, j'avais récupéré auprès de Yoast le numéro de fax de l'agent, décidé à lui écrire ce que j'avais sur le cœur quand je serais d'humeur. J'étais effectivement d'humeur et le venin qui bouillonnait en moi devait être craché, c'est ainsi qu'une autre missive haineuse jaillit de mon stylo :

EMA Agency
Chers Enfoirés,

J'ai appris par mon associé, Yoast « Le Terrible », que mon concert programmé à Halmstad a été annulé à la suite des pressions exercées par votre agence. Ceci est certainement dû, je pense, au fait que l'un des ridicules artistes de cabaret que vous représentez s'est fait virer par les promoteurs locaux parce qu'il ne les intéressait pas, et moi, pauvre innocent, j'ai été utilisé comme un simple pion dans ce jeu, comme un objet intangible, un nom sans visage dont la seule utilité a été de servir d'otage à des crétins de votre espèce pour vous venger de ces vilains citoyens de Halmstad.

Il faut que je vous sachiez, espèce de salopards d'agents de l'escroquerie, que je n'ai pas la mémoire courte et que des plans sont fomentés, jusqu'au moment même où vous êtes en train de lire ces lignes, des plans suffisamment diaboliques pour vous faire réfléchir à deux fois, ordures sans scrupules, avant que vous croisiez de nouveau mon chemin.

J'ai entrepris de dresser un énorme setter irlandais du nom de Mooja. Une fois qu'il sera prêt, je l'enverrai à mes contacts suédois et il aura reçu l'ordre de pénétrer dans vos locaux (dont j'ai reçu le plan détaillé mis gracieusement à la disposition de ceux qui, comme moi, ont étudié la législation suédoise sur les contrats) et d'asperger avec le contenu de son derrière tous vos bureaux de pin scandinave horriblement parfaits.

Le chien en question est nourri de végétaux en putréfaction (parfumés à l'essence de tripaille pour aiguiser son appétit) et de ces répugnants trucs salés à la réglisse que vous, couillons scandinaves, avez l'air de tant apprécier. C'est vrai qu'il y a eu quelques incidents entraînant des mouvements involontaires des intestins dans des lieux publics très embarrassants durant le dressage de Mooja. Mais ces incidents de parcours disparaissent progressivement et le programme de contrôle du sphincter de cet animal s'améliore régulièrement. Avant Noël, je pense qu'il sera prêt à accomplir sa juste tâche.

J'ai moi-même eu vent – si vous voulez bien me pardonner l'expression – des talents de Mooja le premier jour de cette tournée. Yoast, ce salopard, a fait monter le cabot dans la camionnette du groupe sans nous avoir prévenu (pas de véritables explications : une histoire de copines, de bébés, d'arrangements compliqués pour garder le chien, d'Européens en pantalons trop moulants), et voilà que cette bête gigantesque inonde toute la camionnette un quart d'heure à peine après notre départ de Stockholm. Ça, oui, il n'y a pas à se tromper, Mooja est le chien qui convient. C'est pour cette raison que je l'ai acheté à Yoast et que je l'ai fait revenir en Grande-Bretagne pour qu'il y soit parfaitement dressé.

Toutefois, tout cela pourra vous être épargné contre l'envoi d'un chèque de deux mille dollars (le cachet que je devais recevoir pour ce concert) aux bureaux de mon manager anglais à l'adresse ci-dessous. Je ne doute pas que vous accéderez à cette requête dans les meilleurs délais si vous souhaitez éviter les conséquences de mes vaines menaces.

Je n'avais pas fait le voyage depuis l'Amérique pour répéter pendant quatre jours dans un placard à balais avec des gens dont je ne pouvais pas prononcer les noms et qui pensent que l'impertinente interprétation par Rod Stewart et Jeff Beck de « People Get Ready » est la version originale, pour me faire soutirer sans autre cérémonie 2 000 dollars.

Donc, pour dire les choses simplement, dans un langage que les agents du monde entier comprennent : payez, espèce de putains d'enculés !

Oui, pour incroyable que cela puisse vous paraître, il y a un être humain derrière vos actions irréfléchies et voilà, Messieurs, c'est moi. Veuillez envoyer un chèque bancaire à :

Tarquin Steed
75B Harley Street (cul-de-sac)
Londres
Angleterre GB

Sincères salutations,
« Sir » Brian Porker

Enfin, la brûlure du piment avait pratiquement disparu, ne laissant, pensai-je que, d'infimes lacérations sur ma langue, et j'étais sur le point d'arrêter pour cette nuit lorsque j'ai entendu claquer la porte d'une voiture, bruit suivi d'une conversation agitée. J'ai serré les dents et, découvrant une dernière once de courroux qui ne demandait qu'à être libérée, je me suis précipité alors en direction de la fenêtre tandis que des visions d'huile bouillante et de seaux d'urine me traversaient la tête.

Au moment où j'ai ouvert la fenêtre, les crétins en dessous faisaient gueuler la stéréo de leur voiture et la grandiloquence débile du rap emplissait l'air frisquet. Deux rigolos, garés en double file et ivres de toute évidence, se tenaient près de la portière du conducteur. C'était des jeunes Noirs – expression politiquement incorrecte à présent, semble-t-il, si l'on devait suivre les tendances américaines ; je suppose donc que désormais il faut les appeler « Afro-anglais ». J'avais récemment vu l'un d'entre eux emménager dans l'immeuble voisin, et avec ce dernier reste d'hostilité qui m'encombrait le système, j'ai décidé de faire savoir à ce gus qu'on ne faisait pas un pareil tintouin dans la rue où j'habitais. Non, monsieur, pas à deux heures et quelques du matin.

Une fois mes tennis lacées, j'ai descendu les deux étages quatre à quatre et je suis arrivé dans la rue. J'ai avancé à pas rapides jusqu'à la voiture, me suis interposé entre les deux hommes éberlués, et j'ai hurlé à pleins poumons en direction du matériel stéréo : « Tu reviendras quand tu sauras écrire une putain de chanson, mon pote ! » Et sur ces paroles, j'ai flanqué des coups aux boutons du lecteur jusqu'à ce que je trouve la touche « eject ». Alors, j'ai sorti l'infâme cassette et je l'ai balancée de l'autre côté de la rue.

Serrant les mâchoires en une parodie de sourire pincé, j'ai rapidement regardé les deux hommes, l'un après l'autre, droit dans les yeux, avant de retourner, du même pas rapide, à ma porte. Ils n'ont pas dit un mot, mais eurent l'air de dessaouler instantanément, et ne voulant probablement pas contrarier un iota de plus ce psychopathe potentiel, ils ont claqué la porte de la voiture ; le conducteur a démarré comme une bombe dans la rue et le voisin s'est hâté d'aller chez lui. L'abcès du courroux totalement percé et le pus de l'angoisse existentielle évacué, je suis entré à pas de loup dans la chambre et j'ai aussitôt plongé dans le sommeil.

Chapitre 6

J'avais supporté la période de Noël avec un sang-froid raisonnable, réduisant effectivement mon intelligence et ma sensibilité fécondes en me flagellant à coups de puériles personnalités télévisuelles, en me gavant des émissions des DJ débiles de Radio 1, de conversations téléphoniques coincées avec de vieux amis (« Saint Glin Glin 95325 », annonçaient-ils d'une voix chantante, en répondant au téléphone comme s'ils s'étaient fait empaler sur un manche à balai), et en m'envoyant des baquets de repas étouffe-chrétiens bouillis par des parents fermement décidés à débarrasser la nourriture de tous les nutriments et de toutes les vitamines ; et à présent, par cette typique après-midi anglaise, humide et fraîche, tout de suite après l'arrivée réticente de 1984, déjà orwellienne maintenant que Thatcher semblait contrôler définitivement le pays, je me suis retrouvé dans un taxi, affrontant le trafic du lundi matin dans Marylebone Road, en direction du bureau de mon manager dans ce cul-de-sac anonyme donnant sur Harley Street.

– Peuh ! ça me déplairait pas de gagner ce que ces mecs gagnent, hein ? dit le chauffeur de taxi, en tournant la tête en direction d'un grand médecin distingué qui montait les marches de pierre de son cabinet, vêtu d'un costume rayé de Saville Row et portant une sacoche médicale de cuir noir. Il y avait longtemps que je ne répondais plus aux banalités des chauffeurs de taxi. Il n'était pas envisageable d'échanger des propos normalement intelligents avec ces gens-là. Ils n'avaient absolument aucun désir d'entendre ce que quiconque d'autre avait à dire et ils auraient été tout aussi contents d'adresser leurs ineptes remarques et leur philosophie de presse à scandales à des gnous empaillés.

– Prochaine à droite, lui ordonnai-je, en grinçant des dents, la sueur perlant sur mon front. J'étais pressé de descendre.

– Ben voilà, patron. Alors, on s'fait examiner par un d'ces toubibs de la haute, dites ?

– Ouais, j'ai les reins détraqués, mentis-je.

– C'est bien pour ceux qui peuvent se l'permettre, hein ? ah, ah, ah.

Il bavait devant moi dans l'espoir que je lui donne un généreux pourboire, ce que je fis bêtement. Je m'en voulus après lui avoir tendu ce qui, au poids, devait représenter deux ou trois livres de la nouvelle et affreuse devise. Chaque fois que je revenais en Angleterre après une tournée, la monnaie avait encore changé, et je me retrouvais souvent à faire la queue au supermarché, en tête d'une file de clients impatients, à sortir des chapelets de pièces de mes poches pour finir par m'entendre dire que la plupart n'avaient plus cours légal.

La journée avait commencé. Il n'était pas tout à fait 11 heures du matin et j'étais déjà très en colère.

J'ai gravi les marches quatre à quatre jusqu'au bureau de mon manager, mon extrême hostilité transformée en énergie. Je portais un training gris, encore humide aux aisselles depuis le jogging de deux miles que j'avais fait plus tôt.

À part la colère, je me sentais plutôt raisonnable, compte tenu de la gueule de bois contre laquelle je m'étais défendu pour pouvoir m'extirper du lit à 8 heures du matin. Pour accomplir ce lever matinal, je fus aidé par un léger décalage horaire que j'avais récupéré lors d'un unique concert en France, juste après Noël. Normalement, je refusais en termes catégoriques un spectacle si proche des vacances, ne souhaitant pas mélanger la paresse valiumesque que procure cette période avec la production d'adrénaline due aux répétitions. Mais dans les circonstances actuelles (les caisses toujours dans le rouge) j'avais accepté ce concert car Steed m'avait garanti qu'ils ne voulaient pas plus d'une demi-heure pour un programme télé spécial en échange d'un bon paquet de francs.

Cette petite virée avait un peu déglingué mon horloge biologique et je suis expert en matière d'excuse à cause du décalage horaire pour dormir jusqu'en fin d'après-midi. Même un unique show à Paris me sert très bien d'expérience de désorientation majeure, que je peux utiliser pour me sortir de toutes sortes de situations normales. Il n'est pas rare, par exemple, que ma femme, d'une patience à toute épreuve, me retrouve profondément endormi sur le sol de notre appartement londonien à deux heures de l'après-midi et qu'elle doive me pousser sur le côté, comme un animal mort, quand elle essaie de passer l'aspirateur sur notre moquette bleu roi, et cela après un vol d'une heure seulement en provenance du continent et qui a eu lieu au moins deux semaines auparavant.

J'ai appuyé sur la sonnette de Steed et annoncé ma présence à l'interphone. La porte du vieux bâtiment de pierre s'est ouverte et j'ai gravi les escaliers à toute vitesse, dépassant un vieux monsieur dans le couloir du rez-de-chaussée, qui, à en juger par le tube qui rampait le long de ses jambes sous une chemise de nuit d'hôpital et par le sac transparent qui luisait dans sa main, était en train de subir un lavement baryté. Ceci n'était pas une vision anormale – le bureau de mon manager était situé dans un immeuble où se trouvaient six autres bureaux, tous concernés par le profitable commerce des soins.

En entrant dans ses bureaux – d'une apparence aussi clinique que le cabinet d'un médecin, seules les revues de musique rock sur la table basse laissaient deviner leur véritable désignation – j'ai trouvé mon manager, Tarquin Steed, engagé dans une conversation téléphonique passionnée. Steed parlait en bégayant dans un anglais distingué mâtiné d'une espèce de japonais de cuisine, semblait-il pour essayer de clarifier un obscur point de contrat avec je ne sais trop qui à l'autre bout du fil. Je me suis assis sur le canapé de cuir vert et j'ai jeté un coup d'œil aux magazines. L'un s'intitulait *Metal Thrash*, un autre *Teenage Death Rockers* ! Je les ai feuilletés, et j'ai souri de la tendance débraillée très travaillée que les jeunes d'aujourd'hui devaient croire être la meilleure garante du rock'n'roll. Je maudis en silence Kiss, Motorhead et Hawkwind d'avoir lancé cette ânerie.

Tarquin, finalement satisfait de ses communications, reposa le récepteur.

– Ah, te voilà. Tu as bonne mine – alors tu t'es fait un sprint, fiston ? demanda-t-il d'une voix (en accord avec son nom de famille) tout droit sortie de « Chapeau melon et bottes de cuir ».

Tarquin avait été juge de cours d'instance avant cela, et il avait la voix des écoles privées qui vont avec la fonction. Ce matin, il portait un pantalon écossais avec des bottes de chasse à courre au renard en cuir rouge, une veste de tweed avec des protections de cuir aux coudes, et une chemise de lin blanc ponctuée d'un nœud papillon rouge à pois blancs. Sa tignasse de cheveux blancs avait besoin d'une coupe et flottait au-dessus de sa grosse tête rectangulaire comme une tempête de neige.

– Oh, c'est que… commençai-je, mais comme d'habitude, je fus immédiatement interrompu par mon manager hyperactif.

D'abord le chauffeur de taxi, maintenant Tarquin. Pourquoi l'Angleterre est-elle remplie de gens qui n'ont aucune intention d'écouter ce que les autres ont à dire, pensai-je.

– Bon, fiston, ça se présente bien, ça se présente bien ! trompeta-t-il en bondissant de son fauteuil pivotant et en se dirigeant vers ce qui semblait être une carte ancienne punaisée au mur.

J'ai senti une sensation d'impuissance me traverser alors que Steed avec sa présence auguste et futilement bavarde dominait aussitôt l'atmosphère de la pièce. Qu'est-ce qui se présentait donc bien ? La sortie à la va-vite de ma dernière production avait suscité des bâillements de la taille du Grand Canyon. La promotion de *Porker in Aspic* au milieu des nullités abrutissantes qui se trouvent sur le marché était une tâche tellement ingrate qu'elle m'emplissait d'une léthargie palpable. Et très franchement, je n'étais pas si convaincu de la chose de toute façon et j'avais alors de sérieux doutes quant à sa justification. Qui a envie que quelqu'un lui enfonce constamment le doigt dans l'œil ? Qui a envie de se sentir assiégé, constamment harcelé par des flots de paroles prétentieuses sur fond d'archétypes de rock'n'roll défraîchis qui semblent perdre un peu plus de valeur année après année ? Pas grand monde, de toute évidence. Toutefois je gardais ces pensées pour moi, et ne les nourrissais que dans mes moments les plus sombres, essentiellement en m'accrochant à l'idée que ce que je faisais avait toujours un certain intérêt ; et la plupart du temps, heureusement, j'aimais même ce que j'avais créé.

Face à la sinistre réalité de me retrouver moi aussi avec un albatros à mon cou [1], j'avais récemment bombardé Steed de fax lourds de sous-entendus, d'engueulades téléphoniques, et des récriminations qui accompagnent généralement les victimes de comportements inhumains. Pour l'essentiel, il coupait court à ces réprimandes grâce au langage terne qu'ont l'habitude d'employer les managers, insistant sur le fait qu'un compromis artistique pour le prochain album suffirait à faire illusion, oubliant que mon âge, le style de ma coiffure, mon intelligence et tout simplement ma tête de mule jouaient complètement en ma défaveur. Alors, je me demandais à nouveau en dévisageant Steed qui brandissait un bâton de plastique avec lequel il tapait sur le planisphère mural : qu'est-ce qui pouvait donc se présenter si bien que ça ?

– La tournée se présente bien, dit-il, inquiétant, sans tenir compte de mon air grincheux. Oui, regarde-moi ça ! Étonnant, non ? C'est là qu'est allé Abel… tout ce chemin, il l'a fait à bord d'un vieux clipper pourri. Toi, tu prendras l'avion, d'accord ? ricana-t-il.

Ma confusion était évidente, mais Steed n'allait pas laisser s'installer des pauses lourdes de possibilités.

– Alors, euh… tu as fait une petite embrouille avec les Bahaïs à ce que j'ai entendu dire, continua-t-il, changeant complètement de sujet avant que je puisse répondre à son gambit. Il leva les sourcils et plissa les yeux d'une manière très suggestive.

– Ah… soupirai-je, ne souhaitant pas entrer dans les détails.

– Rien… euh… rien dont bobonne puisse… euh… s'inquiéter, quand même ?

1. Allusion à *The Rime of the Ancient Mariner*, (Le Dit du Vieux Marin) de Samuel Coleridg : « Im stead of the cross, the Albatros / about my neck was hung. » *(N.d.T.)*

– Qu'est-ce que tu vas chercher, Steed ? répliquai-je, inquiet à l'idée que des rumeurs lascives pourraient se répandre comme une traînée de poudre dans le show biz.

– Oh, rien, répondit Tarquin, sans en penser un mot.

– Diable ! Qu'ont bien pu raconter ces connards du nord ?

– Écoute Brian, tu sais comme les gens sont bavards… tu sais, s'il s'est passé quoi que ce soit – tu vois – de nature, disons, tendancieuse, nous pourrions utiliser la presse. Le scandale est toujours bon pour les affaires. Ce guitariste à tête d'œuf qui joue avec Slade Two avait l'air assez convaincu…

– Foutaises ! interrompis-je d'un ton ferme, puis j'ai ajouté : ils n'ont rien publié, hein ?

– Non, non, non s'empressa de m'assurer Steed. Seulement les gars étaient ici l'autre jour – il se pourrait qu'on devienne leur manager.

Il signala cela l'air de rien, comme si c'était sans importance, mais ça ne me plut pas.

– Bon sang, râlai-je.

– De toute façon, poursuivit Tarquin, je te crois sur parole – pour ce qui est des Bahaïs – c'était juste des fans alors, c'est ça ? J'ai entendu dire qu'ils se sont pointés à une sacrée quantité de concerts là-bas – ça a sauvé la tournée, à ce qu'il paraît. Je me méfierais quand même de ces gens-là si j'étais à ta place.

– Ouais, d'accord, d'accord.

Je n'avais nullement l'intention d'entrer dans les détails de mon enlèvement par la secte avec Steed ; j'avais déjà plusieurs fois été confronté à des situations bizarres et difficiles qui, j'en étais sûr, avaient un lien avec les puissants dons hypnotiques des Bahaïs et je ne voulais pas faire une rechute, là, tout de suite, dans le bureau de Steed où je me sentais déjà piégé.

– Très bien, alors, finit-il par dire, revenant à l'affaire qui l'occupait.

Steed marcha en minaudant autour du grand planisphère mural, ôtant des punaises et les replaçant sans suivre apparemment de schéma logique, claquant les talons de ses bottes de cavalier comme Hitler au moment où il décide d'envahir la Pologne.

– Quelle tournée ? demandai-je, en réagissant avec retard. Tu as parlé d'une tournée. Tu n'as pas l'intention de m'envoyer en tournée avec Slade Two par hasard ?

À ce moment-là, j'ai senti que le quota d'énergie du matin, qui avait brûlé avec tant de vivacité avant que j'entre dans le bureau de Steed, s'évanouissait rapidement en face de ses tactiques déroutantes. Tarquin était semblable à une exotique créature marine quand il affrontait l'adversité. Il faisait une démonstration trompeuse : il se hérissait, soufflait, battait des ailerons, faisant effectivement fuir, la queue entre les tentacules, tout autre créature vivante animée d'intentions prédatrices.

– Smyke ne t'a pas dit ? demanda-t-il, les sourcils levés dans une splendide démonstration d'étonnement feint.

– Où… fis-je en gémissant, sentant la vie s'échapper de moi par les orbites et ma queue disparaître pour de bon.

– En Tasmanie ! hurla mon manager. Oh, pour l'amour du ciel, BP, Smyke n'a pas appelé ? Bon, tant pis, ça s'annonce bien. Ils sont vraiment enthousiastes là-bas, et on va être les premiers artistes internationaux à faire une tournée majeure en Tasmanie depuis des années. Ouais… !

Et il continua sur ce rythme, soulignant avec l'habile logique du manager (cette logique prétend que le seul moyen d'améliorer son poids commercial, c'est d'accepter n'importe quel sordide engagement qui se présente) les idées qu'il avait pour sauver ma carrière, dont la première phase consistait à faire une tournée de deux mois dans « L'Irlande de l'Australasie », la Tasmanie.

Il avait acheté le planisphère mural jauni chez un antiquaire de Portobello Road, planisphère sur lequel zigzaguaient les routes suivies par un certain nombre d'explorateurs pionniers. L'un de ces intrépides voyageurs était Abel Zanszoon Tasman, le découvreur de la Tasmanie, qui fut à l'origine baptisée Van Diemans Land, du nom du patron de l'explorateur.

L'imagination hyperactive de Tarquin était passée à la vitesse supérieure et je m'étais retrouvé, sans avoir été aucunement consulté, dans le rôle d'un Zanszoon moderne, et sans que la moindre recherche quant à la faisabilité de cette idée complètement irresponsable ait été entreprise, Tarquin avait commencé, dans la plus grande fébrilité, à envoyer des fax et à téléphoner aux agents et aux promoteurs ; des concerts dans ces antipodes inconnus étaient déjà prévus pour les mois de mars et d'avril.

Grâce à une considérable auto-promotion, de substantiels bénéfices seraient récoltés par ceux qui étaient suffisamment audacieux pour se concentrer sur des marchés aussi peu exploités que la Tasmanie, raisonnait Steed, et après mes récentes récriminations, il ne faisait rien d'autre que son travail de manager créatif.

Steed continua à expliquer cette prétendue brillante idée avec toute la force qu'il pouvait rassembler pour me harceler tandis que je restai assis, interloqué, la sueur sèche à l'intérieur de mon jogging s'humidifiant à nouveau, provoquant des gratouillements très inconfortables, en écho à ce picotement d'impuissance qui se répandait sous ma peau.

– BP, BP, BP !… Eh, Beep, ça va ?

Alors entra Smyke, l'assistant verbeux de Tarquin, répétant tout ce qu'il disait, comme d'habitude, à la manière d'un tir de DCA.

– M. Porker, M. Porker, M. Porker. Voilà l'homme qu'il nous faut ! Fortesque veut savoir quel type de guitares vous allez prendre pour la tournée – une acoustique et une électrique ? Une de chaque, c'est ça, baby ? Et l'ondioline ?

Smyke serrait une pile de courrier et quelques photocopies. Il portait un pull du genre de ceux que portent les chanteurs folk – ces types qui s'enfoncent constamment les doigts dans les oreilles quand ils cherchent à produire de difficiles notes celtiques dans une nuance obscure. Il posa d'un coup sur la table tout son paquet, frappa dans ses mains, et beugla dans ma direction : « Photos d'identité ! », se tordant le visage pour sourire bêtement avant d'aller rejoindre Steed à côté du planisphère.

– Ça se présente bien, ça se présente bien, ça se présente bien ! dit-il, plein d'enthousiasme, en frappant une nouvelle fois dans ses mains.

– Oui, n'est-ce pas ? dit Steed, soulevant encore une fois ses sourcils blancs en pointant le planisphère avec son bâton.

Je suis resté assis à regarder mon équipe de managers, forçant un sourire blême, alors que la détresse la plus noire aurait été plus proche de la vérité, et j'ai pensé, pas pour la dernière fois, aux menteurs éhontés que sont les managers, aux places hyperboliques dans les charts, et aux impossibles emplois du temps des tournées. Le téléphone sonna et Steed se précipita pour s'en saisir, se mettant à parler avec un accent australien de rustre et à s'esclaffer à pleins poumons avec quelqu'un du nom de Shirley, avant de retomber dans sa chaise et d'approuver : oui, Brian Poker serait disponible la semaine prochaine pour des interviews téléphoniques approfondies avec les publications rocks de Tasmanie. J'ai tressailli et regardé Smyke qui passait en revue le courrier qu'il avait apporté avec lui.

– Voilà, voilà, dit-il, plein d'enthousiasme, en me tendant quelque chose. « Des critiques de *Porker in Aspic* qui nous arrivent d'Amérique – meilleures qu'ici, je dois dire – et quelques lettres de fans… et les habituelles demandes d'argent. Est-ce que je les jette, Beep baby ?

Beep baby ? D'où est-ce qu'il sortait des trucs pareils ? Un homme de son âge ? J'ai jeté un coup d'œil aux revues musicales sur papier glacé qui traînaient sur la table, fières de faire l'article pour leurs parodies de rock, et pendant un instant j'ai pensé que le monde était devenu fou, et que je m'étais retrouvé en dehors de tout cela, perdu au milieu d'une mer de bon sens.

Hochant la tête comme un robot, j'ai pris l'enveloppe de critiques envoyées par Shinto Tool, mon dernier d'une longue lignée de labels américains.

– Jetez aussi le courrier des fans, Smyke, fis-je d'un ton gémissant, décidé à montrer au moins à quelqu'un dans ce bureau que je n'étais pas heureux.

Smyke pinça ses lèvres à peine visibles sous son énorme moustache brune broussailleuse, puis il posa le courrier des fans sur le bureau. Il frappa encore une fois dans ses mains et répéta son précédent cri de guerre :

– Photos d'identité ! Allez BP, on s'en va, allez, à Baker Street, mon gars. Il faut de nouvelles photos d'identité pour les visas ! Elle va vite arriver, cette tournée, vite arriver.

Chapitre 7

Dans mon boulot, le temps n'existe plus en tant que phénomène quotidien, mais se manifeste comme une suite de blocs annuels découpés en mois par des calendriers imposés. L'année ne laisse comme souvenirs que ces tronçons d'agenda consacrés aux tournées et aux enregistrements, entreprises qui, au fond d'elles-mêmes, semblent posséder une nature intemporelle, comme si elles existaient en dehors du temps normal et régulier, mais qui ensuite ne laissent d'autre empreinte que celle de repères dans une vie qui défile à toute allure telle une ampoule électrique dotée de jambes qui courrait pour atteindre une lointaine ligne d'arrivée.

Si mon boulot consiste à divertir – chanter, écrire des chansons, jouer des instruments de musique, et chose curieuse, écrire de temps à autre une pièce de théâtre – il faudrait aussi ajouter que dans ce boulot, les déplacements occupent une part tout aussi importante que l'acte créatif. Accorder les instruments, engager des débiles mentaux en guise de musiciens, faire de l'œil à la fille avec des gros seins au premier rang, au désespoir de son copain, et travailler pendant des heures et des heures à un troisième couplet d'une brillante profondeur pour qu'il passe complètement inaperçu sauf aux oreilles des fans serviles et studieux – tout ceci est enfermé dans ces blocs de temps qui constituent l'année, mais pas plus que les déplacements.

Après que Steed m'eut informé des garanties étonnamment généreuses que les promoteurs tasmaniens proposaient et donné un aperçu de l'argent que j'en tirerais, même avec les dépenses et l'ajout d'une équipe de deux personnes, je n'avais pas d'arguments à faire valoir (de plus, ce goujat avait d'abord montré ces chiffres séduisants à ma femme, qui, à juste titre impressionnée, insista pour que je ne rate pas cette occasion de redresser nos comptes avec des dollars australiens), alors j'ai accepté à contrecœur de faire la tournée.

C'est ainsi qu'avant d'avoir eu le temps de réfléchir, avant que cette période étrangement vide entre janvier et la seconde semaine de mars ait eu le temps de s'imposer à ma conscience, je me suis retrouvé à bord d'un gentil petit vol de trente heures au départ d'Heathrow en direction de l'aéroport international d'Hobart en Tasmanie.

J'étais accompagné de Fortesque, mon fidèle *tour manager*, et d'un jeune bon à rien au visage rond et mou du nom de Carruthers qui était à ce qu'on m'avait dit « un des meilleurs ingénieurs du son sur la place ». Qu'il sache se débrouiller face à une console restait encore à prouver, mais à en juger par son short de boxe vert émeraude, pas à sa taille, son T-shirt bien trop grand sur lequel il arborait en éclatantes lettres rouges le mot « Taré » et à la masse de cheveux roux qui ne ressemblait à rien d'autre que de la paille de fer en feu, il avait l'air de tout sauf d'un « ingénieux » du son. Il parlait, si j'ose dire, avec un accent du nord parfaitement incompréhensible et venait d'un village obscur du nom de « Kimber ». Ce mot surgissait également dans la plupart des phrases bizarrement construites qu'il prononçait et semblait être communément employé dans un contexte de problèmes ou de soucis. La première fois que je l'ai rencontré dans le terminal de l'aéroport, j'ai été immédiatement prévenu qu'il avait oublié du matériel fondamental dans le taxi et que nous étions « dans un sacré kimber, bordel, j'te jure. »

– Allez, me hasardai-je, en le dévisageant avec des douleurs dans le cou – car il mesurait au moins deux mètres quinze – je suis sûr qu'on finira par trouver quelque chose de l'autre côté.

Sa seule réplique se limita à une unique syllabe, « nibs ». Ce que signifiait « nibs », je ne réussis pas à le deviner, puis il disparut dans la foule à la recherche du bar. Une frayeur angoissante m'envahit. J'ai murmuré d'un ton haineux le nom de mon manager et prié Dieu de ne pas me retrouver assis à côté de ce Carruthers au nom improbable pendant trente heures. La seule chose que je savais, c'était que ma paresse et ma confiance dans les choix dangereux de Steed m'avaient fait tomber sur ce personnage douteux ; je m'étais tout simplement fié à ce qu'il m'avait recommandé et je ne m'étais même pas soucié de rencontrer au préalable cet homme sur qui je devais me reposer pour me présenter devant le public de Tasmanie. La Tasmanie ? Heureusement, Fortesque était une personnalité connue et appréciée, et il ne semblait pas déboussolé par le spectacle bizarre qu'offrait Carruthers, et pour l'instant, il faudrait que ça fasse l'affaire.

J'ai embarqué, suant comme un bœuf, un gros sac à bandoulière trop gonflé cognant des oreilles et des derrières au passage, titubant le long du couloir à la recherche du siège 32 D, jetant tout le temps des regards furtifs en direction de Carruthers, qui, heureusement, se laissa choir quelques rangs avant moi.

Même sans ce géant de Carruthers occupant la place de deux hommes à proximité de moi, je n'avais cependant aucune raison de me réjouir : le vol était archicomplet et j'ai remarqué d'un coup d'œil que la section fumeurs, dix rangs derrière, avait l'air bondée. Se glisser derrière pour en griller une allait être un problème et il faudrait que je songe sérieusement à essayer de trafiquer le détecteur de fumée dans une des toilettes chimiques.

Il y avait un siège libre côté couloir à ma droite, mais je fus obligé de le laisser inoccupé sur ordre de cet hôte féroce des corridors des airs, l'Hôtesse de l'Enfer. Elle m'aboya dessus, m'enjoignant de rester tranquille, d'attendre au moins la fin du décollage, et je suis resté à prier que personne ne vienne l'occuper, grimaçant et touchant quelque talisman imaginaire à chaque fois qu'un massif humain en sueur avançait dans le couloir étroit en vérifiant les numéros des rangées. À ma gauche, pourtant, s'était assis un Arabe, déjà en train de frotter contre ma jambe l'un de ses pieds en chaussettes dégueulasses dès qu'il en avait l'occasion, de casser des pistaches, et dégageant une odeur de bouc. Ce puant se pencha par-dessus cette mince barrière, l'accoudoir, comme si elle n'existait pas, comme s'il n'empiétait pas sur l'espace, et me sourit ! Il avait l'air ravi de la promiscuité, sans se laisser intimider à l'idée que l'avion pourrait être absolument complet et que le siège à côté du mien pourrait être occupé. Contrairement à moi, il paraissait accepter le sort cruel qui oblige de parfaits inconnus à rester ensemble pendant de longues, très longues heures, à partager cette accumulation d'odeurs qui flottent dans les ambiances confinées et imprègnent vos vêtements. Son entrain laissait penser qu'il trouvait notre situation satisfaisante – que les choses pourraient être pires !

Je n'ai pas bougé, serrant les dents d'énervement au point de les briser, jusqu'à ce que s'allume le signal intimant de boucler les ceintures et que le tube de métal commence à foncer sur les dalles grises, le siège à côté du mien demeurant miraculeusement vide. Avec un soupir de soulagement, j'ai balayé la cabine d'un regard rapide pour localiser l'Hôtesse de l'Enfer que je ne manquerais pas de croiser encore de nombreuses fois au cours de ce voyage marathon, et, ne l'apercevant nulle part, je me suis glissé sur le siège du couloir en plein milieu du décollage, laissant l'Arabe continuer à me faire des petits sourires, de toute façon satisfait de la situation. J'ai enfoncé le casque de mon walkman sur ma tête, dans l'espoir de faire comprendre à mon voisin que je voulais qu'on me laisse tranquille, puis j'ai coincé mon sac dans le siège que j'occupais auparavant, évitant ainsi le risque d'entendre ses déclarations philosophiques sans queue ni tête.

Soumis à l'inévitable attente de deux heures avant l'arrivée du chariot de boissons, j'ai sorti les critiques de ma dernière production quelque peu bâclée, *Porker in Aspic*, que Smyke m'avait données dans son bureau londonien il y avait des années-lumière. Pourquoi avais-je autant attendu pour les lire, je ne saurais le dire, mais je les avais là, pliées dans mon sac à bandoulière, qui attendaient pour me remonter le moral pendant ces longues heures odorantes tandis que ma vie était entre les mains d'un péquenaud qui s'attribuait le nom de pilote.

L'étude des critiques suscita aussitôt ma colère, ce puits sans fond de guimauve créatrice qui tient lieu d'essence à mon inspiration. Il était pratiquement impossible de les distinguer les unes des autres, comme si elles avaient été composées vite fait dans le charnier d'une entreprise de rock par les carcasses de scribes dont les déclarations idiotes avaient été réglées longtemps d'avance selon une logique présomptueuse. Ni franchement mauvaises ni bonnes, c'était du verbiage situé dans l'hinterland réservé aux artistes dont l'impact s'était depuis longtemps dilué dans la féroce ruée vers le sang neuf.

Ces connards traitaient *Porker in Aspic* comme si sa hardiesse et sa maturité éclatantes n'étaient autres que l'exploit nonchalant et ordinaire d'un tâcheron ; comme si ce type d'écriture et d'enregistrement ciblés sortait de l'imagination de n'importe quel artiste de seconde zone de plus de trente-cinq ans déjà bien content d'avoir pu décrocher un contrat d'enregistrement !

« D'une puissance surprenante », déclarait le journaleux snobinard de *Tuning Fork Magazine*. De *Moi* ? D'une puissance surprenante ? J'enrageais au fond de moi tandis que je me plongeais dans l'article robotique suivant, extrait des pages prétentieuses de *Rising Stereo* : « Les paroles de Porker révèlent l'élégance et la maîtrise dont il a l'habitude de faire preuve dans cette ballade inspirée, "Horse Tangent" », écrivait une femme du nom d'Anthea. « L'élégance dont il a l'habitude de faire preuve ? » « Maîtrise ? » Ces mots me touchaient au vif, ce qui me conduisit à chercher ma chemise de papier fax pour y flanquer une collection de sévères remarques. Pour avoir commis ces hérésies conditionnées, les abrutis mécaniques de la presse musicale américaine allaient trouver ma « maîtrise » cuisante, cela ne faisait aucun doute.

« Peut-être n'y a-t-il pas ce punch cinglant des productions antérieures de Porker », écrivait ce détestable collectionneur de cordons de tente de Jay Weinerbaum dans *Campers Monthly*, « mais sur les fans de Porker cet album aura sans aucun doute le même effet qu'un compost chaud par une soirée trop fraîche. »

« Compost chaud ? » Weinerbaum, cet ancien chroniqueur de jardinage me comparait à du fumier de cheval et à de l'humus et voulait laisser croire que ces comparaisons étaient flatteuses ?

Et pour aggraver la situation, l'absurde idée de Steed de se dépêcher de sortir *Aspic* avant même que le vinyle ait eu le temps de sécher, comme si cela avait un poids et une importance considérables, pétaradait avec toute la force d'une Honda 50 complètement pourrie.

Je crachais ma bile en composant les fax et je flottais dans une mer peuplée de gigantesques poissons : était-ce là la façon qu'avait Steed d'éviter l'indifférence qui ne manquerait pas de m'accueillir si je devais me produire dans des régions civilisées du globe ? Était-ce alors le futur qui m'attendait dans le monde superficiel du spectacle où, dans leurs entreprises d'abattage en gros, les journaleux vieillissants hachaient menu les morceaux de choix d'hier et conditionnaient des tas de tripaille dans des emballages modernes, injectant ces entrailles sanglantes dans le système sanguin du nullard d'aujourd'hui, le jeune aux cheveux en bataille ?

Était-ce ici la réponse de mon manager ? Me virer en Tasmanie pendant deux mois comme un sac de vieilles patates ?

Mon courroux à présent au niveau maximal, j'ai pioché dans les exemples de clichés scolaires du journalisme de rock, m'attaquant à ces fichues publications et à leurs petits mercenaires miteux avec une virulence et un venin qui finirent par me faire sortir de mon marasme, laissant la place à un état de pure vibration, comme si une bonne dose d'endorphines m'avait redonné le goût de l'action.

Oui, c'était du bon boulot. « Pas question de laisser ces salauds te réduire en poussière ! », hurlai-je au fond de moi tandis que j'en finissais avec la dernière petite manifestation de mauvaise humeur pleine de suffisance et rebouchais mon stylo comme si je rangeais un glaive mortel dans son élégant fourreau de cuir.

Enfin, le chariot des boissons arriva et l'Hôtesse de l'Enfer me sortit de ma rêverie. C'était une vioque entre deux âges (c'est-à-dire bien plus vieille que moi) avec des cheveux noirs mal teints, la peau du visage toute tendue avec des pores énormes comme si elle avait été tirée par un lifting antédiluvien, et une expression taillée de longue date à la hache dans un bloc de pure hostilité. Son attitude ouvertement accusatrice m'enjoignait de commander quelque chose de banal et, ne souhaitant pas la décevoir, j'ai commandé une mignonnette de vodka citron. Ses sourcils se tordirent et ses pupilles noires se dilatèrent.

– Nous n'en avons pas, répondit-elle, et commença à avancer, comme si elle avait affaire à un morceau de bois ou un poteau de béton.

– S'il vous plaît, s'il vous plaît ! hurlai-je presque, faisant se retourner des têtes. Je prendrai une bière, si vous voulez bien. Fraîche.

Elle recula et sortit une cannette, me jetant des regards très soupçonneux avant de laisser tomber la boisson tiède et le verre en plastique sur la tablette.

– S'il vous plaît, répétai-je, un sifflement s'immisçant dans ma voix alors que la vieille vipère commençait à s'éloigner. Elle me lança un regard injecté de venin.

– Quoi ! s'exclama-t-elle. Et quoi, alors ?

– Des cacahuètes, dis-je d'un ton de défi.

Elle fouilla dans le chariot cliquetant et sortit un paquet de cacahuètes grillées qu'elle me lança presque.

J'ai levé ces trucs devant mes yeux entre mon pouce et mon index, le souvenir du fiasco bahaï encore cuisant dans mon psychisme. Avec une grimace, comme si je tenais une souris morte pêchée dans le filtre du skimmer de ma piscine, je les ai jetées sur la grosse tête rousse de Carruthers, où elles atterrirent impeccablement et restèrent accrochées une fraction de seconde, l'impact absorbé par l'épaisseur rêche de sa chevelure, avant que le paquet gaufré tombe dans son cou blanc.

Ce balourd ne bougea pas, alors j'ai compris avec irritation qu'il devait faire partie de ces gens qui parviennent à dormir durant quinze heures d'affilée dans un avion et que seul un crash est capable de réveiller.

La monotone heure de vol suivante s'abattit sur les passagers comme un nuage gris et, cédant au besoin de nicotine qui titillait mon système sanguin, je ne tardai pas à me lever pour aller retrouver les autres drogués au fond de l'avion.

Des retombées presque impénétrables d'une infecte fumée de Benson and Hedges m'accueillirent tandis que j'avançais avec précaution le long de l'allée, affectant la nonchalance pendant que je cherchais un siège vide. Finalement, là, deux rangées avant le fond à bâbord, j'en ai repéré un.

Le manque lança un assaut désespéré et je me mis presque à courir, bousculant des gens qui attendaient pour les toilettes tandis que je me précipitais derrière la séparation arrière. Arrivé à hauteur du siège, je remarquai qu'il avait l'air propre et je m'installai, sortant négligemment de ma poche mon tabac à rouler comme si fumer devait m'offrir à coup sûr une agréable distraction, toutefois si le siège devait être occupé par une âme particulièrement menue et proprette, tant pis, je me lèverais et je partirais, sans être le moins du monde ennuyé de devoir attendre vingt-huit heures de plus pour fumer !

Je me suis installé, très décontracté, sur ce siège, comme si de rien n'était, j'ai dégagé une feuille de Rizla et commencé à me préparer une cigarette, lançant un sourire à l'homme assis côté hublot sur le siège près du mien, un verre dans une main et une Benson dans l'autre.

– Où allez-vous ? fit-il pour entamer la conversation, ce qui me précipita instantanément dans un mouvement de retraite affolée.

– Euh… je viens juste fumer une cigarette. C'est libre ? demandai-je en faisant un geste pour montrer le siège.

– Non, je vous demandais juste quelle était votre destination. Où partez-vous en voyage ?

Ouf, merci pour ça, mon Dieu, pensai-je, et j'ai continué à rouler, tout soupçon de détresse se dissipant lorsque j'ai allumé, inhalé, et senti la rugosité du tabac passer dans mon système sanguin. Mais au-delà de l'effet toxique de la cigarette, une petite sonnette d'alarme retentit. Cette question, la voix éraillée par l'alcool, la denture en boulet de canon pleine de trous tels des viseurs et des réticules repérant la ligne de mire avant le tir fatal – il y avait dans tout ça quelque chose qui clochait. Je suçais de toutes mes forces le tube du plaisir qui, dans ma hâte à le rouler, ressemblait plus à un pétard géant qu'à une cigarette. Où allais-je ? Bien sûr, ce vol n'est pas vraiment direct, il fait escale à Bombay et à Singapour. C'est cela ce qu'il veut savoir.

– En Tasmanie, en fait, répliquai-je, avec l'assurance d'être sur le bon avion.

– Beau Zippo ! beugla-t-il de manière incongrue, son accent anglais difficile à identifier le rapprochant indubitablement du crétin BCBG. Vous en voulez combien ? s'enquit sans vergogne le malotru. J'en ai cherché un partout. Ça ne se trouve plus.

À ce moment, la petite sonnette d'alarme avait un tintement moins lointain alors que le tintinnabulement du stress se mit à faire sérieusement son travail, m'avertissant du danger imminent. Ce même processus intrinsèque, qui rappelait à l'homme primitif qu'il lui fallait courir comme un malade devant le tigre affamé aux dents acérées ou la ruée du mammouth velu, a évolué vers un raffinement exquis chez les humains modernes, et m'amenait désormais à envisager ce sort potentiellement menaçant.

J'observai sa tenue : costume brun, chaussettes vertes, chemise fauve, double foyers embués, cravate grise froissée veinée de taches de sauce. Oui, cela annonçait les ennuis. Aucun doute, je m'étais flanqué juste à côté de la peste des airs, le Raseur de Bord !

– Un Zippo en laiton ! poursuivit ce sale type à face de lune, avalant son verre à grands traits pour mieux me postillonner dessus et s'allumant un autre clou de cercueil *king-size*. Allez, vous en voulez combien ? Tenez, écoutez-moi ça, fit-il débordant d'enthousiasme, me tendant soudain des écouteurs et un baladeur.

– Vous aimez Dusty Springfield ? Vous êtes dans quelle branche ?

De toute évidence, ce type était un parfait imbécile, et, chose incroyable, comme si j'avais déjà perdu le contrôle de ma raison, j'ai laissé échapper que j'étais chanteur-compositeur en route pour une tournée en Tasmanie. Cette monstrueuse erreur s'était glissée sous ce qui avait à présent atteint le stade des grandes cloches du système d'alarme. Je savais que les gros problèmes m'attendaient. J'étais une gazelle avec un guépard au cul et, sans vraiment m'en rendre compte, j'ai roulé une autre cigarette, qui, encore une fois, ressemblait au genre de truc que Peter Tosh se collait dans la bouche.

– Vous êtes musicien ? Bien. Alors vous allez apprécier ça !

Il appuya sur play pendant que je mettais le casque et les notes assourdissantes de « You Don't Have to Say You Love Me » assaillirent mes tympans. Jamais la musique de Dusty n'avait été aussi horrible, aussi lugubre. Consciencieusement, j'ai supporté la chanson jusqu'au bout, inhalant la cigarette bouffée après bouffée, fixant la file d'attente des gens aux toilettes, cette file qui me bloquait le passage, et ne cessait de s'allonger.

J'ai arraché le casque à la fin de la chanson et je me suis empressé de redonner ce monstrueux remix numérique à son propriétaire, coincé en position latérale, tout sourire, les grands réticules de ses dents de baudet fixés sur mon visage.

– On n'en écrit plus des chansons comme ça, hein ? Personne n'arrive à la cheville de Dusty !

– Non, vous avez raison, balbutiai-je, résolu à ne pas dire à ce connard que Dusty n'avait pas écrit cette chanson, sachant pertinemment que le Raseur de Bord n'est pas du genre à écouter, que mon explication recevrait un sourire figé comme si j'avais parlé à une statue.

Il continua à me griller à travers ses doubles foyers tandis que je fumais, la sueur commençant à perler sur mon front pour se transformer en grosses gouttes, mes yeux, dans leur infortune, étaient rivés sur la file pour les toilettes qui bloquait toujours ma sortie. À ma connaissance, aucune brochure, aucun livre, article, émission de télé ou de radio sur les voyages n'a jamais traité d'un tel personnage. C'est comme s'il n'existait pas. Or cet abruti des corridors des airs est aussi omniprésent que les cacahuètes grillées, la bière chaude, les humains de cent trente kilos, l'ersatz de beurre et cet autre répugnant démon, l'Hôtesse de l'Enfer. Pestant contre l'audace de ce guignol quand il démarra son inévitable monologue, me parlant de sa vaste connaissance de la musique populaire jusqu'en 1966, je résolus de lui lâcher une sévère volée à la première occasion. J'étais encore piqué au vif par ma rencontre avec les diaboliques Bahaïs, mais c'étaient des seconds couteaux comparés au Raseur de Bord – au moins leur offre sous hypnose de faire de moi leur gourou était originale. Cet être démoniaque n'avait rien d'autre à offrir que l'émulsion insipide de sa propre existence d'idiot.

– Ouah ! Nous y voilà ! s'exclama-t-il, plongeant dans sa veste froissée et en en tirant un minable Instamatic de pacotille. Belles formations nuageuses ! Attendez, je reviens dans une seconde.

Sur ces paroles, il passe par-dessus moi, manquant de m'écraser l'aine avec ses vieilles godasses, et bouscule sans ménagement la file des gens qui attendent pour les toilettes. Une fois de l'autre côté, il commence à se pencher au-dessus des passagers assis comme s'ils n'étaient pas là, faisant même tomber la kippa de la tête d'un Juif endormi, tout cela pour prendre des photos floues et sans intérêt de cieux vides. Ces dernières, je le savais, seraient développées dès qu'il aurait touché le sol et fièrement exhibées au cours de ses prochains vols, brandies sous le nez d'autres innocents, qu'il bassinerait à pleins baquets.

J'ai levé les yeux en direction de la file, poussant un soupir de soulagement à la perspective d'un répit momentané, pour voir là, debout à côté de moi, mon fidèle *tour manager*, Fortesque.

– Forty, dis-je, tu ne devineras jamais à côté de qui est situé le seul siège fumeur disponible de tout cet avion.

– Je l'avais déjà remarqué, dit Fortesque, un futé vieux routier des attaques de crétins.

– Écoute, dis-je, apercevant la mallette métallique que tenait Fortesque. Sors une feuille de papier et un marqueur noir, dépêche-toi !

Fortesque s'exécuta. Je m'emparai de la feuille pour y écrire « LE RASEUR DE BORD » en grosses lettres noires.

– Tu as du scotch ? demandai-je.

– Pas de problème, mon pote, répondit Forty, en sortant un rouleau.

J'ai jeté un coup d'œil vers le raseur, toujours en train de mitrailler avec son Vivitar, immortalisant de fascinantes études de cloisons, de cendriers, de moquette – tout ce qui pourrait, dans l'avenir, être utilisé comme arme pour ennuyer les gens.

– Bien. Maintenant, Fortesque, sois sympa. Va coller ça dans le dos de ce connard !

– Pas de problème, vieux, dit le loyal compagnon de route, se dégageant de la file en direction du Raseur de Bord, à six rangées de là, lequel était fort à propos penché au-dessus d'une tache de bière sur la moquette de l'allée, son pantalon brillant d'usure émergeant comme une vieille prune.

L'avion se mit soudain à se balancer et le signal « Attachez vos ceintures » s'alluma. Le péquenaud qui occupait le siège du pilote nous avertit d'un ton désinvolte qu'il y avait des turbulences et les hôtesses de l'air commencèrent à renvoyer les gens à leurs sièges. Je profitai de l'occasion pour m'échapper, mais pas avant d'avoir renversé sur son siège le reste de whisky-coca qui restait sur la tablette du raseur. Typique des gens de son acabit, le raseur ne tenait aucun compte des avertissements du commandant de bord et continuait de se pencher et de prendre en photo n'importe quoi.

La file aux toilettes se dispersait à présent, j'ai facilement rejoint l'autre allée et je suis arrivé à mon siège. Lorsque que je me suis trouvé à hauteur du raseur, j'ai remarqué que Fortesque l'avait bousculé et lui avait collé la feuille dans le dos ! La symétrie, la précision du geste de Forty, en suspens devant mes yeux comme un ballet au ralenti, m'envoya au fond du cœur un courant chaleureux, et je me suis assis, me cambrant vers l'arrière, impatiemment avide d'observer les prochains événements.

Fortesque se mit à remonter l'allée (il avait renoncé à soulager sa vessie pour accomplir cette tâche – preuve qu'il était un grand *tour manager*) alors que les lettres se détachaient sur le dos du raseur comme un signal. Une hôtesse apparut et ramena presque de force sur son siège le type qui, tout ce temps, afficha un sourire niais sur son visage plein de dents.

Il s'assit et après quelques instants, son visage rougeaud laissa paraître quelque malaise, mais sa réaction au siège mouillé fut décevante et le sourire ahuri ne changea pratiquement pas ; il allait falloir une insulte plus incisive pour percer sa couenne de rhino. La chance souriant, cet événement se produisit immédiatement, car lorsqu'il se leva à moitié pour tirer sur le fond mouillé de son pantalon, le passager assis côté hublot derrière lui, montra son dos du doigt. « Vous avez une affichette dans le dos », parvins-je à déchiffrer sur les lèvres du passager.

Le Raseur de Bord le regarda, le message pénétrant lentement dans sa matière grise.

– Une quoi ? le vis-je demander.

Une fois que le passager eut répété, le raseur chercha à attraper le papier qui lui pendait dans le dos.

Malgré sa peau comme un char d'assaut, le visage du raseur finit par changer d'expression et un soupçon de rougeur lui monta le long du cou tandis qu'il fixait mon œuvre qu'il tenait quelques centimètres devant ses yeux de myope. Il regarda le type dans le siège côté allée assis près de l'homme qui l'avait prévenu, un jeune à l'air renfrogné avec un anneau dans le nez et une barbe de quelques heures déjà bien visible. Il s'installa de nouveau sur son siège et fit quelques remarques à propos de ce punk à l'air plutôt menaçant.

De façon incroyable, le Raseur de Bord ne fit aucune tentative pour me chercher du regard dans les allées, mais avec la vision étroite d'un rustre, il brandit le papier d'un geste accusateur en direction du jeune vêtu de cuir.

– C'est vous qui m'avez mis ça dans le dos ? On devinait que c'était ce qu'il disait.

Le môme, de toute évidence un dur, pas habillé comme un voyou pour de simples raisons de mode, lui jeta un regard féroce et lui servit un négligent « Va te faire foutre » auquel le Raseur de Bord, de plus en plus contrarié et inconscient du danger imminent, répliqua en se glissant sur le siège que j'avais si récemment occupé, y planta ses genoux, se pencha, exposant le cul élimé de son pantalon tout luisant, et attrapa maladroitement le voyou à la gorge.

J'ai jeté un regard en direction de Fortesque qui s'était également retourné dans son siège, jetant des coups d'œil furtifs entre de fines mèches de cheveux noirs, les traits de son visage taillés à la serpe ridés de joie.

Tout ceci s'acheva très rapidement. Une hôtesse se précipita vers la scène et l'affichette vola un instant dans les airs où elle resta suspendue comme un cerf-volant pendant que le voyou avec l'anneau dans le nez donnait un coup de poing bien calculé en plein dans celui du Raseur de Bord ! Des dégâts plus importants seraient sûrement survenus si le puissant bras de l'Hôtesse de l'Enfer en personne ne s'était pas interposé en volant au secours de sa collègue plus faible, et n'avait effectué une prise de lutte sur le voyou, lui infligeant un efficace étranglement.

Le Raseur de Bord se rassit, écœuré, un mince filet de sang s'écoulant de son pif enflé, un mouchoir à la main, l'Instamatic pendant à son poignet.

– Je suis pas un raseur, le vis-je marmonner. Mais les cieux étaient de nouveau calmes ; une correction avait été infligée, il avait eu ce qu'il méritait, et je me rassis le cœur plus léger, mieux préparé à affronter les rigueurs d'un long, très long voyage.

Après une escale de deux heures à Bombay où nous avons été autorisés à descendre de l'avion, nous sommes repartis et le vrombissement des réacteurs fit encore une fois office de musique de fond engourdissante. Carruthers, évidemment, avait dormi pendant tout le voyage de Londres à Bombay où, peu de temps après avoir quitté l'avion, il s'était engagé dans une rixe avec un Indien qui semblait convaincu que l'ingénieur du son aux jambes longues et souples était une femme.

Peu après le décollage, de nouveau en vol, arriva une étrange décoction d'œufs au curry, de riz basmati et de sandwichs jambon-fromage, alors je me suis déplacé vers un siège près d'un hublot qui venait d'être libéré pour faire glisser tout ça avec une mini bouteille de champagne et un cognac. L'avion, un peu moins rempli après l'escale à Bombay, où nous avions heureusement perdu l'Arabe aux pieds puants, était toujours bondé dans la section fumeurs, et chaque fois que ces insectes de la nicotine commençaient à bourdonner dans mon système sanguin, il fallait que j'aille me glisser dans le seul siège inoccupé de cette section, à côté du Raseur de Bord, et que je m'en grille une rapide tandis que notre débiteur de choses assommantes était assis, inconscient – sans doute ses histoires l'avaient-elles barbées au point de l'endormir.

Toutefois, là où j'étais assis quand je ne satisfaisais pas ma dépendance, il y avait plein d'espace et je venais juste d'ouvrir la mignonnette de cognac quand Carruthers se déplia comme un haricot grimpant humain, se leva et repérant les sièges libres, bondit jusqu'à moi. Son allure disgracieuse était vraiment quelque chose à voir, et tandis qu'il manœuvrait, j'ai regardé avec fascination ces incroyables pattes d'insecte qui jaillissaient de son short de boxe vert vif comme deux derricks de chair.

Il se lança dans une discussion à une voix sur les complexités de l'écho numérique, injectant quelques salubres « kimbers » et « nibs » et autres termes rares, et moi, parfaitement inintéressé par le sujet, je décidai de le questionner sur les groupes pour lesquels il avait travaillé. J'en restais bouche bée quand il entreprit d'énumérer une liste d'obscurs groupes de hard-core, dont la plupart des noms faisaient davantage penser à des méthodes d'assaut meurtrier qu'à des groupes musicaux. Ça promet, pensai-je. Quel affront ! Voilà, j'allais jouer en solo acoustique, pour l'essentiel, devant un public de descendants de bagnards sur une île du Pacifique, carrément hors du circuit rock, et mon « ingénieur du son » qui semblait tout juste avoir dix-neuf ans avait passé toute sa « carrière » à travailler avec des gens qui traitent leurs instruments comme des tronçonneuses ! Tarquin, espèce de salaud ! sifflai-je au fond de moi, et pas pour la dernière fois.

Finalement, Carruthers retourna à sa place, mettant au passage une petite main au cul d'une hôtesse comme si c'était inclus dans le montant du billet, et je fus rejoins par Fortesque qui avait été à l'avant pour écouter les infos sur la radio du pilote. Il s'affala sur le siège, l'odeur piquante de sa vieille veste de cuir me montant aux narines et son visage buriné trahissant une familière impression de mélancolie.

– Ça se présente mal, mec, fit-il dans un soupir.

– Quoi ! hurlai-je presque, encore énervé après ma conversation avec Carruthers. Qu'est-ce qui se présente mal ? S'il s'agit de l'ingénieur du son tête de nœud, je le sais que ça se présente mal.

– Non, il fera l'affaire, mec, dit-il d'un ton monocorde. C'est un bon, je t'assure. C'est de la Tasmanie que je te parle – il y pleut non-stop depuis une semaine. Ils annoncent de la pluie pendant encore un mois, et l'hôtel d'Hobart est apparemment inondé et le courant coupé. Ça risque de prendre un bout de temps avant qu'ils réussissent à tout remettre en état.

– Super ! répondis-je manquant de me casser une dent. Ben, alors, allons dans un autre hôtel.

– Hum… c'est pas une bonne idée, répondit-il. Aucun des autres ne te plaira.

Fortesque qui était Australien et avait passé une bonne partie de ses jeunes années dans un élevage de moutons en Tasmanie, devait un peu connaître cette île infernale que nous nous apprêtions à envahir. Une des deux principales villes du pays, et il n'y avait pas d'autre d'hôtel convenable ? En plus, pensai-je, avec un truc du genre dépression suicidaire qui s'installe, qu'est-ce que ça va être à Burnie ou Dunalley ou Margate (Margate ? !) ou Flinders Island ou Triabunna ? Ces noms s'élançaient de mon itinéraire comme des lances aborigènes, chacun m'empalant le cœur d'une frayeur supplémentaire.

– T'inquiète pas, mon pote, dit Fortesque, ce gnome aux cheveux noirs, tu seras super !

Nous décollâmes de Singapour, où, comme lors de l'escale de Bombay, je me retrouvai à traîner pendant deux heures dans un aéroport étouffant, mesurant d'un air abattu l'ampleur de l'orage tropical derrière les vitres sales et espérant du fond du cœur que Carruthers serait enlevé par une bande d'homosexuels asiatiques. De nouveau dans les airs, j'étais sur le point de m'endormir quand apparut le Raseur de Bord, son épaisse peau apparemment cicatrisée et le Vivitar prêt à l'action.

– Donnez-nous donc du feu avec ce Zippo ! cria-t-il, enthousiaste, se penchant par-dessus les sièges vides, une cigarette comme un poteau à la bouche et une haleine de chien alcoolique. Je m'empressai de l'obliger et, heureusement, le débile à grand visage plat se dirigea vers l'avant de l'avion, éructant de la fumée et lançant une dernière remarque dans son sillage : « Je vous ferai une offre que vous ne pourrez pas refuser ».

Finalement, après vingt-quatre bonnes heures dans les airs, les boissons, la fatigue et les tensions diverses causées pour mes grotesques compagnons commencèrent à faire de l'effet et je me suis assoupi. Mais avant de m'endormir vraiment, j'ai entendu le caquet sec de l'Hôtesse de l'Enfer et l'anglais étranglé de Carruthers, ces deux désagréables phénomènes auditifs, entremêlés dans un match diabolique. Ma paupière gauche s'est soulevée d'un coup et je les ai vus assis côte à côte, alors que nous abordions cette partie du vol où l'hôtesse commence à se relâcher et à ouvrir ce qui reste de mini champagne, accompagnant souvent les passagers pour un moment de camaraderie. Fallait-il en croire mes oreilles ? On aurait bien dit Carruthers en train de baratiner cette vieille meuf !

Cette immonde idée parasitait mon esprit tandis que je tirais une couverture sur moi, que j'ingurgitais mon quatrième cognac, et que je tombais dans un épais sommeil suant.

Chapitre 8

Le temps en Tasmanie, maussade mélange de ciels gris, de pluie et de vent, eut l'effet d'une douche froide sur notre arrivée qui n'eut d'égale que la découverte de *The Abel*, notre hôtel monolithique et inondé. Carruthers, Fortesque et moi-même sommes entrés dans le hall en pataugeant dans l'eau, là nous avons été accueillis par un homme en combinaison de plongée, actionnant une énorme vieille pompe rouillée sur laquelle il ne cessait de taper avec un marteau. Cet instrument antique, l'air d'avoir été conçu la même année que l'hôtel, crachotait, pétait et fumait quand il entrait en action, aspirant l'eau sale et la propulsant à l'intérieur d'un morceau de tube plastique transparent qui serpentait jusqu'à une fenêtre proche par laquelle il sortait.

Je n'ai pu détacher mon regard étonné lorsqu'un petit poisson fut aspiré dans le tuyau et envoyé vers son destin. Cet appareil dangereux était branché dans le mur quelques centimètres au-dessus de l'eau, qui m'arrivait quasiment aux genoux, et je craignais d'être électrocuté d'un instant à l'autre.

– Attendez les gars, attendez ! hurlait l'homme pour couvrir le vacarme de la pompe. Je suis à vous tout de suite ! Là-dessus, il donna une fois de plus un grand coup sur l'appareil et pataugea jusqu'au comptoir de l'accueil.

Nous l'avons suivi bêtement, chaussettes fourrées dans nos poches et chaussures nouées autour du cou. Les tournées remplies de raseurs, de cultes religieux, d'hôtesses de l'air malfaisantes, de cacahuètes grillées, offraient aussi le charme du scénario des bagages perdus, un plaisir que nous avions récemment connu à notre arrivée à l'aéroport international d'Hobart. « Ça s'est produit à Singapour », avait déclaré d'un ton méprisant le rustre responsable des bagages égarés. Ils arriveraient par le prochain vol dans environ huit heures – si nous avions de la chance.

– Ben, putain de merde ! s'exclama Carruthers, en parcourant du regard le hall de l'hôtel et en voyant le canapé recouvert de tissu, la table posée devant avec des magazines et des cendriers, les quatre ou cinq chaises usées, les yuccas entourés d'eau qui venait clapoter autour de leurs grands pots de céramique, et les hauts lampadaires s'élevant vers le plafond qui leur faisait écho, six mètres plus haut. Toute cette scène ressemblait à un bain turc sans la vapeur.

– Vous avez eu une grande marée, hein ? demandat-il à l'homme en combinaison derrière le comptoir.

– Grande ? commença-t-il, l'air troublé tandis qu'il tapotait des fiches de clients sur le comptoir devant nous. Il avait le teint cireux et une verrue noueuse dans le creux de l'aile de son nez. Ah, ça ? fit-il, comme s'il remarquait pour la première fois l'inondation. Non, non, non. C'est la Gooligolli qui sort de son lit. On a eu tellement de pluie, vous savez… ce hall, c'est comme un putain de gros trou, quand la rivière rompt ses berges… boom, boom. Les chambres sont un peu humides, mais il y a presque toujours de l'électricité et ils disent que le temps va s'améliorer. Des bagages les gars ?

– Ils sont à Singapour, dit Fortesque, accent australien contre accent australien.

– Nom de Dieu, vous aurez de la chance si vous les revoyez ! Tenez, voilà les clés. Le bar ouvre à six heures, il est juste là derrière. Quand vous vous serez descendu quelques cannettes, vous remarquerez même plus que vos chaussures pataugent dans l'eau, pas vrai ?

Les aiguillons de la contrariété, les crocs de la mélancolie dansaient toujours autour de moi tels des spectres railleurs, mais j'étais déterminé à tenir en échec cette gigantesque planète de déprime – non, cette galaxie de désespoir – tapie dans mon cortex primaire, prête à fondre sur mon être et à l'envahir de ses flots d'angoisse cosmique. Après tout, seules ma magnifique Gretsch Countryman, ma rare et inestimable Hohner acoustique et mon irremplaçable ondioline étaient perdues quelque part à Singapour. Pas de quoi se foutre en rogne… comme un malade. Plus mes vêtements pour deux mois et divers autres accessoires nécessaires à la survie dans un environnement hostile. J'ai étouffé un élan de désespoir à la pensée qu'un jeune crétin de bagagiste de l'aéroport de Singapour pouvait glisser ma Gretsch de dix mille dollars dans le coffre de sa Honda de troisième main toute rouillée, pour l'emporter dans son taudis du vieux Singapour où ses quinze frères se battraient et hurleraient pour savoir qui allait l'essayer, et le vieux père ratatiné entrerait, une Marlboro à la lèvre, le regard arrêté par l'exceptionnelle beauté, se demandant si elle avait été fabriquée à Taiwan ou au Japon, et combien elle valait : dix, quinze, vingt dollars, peut-être ?

J'essayais de réprimer le regret que cette image faisait naître et j'ai jeté un regard méchant en direction de l'homme à la verrue en combinaison de plongée. Avec un peu de chance, le rat s'électrocuterait avant que le hall ait séché. Puis, abattu, j'ai emprunté l'escalier tournant pour aller dans ma chambre.

C'était une espèce de truc gothique dans lequel se trouvait une commode mastoc ; la pièce était haute de plafond, de là pendaient des indentations métalliques parallèles, peintes en blanc, ressemblant à des pis de vaches. Mais il y avait de l'électricité et je me suis jeté sur le lit pour regarder la télé, sans tenir compte d'un état à la limite de l'hallucination que l'épuisement et le décalage horaire avaient commencé à faire naître en moi. Même dans ce trou du cul du monde, il y avait le satellite, alors j'ai zappé jusqu'à ce que quelque chose de raisonnablement intéressant retienne mon attention. Il s'est avéré que c'était une chaîne française, et j'ai ouvert de grands yeux étonnés quand j'ai vu défiler le générique.

– Mesdames et Messieurs, annonçait une voix féminine avec un accent français, encore une fois bienvenue… aux *Deux Jerry Lewis* !

Acclamations et applaudissements explosèrent, et la caméra fit un gros plan sur deux mains noueuses couvertes de bagues martelant du rock'n'roll de bar sur un piano droit. La caméra se releva et il y eut de toute évidence une coupure nette, car le visage n'était autre que celui du comédien Jerry Lewis, qui grimaçait toujours cette même mimique à la Professeur Foldingue avec ses dents proéminentes. La caméra descendit sur ses jambes tordues, les genoux coincés l'un contre l'autre, comme s'il était handicapé, puis elle revint sur son visage, mais là, nos rapides du montage nous ramenèrent en un éclair sur l'homme qui jouait du piano droit, cette légende du monde du divertissement, Jerry Lee Lewis.

Les applaudissements se sont transformés en assourdissants éclats de rire tandis qu'avec un autre angle de vue, la caméra avançait entre des rangées de spectateurs rubiconds, pour nous offrir le spectacle des deux Jerry Lewis debout dans le studio devant un rideau d'un bleu criard chatoyant. L'un des deux Jerry Lewis sortit un revolver et fit mine d'abattre l'autre Jerry

Lewis. Cette scène, sur fond de hurlements de joie, m'a fait lâcher la télécommande sur le lit au moment où le Jerry Lewis qui avait été tué tombait sur le derrière et que le Jerry Lewis au revolver effectuait un demi-tour et retournait taper sur les touches du piano. Il secoua ensuite les mèches indisciplinées qui lui revenaient sur le front et un gros plan de son visage dévoila un sourire de dément. Tout ceci émaillé de plans sur les spectateurs, certains en larmes n'en pouvant plus de se tordre de rire. Le Jerry Lewis pianiste sortit ensuite de sa poche deux bouteilles de gélules de toutes les couleurs, il les ouvrit et commença à les avaler, eu les faisant suivre de sérieuses gorgées de Southern Comfort. Le public continua à se tordre de rire quand l'autre Jerry Lewis se tortilla par terre, montrant ainsi que les pilules faisaient effet.

Puis les éclairages baissèrent d'intensité et la caméra se posa sur le Jerry Lewis qui tapait sur le piano, une lumière sinistre sur le visage tandis qu'il entonnait sur un ton menaçant avec un traînant accent du sud « Amenez-moi une femme ! » Une blonde en tenue de cow-boy entra sur scène et resta là, en jeans, mains sur les hanches entre les deux Jerry Lewis qui se mirent à lui donner des coups de poing et de pied jusqu'à ce qu'elle tombe sur le sol, du sang (probablement issu d'une capsule) dégoulinant de sa bouche.

Les deux Jerry Lewis se serrèrent ensuite la main et se donnèrent quelques claques dans le dos alors que deux hommes portant des bérets se précipitaient sur la scène pour évacuer la blonde. Les caméras se promenèrent sur les spectateurs, dont un important pourcentage était constitué de Françaises trop élégantes. Certaines tellement prises de fou rire qu'elles pouvaient à peine respirer, et il y eut une brève insertion d'image des coulisses pour nous montrer une équipe médicale en train d'observer des écrans, prête à voler au secours des spectateurs en cas de crise cardiaque ou d'hyperventilation. Ensuite, il y eut une plage publicitaire où défilèrent des pubs pour Citroën, Pernod et les Gauloises.

J'étais médusé ; complètement oubliés les bagages perdus, les visites de sites pittoresques ou la séance de baignade pour arriver au bar de l'hôtel, j'ai pris le téléphone comme un automate. J'ai composé le numéro de Fortesque.

– J'ai maté le spectacle, répondit-il, stoïque, quand je lui ai demandé s'il était branché sur cette chaîne. Ouais, mon pote, t'en avais jamais entendu parler ?

– Non, non, répondis-je.

– Des amis australiens m'en avaient parlé. On n'a pas ça en Angleterre parce que les Anglais détestent les Français – tu sais ce que c'est – mais c'est vachement populaire chez eux. Ça fait un tabac en France, tu penses !

– Ah… super. Merci, Forty, fis-je ne sachant trop quoi dire,

– À plus, dit-il avant de raccrocher.

Une fois les pubs terminées, l'action reprit. Un des Jerry Lewis martelait au piano « Whole Lotta Shakin' » tandis que l'autre, habillé en écolier, se tortillait comme un fou sur la musique, offrant un étonnant éventail de postures de gymnastique faciale.

Au bout d'une ou deux minutes, ils échangèrent leurs rôles ; le Jerry Lewis matraqueur de piano fit une excellente imitation du Jerry Lewis bourré de tics imprévisibles et le Jerry Lewis bourré de tics imprévisibles fit une excellente imitation du Jerry Lewis matraqueur de piano. À mesure que ces singeries prenaient de l'ampleur, il devenait de plus en plus difficile de distinguer un Jerry Lewis de l'autre, et certains spectateurs reçurent alors une aide médicale : une femme d'un certain âge suffoquait violemment tandis qu'un toubib lui faisait respirer des sels et un monsieur maigrichon qui avait perdu connaissance, était emporté sur un brancard.

Je me suis soudain souvenu avoir lu, il n'y avait pas très longtemps, que Jerry Lewis, le comédien, avait quitté les États-Unis parce qu'il en avait marre de ce pays où on le prend pour un imbécile, pour venir s'installer en France où on le prend pour un génie. Qui pourrait lui en vouloir d'aller là où se trouve le respect ? C'est un miracle qu'il y ait toujours des artistes autochtones qui continuent à se produire au Royaume-Uni, compte tenu de l'habitude invétérée qu'ont les habitants de cette île royale de les laisser faire au début de leur carrière, puis de leur déverser d'énormes seaux de merde sur la tête pendant tout le reste de leur vie. J'étais parfaitement capable de comprendre Jerry. Tant mieux pour lui, pensai-je. On devait sûrement lui donner une fortune pour cette émission et, en plus, il avait vraiment l'air de bien s'amuser.

Quant à Jerry Lee Lewis (celui qui faisait de temps en temps le pitre sur scène, qui consommait des médicaments à haute dose suite à la récente ablation de la moitié de son estomac, celui qui avait eu de nombreuses femmes « décédées » dans d'étranges et douteuses circonstances), je me suis aussi souvenu avoir lu récemment qu'il avait quitté les États-Unis pour de toutes autres raisons : il devait environ sept millions de dollars au fisc. N'empêche, à en juger par le succès de ce spectacle, il semblait un objet de vénération sur le continent.

Les deux Jerry correspondaient parfaitement aux canons français de la gloire, ai-je compris en voyant l'un d'eux (je crois bien que c'était le comédien) faire un numéro de démarches stupides vraiment pas drôles. Le sens de la mode des Français, contrairement à ce que l'on croit, est évidemment atroce : Mickey Rourke

106

est perçu comme un acteur de la taille d'un Lawrence Olivier, en très grande partie à cause de son impeccable barbe de trois jours ; et il y a moins de deux ans, j'ai vu une boîte de nuit parisienne pleine d'ados français qui s'évertuaient à danser comme Madness, le groupe de la deuxième génération du ska. Il fallait voir combien ils étaient incapables de comprendre le style – ils ressemblaient plus à des pierrots en train de subir un électrochoc qu'à des néo-mods.

N'empêche, je ne pouvais détacher mon regard de l'écran, si fasciné par cet étonnant programme que je n'avais même pas pensé à regarder par la fenêtre ou à mettre le nez dehors en quête de la sandwicherie ou de la salle de flipper la plus proche. Je n'avais entrepris aucun des rituels qui m'éloignent momentanément de l'entreprise humaine la plus ennuyeuse qui soit : le voyage, et l'inconfort qu'il entraîne. Identifier des odeurs glandulaires, rosser les Raseurs de Bord, traîner dans des aéroports tropicaux sales, perdre des guitares de grande valeur et des effets personnels sans prix – tu peux tout te garder, ai-je alors pensé. Si tu me donnes rien d'autre qu'une antenne parabolique et accès à des programmes comme ce spectacle de choix, je serai ravi de rester chez moi sans bouger à vivre de droits d'auteur distribués au compte-gouttes de temps à autre dans ma boîte à lettres.

Ce jeu joyeux et insensé s'est poursuivi pendant environ dix minutes avant qu'une voix off annonce quelque chose à propos de La Grande Finale qui allait débuter juste après les pubs.

J'ai sorti la liste des chambres et repéré le numéro de Carruthers, j'ai pris le téléphone, ne détachant pratiquement pas mes yeux de l'écran.

– Nibs, fit-il en guise de salut monosyllabique.

– Tu regardes ce truc, Carruthers ?

– Ouais, c'est ce que je mate. Forty vient de m'appeler. Giga, putain, hein, Beep ?

J'entendais derrière le vague bruit de la télé le tintement d'un verre ou d'une bouteille. Quelqu'un était avec lui. J'ai décidé de ne pas poser de question, je pressentais que ce goujat devait être du genre (contrairement à ce que son physique pouvait laisser croire) à emballer des femmes à droite, à gauche et au milieu.

– À plus tard, dis-je.

– Nibs, acquiesça Carruthers.

J'ai de nouveau dirigé mon attention sur l'émission au cours de laquelle les deux Jerry Lewis annonçaient – l'un d'une voix puérile et chevrotante, l'autre avec une voix traînante de psychopathe du sud gravement atteint – qu'ils avaient tous les deux des fils adultes, qui tous les deux, par le plus grand des hasards, s'appelaient Jerry Lewis Junior. La foule se déchaîna alors et j'ai eu l'impression distincte que ce spectacle était hebdomadaire et qu'il se répétait sans pratiquement aucune variation.

Puis l'hymne national français retentit en arrière-plan, et les Jerry Lewis junior furent amenés. Deux des Jerry Lewis martelaient le piano droit, interprétant une version débridée de « Drinkin' Wine Spo-Dee-O-Dee », tandis que les deux autres Jerry Lewis tournaient autour de la scène, offrant le complet répertoire de chutes sur le derrière, de démarches stupides et de tics faciaux que les Français trouvent parfaitement hilarant. Pour finir, sous un tonnerre d'applaudissements, la jubilante voix off féminine hurla « Monsieur, Madame… Les Quatre Jerry Lewis ! »[1] Les Jerry Lewis originaux apparurent alors en gros plan et dirent (chaque Jerry Lewis prononçant un mot sur deux dans le style inimitable qui était le sien, ce qui produisit un effet de ping-pong

1. En français dans le texte.

macabre) : « Nous serons de retour la semaine prochaine avec »… puis ils braillèrent ensemble la suite, « Les Deux Jerry Lewis !!! »

Jusqu'à présent, la Tasmanie s'avérait plus intéressante qu'escompté, alors j'ai décidé de porter un toast à la société locale des chaînes satellites responsable d'avoir diffusé les deux Jerry Lewis en buvant un verre à leur santé ; c'était le début de la soirée en Tasmanie et Dieu sait quelle heure pour mon horloge interne perturbée.

J'ai appelé la réception, ne souhaitant pas traverser à gué le déluge du rez-de-chaussée, et je suis tombé sur l'homme à la verrue.

– Est-ce que vous pourriez me monter deux bouteilles de bière, s'il vous plaît ? demandai-je.

Avec un soupir d'impatience, l'homme accepta à contrecœur, et quinze minutes plus tard, il frappait à la porte et entrait avec deux bouteilles de Boags, la bière locale, et une lettre.

– Vous avez regardé les deux Jerry Lewis, vieux ? demanda-t-il.

– Oui.

– Veinard, pleurnicha-t-il. Il y en a certains qui doivent bosser comme des tarés… Tenez, y a une lettre pour vous, mec. J'ai oublié de vous la donner plus tôt.

Il me tendit la bière et l'enveloppe puis partit, laissant une mare d'eau devant la porte. J'ai attaqué les deux, assoiffé et affamé de découvrir qui pouvait bien avoir cette adresse avant mon arrivée. Je fus étonné de découvrir qu'elle venait de ces langues de vipères d'avocats américains représentant les Baedburger, ces bénéficiaires illégitimes de la propriété de mon défunt oncle, John « Sir » Bacon. Steed ou Smyke leur avait probablement donné le détail de mon foutu itinéraire sans le moindre accord de ma part. J'ai ingurgité la bière fraîche et lu ce truc avec de plus en plus de dégoût.

Cher Monsieur Borker,

Nous vous remercions pour votre lettre concernant M. John « Sir » Bacon. Elle s'est avérée très intéressante et instructive, mais nous ne voyons pas en quoi ces informations nous concernent. Les Baedburger ont été pendant deux années légalement les tuteurs de M. Bacon, lequel dans son immense gratitude, a jugé bon de leur léguer tous ses biens.

Nous comprenons votre déception, étant son seul parent vivant, mais étant données les circonstances, nous pensons que nos clients méritent l'entier bénéfice du testament légal et contraignant sus-mentionné et, sauf bien sûr si vous avez l'intention de contester ledit testament dans un futur immédiat, nous pensons de notre devoir de poursuivre le traitement du document sous sa forme présente et de représenter les Baedburger dans leur juste revendication.

Nous estimons avoir attendu suffisamment longtemps et comme dorénavant les Baedburger sont dans une situation financière très précaire, nous sommes donc contraints de remplir notre devoir, en supposant qu'il n'y aura pas d'intervention légale de votre part. Par ailleurs, nous pensons que John Bacon était parfaitement sain d'esprit lorsqu'il a rédigé ce testament, et si vous prenez effectivement là décision de le contester, nous vous écraserons comme une fourmi.

Nous vous prions de recevoir, Monsieur, nos sentiments les meilleurs,

Messieurs Goldtraub, Cardbaum & Silvermein.

J'ai décidé de faire face, réprimant un ardent désir de jeter la bouteille vide de Boags par la fenêtre. Le téléphone a sonné et voilà Fortesque qui m'annonce cette excellente nouvelle que les bagages et les guitares

– elles étaient apparemment entières – arriveraient de Singapour par le prochain avion. Soulagé, j'ai arraché stylo et papier de mon sac à bandoulière et préparé une réponse à ces magouilleurs, réponse qui, pensai-je, les convaincrait rapidement de mon intention de contester cette farce jusqu'au bout.

à Messieurs Goldfinger, Cardcredit et Silverhoard,
Messieurs,

« Sain d'esprit lorsqu'il a rédigé le testament » ? Vous plaisantez ? Laisser entendre que Johnny a toujours eu les idées claires comme de l'eau de roche pendant toute sa vie désordonnée et désorientée, serait une très grave erreur de jugement. Les exemples de sa folie profondément enracinée et héréditaire sont légion et bien documentés par divers potentats, médecins et profanes. Cela explique que je doive moi-même subir de fréquents et variés examens médicaux au cas où je serais également touché par ce féroce et virulent accès de démence qui fait le malheur de ma famille depuis une éternité. En fait, je vous écris cette missive assis sur une chaise à laquelle il lui est arrivé une fois de mettre le feu.

N'avez-vous jamais entendu parler du célèbre phénomène des « murs qui frappent » de Lurchdale dans l'État de New York ? Laissez-moi, chers messieurs, vous faire brièvement le récit de cette fameuse et scandaleuse affaire qui a ébranlé la communauté des spirites jusqu'à leurs fondements dans le courant des années soixante. Mon défunt et regretté oncle, John « Sir » Bacon, était à l'époque employé comme conservateur du musée des Antiquités de Jaffa à Lurchdale. Il devait assumer la charge de ce petit établissement et donner une description détaillée de son contenu sacré aux visiteurs qui étaient, pour la plupart, des groupes de croyants de confessions très disparates. « Sir » Bacon, doit-il être noté, eut de nombreux et variés emplois dans sa vie, mais, généralement, il ne les conservait pas plus d'un ou deux ans, au maximum, à cause des inévitables accès de comportement excentrique qui aboutissaient inévitablement à sa mise à pied. Le fiasco des « murs qui frappent » ne fit pas exception.

Au bout de six mois environ de ce travail, mon oncle fut certain d'avoir entendu une série de coups délibérés et calculés, comme s'il s'agissait d'un code, venant d'un trône de Jaffa particulièrement grand, une pièce maîtresse du musée. Les coups, en conclut-il, étaient de nature tellement similaire à ceux qui avaient été repérés dans le célèbre Fox Cottage près de Hydesville dans l'État de New York (les coups secs de Hydesville, 1848), qu'il parvint à convaincre un tas d'éminents chefs religieux et de spirites et qu'une enquête de grande envergure fut lancée.

Très rapidement, des spécialistes du paranormal inondèrent le minuscule musée de caméras et de magnétophones, et des équipes d'informations télévisées, venues des quatre coins du pays, interrogeaient « Sir » Bacon et dirigeaient leurs micros vers le trône qui émettait un ou deux petits coups en guise de réplique. Trois spirites notables, Sir Oliver Lodge, W. E. Harriman et le Révérend « John » Thomas, vinrent en Amérique depuis le Royaume-Uni, tant les assurances de « Sir » Bacon à propos de communications venant de l'au-delà furent convaincantes. Toutefois, il ne fallut pas longtemps avant que quelqu'un pense à déplacer le trône (un travail ingrat qui nécessita de percer un trou dans le toit du musée afin qu'une petite grue puisse effectuer cette tâche) et à l'examiner par-dessous. Cet exploit dispendieux accompli, il fut découvert qu'une série de petits tunnels avaient été creusés dans le trône, connectés à un trou dans le plancher. Ce trou traversait le plancher (fut-il découvert après de minutieuses et coûteuses opérations) et conduisait directement à la cave dans laquelle M. Bacon avait stocké une grande quantité de nourriture pour chien, destinée à ses trois galeux errants. Apparemment, les souris suivaient le tunnel jusqu'au trône après avoir traversé le plancher, attirées sans aucun doute par ses luxueuses couches de velours et son bois desséché et vermoulu, et elles avaient emporté avec elles d'imposantes quantités de nourriture pour chien. Comme elles avaient agrandi leurs trous en portant les morceaux de croquettes dures dans leurs bouches, elles lâchaient (selon les estimations d'un très onéreux spécialiste des mammifères) de temps en temps les croquettes pour creuser davantage le trône de leurs dents, causant ainsi des petits « coups » assez rythmiques.

M. Bacon fut bien entendu renvoyé, et l'organisation Jaffa n'a jamais vraiment retrouvé son pouvoir et son estime initiaux. Ceci en très large part dû au ridicule qui s'ensuivit à l'égard de la religion et aux énormes dépenses qu'entraîna l'enquête.

Veuillez vous attendre à recevoir une citation du juge chargé des testaments du comté de Pratsville, invoquant ma contestation du testament de M. Bacon. Soyez assurés, Messieurs, que j'engage de l'artillerie lourde dans cette affaire, et que je vais vous faire valser comme des quilles humaines.

Veuillez agréer, Messieurs, mes sincères salutations,

Brian Porker, Membre de l'Ordre de l'Empire Britannique.

Après avoir déversé tant de bile, une lassitude m'a envahi ; je me suis allongé sur le lit moisi et défoncé, et j'ai dormi comme une bûche.

Chapitre 9

Quatre jours plus tard, Fortesque, Carruthers et moi-même sommes arrivés à Penguin, ville du nord, pour ma troisième apparition en Tasmanie, la tournée prenant alors la vitesse d'une Ford T gravissant l'Everest en marche arrière. Nous avions déjà survécu à deux spectacles dans deux autres villes obscures, deux cabarets répugnants avec des ruelles en guise de vestiaires et un public de personnages au teint terreux et à l'air perdu qui n'avait pas la moindre idée de qui j'étais, ou de pourquoi j'étais sur scène avec rien d'autre que deux guitares et un bizarre clavier pour m'accompagner. « Où est l'orchestre ? » demandaient certains à la caisse. « C'est un chanteur folk ou quoi ? » s'enquéraient-ils sans conviction. La plupart de ces gens avait l'intelligence d'un ouistiti moyen, et me souvenant de mes expériences dans les îles Anglo-Normandes où j'avais passé quelques mois après avoir quitté la maison pour la première fois, je soupçonnais une sérieuse consanguinité.

Je me tenais sur la scène inclinée et poisseuse du seul club de rock de Penguin, ingénieusement baptisé le Marquee Club, et j'entrepris le réglage des balances, gêné par un fort bourdonnement, des crépitements électriques constants et de temps à autre une décharge dans mes lèvres émanant du micro cabossé.

Des affiches décolorées de chanteurs de variétés anglais des années soixante ornaient les murs, ce qui m'a amené à me demander si un chanteur de renommée internationale s'était jamais produit dans cette salle depuis lors.

Le trait le plus agaçant de Tasmanie, et de loin en fait, était cette propension des autochtones à tout recouvrir d'un vernis anglais. Les noms anglais, l'abondance de salons de thé *Ye Olde English* et d'antiquaires, et le simple fait que ces gens-là cultivaient l'illusion qu'ils étaient Anglais, alors qu'ils se trouvaient à un saut de puce de l'Australie, dans un lieu aussi étranger qu'on pouvait l'imaginer bien qu'ils usent (ou abusent) de la langue anglaise. Tout ceci contribua à me remonter comme une scie circulaire et j'étais prêt à arracher les cheveux de Carruthers par la racine, convaincu qu'il était responsable de tout, faute d'une cible plus consistante. (Comme d'habitude, Steed – une cible bien plus logique, sauf qu'il était de l'autre côté du globe – n'avait pas téléphoné pour vérifier notre progression, ou envoyé ne serait-ce qu'un fax, ce qui ne l'avait pas empêché, lui ou Smyke, de donner aux avocats des Baedburger l'adresse du premier hôtel dans lequel nous avions séjourné et de faire suivre un article particulièrement désagréable sur *Porker in Aspic* et une note d'une station de radio de Woodstock, dans l'État de New York, demandant si j'accepterais de faire dans deux semaines une soirée de bienfaisance au bénéfice des égouts locaux.)

Carruthers, nouvel objet de mon courroux tant que rien de mieux ne se présentait, courait à grandes enjambées en coulisses après chaque spectacle avec des commentaires du genre : « Dis donc, coriace la foule, mais méga finalement » ou : « J'ai l'impression qu'on est passé par une sacré phase de kimber ce soir, sept coupures de courant ! Super ! On y est arrivé, zut ! »

Plus d'une fois, j'ai failli l'assommer à coups de bouteille de Boags, mais j'ai réussi à me contrôler en constatant qu'il me faudrait un escabeau pour atteindre sa tête. Tout vieux et ennuyeux routier des tournées qu'il était, ça ne l'empêchait pas de se coller un mal de crâne monstrueux vers le matin, vu qu'il faisait la fête jusqu'au lever du jour et ne regagnait sa chambre qu'après avoir trouvé une grosse pétasse pour l'accompagner.

Ce matin-là, dans la salle du petit-déjeuner de l'hôtel, il est venu s'asseoir à côté de moi, puant le parfum bon marché et sortant des sous-vêtements féminins dégueulasses de son sac de marin.

– Dis donc, je me suis payé une sacrée cuite hier soir ! se vanta-t-il en étalant sur la table les dessous comme des trophées et mettant mal à l'aise les vieilles filles de l'hôtel jusqu'à l'autre bout de la salle.

– Rends-moi un service, Forty, dis-je d'un ton sarcastique en recevant encore une petite décharge électrique dans le micro du minable Marquee Club. Si je me fais électrocuter ici ce soir, arrange-toi pour que Carruthers touche mon torse encore agité de soubresauts avant de couper l'électricité, d'accord ?

Ce soir-là, les spectateurs entrèrent en « foule », les uns après les autres, et lorsque je jetai un coup d'œil par le miteux rideau gris de fond de scène, je ne pus retenir un frémissement – le caractère lugubre la soirée s'accroissait comme une amibe se divise. Il y avait une demi-douzaine d'autochtones parfaitement en accord avec le nom de la ville ; ils se déplaçaient effectivement comme un troupeau d'oiseaux marins qui ne peuvent pas voler. Ils se dirigèrent directement vers le bar près de l'entrée sans même jeter un regard à la scène. Mais le gros du public – dix-sept personnes en tout – était sous la houlette d'une infirmière nazillonne qui mâchait du chewing-gum et tenait une matraque, menant le groupe dont elle avait la charge jusqu'au centre de la piste de danse crasseuse comme si elle les conduisait à la chambre à gaz.

Fortesque fut envoyé aux renseignements, car je n'arrivais pas à m'expliquer à première vue le comportement de ce groupe bizarre – même en Tasmanie. Mais avant que mon *tour manager* ait eu le loisir de revenir avec une réponse, les expressions vides et les contorsions physiques débridées de cet étrange groupe m'affranchirent : de toute évidence, c'était des débiles – des personnes « à stimuler mentalement », ce devait être l'expression en vigueur à l'époque – très vraisemblablement de sortie pour la journée depuis l'asile voisin. À moins, pensai-je, traversé d'un frisson, que ces espèces de crétins entropiques à demi-formés ne soient des gens normaux à Penguin.

Fortesque était occupé à corder mes guitares, sans dire s'il avait découvert ou non pourquoi mon public était presque entièrement composé ce soir de gens gravement aliénés. Morose, j'étais appuyé au mur du vestiaire – de charmantes toilettes où se trouvait une cuvette sans siège – en train de grignoter une succulente préparation locale appelée lamington (un genre de biscuit de Savoie, recouvert d'un glaçage au chocolat et saupoudré de noix de coco râpée), la seule chose que le promoteur de la ville semblait disposé à nous offrir en guise de marque d'hospitalité. Forty marmonnait qu'il faudrait repousser le début du spectacle d'une demi-heure, dans le vain espoir de voir débarquer en masse des fans de Brian Porker, présentement occupés à s'imbiber dans les pubs locaux jusqu'à leur fermeture, d'ici cinq minutes. Or, de toute évidence, les habitants de Penguin étaient chez eux, à se faire du lard dans leurs fauteuils devant leur infinité de programmes

117

TV satellite, inconscients du renom international d'un ancien single qui fut un hit unique en son genre de la Soulbilly anglaise, et de mon étonnante réinvention de moi-même en chanteur pop de trois minutes et demie aux multiples influences.

– Toujours personne de plus là-bas ? finis-je par demander à Fortesque.

Il passa la tête avec précaution par le côté du rideau poussiéreux. « Euh, ouais… il vient d'en arriver quelques autres. Ils sont en train de s'imbiber au bar », dit-il d'un ton joyeux – toujours le même vieux routier optimiste.

– Merde, on y va.

Sur ces mots, je suis entré en scène, accompagné par un féroce sifflement aigu en prime, comme si la simple présence d'un humain vivant près du matériel merdique du Marquee devait provoquer des problèmes techniques insurmontables. Après avoir trouvé un angle d'approche du micro sans qu'il produise un hurlement assourdissant, j'ai avancé jusqu'au truc graisseux comme si j'approchais une bête sauvage et j'ai attaqué par « Knee Trembler », en espérant du plus profond de moi qu'à part mon équipe, il y aurait bien dans cette salle une personne qui l'aurait déjà entendu. Malgré le dangereux matériel de scène, je m'en sortais plutôt bien, malheureusement toutefois sans soulever le moindre intérêt dans la bande de lourdauds au bar qui buvaient et parlaient comme si c'était un disque qui passait. Et, à en juger d'après leur comportement, les débiles regroupés au milieu de la piste comme des mollusques accrochés à un rocher, semblaient tout pareillement éprouver l'impression que la scène était vide, qu'il n'y avait en fait ici personne qui se crevait le cul ; ils agitaient les bras, tous affligés de tics faciaux, faisaient d'énormes grimaces, laissaient échapper des grognements et des flots de bave ainsi que des cris aigus et des hurlements incontrôlés.

J'ai persévéré comme si de rien n'était, mais Carruthers finit par n'en plus pouvoir. Au bout d'une heure de spectacle, il bondit de sa console (fort opportunément située à droite de la scène à moins d'un mètre de moi) et plongea la tête la première dans le petit groupe de types à stimuler mentalement au cri de « kimber ! » Deux de ces pauvres bougres se sont sérieusement fait cogner la tête et un malheureux catatonique que Carruthers avait mystérieusement sélectionné pour recevoir le poids de son courroux, se retrouva avec sa chaise roulante renversée sur lui, ce qui engendra un abondant saignement de nez sur la piste de danse.

Le directeur du club – vêtu, fort à propos, d'un smoking élimé style pingouin – deux de ses acolytes et un voyou du bar se jetèrent dans la mêlée et emmenèrent Carruthers dans un coin, laissant le malheureux garçon dans son fauteuil roulant tourner sur la tête tel un danseur de break handicapé et l'infirmière qui donnait de grands coups de matraque sur la tête des hystériques de son groupe. Carruthers se prit des coups de pied de tous les côtés bien plus longtemps que nécessaire et on pouvait s'attendre à de sérieux dégâts. Mais pendant l'échauffourée, la barmaid avait appelé la police qui débarqua comme une trombe ; certains avaient eux-mêmes l'allure de dangereux aliénés.

Les flics porcins étaient sur le point de traîner Carruthers dans une cellule pour la nuit, mais après avoir pesé le pour et le contre (ce soir-là il portait un gigantesque T-shirt estampillé « Mes couilles »), ils ont changé d'avis, et nous avons continué le spectacle, privés des dix-sept débiles, la plus grosse partie de notre public.

Tout au long de ce divertissant dérivatif, j'avais continué à jouer, envahi d'une grisante inspiration pas le moins du monde modérée par l'évacuation presque totale du club, et ma performance est devenue si puissante que les quelques traînards du bar et les poulets qui restèrent jusqu'à la fin se sont avancés jusqu'au devant de la scène pour m'acclamer, m'encourageant de trois rappels.

– Putain de méga, BP ! s'exclama un Carruthers exubérant après le spectacle tandis que nous étions réunis au bar à nous envoyer des bières avec le minuscule public.

Un des policiers se précipita même dans sa voiture de service pour y récupérer une de mes compilations et me la mettre entre les mains avec grand enthousiasme pour que je la lui dédicace.

– Heureux de savoir que quelqu'un a entendu parler de moi ici, dis-je à ce flic costaud.

– En fait, je ne l'ai jamais écoutée, mec – je l'ai piquée chez un type pendant que je faisais une perquisition à la recherche de drogues – mais, maintenant que je vous ai vu chanter, je vais le faire. Super génial !

Tandis que Fortesque, Carruthers et moi cheminions dans la ville noire et endormie pour rejoindre nos quartiers (une pension peu attrayante au sommet d'une colline isolée), un cri perçant fendit l'air derrière nous : « Attends, Carruthers, j'arrive ! » C'était la grosse et grande infirmière à l'air de gouine qui avait accompagné les dingos au club. « Eh, Lindy ! bravo, mon chou », s'est exclamé Carruthers alors qu'elle arrivait dans un virage derrière nous, le sévère chignon formant autour de sa tête carrée un halo éclairé par l'unique réverbère. « T'as eu vite fait de tous les mettre au lit, dis donc. Allez, viens vite à l'hôtel prendre un verre, ma beauté ! »

Savoir comment l'ingénieur du son géant avait trouvé le temps de la draguer était un exaspérant mystère pour moi, et je n'eus pas le culot de lui demander.

Toutefois peu de spectacles ont approché l'intensité de cette soirée, et nous avons poursuivi péniblement notre tournée pendant encore trois semaines, d'une ville minière dépourvue d'intérêt ou d'une communauté de conserveries de poisson à une autre, attirant d'apathiques habitants sentant l'huile de foie de morue, l'alcool et l'après-rasage Brut. J'ai reçu les plus forts applaudissements de toute cette tournée au cours d'une soirée dans une ville au nom agaçant, Margate, quand Fortesque, courant sur la scène pour fixer un support indiscipliné de micro, bascula par-dessus le bord et exécuta un saut de l'ange peu élégant pour atterrir au milieu du public clairsemé.

Après cela, nous avons eu une semaine de repos.

Que faire de tout ce temps libre, voilà qui allait poser un problème. On avait visité des brasseries, des mines, des usines de conditionnement de crabe pour le restant de nos jours, et écumer toutes les villes et les soi-disant disquaires s'était avéré extrêmement déprimant : jusqu'à présent, nous n'avions réussi à localiser qu'un seul exemplaire de ma production – un vinyle en mauvais état de mon premier enregistrement. Près de dix ans trop tard, les Tasmaniens découvraient le disco et on faisait beaucoup de promotion pour John Travolta. Donna Summer ne devait pas être loin derrière.

C'est Fortesque qui avait suggéré qu'on fasse une balade en bateau. Qu'on loue des sacs de couchage et un bateau et qu'on remonte un peu la rivière pour voir un brin de campagne, c'est ainsi qu'il avait présenté les choses. D'accord, pensai-je. C'est mieux que de traînasser dans ces villes stupides à nous abrutir dans la boisson tous les soirs.

Nous avions traversé le nord de l'île de long en large, suivant un itinéraire qui avait dû faire rigoler mon manager : nous rebroussions chemin sur des routes monotones parce que Steed nous avait bricolé un itinéraire décousu pour nous faire passer par chaque ville de Tasmanie, prétendant que ma présence en chair et en os serait un sérieux instrument promotionnel. (Tarquin Steed, bien sûr, restait cloîtré dans Findhorn, même s'il lui arrivait à présent d'envoyer un fax laconique à nos hôtels à propos de l'enthousiaste « feedback » qu'il recevait des promoteurs tasmaniens, dont aucun n'était en fait resté pour assister au spectacle.)

Cet itinéraire à la con nous amena à nous retrouver une fois de plus du côté de Penguin, le site de la meilleure représentation, et par chance à une courte distance de Devonport à l'embouchure de cette rivière diaboliquement baptisée la Mersey.

Par une éclatante matinée, essayant de nous remettre de nos gueules de bois à la Boags, portant nos sacs de couchage et un minimum de matériel de camping, nous avons pris la direction du port saumâtre et loué un bateau à moteur à un homme gros comme une barrique du nom de Tubb, et nous avons remonté le courant, Carruthers à la barre.

Les mouettes criaient dans notre sillage, repérant des bancs de petits poissons argentés qui fonçaient dans l'écume bouillante de l'hélice, et la masse bleue du ciel nous surplombait. Les pluies des semaines précédentes avaient rafraîchi l'air et je me sentais réjoui en regardant les mouvements de l'eau, devenue tout à coup cristalline après deux semaines de crue.

Au début, notre progression fut flanquée de monotones terres cultivées, mais après avoir avancé doucement pendant deux heures avec le capitaine Carruthers à la barre, le paysage devint plus intéressant et vaguement hostile. La profondeur et la largeur de la rivière diminuèrent et petit à petit, un décor préhistorique livresque commença à nous entourer, avec des tuffs, des laves, de la grauwacke et de la brèche du Cambrien formant la croûte sur laquelle prospérait une riche flore. Plus les plantes étaient impressionnantes et inhabituelles, plus Carruthers ronchonnait et crachait.

– Que se passe-t-il ? lui demandai-je au moment où nous suivions un méandre et où nous nous sommes retrouvés dans une épaisse forêt aux allures primitives. C'est vachement sauvage, Carruthers. Qu'est-ce qu'il t'arrive ?

– Kimber, répondit-il tout net, comme s'il se parlait à lui-même. Là, on va vers du kimber. Farff !

– C'est moins dangereux que le rock'n'roll, dit Fortesque, fouillant dans sa veste de cuir pour en extraire une Boags.

– Exact, Carruthers, ajoutai-je, m'approchant de l'avant et prenant le contrôle de la barre. On n'a pas encore rencontré de déficients mentaux ni de flics violents. Profitez-en bien. Relax, laissez-vous flotter pour remonter le fleuve, dis-je pour plaisanter.

La rivière, toujours plus étroite, nous conduisit jusqu'à une parcelle très dense qui ne pouvait être décrite autrement que comme de la forêt tropicale. Ce qui fit apparaître une expression renfrognée sur le visage de Carruthers qui avait l'air de préférer péter la gueule à des débiles mentaux plutôt que d'observer la nature.

– On pourrait être revenu à Penguin à baiser des serveuses et à se lever des gonzesses. Kimber, sûr, gémit-il.

– Allez, ta gueule, Carruthers, dit Fortesque, tandis que nous entrions progressivement dans ce qui m'apparut être un paysage du silurien inférieur émergeant d'une couche de calcaire de Gordon.

J'étais allé dans une bibliothèque locale avant notre voyage pour étudier l'écologie de l'île ; j'avais également pris quelques notes auxquelles je me référais constamment tandis que le paysage changeait autour de nous, espérant au moins gagner, au cours de cette tournée sans intérêt, quelque chose d'autre que des gueules de bois et une litanie de plaintes. En observant l'abondant feuillage, les formations géographiques antédiluviennes, le panorama du ciel bleu, je commençais à penser que voyager pouvait, après tout, ne pas toujours être cette malheureuse expérience que j'y associais ; si seulement on pouvait aller dans des endroits comme celui-ci sans devoir d'abord supporter ce marché aux bestiaux que sont devenus les aéroports et les avions ces dernières années.

– Je dois avouer, Forty, commençai-je alors que nous suivions un méandre et que le ciel s'assombrissait soudain sous le poids des arbres de la forêt, que c'est vraiment très intéressant.

– Ah ! la Tasmanie, répliqua Fortesque, nostalgique. Il reste encore des trucs sauvages ici. Malgré tout ce qu'ils veulent couper en rondins et toutes les mines qu'ils veulent prospecter – et construire des fermes partout et tout ça – il reste encore plein d'étendues sauvages. Je crois qu'une grande partie de tous ces espaces doit être protégée. Ils auraient déjà tout abattu si ça ne l'était pas.

Fortesque connaissait un peu le pays, il était Australien et avait passé quelques-unes de ses jeunes années dans une ferme sur cette île précisément. C'était un drôle d'oiseau : abandonné juste après sa naissance par ses parents – un couple de clowns de cirque – et bringuebalé de proches en proches avant d'atterrir chez un oncle qui s'était essayé pendant une courte période à l'élevage des moutons en Tasmanie avant de retourner sur le continent pour devenir pilote dans le bush.

– Sûr qu'elle pourrait être pire cette tournée, dis-je, ressentant au fond du cœur une chaleur inhabituelle.

C'était un brave type, ce vieux Forty, et j'avais de la chance qu'il bosse avec moi. Autrefois, j'avais eu des *tour managers* sournois et malhonnêtes, et beaucoup n'avaient tout simplement pas fait leur boulot correctement, la faute à des nez ou des veines trop avide de drogues dures. Fortesque était bien passé par la moulinette du rock'n'roll, mais il en était sorti sain d'esprit et avec une loyauté envers son actuel employeur toujours inébranlable.

– Forty, t'es un sacré bon bougre, dis-je, inspirant l'air fortement oxygéné qui semblait faire naître un comportement étrangement magnanime dans ma personnalité typiquement rancunière, lasse de la route et cynique.

Après quoi j'ai regardé Carruthers qui s'était enfoncé un doigt dans une narine presque jusqu'à hauteur du poignet et instantanément je me suis senti de nouveau normal.

J'ai ralenti le bateau au régime minimal tandis que nous tendions le cou pour regarder les arbres. De longues racines reptiliennes descendaient dans l'eau à partir des berges que je fouillais du regard à la recherche de trilobites et de fossiles dendroïdes, mais je ne vis rien sinon des tortillons de vase, des bouquets de massettes, et une plante ressemblant à un chou qui poussait à partir de la berge jusqu'au milieu du fleuve, mettant en danger notre gouvernail.

L'épaisse végétation et l'approche de la soirée produisaient une lumière crépusculaire qui commençait à rendre la navigation périlleuse, et après en avoir brièvement discuté, nous avons décidé de quitter le bras principal pour emprunter un des affluents immaculés qui émergeaient à présent des rives, déversant leurs sombres eaux miroitantes dans le fleuve.

Pour négocier l'entrée d'un tel cours d'eau, nous avons avancé sous une énorme masse de myrtes, de filao à feuilles de prêles, d'acacias, de sassafras et d'eucalyptus jusqu'à ce que nous ayons aperçu une anse de tourbe au milieu d'un tapis de button grass. Nous avons débarqué, tiré le bateau à terre, sorti nos provisions : quelques caisses de Boags, de la morue salée, un paquet de scones et un pot de crème épaisse, une grosse lampe torche, des sachets de thé, des tasses en fer blanc et une boîte de lait condensé, un réchaud portatif à butane, trois sacs de couchage et pour finir un sac à dos que nous partagions, récupéré dans un surplus de l'armée, dans lequel nous avions fourré divers trucs personnels. Dans le ventre de la vieille embarcation, j'ai pêché un casier à homards grillagé, fait à la main, tout à fait approprié pour attraper les écrevisses locales qui pouvaient atteindre, d'après ce que mes études à la bibliothèque de Penguin m'avaient apprises, douze bonnes livres.

L'anse s'enfonçait de six mètres dans la forêt avant de se transformer en un étroit ruisseau maigrelet qui disparaissait dans la végétation dense ; nous avons étalé nos provisions, dégageant pierres et bois échoués pour nos sacs de couchage. J'ai fixé le ciel qui s'assombrissait entre les gigantesques arbres. Voilà qui est mieux. Bien plus stimulant que de jouer mes vieux morceaux éculés devant des publics minuscules préparés par les médias locaux à entendre n'importe qui maniant un instrument de musique jouer sur-le-champ « You're the One That I Want ». Ça, c'est vraiment vivre, me suis-je dit.

La nuit tomba rapidement et les étoiles scintillaient au-dessus de nos têtes, formant l'arrière-plan d'une multitude de chauves-souris de la taille de colverts. Nous avons bu les Boags, mangé les scones, et la morue salée dont j'ai glissé un petit bout dans le casier à homards avant de le plonger dans un trou rocheux entre les racines des arbres qui s'entremêlaient dans le ruisseau.

– Qu'est-ce qu'on se marre, marmonna Carruthers, posant une main sur ses cheveux roux tout emmêlés comme s'il craignait de se faire attaquer par une chauve-souris. Si seulement j'avais apporté ce foutu magnéto numérique – écoute-moi ces putains de bestioles !

C'est qu'il y avait des insectes en abondance, la plupart affamés de sang frais, et je maudissais ces choses grâce auxquelles ils s'empalaient dans ma peau délicate.

Par-dessus le vacarme des insectes, des amphibiens et des chauves-souris, Fortesque et moi avons commencé à parler ; le besoin de resserrer les liens qui unissaient les hommes entre eux atteignait son degré de maturité dans des situations inhabituelles en voyage, comme celle dans laquelle nous nous trouvions actuellement. Forty était un brave type, oui, mais un peu du genre empoté aussi. Célibataire sans racines, et animé du désir de mettre assez d'argent de côté pour revenir en Australie et fonder sa propre compagnie de service aérien dans le bush comme son oncle Bruce, il était apparemment coincé dans une éternelle tournée de rock'n'roll comme une souris sur une roue. Nous étions accroupis dans le faisceau lumineux des torches, écrasant les insectes et parlant à voix basse pendant que Carruthers se pelotonnait dans son sac de couchage, un œil sur le qui-vive pour surveiller les attaques de rongeurs volants. Ayant seulement réussi à se procurer un sac pour un humain de taille normale qui lui arrivait au milieu de la poitrine, dans les ombres diaprées que projetaient la torche, Carruthers avait l'apparence d'un mille-pattes géant à tête rousse cherchant à faire son cocon.

– Dis donc, Fortesque, dis-je, tandis que nous ouvrions deux Boags, comment il va, ton oncle, le vieux Bruce ? Est-ce qu'il parcourt toujours à toute allure l'intérieur du pays à bord de ce vieux coucou dont tu m'as montré une photo ?

– Non, il a eu quelques ennuis avec la loi. Il est au placard pour un an.

– Nom d'un chien, Forty, tu rigoles ! Qu'est-ce qui s'est passé ?

J'avais toujours eu envie d'entendre raconter une histoire sur l'oncle Bruce, un homme qui, aux dires de tout le monde, avait gaillardement traversé la vie comme un éléphant solitaire.

– Qu'est-ce qu'il a fait ce vieux couillon cette fois-ci ? demandai-je avec un soupçon de joie dans la voix.

Fortesque renifla, avala sa bière, et se tortilla à l'intérieur de son vieux blouson de pilote en cuir brun.

– S'est trouvé embarqué dans une histoire de trafic de drogue vers la Nouvelle-Zélande, cet abruti. Les flics l'ont coincé alors qu'il sortait d'un petit aéroport à Wellington. Il avait un sac plein de glandes de crapaud sous le bras.

– Des glandes de crapaud ? demandai-je, ne saisissant pas immédiatement son topo.

– Des glandes de crapaud… je sais pas. C'est ce truc qu'ils fument tous en Australie. Ils récupèrent ça sur ces espèces de gros et affreux crapauds de la canne à sucre. C'est devenu illégal et il y avait une grosse demande en Nouvelle-Zélande, alors Bruce – bon tu sais comment il est, je t'ai déjà raconté – ce pauvre con s'est lancé là-dedans. Y a de l'argent à se faire, tu comprends ?

– Ouais, j'te suis. En fait, moi aussi j'en ai pris une fois, dis-je en frissonnant rien que d'y penser. Putain de saloperie dégueulasse.

Évidemment : les glandes parotides du *Bufo Marinus*, connu sous le nom commun de « crapaud de la canne à sucre ». Ces monstres sont de la taille d'une assiette de table et ont été importés en Autralie depuis les zones tropicales pour manger les « scarabées de la canne », mais ils n'ont pas réussi à réduire cette vermine et se sont eux-mêmes reproduits comme des mouches, devenant ces dernières années une espèce de fléau. Les glandes parotides de ces crapauds contiennent un intéressant hallucinogène que les passionnés de drogues en Australie ont découvert. Il était très populaire de lécher, sniffer et fumer ce truc et les autorités ont fini par en déclarer l'illégalité. Une fois, à une époque où j'étais plus aventureux, j'avais moi-même essayé ce truc et ça m'avait fait le même effet que si j'avais fumé du venin de cobra, produisant en moi une image corporelle animale très déstabilisante (j'avais l'impression d'être un énorme amphibien préhistorique et de passer beaucoup de temps à émettre des coassements gutturaux) et des accès de télépathie involontaires.

– Nom de Dieu, Forty, c'est un putain de sacré numéro, ton oncle !

– Je sais, dit-il en ricanant. C'est un brave type, quand même. Je pense qu'il vont le laisser sortir dans moins de six mois – il s'est déjà mis le directeur de la prison dans la poche, ce vieux roublard.

– Tu m'étonnes, répondis-je, soudain ensommeillé, une vague de décalage dû à la tournée donnant lieu à une série de bâillements-pièges à moustiques. Je crois que je suis mûr pour mon sac, Fortesque. Je présume que la première chose qu'on va faire, c'est demi-tour – à moins que t'aies envie d'aller plus loin là-dedans…

– Je sais pas, BP. Ces insectes… dit-il, en se donnant une claque sur les cheveux pendant qu'il déroulait un sac de couchage de location à l'air particulièrement miteux. Nom de Dieu, regarde moi ce truc, fit-il avec dégoût.

– On dirait que quelqu'un a dégueulé dedans, Forty. Qu'est-ce qu'il sent ?

– Comme une aisselle de mouton, répondit-il, se glissant avec précautions à l'intérieur en faisant une grimace.

L'infernal bourdonnement de la vie sauvage, pas moins agaçant que les bruits de canalisations, d'ascenseurs et le lointain ronronnement des télés dans les vieux hôtels, conspirèrent pour me tenir éveillé malgré mon épuisement ; j'ai donc essayé de m'endormir en lisant un livre. J'ai sorti ma mini lampe de lecture du sac à dos et l'ai fixée sur le *Journal* d'Abel Zanszoon Tasman (1898), que j'avais trouvé chez un bouquiniste la veille. Seulement ceci s'avéra plutôt difficile… vu que c'était la version en latin. Laissant le lourd volume de côté, je me suis souvenu d'une cassette que Carruthers m'avait passée dans l'avion et j'ai sorti mon walkman, convaincu que ceci ferait l'affaire.

J'avais dit à l'ingénieur du son que j'enviais vraiment les gens comme lui qui pouvaient dormir comme une bûche n'importe où ; à cette remarque, Carruthers s'était précipité vers son siège et avait récupéré une cassette noire sans indications. « Tiens, Brian », avait-il dit plein d'enthousiasme en me la tendant. « Ça va te faire dormir : c'est ces espèces de gigantesques bestiasses pleines de graisse, au fond de cette putain de mer, qu'arrêtent pas de couiner. Super méga ! »

Ça devrait faire l'affaire, pensai-je : le mélancolique chant solitaire des baleines et la profonde attraction des courants océaniques ; ces cassettes de relaxation faisaient fureur et j'étais sûr que j'allais aussitôt m'endormir comme un bébé.

La cassette démarra en toute innocence avec le son berçant de l'océan et les appels que se lançaient les mammifères géants. Mais au moment précis où je commençais à m'assoupir, leurs chants plaintifs se muèrent en sauvage avalanche de grincements, un bruit que je ne pus interpréter que comme expression de la détresse. Soudain, le micro stéréo qui avait enregistré cette odyssée sous-marine donna l'impression de surgir dans les vagues de surface, là, des voix japonaises se distinguaient nettement. Au milieu des hurlements des Asisatiques, des grands bruits de glissement survolaient cette image stéréo et le son oscillait entre ce vacarme de surface et les cris des baleines dans les profondeurs. Il fut soudain et effroyablement clair que ce que Carruthers m'avait passé était un enregistrement de baleines en train de se faire harponner par ces putains de japs – une bande son de mammifères en train d'agoniser, en somme !

J'ai arraché cet ignoble objet de mon walkman et je l'ai lancé à la tête de Carruthers. Elle l'a touché pile sur le nez qu'on aurait dit en pâte à modeler, mais ce bougre n'a même pas bougé. Il a seulement continué à ronfler avec un sourire béat, débordant de son sac de couchage comme si c'était le lit le plus confortable qui soit dans l'hôtel le plus somptueux. Je me suis fait la promesse de lui supprimer une semaine de salaire pour cet affront, et sur cette pensée courroucée qui faisait des ricochets dans ma tête, je me suis endormi.

Chapitre 10

Le lendemain matin, je me suis réveillé pour voir Fortesque et Carruthers debout sur la langue de terre où notre embarcation était amarrée. Il m'a fallu en tout deux secondes pour comprendre qu'il y avait quelque chose qui clochait – ils avaient tous les deux une tête d'enterrement. J'ai grogné fort et attendu que Fortesque arrive au campement, d'un pas lourd, avec la nouvelle.

– Ça se présente mal, mec, dit-il, jargon de notre *tour manager* signifiant que nous étions dans un sérieux kimber.

– Qu'est-ce qu'il y a ?

– Le bateau n'est plus là.

– Plus là… répétai-je sur un ton abattu.

– Je croyais l'avoir solidement amarré. Le courant est plus fort que ce que je pensais.

– Allez, on s'en fout ! hurla Carruthers, complètement allumé. Regardez-moi ces grosses bestioles tout excitées.

Il brandissait le casier à homards où trois énormes écrevisses s'agitaient et se cognaient, leurs pinces vertes claquant violemment.

– Oh, super, dis-je d'un ton irrité. Bien joué, les gars. On pourrait peut-être se ficeler à leurs carapaces et se faire reconduire à Devonport ! Et si elles ne marchent pas, il y a un sale gros kookaburra dans l'eucalyptus. On pourrait peut-être lui attacher un message à la patte et lui dire de voler jusqu'à Findhorn. Il réussira peut-être à secouer Tarquin pour qu'il mette sur pied une foutue équipe de secours ! Nom de Dieu !

Le kookaburra rit sur un ton moqueur, curieusement shakespearien, et s'envola dans la forêt.

– Désolé, mon pote, dit Fortesque d'un air penaud, ses cheveux noirs en bataille partant dans tous les sens.

Rien d'autre à faire que de mettre l'eau à bouillir dans la gamelle et d'y jeter les écrevisses en colère, l'une après l'autre, car elles étaient trop grosses pour être cuites ensemble. Nous avons donc allumé le réchaud et boulotté les délicieux crustacés (avec de la crème épaisse à la place du beurre) tandis que des loriquets, des ptilopes porphyre et d'autres oiseaux, moins identifiables, voletaient dans les branches au-dessus de nous, caquetant dans notre direction.

Un peu revigorés, nous sommes partis à la recherche du bateau à l'embouchure de cet affluent, mais aucune trace de lui. À l'étude d'une ancienne carte au dos du journal de Tasman, je compris que nous étions un peu à l'ouest d'une grande étendue d'eau douce en plein cœur de l'île, appelée Great Lake. Faute d'une meilleure idée, j'ai suggéré que nous suivions la rivière dans cette direction. Dans une zone de la taille de Great Lake, des doigts de civilisation devaient sûrement pointer dans toutes les directions – nous allions nécessairement finir par tomber sur quelque chose. En conséquence, nous avons attaché sur nos dos tout ce que nous avions comme matériel et sommes partis à pied, après avoir coupé quelques branches pour les utiliser en guise de machettes de fortune.

Jurant sans arrêt comme des charretiers en marchant, nous avons péniblement avancé pendant environ une heure, gagnant peu de terrain dans la chaleur étouffante ;

nos mains étaient couvertes d'ampoules à force de dégager la végétation impitoyable. Sur tout mon corps, les piqûres de moustiques enflaient comme des furoncles et les muscles de mes jambes commençaient à brûler à force d'écraser les plantes épineuses qui refusaient de céder sous les coups de mon frêle bâton.

– Ça alors ! s'exclama Carruthers alors que nous entrions dans une des quelques petites clairières qui laissaient entrevoir le sol nu.

– Regarde-moi ça. Une mygale – farff !

Un de ces arachnides à grandes pattes traversait la terre noire, s'arrêtant de temps en temps pour se soulever sur ses pattes arrière et remuer ses membres avant de façon menaçante. J'étais tenté d'imaginer que Carruthers se faisait piquer par quelque chose de venimeux – ce qu'était vraisemblablement ce spécimen – et je me voyais avec Fortesque en train de construire le plus long brancard jamais réalisé de mémoire d'homme pour transporter jusqu'à la civilisation ce crétin fiévreux.

– Ne va pas t'y frotter, Carruthers, pour l'amour de Dieu ! l'avertis-je, tandis qu'il la titillait du bout de son bâton.

J'ai levé les yeux sur sa tête massive et n'ai vu aucune trace de piqûre sur sa peau cireuse. Ce qui m'a fait rager encore plus que de me retrouver dans cette situation périlleuse – Carruthers se révélait tout à fait indigeste à toutes les bestioles qui piquent et qui se régalaient avidement de Fortesque et de moi-même.

– Carruthers, fiche la paix à ton amie la mygale et taille-toi, bordel ! dis-je d'un ton sévère, lui flanquant un coup de trique sur sa jambe nue.

– Nibs, répondit-il d'un ton renfrogné, puis il se remit à rouer de coups le mur de verdure.

Notre première journée, perdus dans les étendues sauvages de Tasmanie, s'écoula avec une lenteur cauchemardesque. L'enchevêtrement de la flore exotique formait un flot qui me bloquait la vue, c'était une danse de tourbillons hallucinatoires, même lorsque mes paupières étaient closes, puis mon corps se mit à maugréer de l'intérieur tandis que les sucs peptiques bilieux combattaient les rares miettes de poisson sec et de scones qui constituaient désormais notre seule source d'alimentation. Parfois, la jungle semblait s'éclaircir, nous donnant un espoir rapidement anéanti quand elle retrouvait, une fois de plus, ses profondeurs enveloppantes. Nous avions depuis longtemps perdu la trace du miroitant ruisseau, malgré notre désir de le suivre jusqu'à sa source, ayant apparemment dévié de notre route au cours des quelques premières heures de notre progression aveugle, et alors que la nuit tombait, ravagés et abattus, nous nous sommes effondrés dans une clairière près d'une source d'eau claire, une bénédiction, qui jaillissait au milieu d'une masse sombre de feuilles boueuses.

– Il y a quelque chose de différent ici, dis-je pantelant en touchant le sol à l'endroit d'où provenait l'eau. Nous devons arriver quelque part. Cette eau… Le terrain est différent. Qu'est-ce que t'en penses, Fortesque ? demandai-je plein d'espoir.

– Je crois que tu as raison, BP. La Tasmanie n'est pas assez vaste pour que cela dure éternellement, répliqua-t-il, en faisant des signes en direction de la forêt. N'empêche que… c'est quand même pas mal grand – je ne jurerais encore de rien, ajouta-t-il d'un ton dubitatif.

Sous les feuilles pourrissantes, des résidus de roches volcaniques pointaient et j'ai pensé que c'était un signe positif en dépit des paroles peu encourageantes de Fortesque. Nous avons coupé les plantes autour de la petite clairière pour gagner un peu plus d'espace et tandis que l'air se rafraîchissait et que la nuit arrivait, nous avons jeté à terre nos sacs de couchage suant et sentant aussi fort qu'une troupe de simiens.

À peine assis pour reprendre notre souffle, il y eut un froissement soudain de feuillage dans le sous-bois près de la tête de Carruthers, ce qui me fit sursauter tandis qu'un diable de Tasmanie, trapu comme un ours, surgit dans la clairière et se retrouva face à face avec l'ingénieur du son effrayé.

– Kimber ! hurla-t-il automatiquement, mais la créature qui montrait les crocs de peur en face de ce spectacle, tourna les talons et s'enfuit, laissant flotter derrière elle dans la nuit tombante un cri à vous glacer le sang.

Je me suis levé, presque au-delà de l'épuisement, les veines apparentes sur les biceps à cause de l'effort, et j'ai commencé à fouetter la végétation pour agrandir le demi-cercle dégagé dans le vague espoir de créer une zone plus civilisée pour la nuit. Fortesque le si robuste roadie a joint ses efforts aux miens et après que nous avons fait un assez grand cercle, il est allé sortir du sac à dos le dernier scone, un truc dur qui s'émiettait, aussi appétissant qu'un morceau de bois mort.

– Allez, mon pote, prends-en un bout. Demain, on sera sortis d'affaire. Great Lake ne doit pas être bien loin maintenant.

– On est foutus, hein, Forty ? dis-je en mâchonnant le scone dur comme un roc et en portant un peu d'eau au creux de mes mains jusqu'à mes lèvres enflées.

– On aurait dû essayer de remonter la rivière à la nage.

– Farff. Putain, on est déjà assez dans le kimber, dit Carruthers en tombant dans un de ses sommes instantanés de neuf heures.

– Non, répondit Fortesque, dédaignant nos funestes perspectives pour nous remonter le moral. On s'en sortira, mec. Ça ne peut pas continuer indéfiniment… c'est pas possible, ajouta-t-il, incapable de masquer le doute qui l'envahissait alors que la nuit nous enveloppait à toute allure.

Nous nous sommes glissés dans nos sacs, avons partagé la dernière canette de Boags tiède et, entourés du bruit des créatures dans les feuilles de la forêt et du vrombissement des papillons géants qui voletaient dans le ciel étoilé au-dessus de nous, nous avons sombré d'épuisement dans le sommeil.

Les cris des loriquets, le bourdonnement des insectes et le soleil qui perçait entre les feuilles me forcèrent à émerger d'un rêve d'évasion qui tournoyait autour de moi et d'abandonner le comique anglais Bruce Forsyth, faisant du vélo dans les banlieues, regardant par-dessus les clôtures des gens et critiquant leurs dons de jardiniers.

Mon inconscient fébrile, qui essayait d'éloigner mon esprit de mon corps, lequel menaçait, même après une nuit de sommeil, de cesser de fonctionner, tramait quelque chose d'intéressant.

Tout d'un coup, entre les cris des oiseaux et les insectes, j'eus l'impression d'entendre un « Kimber ! » étouffé. Est-ce que je rêvais encore ? Je me relevai péniblement sur les coudes et je compris immédiatement que tout n'allait pas pour le mieux. Instinctivement, j'ai hurlé de toutes mes forces et bondi de mon sac de couchage, saisissant mon bâton, les douleurs de mon corps complètement effacées par la montée incontrôlée de peur et d'adrénaline.

– Fortesque ! hurlai-je. Carruthers ! suppliai-je, tapant sur la jungle en bordure de notre camp, tournoyant comme un derviche, aussi paniqué qu'une biche dans l'antre d'un lion.

J'eus l'impression de discerner un autre cri étouffé, mais où, je ne pouvais le dire. Je suis resté absolument immobile, essayant d'entendre. Les oiseaux étaient silencieux, mais l'incessant bourdonnement des insectes continua. Un hurlement semblable au cri du singe transperça les profondeurs de la forêt, mais il était impossible d'évaluer la distance qui me séparait de son origine.

Ils avaient disparu. Fortesque et Carruthers avaient disparu, et j'étais là, bouillonnant de frustration, maudissant mon manager de m'avoir envoyé faire cette tournée ridicule et, pire encore, me maudissant d'avoir complaisamment accepté. Pourquoi n'étais-je pas en train de jouer à Londres, Rome ou Amsterdam ? Pourquoi n'avais-je pas reformé les Soulbilly Shakers comme me le suggéraient toutes les lettres que je recevais d'un quelconque vieux blaireau aux cheveux rares, aux lunettes à double foyer et monomaniaque ? À l'heure qu'il était, j'aurais pu être en tête d'affiche à l'Odeon de Hammersmith pour deux soirées, revivre les jours de gloire de mon unique super hit au lieu d'avancer à quatre pattes au milieu d'une jungle infernale du mauvais côté du globe ! Pourquoi n'avais-je pas choisi la voie simple et exploité le lucratif circuit de la nostalgie au lieu d'être un gland finaud qui se la joue Dylan de seconde zone ? J'étais un chanteur folk, pur et simple, voilà le fond du problème, avec toutes les implications minables et démodées qui accompagnent cette activité artistique simpliste, exactement comme l'avait insinué les habitants de Penguin à la porte du minable Marquee Club avec sa clientèle de demeurés et de bouseux locaux. Comment avais-je pu continuer ainsi à jouer cette comédie alors que j'aurais pu être à la maison en train de baiser ma ravissante femme régulièrement alors qu'il me fallait supporter l'idée que ce retardé de Carruthers se tapait toutes les gonzesses glauques qui l'approchaient à moins de deux mètres ? Et avec mon argent ! Bordel, qu'est-ce que je foutais de toute façon en Tasmanie, nom de Dieu, à

jouer devant une vingtaine de personnes en moyenne
– et ça pendant deux mois, putain ! Et où était passé le
Dieu du sexe des teenagers ? Et Fortesque ? Où était
mon équipe ? Qu'avait-il bien pu se passer ? Des bêtes
sauvages ? Un enlèvement par des extra-terrestres ?

J'ai regardé leurs sacs de couchage, vides et froissés
comme des cocons abandonnés, comme si s'était produite au petit matin livide une étrange métamorphose
dont le secret m'aurait échappé dans mon profond
sommeil délirant. Ils s'étaient enfuis dans la canopée et
ils m'avaient laissé ramper sur le sol pourrissant, éternellement enchaîné à mon état de chenille, tel un asti-
cot dans la carcasse de la forêt.

– Steed, espèce de fumier ! hurlai-je en direction des
arbres, brandissant le poing à cause de la beauté
emphatique de la chose.

Et pendant que j'y étais, pourquoi ne pas non plus
flinguer un bon coup la vedette la plus populaire de
l'île ? Va te faire foutre, John Travolta, espèce de
grande tapette en pantalon blanc ! gueulai-je. C'était
un scandale. Dix ans trop tard, pensai-je. Dix putains
d'années trop tard et ces péquenots consanguins avec
leurs verrues sur le nez !… ces couillons de Tasmaniens découvraient juste ce putain de disco… ces…
grrr !

Mais mon déchaînement s'estompa quand je compris
sa frustrante vacuité. J'aimais bien John Travolta, il
faut bien l'avouer, et je n'arrivais pas à trouver un
mauvais disque de disco – même le single « Boogie
Oogie Oogie » était un chef-d'œuvre de la pop.

Ceci m'incita à imiter les Tasmaniens et leur rétro-
chic. Là, juste là, sur cette motte de boue du silurien
inférieur que mon piétinement avait transformée en
campement, je me suis mis à interpréter un medley
débridé des Bee Gees, complet avec la chorégraphie
précise de *The Hustle*, bien qu'avec une partenaire

invisible. J'avais déjà bien entamé leur très sous-estimé « Spirits Having Flown » lorsque je me suis arrêté en plein milieu d'un pas, lâchant l'écharpe blanche imaginaire qui pendait dans le vent à mon cou. J'étais saisi d'hystérie. Il n'y avait aucun doute. Le disco était la plus grande époque de la pop music depuis le Mersey Beat, et je l'avais déclaré dans plus d'une interview provocante et à contre-courant des tendances. Ce qui devait expliquer que je n'étais plus ce qu'on pourrait appeler un produit viable à Londres et à New York et que j'avais rarement un emploi rémunéré dans ces Mecques de la culture cool, mais que je me retrouvais planté ici, en pleine cambrousse, à perdre ma putain de tête.

Me donnant une claque sur le visage, je suis tombé à terre et j'ai bu à la petite source d'eau fraîche, le cœur battant à une vitesse inquiétante.

Peut-être que les Tasmaniens avaient dix ans d'avance, me dis-je soudain en avalant l'eau au goût de feuilles ! Se pouvait-il qu'ils soient à un stade super rétro-rétro-rétro ? Tellement en retard qu'ils en étaient en avance ? C'était bien possible, décida mon cerveau fiévreux.

Cette intrigante possibilité occupait mes pensées tandis que j'entreprenais de me frayer automatiquement un chemin à coups de bâton dans les fourrés denses, une fois encore poursuivant avec obstination mon fatigant chemin dans l'inconnu. Il n'y avait rien d'autre à faire et, petit à petit, à mesure que l'épuisant labeur sapait mes forces, mon imagination revint de ses envolées fébriles et j'ai commencé à chercher des traces de passage humain dans le sous-bois – quelque chose, n'importe quoi, qui me donnerait des indications quant à la direction à suivre.

Je croyais – à voir de minuscules entailles et ridules sur les branches et les fougères – que je devais être dans la bonne direction, que Brian Porker, détective de la jungle, allait sauver ses compagnons du destin qui était le leur, et donc, j'ai continué à marcher dans l'obscurité humide jusqu'à ce que la végétation luxuriante finisse enfin par s'éclaircir un peu. Mais après un bref répit sous la forme d'une butte que j'ai gravie pour observer l'infinie canopée, j'étais de nouveau en plein cœur de la forêt et la journée disparut dans une chimère d'alternance d'états de conscience et d'inconscience. Une minute j'avais les idées claires, poursuivant ma lutte intrépide, avec une attitude coloniale style « on les aura », la suivante je me surprenais en train de maudire ce ridicule Barry White et la pochette horriblement sexiste de son album « I've Got So Much to Give » ou en train de cracher du venin sur ces crétins de fans de « Northern Soul » à Manchester, Birmingham ou n'importe quelle ville où ils habitaient.

Cependant, ça me fit du bien de divaguer de temps en temps, et vers la fin de l'après-midi, j'avais retrouvé une stabilité générale ; n'empêche, je n'avais pas l'air d'avoir progressé pour ce qui était de me sauver ou de sauver mon équipe perdue. Pourtant, de façon presque imperceptible, d'infimes changements de l'environnement se manifestaient et avant que l'obscurité complète ait soufflé les dernières lueurs du crépuscule, je suis tombé sur une caverne dans un affleurement rocheux à côté d'un petit ruisselet, je suis entré en trébuchant, mon fidèle Zippo de laiton projetant des ombres sur les parois de grès humides.

Pris par la névrose enragée de ce matin, j'avais bêtement oublié mon sac de couchage dans le campement de la nuit dernière et j'étais heureux de la protection que la caverne pourrait offrir et trop éreinté pour me soucier de savoir quels insectes et reptiles venimeux se cachaient dans ses crevasses.

De nouveau épuisé, je me suis recroquevillé sur le sol moussu et j'ai essayé d'ignorer les vols des chauve-souris et des phalènes géantes qui entraient et sortaient de la caverne. Il y régnait une puanteur épouvantable, mais j'ai essayé de l'ignorer tandis que je sombrais en sueur dans un sommeil troublé, méprisant l'agaçante familiarité de cette odeur quasi-animale.

La lumière filtrait par l'entrée basse de la caverne quand je me suis réveillé et les messages olfactifs que je reçus à nouveau me troublèrent aussitôt. Quelle est cette odeur ? pensai-je. Tandis que je rampais en direction de la lumière, ça me revint – elle rappelait le chien mouillé, mais en bien plus intense : un chien à la puissance dix. La peur me noua la gorge et je sentis que j'allais sans aucun doute gerber si je ne sortais pas de cet endroit sur-le-champ, mais tandis que je grimpais vers la lumière, la scène la plus terrifiante et la plus effroyable m'accueillit. Car là, à moins de deux mètres de l'entrée de la caverne, se tenait une énigme du monde animal, debout, immobile dans l'air matinal, calme et oppressant.

La créature semblait être de l'espèce canine. Sa tête allongée comme celle d'un loup, surmontée de deux oreilles en pointe dressées, était tournée vers moi avec une expression étonnée. La fourrure gris brun du haut du poitrail dessinait des rayures noires à partir du milieu du dos jusqu'au bout de la queue. Je sus instantanément de quoi il s'agissait car une illustration représentant deux de ces bêtes décorait toutes les bouteilles et les canettes de Boags en Tasmanie. Une fois, j'avais vu un film en noir et blanc, vieux et abîmé, de ce qui avait dû être un des rares individus de son espèce – car le dernier spécimen connu était mort sur cette île justement au zoo de Hobart en 1936 ! Sans aucun doute, c'était le loup marsupial, le thylacine qui était censé avoir disparu. Les cryptozoologistes recherchaient les indices de l'existence de cette mystérieuse créature depuis des années et il arrivait qu'un plaisantin apporte une photo d'un arrière-train vaguement rayé disparaissant dans les buissons, une image que l'on pouvait aisément démystifier comme étant celle d'un chien sur lequel avaient été peintes des rayures noires – un chien en habit de loup marsupial, en somme. De nombreuses personnes prétendaient qu'il subsistait encore des colonies de cette bête – au cours des années, trop de gens avaient déclaré l'avoir vue pour que les enthousiastes et les rêveurs y renoncent. Mais officiellement, le thylacine avait disparu. Pourtant, là, devant moi, il y avait la preuve qu'au moins un spécimen – ce qui indiquait sûrement une colonie qui se reproduisait – avait survécu aux fusils des colons fermiers soucieux de protéger leurs moutons, dont, paraît-il, il était un virulent prédateur.

Je n'avais pas d'appareil photo, aucun moyen d'enregistrer la réalité de cette vision cénozoïque, et quand il me tourna le dos avec désinvolture et laissa voir sa poche qui s'ouvrait vers ses pattes arrière, j'aperçus deux paires d'yeux à l'intérieur. C'était une femelle avec des petits !

Les rayures noires du Thylacine se fondirent lentement dans les broussailles de plantes qui bordaient la petite clairière autour de l'entrée de la caverne, et je suis resté interloqué, ne croyant pas vraiment en ma découverte. Rapidement, j'ai avancé à grands pas en direction du point de sortie de cette créature, désireux de la revoir ; là, j'ai vu un chemin ou une piste qui ondulait dans la jungle. Je l'ai suivi prudemment, espérant que l'animal était bien nourri et ne me tendait pas un piège, bien qu'il ait paru plus amusé qu'inquiété par ma présence, mais je ne pouvais pas ignorer cette révélation et me contenter de poursuivre aveuglément ma progression dans la forêt sans pousser plus avant mes investigations. C'était comme découvrir un dodo vivant, ou un grand pingouin. Exactement comme le cœlacanthe, ce poisson préhistorique que l'on croyait disparu, mais qui a été découvert par des pêcheurs dans l'océan indien au cours du siècle dernier, le thylacine avait en fait échappé aux filets de la découverte et j'avais justement trébuché en plein dans sa tanière empestée.

Les questions fusaient dans ma tête tandis que je marchais à pas précautionneux sur ce vague chemin. Pourquoi la thylacine avait-t-elle réagi avec autant de calme en me voyant à quatre pattes dans sa tanière ? Où avait-elle passé la nuit ? Où était le mâle, et était-il très protecteur ? Où étaient Fortesque et cet abruti de couillon de Carruthers ? et d'où allait venir mon prochain repas ?

Recevoir des réponses à ces questions au cours des dix minutes suivantes semblait improbable, mais au moment où j'amorçais un virage sur ce sentier, l'une d'entre elles reçut immédiatement une réponse. Une fois encore, j'aperçus un arrière-train rayé devant moi, mais ce n'était pas le même animal que celui que j'avais vu il y a quelques instants. Celui-là était plus gros et même plus galeux que le précédent et plus clair, puis l'autre réapparut, tapie dans les buissons, elle se relevait. Ils étaient donc deux plus les deux petits, encore accrochés dans leur poche marsupiale. Ils avançaient en faisant des bonds devant moi, s'arrêtant parfois comme pour m'attendre tandis que j'aplatissais laborieusement la végétation qui envahissait le chemin. Puis, nouveau choc, sans avertissement, je suis tombé sur une chose en tous points aussi étrange que le thylacine. Devant moi, là où juste avant se trouvaient les deux créatures, se tenait un homme.

Il avait la peau noire et les cheveux crépus, des sourcils épais, un nez court et large et une petite tête. Son visage était profondément scarifié et un collier de coquillages ornait son cou. Son corps était couvert de traces faites à l'ocre rouge et au charbon de bois, et il tenait une rudimentaire lance de bois. Il fit demi-tour instantanément et disparut dans les fourrés devant moi. Mon cœur martelait ma poitrine, je ne pouvais imaginer rien d'autre que le suivre, et à l'endroit précis où il avait disparu, je suis entré dans le feuillage et j'ai été accueilli par la vision la plus incroyable qui soit.

J'étais dans une clairière entourée d'un camp fait d'abris sommaires recouverts de feuilles et de boue, tous étaient dégagés du niveau du sol grâce à de gros pilotis de bois. Au centre de la clairière se trouvait un trou d'où s'élevaient des volutes de fumée. Debout autour du trou, quatre aborigènes, deux hommes et une femme un bébé au sein. Alors que mon élan m'entraînait dans ce site bizarre, deux autres hommes apparurent dans les buissons à côté de moi, leur attitude n'était pas menaçante, mais ils avaient la ferme intention de bloquer ma sortie. Tous portaient des pagnes, sauf un, un petit gabarit qui arborait un T-shirt jaune citron sur lequel était inscrit en lettres rose fluorescent « Flaireur de gonzesses ». Comme j'étais sous le choc, je n'ai pas immédiatement saisi les implications de cette vision incongrue. D'abord le thylacine, une espèce éteinte, et maintenant ceci : un groupe florissant de Tasmaniens indigènes, ethnie prétendument éteinte ! J'en eus le souffle coupé et fus glacé sur place en regardant les visages aux traits anciens des aborigènes avec leurs épaisses arcades sourcilières et leur structure osseuse profondément marquée. L'homme était censé avoir commis un ethnocide sur cette race, et le tigre de Tasmanie – comme on appelait parfois le thylacine – était censé avoir subi le même sort. Mais ils étaient là, en chair et en os, au milieu d'une enclave cachée dans la forêt, presque sous le nez de la civilisation. Et ça ne s'arrêtait pas là, car passaient et repassaient entre les piliers de bois qui servaient de support aux huttes sommaires, les deux thylacines. Apparemment, c'était des animaux domestiques !

Je fis un sourire nerveux aux aborigènes, mais ils ne me sourirent pas en retour. Heureusement, malgré tout, l'hostilité ne semblait pas se manifester dans leur comportement et seuls des regards contrariés et soupçonneux m'arrivaient. Et comme si cela ne suffisait pas, j'ai remarqué une longue jambe blanche qui pendait d'un hamac dans l'un des abris et les familières tonalités de crécelle de mon ingénieur du son fendirent cette scène domestique comme une machette venue de l'enfer. C'était donc de là que venait ce T-shirt criard : de toute évidence, ils avaient confisqué le sac à dos commun et l'un des indigènes s'était entiché d'un des vêtements de Carruthers, bien représentatif de son style si reconnaissable.

– J'ai eu peur qu'il nous arrive un coup de kimber ici, mon pote. Farff. C'est quand même nibs maintenant, non ?

– Carruthers ? commençai-je, mais je me suis arrêté aussitôt quand est apparu le fidèle Fortesque, qui se dégageait d'un autre hamac à côté.

– Ça va, mec ? Ils ont dit qu'ils allaient te retrouver – enfin quand je dis « dit », c'est que l'un d'entre eux n'a pas cessé de brandir trois doigts en direction de la forêt en hochant de la tête. Je crois qu'ils se sont juste bien amusés avec toi, c'est tout. Dis, tu aurais dû apporter un banjo, mec. Je parie qu'un petit spectacle leur ferait plaisir !

– Nom de Dieu, Forty, c'est incroyable. Ces gens sont censés avoir disparu. Et ces animaux… tu sais ce que c'est ?

– Thyla quelque chose, répondit Fortesque sur un ton désinvolte. Je sais, ils sont également censés avoir disparu. Il y a là une fortune. Écoute, ces types ne sont pas trop contents de ce qui se passe, mais j'ai le sentiment qu'ils s'attendaient à ce que quelqu'un les trouve un jour. Je ne pense pas qu'ils nous feront du mal, en tout cas. Reste tranquille et je pense que tout va bien se passer pour nous.

Ce qu'affirmait Fortesque me parut raisonnable ; je ne ressentais aucune menace immédiate, même si je n'avais aucune idée de la façon dont les aborigènes allaient mener cette affaire. Ils avaient dû réussir à maintenir leur invisibilité pendant très longtemps, et tout près d'une civilisation qui gagne du terrain, en dépit du caractère menaçant de la nature dans cet environnement extraordinaire. Mais je ressentais un certain malaise à propos de notre découverte. L'équilibre délicat de ce paradis était maintenant sérieusement en danger, et j'imaginais déjà des équipes scientifiques en train de piétiner les tanières des thylacines, enlevant leurs petits pour les mettre dans des zoos et des instituts de recherche. Les missionnaires seraient également là en un clin d'œil. Cette innocente tribu perdue avalerait de l'aspirine et porterait des vêtements de sport de chez K-mart en un rien de temps.

À cet instant, un aborigène à la puissante charpente émergea d'une hutte en tenant devant lui une chose qui ressemblait à un collier d'où pendait un hameçon d'un vert terni. Il s'approcha, confiant, agitant l'objet sous mes yeux. D'autres membres de la tribu formèrent rapidement un cercle autour de moi, en même temps qu'ils repoussaient doucement Carruthers et Fortesque. À l'extérieur du cercle, les femmes se rassemblaient en ricanant timidement.

L'homme au collier changea progressivement d'expression, passant de la politesse joyeuse à une grimace menaçante tandis qu'il s'approchait et commençait à agiter le collier à moins de vingt centimètres de mes yeux.

– Oh, oh. Hum… Forty ? Dis, qu'est-ce que tu penses de ça ? demandai-je nerveusement ; mais le groupe, bien que ne s'opposant en rien à mon équipe, faisait clairement comprendre qu'elle n'avait rien à voir avec cette nouvelle évolution.

Fortesque n'était pas à court d'idées, malgré tout.

– J'ai vu ça en Nouvelle-Zélande ! jappa-t-il, tout excité. Les Maoris font un truc comme ça. Défie-le du regard, BP ! Ramasse le truc s'il le fait tomber par terre ! Défie-le du regard ! Il faut absolument pas te dégonfler.

C'était clair qu'ils m'avaient choisi comme chef de ma tribu, et j'ai compris d'après les commentaires de mon *tour manager* que j'allais subir une espèce d'épreuve dont le résultat serait vital pour que nous soyons acceptés ici.

– Merde, dis-je catégoriquement, en tremblant dans mes baskets toutes fichues.

– AH, AH, AH, hurla le grand type au collier, qu'il continuait à secouer sous mon nez, en même temps qu'une lance menaçante qu'il tenait dans l'autre main.

Les autres reprirent en chœur cette psalmodie et commencèrent à brandir leurs lances, eux aussi, les pointant vers moi d'une manière fort inquiétante.

Les hommes de la tribu tout suants, leur psalmodie de plus en plus puissante, leurs grands yeux vibrant de colère et leurs pieds nus qui frappaient le sol me faisaient tourner la tête et j'ai cru un instant que j'allais m'évanouir. Tout commença à tournoyer autour de moi comme dans un extrait d'un vieux film de série B.

– Tiens le coup, Beep ! m'encouragea Fortesque de quelque part derrière les indigènes qui m'encerclaient. Tiens le coup, mec !

Sur ces paroles, j'ai pris une grande inspiration et j'ai fixé en retour les yeux noirs du chef, afin de lui faire comprendre que quoi qu'il advienne, je ne céderais pas aux intimidations. Je bluffais, bien sûr, mais plus je soutenais le regard de cet homme puissant, plus je commençais à faire confiance à ce que Fortesque avait affirmé, que tout ceci n'était rien d'autre qu'une épreuve et qu'avec un peu de chance, aucun mal ne me serait fait si je jouais le jeu.

Percevant ma détermination, l'aborigène lança soudain le collier sur le sable rouge à mes pieds et recula pour attendre le résultat. Ensuite, il fit semblant de se mettre en position de projeter sa lance avec force en pointant son arme dans ma direction comme un lanceur de javelot prêt à violer les règles de la compétition olympique et à assassiner ses adversaires.

Qu'avais-je à perdre ? Je me suis penché, l'extrémité de l'arme létale de mon agresseur me frôlant presque le sommet du crâne, et j'ai ramassé le collier.

Les membres de la tribu poussèrent des grands cris de triomphe et, faute d'une meilleure idée, j'ai levé le collier au-dessus de ma tête et me suis également mis à crier. Ils répondirent avec des hurlements de plaisir, et des sourires s'épanouirent tout autour de moi. Tout de suite après, les hommes me serraient dans leurs bras et les femmes agitaient leurs seins pendants sous mes yeux et frottaient leurs larges nez contre le mien.

Ensuite, l'instigateur de cette petite charade s'avança d'abord vers le collier, puis vers mon cou. À sa suite, j'ai passé ma tête dans l'objet et je lui ai adressé un large sourire épanoui, ce qui sembla lui convenir parfaitement.

– Bravo, BP ! gueula Fortesque de loin. Putain de nibs ! brailla Carruthers.

Après m'avoir donné quelques claques dans le dos pour me congratuler, le groupe d'aborigènes se dispersa, puis Fortesque et Carruthers s'approchèrent pour examiner cet objet. L'hameçon vert avait l'air d'avoir été fait à partir d'une substance dans le genre du jade ; vert pâle et lourd pour sa taille, il faisait de deux à trois centimètres de long et quelques millimètres d'épaisseur. Un petit trou avait été percé dans sa hampe, dans lequel était enfilée la ficelle – une sorte de liane ressemblant à du chanvre.

Il n'avait pas l'air particulièrement précieux, mais la façon dont la pierre verte était taillée et polie laissait entrevoir un degré raisonnable d'habileté, et j'espérais que nos hôtes me laisseraient le garder et n'attendaient pas que je le leur rende une fois l'épreuve accomplie.

– Chouette pièce artisanale, ce truc-là, annonça Fortesque après avoir senti sous ses doigts noueux les lignes douces de l'hameçon.

Mon *tour manager*, déjà mince et noueux, semblait être devenu encore plus efflanqué au cours de ces quelques derniers jours. Les muscles de ses bras, sous les poignets de son T-shirt d'un blanc sale, avaient l'air aussi décharnés que les lianes de la jungle et ses veines ressortaient comme des serpents rouges. Carruthers, cependant, avait l'air tout aussi cadavérique que d'habitude, toujours blanc, énorme, larvaire, adolescent malgré lui.

– Bon. Maintenant, écoute, dis-je d'un ton ferme, en hochant la tête en direction de l'ingénieur du son tandis que je mâchais une patte de wallaby rôti que nos hôtes aborigènes m'avaient donnée.

C'était la seconde nuit que je passais dans ce village, reprenant des forces et laissant loin derrière le récent délire, j'étais déterminé à tirer avantage de la situation, à imposer une discipline sur les actions futures concernant notre découverte.

J'ai tendu l'os de patte de wallaby en direction de Carruthers, puis je l'ai lancé dans les ombres qui bordaient les lumières du feu de camp où il fut rapidement récupéré par l'un des thylacines.

– Tu comprends ce qui va arriver ici si on ne la ferme pas ? Fortesque, à toi de convaincre cette grande andouille, d'accord ? Tu vois ce que je veux dire, Carruthers ? dis-je, ennuyé face à l'entêtement de l'ingénieur du son.

Il était assis, l'air revêche et sombre, tandis que je les sermonnais à propos de l'inévitable ethnocide et espècicide et de l'ébranlement violent qui secouerait ce paradis si nous repartions le claironner sur tous les toits.

– D'accord, écoute, continuai-je, prenant un ton menaçant tandis que Carruthers demeurait immobile, les jambes croisées, une expression mélancolique figée sur son visage oblong. Je te ferai briser les jambes si tu fermes pas ta putain de grande gueule. Compris ?

Il expira et fit rouler un instant ses pâles yeux qui louchent avant d'acquiescer à regret d'un signe de tête.

Notre conversation crispée avait maintenu les indigènes à l'écart ; ils mangeaient leur repas auprès de divers feux éparpillés autour du village, mais quand nous nous sommes détendus, quelques-uns d'entre eux se sont rapprochés pour s'asseoir avec nous, reprenant les laborieuses tentatives de communication expérimentées ces deux derniers jours. Elles étaient constituées de langage par signes, de dessins sur le sable et de beaucoup de langage corporel et facial et elles commencèrent à nous révéler certains de leurs secrets. Il y avait vingt-six adultes dans ce village et apparemment, ils entretenaient des relations pacifiques avec deux autres communautés de la forêt. Ces trois groupes recevaient régulièrement la visite de thylacines, comme si les rapprochait la même crainte d'être exterminés.

Mais nous devions rentrer. J'avais du travail et il était probable que le loueur de bateaux, Tubb, avait commencé à s'inquiéter pour son bien et appelé la police ; une équipe de secours était peut-être en train de s'époumoner le long de la Mersey et nous allions devoir fournir des explications.

Pourquoi les aborigènes avaient-ils pris notre bateau et kidnappé Fortesque et Carruthers, cela demeura un mystère. D'après les informations glanées au cours de notre frustrant dialogue, nous pensions avoir franchi une limite territoriale invisible et ils s'imaginaient que nous étions sur le point de découvrir leur existence ; ils désiraient tout simplement contrôler le résultat d'une telle éventualité et donc maîtriser une situation potentiellement menaçante. Mais ceci relevait plus d'hypothèses de notre part que des faits. Fortesque me décrivit comment, avant mon arrivée trébuchante, leur chamane avait dansé autour de Carruthers pendant deux heures et qu'alors, semble-t-il, une décision avait été prise. Nous avions été acceptés comme étant innocents et pas issus du même moule que les autres dieux blancs. Il est probable que l'étrange visage de Carruthers avait suffi à faire pencher la balance en notre faveur. Peut-être avaient-ils vu en lui quelque chose qui leur rappelait leur propre simplicité primitive. Il faut dire qu'il ne déparait pas ici, jouant avec les enfants, flirtant avec les femmes (et à en juger par l'intérêt que montrait l'une de ces femmes, je soupçonne ce sale type d'être allé plus loin que le flirt), et gagnant le respect immédiat des thylacines qui, bien que ne cherchant pas ouvertement à être traités comme des animaux domestiques, étaient intrigués par l'ingénieur du son et le suivaient dans tout le camp, leurs yeux sauvages fascinés par son comportement excentrique. Les anciens aussi avaient manifesté un certain respect pour l'échalas de deux mètres vingt qui me déconcertait et m'énervait. Il y avait, semble-t-il, une bonne part de l'homme des cavernes dans Carruthers.

Chapitre 11

– Il y a une lettre pour toi, mec. Et un fax, dit le réceptionniste à la verrue de l'hôtel Abel, en me tendant ma clé par-dessus le comptoir. Comment se passe la tournée ? Vous faites plein de conquêtes, hein ? dit-il avec un regard concupiscent

– Des con quoi ? demandai-je, les yeux fixés sur la lettre comme sur un message venu d'une autre planète. Demandez à Carruthers, marmonnai-je, me dirigeant vers l'ascenseur en sentant la bile me monter dans les boyaux. Il est comme un porc dans la fange, ajoutai-je, en regardant le mec à la verrue sur le nez tandis que la main dans le pli du bras, il relevait ce dernier pour faire le salut, consacré par l'usage, à la copulation et hurlait « Ouahou ! » dans la réception humide qui sentait le moisi.

Avec deux spectacles à mon actif depuis notre retour à la civilisation, je me sentais encore désorienté et empli d'effroi par notre incroyable découverte. Le monde dans lequel nous étions revenus ressemblait au monde des sauvages et le paradis de la jungle, l'Éden auquel l'homme était destiné. Ces journées de souffrance avant notre capture par les aborigènes avaient vraiment valu la peine, c'était une initiation que nous avions accomplie par le fait même de notre survie. Et je portais l'hameçon de jade sur sa ficelle primitive sous mon T-shirt noir, passant de temps en temps ma main dessous pour le sentir, comme si c'était un talisman.

Je suis entré dans ma chambre, la même que celle que j'avais occupée lors de notre arrivée en Tasmanie, on aurait dit que ça faisait un siècle. Le fax provenait de Steed et la lettre de ces rapaces d'avocats américains qui représentaient ces pervers religieux, les Baedburger, le couple qui avait escroqué mon demi-oncle pour qu'il leur lègue ses biens terrestres. J'ai d'abord lu le fax, la rage (cette merveilleuse guimauve créative) palpitant dans mes veines à chaque syllabe, une rage qui n'allait pas être désamorcée par le dernier paragraphe qui me fit, toutefois, lâcher une exclamation de surprise :

Cher Brian, toi mon client,

Le nouvel enregistrement a peu de chances d'atteindre en Amérique le nombre de ventes unitaires prévu par Shinto Tool Records.

En conséquence, j'estime qu'en conforme et due présomption, *in vitro*, divisée in tot, *mano y mano* et *quantum* de prodigalité, l'hypothèse que Lex, le président est – comme fixé aux clauses 1B, 3A et 13C de notre document légal et exécutoire – habilité à ce qui suit *imputum creatium* :

A. Accord tacite sur tous les futurs enregistrements comme établi via les bandes d'essai.

B. Gestion de la coiffure formulée démographiquement et effectuée par un styliste que la « maison de disques » a seule le droit de choisir.

C. Une évaluation multiforce comprenant producteurs, arrangeurs, amélioreurs et techniciens numériques devant être exclusivement choisis par « la société » et engagés expressément pour réaliser ledit projet d'album et rémunérés entièrement par « l'Artiste » sur ses avances déductibles.

D. Un con y chatte de vingt-deux ans de chez A & R paroles d'enfoirés *interfero ad nauseam* par-dessus ton épaule.

Brian, je sais qu'une fierté justifiée devra sans doute être ravalée, mais je suppose par expérience que ton futur commercial en Amérique est sérieusement entravé par ton attitude persistante qui consiste à croire que tu es quelque part intellectuellement et artistiquement supérieur aux gens qui travaillent pour les « maisons de disques ».

S'il te plaît, réfléchis à tout cela et en temps utile (de préférence avant le début de la nouvelle année fiscale), faxe-moi ce que tu en penses. Je serai au Japon pendant les trois prochaines semaines avec mon autre client, le guitariste de Néanderthal, et ne serai absolument pas contactable. Miss Twark, ma secrétaire, m'accompagnera, mais heureusement, elle pourra accéder à mon fax de Findhorn et fera suivre ta réponse par fax à l'hôtel de première catégorie de Tokyo que nous allons utiliser comme base pour nos fax.

Pendant ce temps, soit gentil d'étudier ces chiffres de vente pour les projets de Bone Mutha et de Richardo Enlighteno. Selon Shinto Tool, ces deux artistes et bien d'autres ont accepté de fonctionner sur le mode pantin et ont en conséquence, grâce à l'*imputum creatium* des gens que tu méprises tellement, dûment augmenté leur potentiel de vente.

Et puis, Jay Weinerbaum de *Campers Monthly* veut une autre interview de fond. Shinto Tool pense que c'est très important. Tu pourras la faire à ton retour.

Comment se passe la tournée ? Tiens, au fait, j'ai annulé les deux dernières semaines puisque nous ne faisons que couvrir du terrain déjà connu : *performus interuptus*, en somme.

Bien à toi sans préjugés,
Steed

– Je l'ai vu, Beep, dit Fortesque au téléphone. J'avais appelé sa chambre au moment où mon cerveau enregistrait la dernière phrase de Steed, mais Fortesque avait également reçu un fax, porteur des mêmes nouvelles. Encore deux spectacles, mec, et on se tire. Je l'ai dit à Carruthers.

– Ah ouais, qu'est-ce qu'il fiche ? dis-je, me demandant si ce vieux routier serait déçu.

– Il est dans sa chambre avec cette hôtesse de l'air de l'aller.

– Hôtesse de l'air ? Hôtesse de l'air ? Pas cette vioque avec la peau tendue comme un bongo ?

– Celle-là même, répondit Fortesque. Là-haut avec elle et une bouteille de vodka tasmanienne.

– Nom de Dieu, dis-je, il va sûrement la mettre en feu. Quel type, Forty, hein ? Je joue pas ce soir, dis ? me hasardai-je, ayant soudain un trou de mémoire.

– Non, repose-toi, mec. À plus.

– À plus, dis-je et je raccrochai.

J'ouvris ensuite la lettre en provenance d'Amérique, espérant que ces obséquieux Shylock instilleraient en moi la même hostilité vibrante que celle que j'avais glanée dans les premiers trois-quarts du fax de Steed. Je n'étais pas déçu et je commençais presque à écumer de rage en parcourant cette immonde missive :

Cher M. Corker,

Merci pour votre dernier courrier. À la lumière de cette récente information concernant la santé mentale de John « Sir » Bacon, nous pensons toujours que les Baedburger sont parfaitement en droit de recevoir la totalité du montant de son testament. Les Baedburger n'ont pas indiqué de comportement aussi rétif en ce qui concerne M. Bacon pendant la période où eux-mêmes, dans leur hospitalité chrétienne, l'ont accueilli, nourri et soigné.

Leur honnête opinion est qu'il était sain d'esprit à cette époque et que sa seule maladie, due à son grand âge, était physique. Il avait un peu de goutte, un zona et de la diarrhée chronique qu'ils estimèrent devoir faire traiter par leur médecin local, le docteur Rashid Poutenscope, et cela, sur leurs propres deniers.

En conséquence, nous allons commencer à faire homologuer le testament et sans tenir compte de vos divagations débiles, mais imaginatives. Le sang, M. Corker, est juste plus épais que l'eau bénite évangélique quand vous avez un testament qui pèse en votre faveur. Nous attendons votre citation avec un large ricanement bureaucratique.

Veuillez agréer l'expression de nos salutations respectueuses,

MM. Goldtraub, Cardbaum & Silvermein

P.-S. Nous avons découvert que vous étiez assez célèbre dans le monde de la pop. Une de nos assistantes dans l'équipe dactylographique a un fils qui possède vos deux premiers 33 tours. Serait-ce trop vous demander si nous vous envoyons les deux disques susmentionnés à votre adresse personnelle d'y mettre un autographe ? Si nous pouvions ajouter une photographie de nous pour que vous la signiez, qu'ensuite nous ferions encadrer et accrocherions sur le mur de nos grandioses bureaux, nous vous en serions également humblement reconnaissants.

Merci et à votre service,

MM. G, C, & S

– Très bien ! Très bien ! M. Corker et comment donc ! J'te leur en foutrai du M. Corker ! J'te leur en foutrai du putain de coquet corker !

J'agitais la lettre devant moi, insultant leurs manières onctueuses outrageusement douceâtres. Je ne me laisserais pas dépouiller sans mener un combat long et compliqué. Mais je n'allais pas me contenter de vomir des insultes et des obscénités dans la langue d'une banale harengère, non, monsieur. J'allais canaliser mon dégoût dans une rhétorique laconique, mais néanmoins poétique ; donner à ces goujats ce qu'ils méritaient – aucun doute là-dessus – mais aussi leur dire leurs quatre vérités bien senties, une petite chose que ces gros culs évangéliques, les Baedburger, avaient longtemps balayé sous les tapis en synthétique de leur *mobil home* de lotissement.

J'ai attrapé dans mon sac le papier personnalisé à filigrane et testé comme une seringue mon stylo à encre vert bouteille, puis je me suis lancé dans une réponse, réussissant à faire disparaître les nombreux maux qui menaçaient de m'entraîner à la paresse. Car pour dire la vérité, notre escapade dans la jungle m'avait bien éreinté mais bon sang, je n'allais pas ne pas battre le fer tant qu'il était chaud !

À MM. Goldenhind, Cardbutt et Silverbum
Messieurs,

La maladie mentale chronique dont j'ai malheureusement hérité de mon demi-oncle, maniaque déviant mélancolique et schizophrène, John « Sir » Bacon, m'a cloué au lit ces dernières semaines, en conséquence de quoi il m'a été impossible de répondre à votre dernier courrier jusqu'à ce jour. Heureusement, je me suis éveillé ce matin quelque peu détendu et cohérent et enfin débarrassé des apparitions spectrales qui ont harcelé mon âme inquiète. Tourmenté comme je l'ai été par des visions de bêtes inquiétantes étirant leurs fétides tentacules par les portes de l'enfer, je n'ai pas une seule fois envisagé de revenir sur ma position initiale, à savoir l'obstruction complète de la remise des biens de mon demi-oncle à ces insipides et fanatiques évangéliques « nés de nouveau », les Baedburger.

De plus, je considère que les Baedburger sont non seulement des agents d'une coercition malfaisante, mais aussi – sans vouloir trop insister sur ce point – qu'ils sont complètement fous eux aussi.

En fait, en août dernier, j'ai passé deux journées avec les Baedburger et je les ai tous deux trouvés dysfonctionnels en tant qu'unité familiale dynamique, et d'une grande hyperinsensibilité à l'égard de l'aliéné en phase terminale. En bref et pour commencer, il n'y avait pas lieu de leur laisser accueillir le vieux fou. N'êtes-vous pas, chers messieurs, au courant du « Miracle du Kool Aid » ? Il faut que je vous fasse le récit de cette histoire grotesque, car il est certain que Loretta Baedburger, qui me raconta de sa propre bouche cette absurdité, ne la mentionnera pas en votre présence.

Loretta (un pseudonyme, bien sûr, j'ai dans l'idée que « Joyce » est plus près de la vérité) me raconta son histoire du « Miracle du Kool Aid » par une chaude après-midi tandis que j'essayais de faire glisser dans ma gorge récalcitrante les ignobles côtes de porc altérées par les hormones que sa famille considérait comme de la nourriture. C'était l'un des « miracles » d'une série que, dans son état hallucinatoire permanent de « chrétienne née de nouveau », elle se convainquait d'avoir vécu.

Une après-midi de cet été-là, Loretta avait participé à une fête champêtre organisée par son église et elle avait la tâche de préparer les rafraîchissements habituels, sans prétention et fabriqués à la chaîne qu'on s'attendait à trouver au cours de ces sinistres réunions. Elle concocta, si le souvenir précis de son histoire ne me fait pas défaut, une grande quantité de sandwiches au saucisson (pain blanc, bien entendu), de nombreux récipients de gelée au parfum artificiel (colorant jaune et vert approuvé par le gouvernement fédéral, naturellement) et un tonnelet de trente-huit litres de Kool Aid, une substance – à en croire les publicités – qui a sur le corps humain l'effet d'une amphétamine biologiquement reconstituante. (Personnellement, je n'ai jamais essayé cette substance mais étant originaire des Îles Britanniques, je pense avoir consommé des poisons de grande consommation similaires dans l'ignorance de ma jeunesse).

Parmi les tièdes chrétiens qui assistaient à ce rassemblement, elle décrivit, avec force équanimité, un important groupe d'Africains dont les peaux étaient « si noires qu'elles en étaient bleues ». Je perçus dans sa description faussement aimable une répugnance de sa part, car comme tous ces évangéliques « nés de nouveau », son racisme est également « né de nouveau ». Les Africains, selon Loretta, s'entichèrent beaucoup de ce breuvage tiède et fétide et en avalèrent de grandes quantités. Mais à mesure que l'après-midi s'avançait, au lieu que ce liquide gazeux disparaisse comme les lois de la physique l'imposaient en toute bonne logique, le tonnelet de trente-huit litres resta « miraculeusement » plein à ras bord. Les Africains avaient l'air bien désaltérés, et Loretta qui cherchait toujours désespérément « des signes du Seigneur » déclara que c'était un miracle. D'où « le Miracle du Kool Aid ».

Il n'est pas nécessaire d'avoir une intelligence trop fine pour comprendre que les faux culs à la peau bleue essayaient tout simplement d'être polis et qu'ils reversaient cette cochonnerie dans le tonnelet quand personne ne regardait. Loretta, aveuglée comme elle l'est par son fanatisme religieux, a cru que Dieu, dans Son infini mauvais goût l'avait en fait choisie, elle, à sa fontaine, pour accomplir Ses miracles.

Elle me raconta cette histoire pendant que son répugnant furet apprivoisé sautillait entre nos pieds comme une pénible marionnette. Voilà la psychopathe qui espère recevoir la fortune de mon cher demi-oncle disparu ? Pas question, chers messieurs ! Cet argent est à moi, je vous le dis ! C'est mon argent !

Quant à autographier la collection de vinyles d'un très religieux jeune branleur à qui on a lavé le cerveau, veuillez m'envoyer les articles en question. Vous, dans votre ignorance, ne savez de toute évidence pas que les vinyles se font de plus en plus rares ; ceci a commencé en 1974 et continue jusqu'à ce jour. Je me ferai un plaisir d'appliquer mon nom sur la décoration de la pochette de ces raretés. Mais le vinyle, je le garderai et je le ferai fondre dans mon studio d'enregistrement privé où j'ai une pleine barrique de ces items prêts à être remoulés pour mon prochain album. S'il vous plaît, informez ce jeune écervelé que je suis un artiste en activité qui sort de nouveaux albums tous les ans, et pas une vieille ganache des années 70.

En conclusion, messieurs : mes avocats travaillent à plein temps sur ce cas et notre victoire prochaine est assurée. Dans cette attente, faites gaffe à vos arrières.

Veuillez agréer, Messieurs, mes sincères salutations,
Brian Porker,
Officier de l'Ordre de l'Empire Britannique

Une fois cela terminé, j'ai poussé un soupir de satisfaction et je me suis écroulé sur le lit défoncé, heureux de savoir que cette tournée touchait à présent à sa fin et que je serais bientôt de retour à Londres, pour bien éreinter Steed et régler quelques détails professionnels avec mon agent littéraire avant de retourner aux États-Unis et de me payer une bonne baise avec ma femme.

Chapitre 12

– Tu veux dire que tu aurais pu mettre la main sur tout le paquet ? demanda Fortesque, incrédule, une fois que je lui eus raconté l'incident des Bahaïs.

– Tout le paquet, Forty, répliquai-je. J'aurais été installé dans un palace en Iran avec des serviteurs, des concubines, des tonnes de fric, sans doute – et mon choix de pouffiasses, d'ongles sales et tout ça. Ce Bahá'u'lláh était un chaud lapin quand il s'agissait de ses disciples féminines, en tout cas.

Nous étions à bord de l'avion qui nous reconduisait à Londres, buvant du champagne bon marché, pleins d'entrain malgré la perspective d'être enfermés dans un tube étouffant. L'amie de Carruthers, l'Hôtesse de l'Enfer, passa, chancelante, en traînant un chariot et me lança un clin d'œil malveillant. Quant à l'ingénieur du son – il était quelques rangées derrière, déjà ivre mort après une bringue à la vodka commencée à 11 heures du matin au bar de l'aéroport.

La tournée, pour autant que je puisse l'affirmer, n'avait rien changé. *Grease* était toujours le disque le plus populaire de l'île et l'énorme afflux de mon dernier album que Steed avait promis, paraissait peu probable. Pourtant, j'avais été quelque peu réconforté par les deux derniers spectacles à Margate et Dunallay où j'avais attiré un public raisonnable et au moins fait salle à moitié comble.

Et le souvenir des thylacines, des aborigènes et chaque détail de notre surprenante découverte me remplissaient d'une palpitante renaissance, d'un chaleureux élan d'étonnement qui m'inspirait des envolées créatrices dont je me délectais et que je laissais couler de ma plume sous la forme de paroles surréelles et de visions impressionnantes. Je me sentais tellement libéré et disert que j'avais spontanément commencé à raconter entièrement l'épisode des Bahaïs à mon *tour manager*, même si rien que d'y penser, j'avais envie de disparaître sous terre tellement j'étais gêné. Jusqu'à cet instant, j'avais préféré garder tout cela pour moi, même si je supposais que Steed et Smyke en avaient eu vent par ces gars du nord à la coupe au bol de Slade Two, et qu'il y avait fort à parier que Fortesque avait déjà entendu l'essentiel de ce fiasco.

Fortesque, qui avait beaucoup de tact, fit comme s'il entendait l'histoire pour la première fois et écouta avec un intérêt brûlant.

– Mince alors, mon pote, s'exclama-t-il, écumant à l'idée d'être un puissant gourou et d'avoir accès à tous les avantages qui accompagnaient la chose. Ouahou, je crois que je me serais laissé tenter… ceci dit, je pense que tu as eu raison au bout du compte.

– Parfaitement raison, Forty. Tu ne me surprendras pas en train de manger des cacahuètes grillées et de boire de la sauce Worcestershire et de chanter comme un couillon. Et en plus, ajoutai-je, descendant au bas niveau où se déroulent toutes les tournées, j'aurais voulu que tu voies les filles – sinistres !

– Ha haaaaa ! Fortesque éclata de rire.

– Ouais, Forty – t'as déjà vu une bonne sœur excitante ?

– Compris, Beep ! Ha ! N'en dis pas plus, mec. N'en dis pas plus.

– Écoute, dis-je, une inspiration me faisant soudain tomber vers l'avant et sortir de mon sac le fax de Steed. Est-ce qu'ils ont un fax dans ces engins ?

– Quoi, dans l'avion ?

– Ouais.

– Je vais aller voir.

Alors mon fidèle *tour manager* sauta sur ses pieds et descendit l'allée tandis que j'étais occupé à faire une réponse adéquatement astringente aux dernières balivernes hérétiques de mon boss. J'ai redemandé du champagne et je me suis mis à l'œuvre, les mots bondissant de mon stylo comme des soldats allant au combat, et quand Fortesque fut de retour avec la bonne nouvelle que bien sûr ils avaient un fax dans l'avion, je lui ai tendu mon ouvrage achevé, qu'il a lu, qui l'a fait partir d'un gros éclat de rire et qu'il est allé envoyer.

Cher Steed espèce d'enfoiré,

Non, je ne ferai pas une deuxième interview avec Jay Weinerbaum de *Campers Monthly*. En fait, si jamais il m'arrive de tomber encore une fois sur ce petit connard, je vais lui enfoncer mon poing tellement au fond de la gorge qu'il faudra une autopsie pour le dégager.

Shinto Tool et ce responsable de la production sans âme musicale peuvent se garder leur contrat d'enregistrement, le fourrer dans un mixer et en faire une variante obscène de guacamole. Je m'en contrefous. Je suis prêt à affronter l'inévitable spirale de la piste des labels indés : la dégringolade vertigineuse dans le monde des microbudgets lilliputiens, les jubilants enfers du Formica où les sangles des guitares claquent pendant les soirées ouvertes à tous dans le club folk local et où les cordes se chauffent pour la représentation maigrement payée du lendemain. En bref, je préférerais ouvrir un magasin de percussions à Sheffield que de parler de manière « créative » avec toi ou ces cerveaux mous de Shinto Tool Records. Et si je vous entends vous ou Shinto Tool prononcer encore une fois les noms de « Bone Mutha » ou « Richardo Enlighteno » je vais vous enfoncer mon poing… etc., etc.

Et peux-tu avoir l'amabilité de ne plus m'envoyer de fax qui ont tout de documents légaux ? Le dernier que j'ai reçu ressemblait à une assignation en justice ; avec le précédent, j'ai eu la certitude que mes biens allaient être saisis.

Veux-tu faire suivre ces idées créatives à Shinto Tool ?

Sincères salutations,

BP, H.A.T.E. F.C.U.2. [1]

Une fois cette bonne chose achevée, Fortesque et moi avons continué à bavarder joyeusement pendant un moment, mais nous avons évité tout sujet concernant notre aventure dans la forêt, préférant garder précieusement ces événements dans nos esprits, à l'abri dans un monde onirique sacré. Mais quand Fortesque est retourné à son siège près du hublot, je me suis de nouveau retrouvé en train de réfléchir aux aborigènes et à ces profondément mystérieux thylacines, en sécurité pour l'instant dans la forêt humide qui est leur habitat. Ce n'était sûrement qu'une affaire de temps avant qu'ils soient découverts et que leur innocente existence soit saccagée. Ma rêverie fut interrompue par un puissant grognement, et je me suis retourné pour voir les cheveux de Carruthers passer comme une fusée, tels un paquet de donuts brûlants, tandis qu'il avançait tête la première dans l'allée et déversait son déjeuner et la moitié de la bouteille de vodka tasmanienne sur le pied d'un passager endormi. Je souris secrètement au fond de moi. Si les vrais indigènes de Tasmanie – les aborigènes et les thylacines – avaient survécu à ce type, ils survivraient probablement à n'importe quoi.

1. Brian Porker, je vous hais, allez tous les deux vous faire foutre.

Chapitre 13

À la fin de ma tournée tasmanienne écourtée, je n'avais qu'une seule idée : vite retourner dans ma propriété nord-américaine et reprendre les choses là où je les avais laissées avant d'avoir été aussi brusquement interrompu. Le printemps serait dans l'air, et il y avait beaucoup de choses dont on pouvait profiter dans le paysage spectaculaire d'Amérique du nord. Je serais bientôt en train de bricoler dans la remise à bois, de farter les antiques skis de fond, d'ouvrir la piscine afin de la préparer pour l'été qui approchait, et de me débarrasser des fluides séminaux par baquets avec l'aide du corps svelte de ma femme. Nom de Dieu, j'ai mal à l'aine !

Peut-être même m'obligerais-je à aller dans la salle de musique pour établir le contact avec ma colère condensée (ah, ce flot créatif !), accumulée au cours de mes récentes expériences, et griffonner quelques chansons. Je pourrais peut-être même me mettre à écrire une pièce de théâtre. Pendant la dernière partie de notre vol pour la Tasmanie, j'avais reçu l'inspiration divine d'une intrigue sous les traits d'un Allemand avec une grosse tête et d'un Anglais assez efféminé assis devant moi. Ils avaient une discussion très animée à propos du cannibalisme, pratique à encourager selon l'Allemand car c'était un super moyen de diminuer la surpopulation mondiale et de résoudre le problème de la famine

166

dans les pays du tiers-monde. J'avais commencé à jeter les grands traits d'une intrigue avec comme titre provisoire « Le cannibalisme : crime et nutriment ». Cette idée m'enthousiasma et je trouvais qu'elle était pleine de potentiel.

J'étais excité à la perspective de la pousser plus loin et de la soumettre à mon agent littéraire à Londres, qui avait réussi à faire jouer dans une petite salle paroissiale de province ma dernière œuvre, *The Man in the Green Trilby*. Or, comme je devais le découvrir en arrivant dans mon appartement londonien, ce doux futur ne devait pas être. Steed, tel un éléphant sauvage qui saccage tout, était déterminé à extraire la moindre goutte de *Porker in Aspic*, disque qui jusque-là s'était distingué par des chiffres de ventes absolument consternants. Un seul fax pendait de mon appareil dans l'appartement. Je l'ai regardé fixement, redoutant son contenu, ressentant le vide du séjour se refermer sur moi, regrettant de ne pas avoir pris un vol direct pour les États-Unis au lieu de repasser par l'Angleterre simplement pour y rencontrer mon agent littéraire et régler quelques comptes avec Steed.

Brian,

J'écourte mon voyage au Japon. Tombés malades. Miss Twark et moi avons goûté au fuku. L'avons échappé belle de justesse. Et puis, super nouvelle, mon vieux ! Véritable enthousiasme pour *Porker in Aspic* dans le nord. En train d'organiser une tournée là-haut. Tu pourrais retourner aux States… mais entre les préparatifs, etc., ça ne paraît pas valoir le coup.

Viens au bureau demain matin. Il y a quelques petites choses que je veux voir avec toi.

À bientôt,
Steed

P.-S. J'espère que ce fax est moins officiel que d'habitude, mec.

J'arrivais presque à sentir la réticence de Steed tout au long du document ; donner un ton décontracté à ce courrier avait de toute évidence requis un gros effort de sa part et il avait sûrement dû déchirer deux autres tentatives, chacune ressemblant à un rapport de litige, avant que cette dernière finisse par sortir de son stylo avec beaucoup de réticence. Que voulait-il dire par « dans le nord » ? Watford ? Morecombe ? Est-ce qu'une société d'amateurs de Porker avait soudain vu le jour à Findhorn, le bizarre lieu d'origine de Steed, et espérait-il que je laisserais tout tomber pour passer des heures à grelotter dans une camionnette brinquebalante à monter et descendre la M1 ?

Il est vrai que le nord de l'Angleterre ne souffrait pas moins que le sud du culte de la médiocrité sous les traits de rappers portant des dreadlocks, de chanteurs-compositeurs aux mélodies déficientes dont les voix saturées de vibrato étaient généralement perçues par les masses de nullards comme pleines d'âme, et de ces toujours populaires réunions de vedettes.

Non, rien à faire de tout cela. Steed n'allait pas me marcher sur les pieds parce qu'un plébéien du nord avait fait une critique correcte du disque et qu'une poignée de promoteurs du Yorkshire au cul poilu lui avaient rebattu les oreilles. Rien à faire. J'entrerai en trombe dans son bureau, me mettrais sérieusement en rogne et lui dirais que ça ne marchait tout simplement pas. Ensuite je retournerais en Amérique où j'étais apprécié et je me trouverais quelques lucratifs concerts pour des fêtes d'entreprises, histoire de m'aider à financer la paresse que j'avais projetée pour le reste de l'année.

Oui, c'était ça qu'il me fallait. J'en avais assez de jouer devant des attardés mentaux et des fans de Travolta en pantalon blanc, merci. Steed pouvait prendre le job et se le carrer quelque part. Rien à foutre de ces bonnes critiques occasionnelles, pensai-je. Elles apportaient toujours plus de soucis que d'avantages. Il valait bien mieux se faire éreinter en bonne et due forme, ce qui a pour effet de tempérer l'enthousiasme à la fois de la maison de disques et du manager, en conséquence de quoi, j'aurai sûrement peu d'effort promotionnel à fournir, voire aucun. Demain, j'allais régler le compte de Steed. À présent, dans l'air vide et mort de mon appartement, où la trace imperceptible et mélancolique du parfum de ma femme flottait encore dans l'air et où un jouet d'enfant, à moitié oublié, traînait par terre, j'allais attaquer le courrier, un stylo venimeux déjà prêt.

Il n'y avait rien de ces insidieux avocats américains, mais Shinto Tool, ma maison de disques américaine, m'avait envoyé une autre liasse de critiques de *Porker in Aspic*, dont un spécimen se révélait une mine de méchanceté et d'hostilité. Elle venait de Chicago, une ville d'habitude favorable à mes expériences discographiques, mais ces bastions du Porkerisme abritent souvent un ver sournois dans la pomme, à l'affût, aiguisant ses mandibules pour un bon vieux travail de mise en pièces, ou plus agaçant encore, un article cousu d'insouciance délibérée. Oui, à Chicago, un enfant de salaud chaussé de doubles foyers était en train d'essayer de se faire un nom !

Le papier sortit du fax comme une flèche et un rapide appel au département publicitaire de Shinto Tool à Los Angeles me révéla le numéro de fax du coupable de la publication et je pris grand plaisir à sérieusement démolir ce pauvre type. Ah oui, ce fut du bon boulot !

Le suivant sur la planche à découper fut mon indolent label européen, Dreadnought Records. Un balourd effronté à la tête carrée du département promotionnel avait prévu une tournée éclair en Europe entre maintenant et ma prétendue « tournée dans le nord ». À en juger par le contenu de cet odieux courrier, ces voyages mythiques que j'allais entreprendre étaient une affaire réglée dont Steed et Dreadnought, comme deux larrons en foire, s'étaient chargés pendant mon absence. L'absolue insouciance de l'employé de Dreadnought qui avait eu l'idée d'un itinéraire complet faillit me faire vomir de la bile. J'allais faire savoir à ce jeune crétin qu'il n'avait pas affaire à un péquenaud, des étoiles plein les yeux, débarqué des banlieues par le dernier train, et qu'en fait j'avais déjà enregistré quelques disques, donné quelques interviews, eu affaire à plus de représentants de maisons de disques sans cervelle qu'il ne pouvait s'imaginer.

J'ai regardé la pendule – presque l'heure d'appeler ma femme de l'autre côté de la mare. D'abord le fax, puis le coup de fil à la maison :

Cher représentant de maison de disques,

Vais-je recevoir un itinéraire plus précis et détaillé de ma tournée promotionnelle, ou bien va-t-il falloir jouer aux devinettes pour connaître l'hébergement et le trajet ? Cela va-t-il vous exciter, vos copains et à vous, d'imaginer ma brave personne, sans feuille de route précise, en train de suer comme un bœuf en classe économique, au milieu de fanatiques religieux, d'imposantes femmes bolcheviques qui prétendent être mes plus grandes fans et d'imbéciles de tout poil comme on en trouve dans les avions ?

Selon vous, il ne reste que quatre jours avant que cette parodie ne démarre et je n'ai rien d'autre qu'un morceau de fax avec la légende suivante :

Londres/p-être Birmingham	Lundi
France	Mardi
Belgique/Hollande	Mercredi
(pas d'hôtel à Bruxelles : voiture pour l'Allemagne)	
Allemagne	Jeudi
Suède/Norvège/Danemark	Vendredi
Autriche (à confirmer)	Samedi

C'est ça, l'itinéraire ? Suis-je censé embarquer dans un avion avec de telles inepties ? Mettez un peu d'ordre, espèce de petit label indé bordélique, sinon vous ne me verrez pas.

Comme vous le savez, je refuse de faire des interviews pour Shinto Tool aux États-Unis parce que la simple idée qu'un troisième journaleux puisse me demander si je vais jouer un jour avec Biezel Sicks, ce percussionniste injustement célèbre, me remplit d'effroi. Il serait vrai de dire que récemment j'ai eu la malchance d'éprouver de véritables nausées au cours des séances d'interviews et qu'il me faut faire des efforts considérables pour ne pas vomir partout sur ces bouffons. J'accorde cette faveur à Dreadnought Records uniquement pour les aider à ralentir la chute des ventes européennes. En conséquence, veuillez montrer un peu de mesure dans l'emploi du temps et gardez à l'esprit que j'aime à peu près autant parler à la presse que marcher dans une merde de chien.

Qui plus est, si un seul des ravissants hôtels dans lesquels je vais séjourner affiche moins de trois étoiles à sa porte (deux et demie ne feront tout simplement pas l'affaire), je le ferai remarquer en termes bien sentis au représentant de votre maison choisi pour m'accompagner et le contraindrai à dénicher un hébergement convenable sur-le-champ.

Donc, envoyez-moi dès aujourd'hui votre itinéraire détaillé. Je déteste les surprises et je n'y réagis pas bien.

Sincères salutations, BP

J'ai envoyé le fax à Dreadnought et j'ai ensuite passé le coup de fil familial. J'étais en rogne, énervé que ma femme et mon fils soient aussi loin et de savoir qu'ils devaient attendre mon arrivée aux États-Unis d'un jour à l'autre. Et maintenant, il y avait cette tournée promotionnelle, qui avait l'air d'être une affaire réglée, et une répugnante balade au-delà de cette limite que représente Watford. Combien de temps devrais-je attendre avant de retourner au sein de ma famille – et encore plus important, retourner auprès du sein de ma femme ? Cela faisait déjà bien assez longtemps – je commençais à avoir des émissions involontaires de fluides corporels essentiels et mes testicules étaient dures comme des *medecine balls*.

– Allez, décroche… décroche ! fis-je avec un sifflement d'impatience pendant que le téléphone sonnait sans réponse, mes pensées vagabondaient pleines d'espoir vers une séance de sexe marital téléphonique.

J'allais laisser tomber quand j'ai entendu ce clic bienvenu et ma femme prendre la ligne. Après une période de mots doux et une touche de cajoleries téléphoniques, nous avons discuté les derniers plans de tournée de Steed. Chose peu surprenante, Tarquin avait passé un coup de fil dans ma maison du Vermont, une semaine plus tôt, et fanfaronné auprès de ma moitié comme un rouleau compresseur avec des promesses d'« ouvertures territoriales », de « consolidation des relations » et, plus tentant encore, de « privilèges de trésorerie ». Il paraissait convaincu de l'existence d'une mine d'or potentielle là-haut dans le nord et dans son langage rusé de manager, il s'était assuré le soutien de ma femme en lui faisant miroiter un « soutien fiscal » et un compte en banque aussi gras qu'un foie d'oie.

– Nous avons besoin de cet argent, Brian, dit-elle. Surtout si nous passons tout l'automne et tout l'hiver dans les Caraïbes. Steed est bon quand il s'agit de finances

– tu le sais. Et avec un petit supplément sur les comptes, tu pourras vraiment en profiter plus tard dans l'année.

– Mais j'avais l'intention d'en profiter *maintenant*. Steed a vraiment réussi à te mettre dans sa poche, hein ? assénai-je d'un ton accusateur.

– Très bien, tu changes de manager tous les deux ans et voilà ce qu'il te réserve : tout nouveau tout beau et tout ça…

– Euh…

– Tu sais comment ça se passe. Il est plein d'enthousiasme, c'est tout, et il dit que dans le nord, les gens s'intéressent vraiment à ce disque. Au fait, qu'est-ce qu'il entend par « dans le nord » ? L'Écosse ?

– Tu parles, comme si je le savais, avouai-je.

Autant me faire lobotomiser, dis-je à ma femme. C'est sûr, plus besoin de cerveau si c'était ça mon avenir ; inutile d'avoir des pensées personnelles : sauter quand Steed dit saute, répondre « oui, monsieur, non monsieur, trois sacs pleins, monsieur » à la maison de disques. J'aurais aussi vite fait de prendre une aiguille pointue et de me la foutre dans l'œil. Notre conversation s'est achevée, et tous les deux nous étions au moins d'accord pour dire que seul un paquet de billets pourrait nous convaincre qu'encore une autre tournée, si rapprochée de la précédente, vaudrait qu'on lui accorde une once de considération. Steed avait intérêt à fournir des chiffres costauds avant que je fasse quoi que ce soit. Après cela, je suis sorti courir, ce que j'ai fait suivre de trois savoureuses pintes de bière au pub local, d'un repas thaï et de huit heures de sommeil sans rêves.

Chapitre 14

« On s'est encore payé un petit sprint, fiston ? », fit Steed, pas un seul instant intéressé par ma réponse, affirmative ou négative. Il marcha délibérément à grands pas dans le bureau, se donnant de petits coups de bâton sur sa grosse cuisse. Mais avant d'arriver à une quelconque destination originellement déterminée, il fit demi-tour et marcha de nouveau en direction de sa table de travail, faisant soudain craquer les articulations de ses épaules trapues, comme si prendre de l'exercice avait été le seul but de ses navigations.

C'était vrai, j'avais combiné un mélange de marche rapide et de jogging pour venir à son bureau dans un petit cul-de-sac peu connu qui donnait sur Harley Street. La journée était anormalement chaude pour la saison et je n'avais pas l'intention de m'asseoir dans un taxi, au milieu de la circulation, à regarder défiler au compteur des sommes incroyables en je ne sais quelle déplaisante nouvelle devise qui se trouvait être devenue la monnaie légale dans les îles britanniques à ce moment précis de l'histoire. Éviter les remarques cro-magnonesques d'un chauffeur londonien était également ment un plus pour mes saines déambulations, et faire du jogging avait toujours été plus sûr que de prendre le métro ; au moins on pouvait s'enfuir en courant si une agression débile survenait.

J'ai parcouru la pièce des yeux, avec toujours la même angoisse, pendant que Steed donnait des coups de bâton sur son bureau comme s'il tuait des mouches avec, et je me suis demandé, comme de nombreuses fois auparavant, comment, tout au début, j'avais laissé cet homme devenir mon manager. Cela n'avait rien à voir avec un quelconque bon sens de sa part dans le domaine artistique : Tarquin n'arrivait pas à taper du pied en mesure, encore moins à reconnaître les mérites ou les démérites d'un enregistrement précis dans l'histoire de la musique pop. Non, c'était purement par défaut que j'avais engagé Steed, en face duquel je m'étais retrouvé quelques années auparavant, au cours d'un procès contre mon ancien manager bilingue qui me poursuivait pour récupérer tout ce que je possédais, y compris ma coupe de cheveux, fort imitée, un style devenu populaire autrefois non pas pour sa flamboyance, mais parce qu'il était désarmant de banalité.

Steed, resplendissant dans sa robe et sous sa perruque, m'avait entraîné sur le côté après avoir fait rejeter par la cour les charges inventées de toutes pièces par mon ancien manager, et m'avait glissé un petit mot à l'oreille. J'ai d'abord cru que je me faisais draguer par un vieux pédé, mais mon avocat m'informa qu'en fait Steed abandonnait le barreau et avait déjà signé un contrat de management avec un célèbre client – un très riche et estimé guitariste de Néanderthal qui avait été populaire dans les années soixante.

Ce jour-là, le jugement clair et calme de Steed m'avait sorti de ce qui aurait pu être une cause de poursuites et de contre-poursuites longues et compliquées, et je me retrouvais à nouveau libre de créer. Toutefois, je n'avais pas eu l'intention de replonger si vite sous la coupe d'un autre manager, la récente débâcle avait laissé dans ma bouche un goût amer encore bien frais. Mais l'accent aristo de Tarquin, si incongru dans le sordide vernaculaire du rock'n'roll, et sa compétence dans le domaine légal, ceci ajouté à une puissante figure paternelle qui lui sortait par tous les pores comme de l'après-rasage, faisaient de lui une personnalité quasiment irrésistible, et avant même de m'en rendre compte, sans très bien comprendre ni pourquoi ni comment, je m'étais retrouvé avec un nouveau manager.

À partir de là, je savais que ce que je gagnais, au moins, j'étais entre des mains sûres, car Steed menait les affaires de façon méticuleuse. Mais ses méthodes promotionnelles excentriques et parfois déconcertantes m'épuisaient, m'agaçaient, et m'enlisaient dans un sentiment d'abjecte impuissance. Il faut dire que sa technique en matière d'interaction humaine était souvent aussi bizarre que déroutante. Un jour, lors d'une nouba de haut vol à la con où trois patrons de maisons de disques et leurs divers lèche-bottes se trouvaient réunis dans une suite du Montcalm Hotel à Londres afin de discuter du nouveau et lucratif contrat que j'allais signer, Tarquin, qui faisait les cent pas dans ces luxueux appartements en vitesse surmultipliée comme d'habitude, démolit un pied de lampe (il lui arrivait souvent de tripoter les objets quand il traitait des affaires, ce qui avait pour effet de complètement distraire ses opposants, et en conséquence de le laisser libre de leur tirer de plus grosses avances), celui-ci tomba en morceaux dans une pluie d'étincelles et commença à prendre feu, obligeant la distinguée compagnie à s'enfuir de la suite en hurlant d'appeler les pompiers. Au cours d'un autre incident souvent cité, Tarquin, assis au bord d'une piscine lors d'une entrevue huppée du même ordre à Los Angeles, secouait comme un malade un briquet jetable pour essayer de le faire fonctionner. Jusque-là, il n'avait rien tiré d'autre de cet engin qu'un cliquetis sourd, il le porta en conséquence à son oreille, comme s'il pouvait établir un diagnostic en étudiant le son que faisait cette mécanique bon marché. Alors qu'il tournait la molette, une flamme de quinze centimètres jaillit et mit le feu à ses cheveux. Paniqué, il sauta dans la piscine, ayant oublié qu'elle avait été vidée pour réparation et se cassa une jambe sur le coup.

Ces bouffonneries chaplinesques étaient légendaires et créaient au moins autour de cet homme un folklore d'hilarité. Mais ce qui me contrariait, c'était l'habitude qu'il avait de garder pour lui les informations importantes, d'omettre les détails essentiels à propos des tournées prévues jusqu'à ce que je sois piégé comme une mouche dans une plante carnivore.

– Bon, ça se présente bien pour le Groenland ! s'enthousiasma Tarquin d'un ton discordant. J'ai ouvert la bouche, mais rien n'a pu sortir. J'ai eu des échos des passages radio là-haut, continua-t-il, s'affalant dans le fauteuil pivotant derrière son bureau. Numéro dix de la liste ! L'Islande vient s'ajouter, c'est ferme pour le Svalbard et nous attendons que les promoteurs de Franz Joseph Land nous recontactent – il ne devrait pas y avoir de problème de toute façon. On pourrait avoir à se battre pour les visas de Novaïa Zemlia, mais les promoteurs sont en plein délire là-haut – ce serait dommage de ne pas y aller. Oh… et puis il y a cette petite île au sud du Svalbard – Bear Island. Guère plus qu'un rocher, en fait. Bon… Il fit une pause, de manière théâtrale, donnant toujours des coups sur les objets de son bureau, ce qui créait un sourd accompagnement musical. Elle est norvégienne à l'heure actuelle, mais il paraît que des sous-marins nucléaires russes mouillent dans ses eaux, si nous y allons assez rapidement, nous pourrions donner le spectacle, récupérer les couronnes et partir avant le coup. Qu'est-ce que t'en penses ? Il n'y a qu'un seul club sur toute l'île… disons… plutôt une conserverie de sardines, en réalité. Mais nous la remplirons avec des gens de l'industrie du poisson, pleins du pognon de leurs salaires mensuels, passablement conséquents à cette période de l'année, d'après ce que j'ai compris. Ils vont demander l'équivalent de cinquante livres par billet ! Scandaleux ! Quatre cents eskimos à cinquante livres par tête de pipe ? Bon sang ! Je pense qu'il faut qu'on y fonce – à voir comment t'es perçu là-haut. Attends une minute ! hurla Steed en s'emparant d'une liasse de papiers devant lui.

Non, non, non, je me suis complètement embrouillé – la conserverie de poisson est en Navoïa, Bear Island a un super club. Et quelques surprises, mon gars, ajouta-t-il en soulevant les sourcils de façon énigmatique.

Mon esprit avait le tournis ; l'Angleterre avait-elle été envahie pendant que j'étais en Tasmanie ? Birmingham s'appelait-elle désormais Novaïa Zemlia ? Svalbard ? Franz je sais quoi Land ?... Groenland ?... Steed avait distinctement prononcé ces mots. Il ne s'agissait absolument pas d'une tournée dans le nord de l'Angleterre !

Avant que j'aie pu construire une phrase, le téléphone sonna et Tarquin, qui s'était progressivement affalé dans le fond de son fauteuil tout en continuant à énumérer la liste des invraisemblables pays que j'étais censé visiter lors de ma « Tournée du Cercle Polaire » envisagée, tomba par terre avec un bruit mat, ses bottes d'équitation rouges dépassant de derrière son bureau comme deux chilis mexicains. Il se remit d'aplomb avec une surprenante habileté digne d'un athlète et attrapa le téléphone.

– Salut ! hurla-t-il dans l'appareil, sans prêter un seul instant la moindre attention à sa chute en arrière. Giorgi ! Super d'avoir de tes nouvelles !

Il continua ensuite pendant une bonne dizaine de minutes, procédant à de complexes transactions monétaires avec un promoteur sur un horrible morceau de glace nommé Novaïa Zemlia. Je me dirigeai vers la carte sur le mur, laquelle était couverte d'épingles à tête rouge. La Novaïa Zemlia était tellement au nord qu'elle débordait presque du sommet de la planète ! On aurait dit qu'elle touchait la partie la plus septentrionale de la Russie. J'étais mortifié !

– Ça y est ! beugla Tarquin en reposant le combiné. Voilà, poursuivit-il, tandis que je m'engourdissais davantage.

Tous les managers que j'ai eu le malheur d'engager semblent avoir eu le même effet sur moi : j'entre dans leurs bureaux, parfaitement remonté et déterminé à faire du boucan à propos de leur dernière proposition ridicule, et je ressors après avoir pratiquement accepté tout ce qu'ils ont présenté.

– Cette Novaïa, c'est réglé. Là, nous avons des garanties, dit-il en levant ses épais sourcils blancs d'une façon qui suggérait qu'en quelque sorte « nous » avions remporté une grande victoire. À présent, le remix… Les Grolandiens adorent le single, mais pour leur marché ils trouvent qu'il est trop… je ne sais pas… soft, c'est ce qu'ils disent. Dreadnought est prêt à y mettre de l'argent, donc je pense que nous devrions nous y atteler la semaine prochaine avec un ingénieur du son et faire une nouvelle tentative. D'accord ?

Dreadnought, ma maison de disques européenne, était une bande de grippe-sous radins comme pas permis, mais quand elles entendent le mot « remix », absolument toutes les maisons de disques semblent curieusement prêtes à jeter d'énormes sommes d'argent par les fenêtres. Je n'ai toujours pas compris pourquoi. Peut-être qu'elles se sentent « artistiquement impliquées » quand un bon morceau se trouve massacré et réduit en bouillie pour être passé à la radio, ou au public frigide du Groenland.

– Bon, je suppose que… commençai-je, acceptant mollement tout, comme d'habitude.

– Bien, dit Tarquin, quelque peu soulagé.

Il n'est rien que les managers détestent autant qu'un artiste qui refuse de faire un remix à la demande d'une maison de disques.

– Super, super, poursuivit-il. Ça se présente bien, cette petite tournée, et tu sais, il y aura plein de temps pour faire du ski. À ta place, je prendrais les tenues et le matériel. En ce moment, Smyke et Fortesque sont en train de s'occuper des visas et Carruthers veut te parler du son acoustique de scène ou quelque chose comme ça. Appelle-le aujourd'hui, veux-tu ? Il est à Kimber.

– Carruthers ? ! m'exclamai-je sidéré. Je croyais qu'il était parti avec ce groupe de métal vaudou, The…

– The Zombie's Bollocks, fit Tarquin à ma place. Non, ils ont eu des petits ennuis avec les autorités à Glasgow, donc Carruthers est libre. C'est un super ingénieur du son.

– Ouais… je suppose… répondis-je sans conviction, les débuts d'un plainte de désespoir se glissant dans ma voix.

J'ai regardé par la fenêtre le ciel bleu dégagé, ce qui m'a un peu remonté le moral. L'idée que j'allais fuir le bureau de Tarquin, m'éloigner de ce projet de tournée cauchemardesque, était séduisante – du moins si je ne me mettais pas à discuter, je serais vite dehors et je pourrais mettre tout cela dans un coin reculé de ma tête. Penser que je pourrais vite sortir de là me poussa à accepter avec un air mielleux pratiquement tout ce que mon manager m'avait proposé. Super, pensai-je. Je vais aller jusqu'au *Lord's Tavern* et me descendre quelques pintes au pub. Pour chasser toute cette histoire de ma tête. Peut-être une guerre éclaterait-elle dans la mer de Barents et faudrait-il annuler ? Peut-être que la Russie allait envahir Bear Island et plonger tout l'hémisphère nord dans la tourmente. Avec ces sous-marins nucléaires qui traînent partout, cela paraissait bien possible.

Le téléphone démarra comme une sirène et Steed se jeta pratiquement dessus. Voilà ma chance, pensai-je, et je me précipitai vers la porte.

J'abandonnai Tarquin en plein milieu d'excentricités téléphoniques, sortant de son bureau totalement abruti pendant qu'un promoteur d'un de ces déserts glacés et mon manager fou commençaient une conversation atrocement lente. Tout en parlant au téléphone, Steed consultait divers ouvrages volumineux posés devant lui et lâchait des mots comme « grohlk » et « krakatnys-kiff » !

Mes pensées dérivèrent vers la Tasmanie tandis que je traversais en courant Marylebone Road en direction de Regents Park, suant comme un docker dans l'invrai-semblable chaleur du soleil d'avril. J'aimais bien Fortesque, le robuste et loyal *tour manager* ; je pourrais sûrement supporter de traîner avec lui pendant une autre tournée, si proche de la précédente. Mais Carruthers, à mon avis, était un balourd à tête d'œuf de proportions imposantes. Steed, son assistant, Smyke et Fortesque semblaient tenir ses capacités techniques en haute estime, même si son travail en tournée s'était surtout limité à mixer d'atroces groupes de death-metal. Je n'arrivais pas à comprendre. J'étais convaincu que ce sale type n'avait seulement jamais vu une guitare acoustique avant le premier jour de ma tournée en Tasmanie, et voici qu'on me dit qu'il faut que je l'appelle et que je le supplie de me donner de précieuses informations sur la façon d'améliorer ma sonorité sur scène ! Ce monstre m'échauffait les sangs, mais après deux pintes revigorantes et un *Scotch egg* [1] au *Lord's Tavern*, je me

---

1. Œuf dans de la chair à saucisse.

suis retrouvé dans mon appartement, en train de composer le numéro de ce couillon.

– Kimber 95959, répondit Carruthers, comme pour se moquer de la manière dont les gens du sud de l'Angleterre répondent au téléphone.

– C'est BP. Tarquin m'a parlé… d'un équipement acoustique ?

– Dis donc, Beep ! formidable de t'entendre. Farff ! Aye, écoute. Un de mes potes – son nom c'est Stouffer – il a un super équipement de scène pour les guitares acoustiques.

– Oh…

C'est tout ce que j'ai pu trouver pour contrer ce carnage torrentiel infligé à la langue anglaise. Mais ce nom me disait quelque chose : Stouffer ? Où l'avais-je entendu avant ?

– Aye, c'est du méga matos. Pourquoi que tu viens pas ici à Kimber pour l'essayer, mec ?

– Euh… moi, monter ? Euh…

– Tu peux pas l'essayer là-bas quand il est ici, hein ? Hé, hé, hé. Allez. Stouffer est un dégourdi d'enfant de salaud et l'électricité au Groenland est un sacré paquet de conneries. On sera vraiment tout de suite dans un sérieux kimber si on réussit pas à tout arranger nibs maintenant.

J'ai réfléchi un instant à sa proposition. Il fallait que je m'attelle au remix le lundi suivant et le reste de la semaine encore libre ; pourquoi pas, pensai-je ? Au moins, je pourrais commander ce dur de Carruthers, et après mon entrevue avec Tarquin, qui, comme d'habitude, m'avait vidé et laissé sans énergie, j'ai senti que j'avais besoin d'un roadie à maltraiter.

– D'accord, je serai là mardi. Mais il a intérêt à être bon.

– Génial, dit Carruthers. Prends la A13b jusqu'à Wally, et là, tu demandes, ils te dirigeront tout droit sur

Kimber. Nibs, farff ! Et sur ces renseignements précis, ce guignol a raccroché.

J'ai fait le remix pour le Groenland le lundi avec un ingénieur que Tarquin avait sans doute choisi dans les pages jaunes à en juger par ses capacités douteuses. Ce jeune n'avait d'évidence auparavant jamais travaillé à un enregistrement avec une vraie batterie, et quand il montait les faders pour voir ce qu'il y avait sur la bande, il ne cachait pas sa totale incrédulité.

– Qu'est-ce que c'est que ce putain de bordel ? demanda-t-il, en faisant la grimace.

– C'est la batterie, répondis-je sans sourciller. De grands trucs ronds sur lesquels les êtres humains tapent la mesure. Ce qui fait un bruit métallique, ça s'appelle des cymbales. Ce sont de grands objets suspendus dans l'espace entre les grands trucs ronds.

– Nom de Dieu, pas étonnant qu'ils veuillent un remix ! fit-il d'un ton sarcastique.

Il m'a fallu supporter quatre heures de ce style, plus un responsable des contrats de chez Dreadnought Records qui avait l'allure et le comportement d'un môme de dix ans tandis qu'il répétait comme un automate « Plus de guitare, BP ! Ils adorent cette merde démodée au Groenland ! »

Chapitre 15

J'ai quitté Londres le mardi à 2 heures de l'après-midi, éprouvant un agréable sentiment de soulagement tandis que j'appuyais sur le champignon du coupé Lancia Rallye Beta sur la petite route secondaire peu connue, l'A13b, en direction du nord. Il faisait moins doux que la semaine précédente, et une pluie récente avait considérablement rafraîchi et réhydraté la campagne. Canaux et terres cultivées défilaient de même que des champs de fleurs d'un jaune vif qu'on appelait, je crois, du colza. Depuis mes nombreux voyages du nord au sud du pays dans les années soixante-dix, je savais que c'était une plante qui donnait l'impression d'être fleurie toute l'année, même pendant les cléments hivers anglais. J'ai essayé de penser à un produit disponible en Angleterre dans lequel il y aurait comme ingrédient du colza, ou un dérivé, mais je n'ai rien trouvé. Qu'est-ce qu'ils faisaient de ce truc ? Où qu'on l'envoie, ils devaient avoir besoin de sacrées quantités à en juger par le nombre et la taille des champs qui s'étalaient comme une mer de fleurs jaunes.

Au bout de trois heures d'insouciante grande vitesse, je me suis retrouvé dans ce que je considérais être le nord de l'Angleterre, et l'habituelle dense couverture de nuages flottait, menaçante, au-dessus d'un paysage de plus en plus monotone. J'ai fini par arriver au panneau Wally et j'ai quitté l'A13b. Après avoir parcouru dix miles sur une étroite route de campagne flanquée d'épaisses haies – un paysage de plus en plus rare – je suis entré dans Wally, qui était, à ma grande surprise, un village pittoresque jumelé, d'après ce qu'indiquait le panneau, avec Bødo, une ville reculée au fin fond du nord de la Norvège.

Les maigres indications de Carruthers signalaient qu'il fallait que je demande aux gens du pays où se trouvait Kimber. J'ai bondi de la voiture et je me suis engouffré dans le magasin délabré à toit de chaume d'un brocanteur. À l'intérieur, un homme était perché sur un tabouret derrière un comptoir de bois vermoulu. Il portait un bonnet de laine sans couleur et une veste kaki crasseuse. Son visage grêlé s'est plissé lorsqu'il a fait un sourire débile au moment où je suis entré, et d'énormes oreilles flanquaient une tête pointue qui avait quelque chose de perturbant. On aurait dit un ananas fou. Avant de lui demander mon chemin, toutefois, j'ai décidé de fureter dans le magasin un moment ; je voulais d'abord me faire une idée à propos de ce marchand à l'air inquiétant : était-ce un pervers ou simplement un inoffensif idiot local ? S'il se mettait à faire quelque chose de bizarre, j'ai décidé que je me contenterais de dire « merci » et de sortir. L'air faussement décontracté, je me suis frayé un chemin au milieu de piles de vieux livres de poche moisis, de pièces automobiles, et d'équipement agricole qui encombraient le moindre espace du magasin, jetant de temps en temps des regards furtifs en direction de l'homme derrière son comptoir.

– Salut, risquai-je finalement, examinant les contours incertains de son comptoir et me demandant s'il avait eu le moindre client ces dix dernières années.

Le type n'avait pas bougé pendant que je furetais dans son bazar, regard dans le vide, sourire dément toujours figé sur son visage grumeleux. Ne sentant pas de danger, cependant, j'ai décidé d'aller plus avant et de demander mon chemin.

– Je cherche Kimber, je…

– Carruthers, lança-t-il, ce qui m'inquiéta.

Je n'arrivais pas à y croire. Je n'avais pas vu le moindre panneau indiquant Kimber et ce vieux type connaissait Carruthers ? L'étrange relation qui devait exister entre eux deux, je n'arrivais pas à l'imaginer. De son propre chef, l'homme m'indiqua la route.

– Prenez la route juste ici jusqu'à Pipeley, et tout de suite après Pipeley au feu rouge, tournez à gauche et continuez pendant cinq miles jusqu'à Quimley et là, au premier virage, vous verrez le panneau pour Kimber. Continuez pendant sept miles et juste avant Kimber, il y a un chemin de terre à droite à côté d'un vieux moulin. Suivez le chemin sur 1,7 miles et vous arrivez à la ferme. Pouvez pas la rater.

– Très bien, marmonnai-je, troublé, essayant de suivre ces directions compliquées. Compris, merci.

Et là-dessus je me suis retourné brusquement, me cognant le genou dans ce qui ressemblait à un piège pervers, et je suis rapidement sorti.

Après ma rencontre avec l'homme à la tête d'ananas, j'avais besoin d'un verre, j'ai donc traversé la rue pour aller au *Fighting Stoat*. De l'extérieur, le pub avait l'aspect d'une accueillante auberge de campagne, mais à l'intérieur, il était tout aussi lugubre que la brocante. J'ai traversé le tapis mou maculé de taches de bière pour m'installer au bar malodorant, parsemé de cendriers de fer rouillé et de vieux dessous de bocks, et j'ai commandé une pinte de bitter locale. Le barman m'a regardé avec des yeux las qui semblaient fixer deux directions à la fois comme s'ils étaient tous les deux en verre. Il ne dit pas un mot tandis que la bière écumante giclait comme un crachat du robinet dans le bock et éclaboussait son vieux gilet déjà maculé de houblon. J'en ai pris une bonne rasade et j'en ai senti les effets en l'espace de quelques secondes ; elle était forte et il faudrait faire un effort pour finir la pinte. Sur ma gauche, assis autour d'une petite table couverte de paquets de chips vides et de bocks de bière, trois jeunes hommes en vêtements de travail miteux. Ils ne me remarquèrent pas car ils fixaient l'intérieur de leurs verres poisseux, comme figés dans une espèce de tableau bizarre depuis des années. À ma droite, perchés sur des tabourets au bar, deux gars du coin en tenues d'employé de ferme me lancèrent des regards légèrement hostiles tels qu'on en attend lorsqu'on entre dans le territoire étranger d'un pub anglais. Le genre de personnes qui, au bout de six ou sept pintes le vendredi soir, rentrent chez eux pour coller des coups de pied au chien et traitent leurs grosses femmes comme de simples réceptacles. Tout à coup, l'un d'eux pratiqua cet exploit typiquement anglais consistant à me poser une question, un sourire bête sur le visage et les yeux tout plissés pour ne les ouvrir en grand qu'après avoir détourné son regard.

– Tu viens voir Carruthers, hein ? demanda-t-il, comme si le monde entier était au courant de mes affaires.

Il s'enfila un coup de bière et adressa un clin d'œil à son pote qui fit aussi écho à la question en silence selon cette technique de l'œil qu'on ferme.

– Ben, oui, je vais à Kimber pour…

– Prends la route juste ici jusqu'à Pipeley, et tout de suite après Pipeley…

– Je sais, je sais, l'interrompis-je, ennuyé et profondément perturbé qu'un type que je ne connaissais absolument pas débite les indications détaillées pour aller dans une ferme isolée à près de douze miles d'ici. Est-ce que tout le monde à Wally connaissait aussi intimement Carruthers et ses histoires ?

– Oo… y sait, tu sais. Ça alors ! fit l'idiot de fermier tandis qu'avec son pote trapu ils riaient de bon cœur.

Je commençais à penser que j'avais pénétré dans une énigmatique zone nébuleuse remplie de descendants de druides et de lignes de communication télépathique.

– Oui, merci, dis-je pour la forme, engloutissant la moitié de ma chope de bière et me dirigeant rapidement vers la porte. Merci, dis-je en avalant. Salut.

– Oo… merci, il croit nous remercier, ha, ha, ha ! le balourd rit, le barman et les trois autres clients du pub firent comme lui.

– Rendez-vous à Kimber ! telle fut leur joyeuse remarque au moment où je franchissais la porte, le puissant breuvage m'attaquant aux jambes comme si des flèches d'acier s'enfonçaient dans mes pieds.

« Nom de Dieu », grommelai-je tandis que je démarrais la Lancia et sortais de ce village à toute allure. Carruthers a dû prévenir tout le nord de l'Angleterre de mon arrivée. Je me promis d'étouffer ce malotru dans son sommeil si ces espèces d'entourloupes continuaient.

Au bout de vingt minutes, je cahotais sur le chemin de terre en direction de la résidence de Carruthers, les indications du brocanteur à la tête d'ananas correctes au millimètre près. Je filais entre d'épaisses haies qui bordaient les champs et tombais sur une allée étroite pleine de tourbe qui menait à une informe ferme délabrée. En essayant de distinguer dans la pénombre la lunette arrière d'une camionnette garée devant la porte d'entrée, je fus convaincu que c'était la maison de l'ingénieur du son. Dessus, il y avait deux autocollants : « Les chasseurs préfèrent manger des chattes » disait l'un, et l'autre « Les gosses qui chassent, braconnent et pêchent n'agressent pas les vieilles dames ».

« Hum, hum », marmonnai-je, résigné, tandis que je sortais de la Lancia pour patauger dans l'épaisse gadoue devant la porte de la ferme. Au-dessus de ma tête, il y avait des nuages gris et une fine bruine flottait dans l'air. Deux minuscules chauve-souris me frôlèrent et passèrent au-dessus du toit de chaume. Près de la camionnette, une vieille grange tombait en ruine. L'endroit tout entier semblait nécessiter une bonne révision, et une bonne couche de peinture n'aurait pas fait de mal.

Avant que j'aie pu frapper le fer à cheval qui servait de heurtoir, la porte s'ouvrit en grand. Une imposante jeune femme avec d'immenses yeux noirs perçants me dévisagea. Elle portait une robe noire cradingue et ses cheveux teints en noir dépassaient tout autour de son visage blanc et rondouillet.

– Ben, dis donc ! s'exclama-t-elle comme une sirène avant une attaque aérienne. Entre, entre. Est-ce que Carruthers t'a dit que j'étais ta plus grande fan ?

– Salut. Non, non, il ne m'a pas parlé de ça, dis-je, avec le sourire patient que je réserve aux nombreuses femmes fortes aux yeux perçants qui prétendent être mes plus grandes fans.

Je suis entré dans la maison le cœur serré ; non seulement il allait falloir supporter ce balourd de Carruthers, mais aussi sa femme mastoc, qui n'allait pas manquer de me régaler de questions sur mes deux premiers albums, enregistrés il n'y avait pas moins de dix ans.

– J'écoute tout le temps ton premier album ! s'exclama-t-elle, tandis que ce sentiment de plomb m'éprouvait et me préparait à l'état habituel d'hébétude qui suit. Ça le rend dingue, je t'assure ! Il est en plein dans le death metal, ouais, ouais, souffla-t-elle en aparté. Y a une grande pinte qui t'attend, il est en train de s'allumer un chillum. Par ici.

Encore de cette bière locale genre pour les gorilles, pensai-je. Un chillum ? Ça faisait un bout de temps que mes poumons n'étaient même plus capables d'envisager de fumer un tel instrument, mais je pouvais voir se profiler à l'horizon un week-end gâché.

– BP ! BP ! entre, mon pote. Nibs ! dit Carruthers, faisant sortir un massif nuage de fumée de son chillum, qu'il tenait avec doigté, un vieux chiffon humide enroulé autour de sa base.

– Les gars de Wally vont bientôt être là. Prends-moi une bouffée de ça – ça va te mettre en parfait kimber, aucun doute !

Il me tendit le chillum brûlant, qu'il aurait été raisonnable de refuser, je le savais, mais dont je me saisis automatiquement, je formai un creux avec mes mains, fis un filtre du chiffon et pris une grande aspiration à l'extrémité du cône. L'épais goût sensuel du libanais doré de premier choix me passa dans le corps comme un baume. Ce qui me surprit : je n'avais pas vu de libanais doré de premier choix depuis le début des années soixante-dix, époque où il disparut mystérieusement de ces contrées. Un manque de libanais rouge, d'afghan et de pakistanais noir – également les plus courants dans ces périodes grisantes – suivit de près, et il ne fut comblé que par un régime permanent de haschich marocain toujours plus fade au fil des années.

– Nom de Dieu, Carruthers ! suffoquai-je, ça faisait une telle paye, comme je disais. D'où est-ce que tu sors ce truc ?

– Hé, hé. C'est un type de Pipeley qui le clone, farff. Nibs, hein ?

– Qui le clone ?

– Oui, qui le clone. Prends une autre taffe, proposat-il.

J'ai bêtement accepté, sachant que je ferais mieux d'attendre les effets du premier coup, qui ne manqueraient pas – d'ici une trentaine de secondes – de me renverser sur le cul.

J'ai parcouru la pièce des yeux, ébahi par le décor. Les ternes murs crème s'ornaient d'affiches des années soixante un peu abîmées mais rares et originales : des affiches aux couleurs agressives de Hendrix, Cream, et ces affiches indiennes avec des personnages mi-humains, mi-éléphants. Une suspension ourlée de perles qui pommelait le plafond de subtils jeux de lumière illuminait la pièce – en fait, une parfaite reproduction d'un appartement londonien où l'on fumait de la dope et où on se faisait des trips à l'acide au début des années soixante-dix – et l'air s'alourdissait des relents de patchouli et de haschich. Le canapé et les fauteuils étaient noirs et affaissés, comme si un jour le toit avait été enlevé et que la pluie avait pu les détremper à fond. Carruthers s'effondra sur le canapé vêtu d'un T-shirt sur lequel était imprimé en couleurs primaires le mot « Bong ». La masse de cheveux roux emmêlés coiffait sa tête comme un champ de carottes déterrées. Il m'a passé le chillum auquel j'ai goûté ainsi qu'une pinte écumante de cette folle concoction locale. Si le mot « Kimber » était aussi bien un terme géographique que mental, je me suis retrouvé, en l'espace de deux minutes, dans les deux lieux à la fois.

– Désolée, BP, je me suis pas présentée, dit la femme de Carruthers, en entrant, un gros chat noir à l'air méchant drapé sur son épaule. Je m'appelle Wiggy. Dis donc, sur la pochette de ce premier album – allez, avoue – c'était un spliff que tu fumais ? Je crois bien que c'était ça, hein ?

– Euh… juste une cigarette roulée, je crois, répondis-je, déjà complètement parti.

C'est alors qu'on frappa à la porte et Carruthers se redressa pour aller répondre. J'entendis des rires et des tas de « kimber ! », suivis par la psalmodie d'une voix de gorge masculine : « Ecsta Ecsta Ecsta… Ecsta Ecsta Ecsta… il est en route avec son Ecsta Ecsta Ecsta ! »

Ensuite Carruthers revint dans sa tanière à opium d'autrefois avec le brocanteur à la tête d'ananas, les deux cradocs rencontrés au pub et un autre homme que je ne reconnus pas. Ils entrèrent en portant divers récipients d'alcool et l'homme auquel j'avais parlé dans le bar me fit un clin d'œil en douce. Je manquais d'entraînement et le libanais doré avait à ce moment-là développé ma sensibilité dans des proportions radicales. J'avais l'impression d'être un sous-marin qui prend l'eau et se remplit d'insolites créatures marines. Un accès de paranoïa me saisit, et pendant un instant, tandis que les peaux-rouges du nord entraient en dansant au ralenti dans la pièce, gonflant leurs joues comme un banc de créatures dotées de branchies, je crus être tombé en plein milieu d'un rituel satanique comme on en révélait dans la presse à scandale tous les jours, une menace perpétuellement à l'affût dans de sombres royaumes gothiques de la vieille Angleterre.

– BP, dit Carruthers, je te présente Trevor, et lui c'est Bob le junky, continua-t-il, me montrant du doigt l'un des hommes et tête d'ananas. Lui, c'est Crouch. Et lui, c'est Trevor. Ça fait deux Trevor, t'as compris ?

Ils hurlèrent de rire. Trevor numéro deux donna une grande claque sur les fesses de Wiggy, et le vieux Bob, le junky, de façon incongrue pour un homme de près de soixante ans, sortit un gros joint qu'il alluma, et en prit une grande bouffée, puis il me le passa.

– Et on attend ton Stouffer, l'homme aux Ecsta ! gueula Bob. Stouffer ? quelque chose au fond de ma mémoire fut encore une fois secoué, mais je n'arrivais tout simplement pas à le situer.

« Ecsta Ecsta Ecsta… Ecsta Ecsta Ecsta… il est en route avec ses Ecsta Ecsta Ecsta ! » entonnèrent-ils en faisant sauter les capsules de plastique de leurs récipients de bière tandis que Wiggy sortait des chopes d'une pinte d'un buffet en bois sombre.

– Encore un coup de *Bishop's Balls* ? gueula Wiggy en remplissant à nouveau ma chope.

Je m'acclimatais progressivement et je savais à présent qu'il fallait que je suive le courant et que toute tentative d'aller contre était inutile.

Au bout d'une heure d'une conversation surréaliste et tapageuse qui semblait tourner autour de la consommation de drogues et de diverses substances dangereuses, ainsi que d'obscur matériel agricole, l'homme qui, m'assurait Carruthers, était le gourou du son de la guitare acoustique sur scène, Stouffer, surgit de la porte d'entrée sans frapper et fut accueilli par un maximum d'incantations de « Ecsta Ecsta Ecsta ». Aussitôt, il tendit à chacun une pilule qu'ils gobèrent voracement. Cette fois-ci, j'ai refusé fermement – je n'allais pas entrer dans un état d'extase avec cette équipe ; ce à quoi ils allaient se livrer par la suite était totalement imprévisible.

Le temps continua de s'écouler au milieu d'une orgie de boissons, de fumette et de hurlements sur un enregistrement de trois versions légèrement différentes mais tout aussi frénétiques de « Janitor of Lunacy » de Nico, jouées par un groupe de dingues de punky thrash appelé The Nico Teens, qui, je le découvris plus tard, étaient managés par Carruthers et Stouffer, et vendaient généralement un quart de million d'exemplaires de tous les disques qu'ils sortaient, surtout dans le nord de l'Angleterre.

– Ben, Beep, articula avec difficulté Carruthers, sa tête touchant presque le plafond bas de la pièce pleine de fumée. T'aimes ce disque ? Putain de Nico Teens. Super groupe, hein ? Deux membres du groupe vont venir plus tard… eh oop, dit-il en tendant une oreille en direction de la porte. Ça pourrait bien être eux, là, nibs !

Deux des musiciens de The Nico Teens entrèrent ; on aurait dit des employés de banque vêtus de ternes tenues d'un gris clergé. Ils étaient suivis de trois ménagères dans la cinquantaine et d'un policier en complet uniforme, casque et tout. Pendant un instant, j'ai cru que nous étions victimes d'une descente, mais il s'avéra bientôt, après avoir remarqué les joues rubicondes de l'agent et son nez de pochard à la W. C. Fields, que l'officier O'Pork – comme ils l'appelaient en riant – était un habitué de ces folles sessions de drogue. Sachant qu'on était mardi, me dis-je, qu'est-ce que ce devait être le week-end ?

– Toute la bande est là ! C'est un peu calme quand même ce soir, BP – tu devrais venir un week-end ! dit Carruthers, répondant à ma question comme par télépathie.

La soirée se déroulait de façon horriblement prévisible et je me rendis soudain compte que je n'avais rien mangé depuis le matin. Après une conversation difficile avec Wiggy, celle-ci m'a conduit dans la cuisine jusqu'à un réfrigérateur gigantesque, d'où elle a miraculeusement sorti une perdrix rôtie, un pain avec une croûte épaisse, et un bol d'une substance noire auquel elle se référait en parlant de « pâté de hérisson ». Je l'ai ingurgité, sans oser demander quelle était la nature exacte de ce plat – tout à fait délicieux – de crainte de recevoir une épouvantable réponse. Après le repas, je suis retourné dans le séjour et j'ai participé aux singeries du groupe pendant un moment, jusqu'à me joindre à leurs incantations primitives. Mais j'étais fatigué et j'avais peur de ce qui risquait de se passer par la suite. L'« Ecsta » commençait à avoir prise sur eux tous et les joviales ménagères faisaient des remarques libidineuses et obscènes sans aucune provocation et se mettaient à tour de rôle à caresser le grand casque bleu du policier. Vers dix heures et demie, j'ai pris Carruthers à l'écart pour lui demander où je pouvais pioncer, ne souhaitant pas échouer sur le sol dans ce saccage rural.

– Ben, t'es lessivé, dis ? demanda-t-il, ses pâles yeux gris-vert se baladant dans sa grosse tête. La route est longue, hein ? D'accord, mon pote, t'es sûr que tu veux pas gober un Ecsta ?

– Non, non, insistai-je. Vous continuez, je me sens un peu… kimberé. Bon sang, voilà que je me mettais à utiliser ce baragouin ridicule.

– Ben, t'es kimberé, dis ? Hé, hé, hé. Par ici. En haut des escaliers.

Il me fit passer par un labyrinthe de petites pièces et de couloirs obscurs avant d'arriver à un escalier raide et étroit que nous avons grimpé pour arriver à une unique porte. Le grand Carruthers devait presque se plier en deux pour entrer dans la pièce, et après avoir tâtonné un bout de temps dans le noir absolu, il a trouvé l'interrupteur et m'a laissé là.

– Dors bien, Brian. La journée sera longue demain avec Stouffer, nibs. Oh, et puis à ta place, je verrouillerais la porte, me conseilla-t-il avec un clin d'œil, en jetant un regard vers le plancher et le groupe de dingues en dessous.

– Ouais, grommelai-je, et Carruthers quitta la pièce.

Je me suis glissé dans le lit étroit, la tête me tournait sérieusement à cause de l'alcool et du haschich. Ça y est, me suis-je dit. Comme un imbécile, je n'avais pas demandé où se trouvaient les toilettes à l'étage et je me suis posé des questions sur ce que je ferais si je ne pouvais plus me retenir et avais besoin de vomir. Descendre dans le noir serait passablement dangereux, et rejoindre la foule déchaînée dans le séjour était une chose à éviter à tout prix, entre l'ecstasy qui faisait son effet maximum et tout le reste. Rien à faire ; il fallait que je calcule pile pour plonger dans l'un de mes tournis à partir du correct angle mental, et qu'ainsi je glisse purement et simplement dans l'inconscience sans succomber à une attaque de nausées.

Au bout de trois tentatives avortées dont l'échec m'a forcé à m'asseoir droit et à concentrer tous mes efforts sur de profondes inspirations et une dénégation catégorique, j'ai fini par enfoncer ma tête dans l'oreiller surprenant de douceur dans la position parfaitement adéquate et à tomber dans les fissures entre les tournis, partant comme l'éclair en un instant.

Au plus profond de la nuit, je fus plusieurs fois réveillé par de puissants coups et une incantation occasionnelle, souvent suivis de grognements qui indiquaient soit le plaisir soit la douleur – je ne voulais pas le savoir – mais heureusement, le sommeil revint à chaque fois m'offrir une délicieuse échappatoire.

Chapitre 16

Le lendemain matin, je me suis réveillé au milieu du profond silence de la campagne, à peine ponctué par le cri des oiseaux et le chant d'un coq dans le lointain. En deux pas, j'ai franchi la largeur de ma mansarde et en regardant par la minuscule fenêtre, j'ai vu que la fine bruine n'avait pas cessé. Plein d'entrain et d'énergie, comme cela arrive souvent après une nuit à s'adonner au haschich jusqu'à saturation, je me suis empressé de m'habiller, excité à l'idée de l'air frais et humide de la campagne. J'ai descendu l'escalier avec précaution, je suis passé doucement à côté du séjour qui, par bonheur, était fermé ; un fort ronflement venait de l'intérieur, j'ai donc continué à avancer à pas de loup, ne souhaitant réveiller aucun des balourds ruraux qui étaient peut-être encore dans la maison.

Une fois dehors, j'ai immédiatement commencé à explorer l'extravagant enchevêtrement de buissons, de moteurs de voitures et d'engins agricoles rouillés autour de la résidence de Carruthers. À l'arrière de la maison, j'ai trouvé plusieurs petits bâtiments en bois – plus des cabanes qu'autre chose – et sans hésitation, je suis entré dans le premier alors que la bruine gagnait en force pour se transformer en petite pluie. À l'intérieur, je fus surpris de voir des cages alignées le long des murs et le sol couvert de paille. L'odeur de moisi des animaux à poil choqua désagréablement mon organe olfactif à une heure aussi matinale, et mes oreilles furent soudain bombardées de couinements et de piaillements que ma présence avait dû susciter. À l'intérieur des cages, des petites pattes affolées se mirent à courir dans tous les sens. En regardant par les trous du grillage de chaque petite prison, j'ai d'abord pensé que ces rongeurs espiègles étaient des furets. Ce qui expliquerait les autocollants sur la vieille fourgonnette devant la maison – Carruthers était de toute évidence un mordu de la chasse et il devait utiliser des furets pour débusquer le gibier local. Penser qu'il écumait la campagne à terroriser de rares blaireaux et d'innocents lapins me donna instantanément la nausée, et j'étais sur le point de sortir de cette cabane putride quand je me rendis compte avec un certain choc que ces animaux n'étaient pas exactement ce qu'ils avaient l'air d'être. À la place de la couleur crème ou du chamois pâle habituels des furets domestiques, ces créatures avaient des colorations beaucoup plus riches. Certaines étaient noires avec des marques blanches bien distinctes, d'autres presque noires. Certaines étaient minuscules, et celles qui ressemblaient le plus à des furets avaient encore un lustre sauvage et un pelage naturel trop purs pour être les animaux qu'on achète habituellement dans les animaleries. Alors je compris. Ce n'était pas du tout des animaux domestiques, ni même redevenus sauvages. C'était des belettes, des hermines, des putois (l'ancêtre du furet), et de rares martres. J'étais entouré d'une ménagerie incroyable de méchants petits chasseurs qui appartenaient au monde sauvage, ou au moins à un zoo. Tout cela devait être illégal. J'ai pensé au policier O'Pork venu hier soir participer à l'orgie d'Ecsta. N'y avait-il pas de loi au nord de Watford ? Apparemment l'usage de substances illégales avait pénétré si profondément dans la société que non seulement cette génération de teenagers se comportait comme si les morts par drogue dans les années soixante n'étaient qu'une anomalie passagère dans l'évolution de l'altération du cerveau, mais en plus la police, les brocanteurs et les ménagères – qui autrefois auraient considéré la picole comme leur unique détente – se défonçaient également tant qu'ils pouvaient. Et les collections d'affiches aux couleurs vives et d'animaux exotiques avaient en quelque sorte été intégrées au décor. Qu'allais-je découvrir ensuite ?

J'ai quitté la maison à l'hermine par la porte de derrière et après m'être frayé un chemin avec difficulté parmi la rhubarbe sauvage et les massifs de roses trémières, j'ai découvert une cabane semblable au fond du jardin. À l'intérieur, un stock de fusils et de pièges menaçants et des tas d'étagères chargées de dizaines de livres, la plupart consacrés à l'élevage. J'ai pris quelques-uns des fusils pour les examiner. Certains semblaient neufs. D'autres – bien que ma connaissance des armes à feu soit quasi inexistante – avaient l'air d'être d'antiques tromblons, comme on en voyait dans les livres d'histoire ou sur les tableaux représentant des affrontements de l'ancien temps. Tous en bon état et très propres. Probablement chargés aussi, pensai-je. Puis une chose dans un coin attira mon regard. Une autre cage grillagée, bien plus grande que les autres. Je me suis approché prudemment pour l'examiner. Cette fois-ci, j'allais recevoir le plus grand choc de ma vie. À l'intérieur de la cage, ses grands yeux noirs curieux fixés sur moi, se dressait un jeune thylacine. Ce fumier de monstre de Carruthers s'était arrangé pour en piquer un dans les forêts sauvages de Tasmanie et le rapporter en Angleterre !

Ça me dépassait complètement que ce diabolique monstre ait pu réussir cet exploit extraordinaire en plein sous mon nez et j'en suis resté littéralement béat d'incrédulité.

Le petit thylacine et moi nous sommes regardés avec le même étonnement, et je m'apprêtais à retourner à la maison pour crêper le toupet couleur de feu de Carruthers quand ce vaurien entra dans la cabane. Il était debout à la porte, clignant des yeux, une pinte de bière à la main, vêtu d'un T-shirt sur lequel était imprimé d'un vert agressif le mot « Pustule ! ».

– Towser, dit-il, comme s'il me présentait un basset commun, il s'appelle Towser. Son caca sent mauvais et il a eu un petit rhume la première semaine, mais il est bien sorti de kimber maintenant, pas vrai, mon grand ?

Et sur ces paroles, il avança dans ses bottes militaires, pointure 46, qu'il faisait craquer, il ouvrit la cage et en sortit le petit qui, à ma grande surprise, paraissait bien gros et espiègle tandis qu'il léchait le visage de Carruthers avec une affection évidente. J'en suis resté éberlué, profitant du spectacle dans cette cabane encombrée, à écouter la pluie caresser doucement le toit.

– Carruthers, espèce de sale fumier ! hurlai-je, mais je voyais bien que le destin de ce fossile vivant était déjà scellé. Il n'allait pas remonter à bord d'un avion et retourner en Tasmanie.

– Bon, comment as-tu fait ça ? Comment est-ce que tu as bien pu passer en fraude cet animal ? Et où est-ce que tu l'as planqué pendant les trente heures de vol et les trois escales techniques ?

– Facile, répondit Carruthers, tandis que le petit continuait de le lécher de joie, son large visage pâle était de plus en plus mouillé. J'ai rencontré cette hôtesse à l'aller, je l'ai revue en Tasmanie – tu sais, je la baisais, quoi – et elle a dit qu'elle le mettrait dans une petite cage à chien et qu'elle le cacherait dans la soute, quoi. Elle pensait qu'il aurait assez chaud, quoi. Et le chef abo' m'a donné des plantes médicinales – c'était tout écrasé – pour l'assommer, quoi. Alors elle m'a fait passer clandestinement à chaque escale pour que j'aille voir comment il allait et le nourrir avec un biberon de lait. Il a pas du tout foutu la pagaille. Il avait l'air de s'amuser, quoi. Puis à Heathrow, elle est sortie comme ça avec ce petit bougre dans un petit sac. Hôtesse de l'air, nibs. Pas de problème, quoi. Pas de contrôle des douanes !

– Ah, je vois, tu veux parler de cette vieille qui n'arrêtait pas de t'apporter du champagne gratuitement. C'est elle ? demandai-je, révolté à l'idée que l'Hôtesse de l'Enfer soit impliquée avec autant de désinvolture dans une découverte révolutionnaire.

– Ouais, c'est elle.

– Et dans la jungle, comment t'as fait pour l'attraper ? Il était encore accroché au sein de sa mère dans sa poche.

– Ben, c'est qu'ils étaient juste en train d'être sevrés, tu vois, sa sœur et lui. Alors ils sortaient de la poche de temps en temps, et ils avaient l'air de m'aimer. Presque tous les animaux m'aiment à part ceux que j'attrape dans les pièges et qui se bouffent les pattes pour essayer de s'échapper, farff. Donc, tu vois, j'ai donné mon walkman au grand abo' qui commandait, plus deux, trois cassettes de death-thrash – bon nibs, ça lui a plu – et il a planqué Towser ici en douce dans mon sac à bandoulière juste avant qu'on parte. On est un gentil petit, hein ! s'exclama Carruthers, joyeux, en grattant derrière l'oreille le marsupial qui remuait la queue.

C'est alors que le policier O'Pork entra, casque sur la tête et un sourire ridant son visage rubicond.

– Bonjour, tout le monde. Alors, comment va Towser, hein, mon gars ? Il a l'air bien en forme, hein, Carruthers ?

– Eh, oop, O'Pork. Ouais, il est nibs. Formidable. Regarde-le. Je vais lui donner sa perdrix et sa bouillie de céréales, dans un petit instant. Hein, Towser, tu vas aimer ça, dis ?

O'Pork s'avança et prit dans ses grosses mains l'animal qui se tortillait.

– On a de grands projets pour toi, mon garçon, dit-il mystérieusement, tenant le jeune thylacine à bout de bras. Il avait le ventre d'un brun clair et sur son dos, les rayures noires distinctives de son espèce commençaient à se dessiner. De grands projets… répéta O'Pork.

Quelles idées sinistres étaient-ils en train de concocter, je n'osais pas le demander en présence d'O'Pork. Un policier qui fumait de la dope, prenait de l'ecstasy et trempait dans le commerce illégal d'animaux était de toute évidence un personnage extrêmement dangereux. Une bête du cénozoïque entre les mains d'un homme préhistorique, pensai-je avec un frisson. Et quant à Carruthers qui avait soudoyé le chef aborigène avec un walkman pour obtenir l'animal et avait consenti Dieu sait trop quelles faveurs à une hôtesse de l'air dans la cinquantaine pour que la bête soit cachée en sécurité pendant un vol marathon – voilà un homme qui était à la fois plein de ressources et stupide. Une autre combinaison effrayante.

À environ 1 h 30 de l'après-midi, Carruthers et moi entrions tranquillement à bord de la Lancia dans le village de Kimber qui ressemblait comme deux gouttes d'eau à Wally, peuplé de personnages tout droit sortis de *La nuit des morts vivants*.

– Alors, Carruthers, me hasardai-je. C'est quoi ces grands projets que tu as pour le thylacine ? Allez, accouche.

– Courser les lièvres, dit-il, comme si c'était l'évident et naturel destin d'un animal que l'on a délibérément fait disparaître, originaire de Tasmanie et transporté jusque dans les étendues sauvages du nord de l'Angleterre.

– Tu veux dire que tu vas dresser cet animal à chasser le lièvre ?

– Ouais, parfait pour le boulot, sûr. On lui fera faire des courses contre des lévriers et des whippets des autres villes – gros paris sur les chasses au lièvre par ici, tu sais. Je crois bien que moi et les gars de Kimber, on va devenir riches. Towser a une habile gentille façon de foncer ; il va tout de suite rendre les mecs kimbers. Et on aura plein de conserves de lièvres dans le garde-manger, en plus. Génial !

– En clair, t'es en train de me dire, fis-je tandis qu'il tournait dans la rue où habitait Stouffer, que tu as ramené cet animal ridiculement rare et en voie d'extinction depuis les fin fonds de la Tasmanie pour chasser les lièvres autour d'un champ ?

– Et pour la compagnie, dit Carruthers comme s'il parlait d'un terrier Jack Russel domestique. J'aime bien aussi les bons chiens, tu sais.

J'ai décidé de ne plus poser de questions à ce guignol. Ce teenager géant semblait considérer cette incroyable escapade comme aussi peu scandaleuse qu'une visite à l'animalerie locale pour y acheter un hamster. J'essayais de distraire mon esprit de tout ce fiasco et de rassembler mes forces pour notre rencontre avec l'ami technicien de Carruthers, à la porte duquel mon ingénieur du son venait précisément de m'amener.

Stouffer, un maître du son acoustique, m'avait-on assuré, nous accueillit à l'entrée d'une vieille maison mitoyenne et nous fit entrer dans sa pièce de travail. Je lui ai tendu ma guitare et nous nous sommes aussitôt mis au boulot.

– Elle a un micro intégré à ce que dit Carruthers, fit remarquer Stouffer, jetant un rapide coup d'œil à ma gratte. C'était un type courtaud avec de rares et fins cheveux bruns et des lunettes aussi épaisses qu'un cul de bouteille de Coca. Ce qui avait pour résultat inquiétant de faire paraître ses yeux encore plus grands, à tel point qu'ils me faisaient penser à ceux des chiens aux « yeux grands comme des soucoupes » du conte d'Andersen « Le Briquet ».

– Pas en très bon état à ce que dit Carruthers, grommela-t-il en examinant ma vieille Hohner et s'empressant d'en défaire les cordes.

– Je croyais qu'elle avait une bonne sonorité, répliquai-je sur un ton un peu irrité, pendant qu'en un rien de temps le génie bourru avait enlevé toutes les cordes et démontait à présent le coûteux micro Martin que j'utilisais sans problèmes depuis des années.

– Ça vaudra pas un pet de thylacine au Groenland ! dit-il en ricanant avec Carruthers.

– Pourquoi, qu'est-ce que tu veux dire ? demandai-je, tandis que le micro était posé sans ménagement sur la table de travail.

– Le froid aurait sûrement eu raison de lui… et l'électricité est bizarre là-bas. Tu te retrouveras kimberé avant même de t'en apercevoir. Vaut bien mieux installer le Stouffer Sonic Set-Up. Vraiment nibs, hein, Carruthers ?

– Farff. Nibs, c'est sûr, répondit Carruthers avec un sourire idiot figé sur le visage.

– Tu vois, poursuivit Stouffer, sortant d'un tiroir de la table un objet noir et pesant, ils ont du 295 volts là-haut, un voltage très inhabituel et au moins 350 kilohertz sur chaque réseau. Le nombre de watts, c'est de la rigolade, et le système d'amplification est nase, surtout sur Bear Island. Tu auras besoin de mon générateur-transformateur portable Sonic Set-Up pour faire marcher ce matos, et d'un kilomètre de câbles que tu feras passer dans ton pantalon, mais tu vas avoir une sonorité

d'enfer. Encore une demi-heure et elle sera opération-
nelle. Tu veux une pinte ?

C'est alors que ça a fait tilt. Je me suis soudain souvenu de l'endroit où j'avais entendu le nom de Stouffer
auparavant et l'image du guitariste à tête d'œuf de
Slade Two qui avait traversé le mur pour atterrir au
milieu des gémissements des Bahaïs, des volutes de
fumée provenant d'un engin similaire, sortant par la
rosace de sa guitare, me sautèrent à l'esprit.

– Attends une minute. C'est toi qui a bricolé le matos
de ce guitariste – celui qui a une tête en forme d'œuf à
la coque. Le gus de Slade Two, dis ? demandai-je au
technicien exophtalmique.

– Slade Two ? Ah ouais, ce connard avec la coupe au
bol. Je lui avais dit de ne pas l'utiliser aussi au sud que
Jokkmokk – putain, il y fait pas assez froid ; il était
réglé pour des conditions bien plus arctiques. Il n'a eu
aucun problème quand ils étaient en Laponie. Maintenant, dégage. Va te boire une pinte – je me concentre.

Il installa l'objet noir à l'aspect peu engageant à l'intérieur de ma guitare sans corde et sortit un tournevis
électrique et des grosses vis. Je ne débordais pas
d'enthousiasme à l'idée de voir ce débile aux yeux volumineux traficoter ma guitare plus que nécessaire et je me
sentis soulagé à l'idée de prendre un verre, alors Carruthers et moi sommes sortis de la maison pour aller de
l'autre côté de la rue dans un pub lugubre, *The Weasel's
Manifold Revenge*, où Stouffer avait une ardoise permanente. J'ai avalé la bière, un peu agité, observant le
décor effrayant du pub, dont le principal centre d'intérêt
était une série de tableaux de chasse horribles fixés sur
les tables, mettant en scène de petits rongeurs naturalisés
en train de se réduire mutuellement en charpie.

– Est-ce qu'il sait ce qu'il fait, Carruthers ?
demandai-je, fixant les yeux de verre fous de deux
rats d'égout figés dans une étreinte sanglante.

J'aurais préféré être assis au bar, qui n'avait pas l'air d'être décoré de ces simulacres taxidermistes, mais Carruthers nous avait conduits à cette table précise dès que nous avions pris nos verres, presque comme si c'était sa place habituelle dans le pub. À part deux ouvriers agricoles, probables connaissances de Carruthers, l'établissement était vide, et non sans bonne raison, pensai-je avec un frisson.

– Qu'est-ce que tu dis ? demanda l'ingénieur du son en caressant distraitement les animaux empaillés devant nous.

– Stouffer. Est-ce qu'il sait ce qu'il fait, bordel ? Ce que je veux dire, c'est que j'ai vu ce qui était arrivé à ce guitariste à tête d'œuf de Slade Two – vilain spectacle, je peux te le dire.

– Stouffer, il est nibs, m'assura-t-il, en polissant l'œil de verre d'un rat avec le bout spatulé d'un doigt mouillé. Il fait tous les groupes, tu parles. Tout le matos de Nico Teens, c'est lui qui l'a installé.

– Mais… tu me parles d'équipement thrash. Qu'est-ce qu'il y connaît en acoustique ?

– Eh, tu serais surpris, mec. Tous les groupes de death ont au moins un morceau acoustique emblématique. Les pouffiasses adorent ça. Ouais, il faut avoir un morceau acoustique emblématique !

– Tu y as été, toi, là-haut ? demandai-je. Au Groenland, en Zemlia, où je sais pas quels noms, Islande, Svalbard ?

– Oh, ouais, répondit Carruthers. Nico Teens fait un tabac là-bas. J'y suis allé deux fois. Il y fait un froid de chien, attention. Emporte des caleçons longs. Putain de kimber si ta fourgonnette tombe en calèche dans la glace. Tu peux calencher en l'espace d'une heure.

– Super, dis-je, en maudissant en silence, et pas pour la dernière fois, Tarquin Steed, mon manager insensé.

Nous avons fini nos pintes et sommes retournés chez Stouffer. La guitare était sur l'établi avec l'énorme micro noir de Stouffer fixé à l'intérieur de la rosace à l'aide de quatre grosses vis. À la place de l'habituel câble électrique, un fil multicolore sortait de la prise, traversait le plancher et allait se connecter sur un générateur de plus d'un mètre de haut à l'air compliqué installé de l'autre côté de la pièce. Cette machine à l'aspect effrayant offrait une pléthore d'interrupteurs à bascule, de boutons, de flashs lumineux, et au moins trois douzaines de fins câbles de couleur serpentaient depuis le côté jusqu'à la guitare sur laquelle ils étaient fixés sous la plaque de pick guard. Tout cet attirail ressemblait à un engin de torture particulièrement cruel, et il aurait fallu être débile pour accepter une telle absurdité de ce Stouffer aux yeux exorbités.

– Tu plaisantes ! fulminai-je. Qu'est-ce que c'est que ces conneries ? Ou bien ça explose ou bien ça décolle. Je ne marche pas dans ce truc-là. Remets-moi le Martin à la place, Stouffer, c'est scandaleux !

– Essaye-la, dit Stouffer, stoïque. Essaye-la juste.

– Dis donc, BP, ça fait vachement gothique ! Ils adorent tous ces trucs-là au cercle polaire ! s'enthousiasma Carruthers tandis qu'il avançait vers le générateur pour le caresser avec amour. Nibs, ton boulot, Stouffer, ajouta-t-il. Allez, BP, mets-toi-z-y. Vas-y, mon gars.

Au point où j'en étais – qu'est-ce que j'en avais à secouer ? pensai-je. J'allais faire un petit coup de gratte, détester le truc, et lui faire remettre le micro Martin, puis foutre le camp d'ici. Avec un haussement d'épaules, je les ai laissé soulever la guitare – une dizaine de kilos de plus avec l'engin noir de Stouffer à l'intérieur – pour me la mettre autour du cou. Le technicien aux yeux exorbités débrancha les petits câbles de couleur qui étaient connectés à l'aide de mini-mini-jacks et pendant que Carruthers tirait sur mon pantalon pour faire de la place, Stouffer faisait passer tout le paquet à l'intérieur des jambes et ressortir en bas, puis il les rebrancha.

– Tout cela est-il vraiment nécessaire ? demandai-je nerveusement. Pourquoi ne pas tout simplement les laisser pendre par derrière ou quelque chose comme ça. Ça m'a l'air hyper dangereux.

– Non, non, non, insista Stouffer. Ils ne fonctionneront pas correctement s'ils ne sont pas protégés par l'exacte quantité de chaleur corporelle. Ils s'adaptent aux conditions peu naturelles de l'air arctique et aux fluctuations des sources électriques arctiques en absorbant la chaleur du corps humain. Chaque câble est équipé d'un minuscule micro thermostat qui fonctionne en conjonction avec l'augmentation de la chaleur de ton corps au cours d'une représentation type d'une heure et demie. Tu joues bien pendant une heure et demie, dis ?

– Oui, oui, fis-je, impatient, n'appréciant pas du tout la sensation de ces dizaines de câbles se collant entre les poils de mes jambes. Allez, envoie la gomme, qu'on en finisse.

J'étais convaincu que ce psychopathe drogué et fumeux avait concocté un truc qui aurait un son épouvantable, ou qu'au moins ça partirait en fumée en l'espace de quelques minutes.

Stouffer fit passer un câble entre le générateur-transformateur et un petit amplificateur tandis que j'étais là, la sangle de la guitare m'entamant l'épaule à cause du poids excessif de l'instrument, les fils qui serpentaient le long des jambes de mon pantalon faisaient penser à un truc sorti d'un film de science-fiction.

– Une dernière chose, dit Stouffer, en sortant des pastilles adhésives noires qu'il fixa sur mes bras nus, complétant ainsi l'effet cyborg. Ce sont des détecteurs de pression artérielle par radio transmission – il faut absolument que tu te maintiennes juste au-dessus du ratio courant électrique/pression artérielle quand tu es au cercle polaire. Autant que tu t'y habitues dès maintenant. On y va… c'est bon. Je vais brancher le truc et on va voir ce qui se passe, hein ?

– Tu veux dire que t'es pas sûr ? demandai-je.

– Hé, hé. J'ai envoyé quelques gars dans le kimber avec ces prototypes, mais je pense que j'ai réussi à me débarrasser des défauts, à présent – à moins, bien sûr, que tu aies un rythme cardiaque inhabituel. En tout cas, vas-y, fais-nous un petit coup de gratte !

Sur ce, il a baissé un certain nombre de basculeurs sur le générateur et j'ai fermé les yeux, je me suis mordu la lèvre inférieure et j'ai joué avec énergie un accord mi majeur. Quand le son de ma vieille guitare acoustique déglinguée fusa à mes oreilles, j'en eus le souffle coupé. Je n'arrivais pas à croire ce que j'entendais. Le son qui sortait de ces enceintes était tout simplement fantastique. Il n'y avait pas le moindre son fade et faux, résultat de l'amplification électrique, et pas une trace de cette sonorité caractéristique de guitare électrique que produisent la plupart des micros acoustiques. On aurait dit que ma gratte était parfaitement orientée vers un dispendieux micro de studio en prise directe avec le système d'amplification sauf que la puissance était très nettement supérieure avec de parfaites tonalités acoustiques.

– Incroyable ! hurlai-je pour couvrir le son des énormes accords que je sortais. C'est exactement ça ! Époustouflant !

J'ai continué à jouer pendant environ cinq minutes, ébloui de cette merveille acoustique qui emplissait mes oreilles, oubliant complètement pendant un moment que la guitare pesait sur ma poitrine comme une vache morte. Mais après avoir joué deux morceaux, je me suis aperçu que mon cou se raidissait et que mon dos commençait à me faire mal. Soudain mes oreilles se sont emplies comme d'un étrange bourdonnement et j'ai senti un picotement passer entre ma jambe, là où étaient les petits câbles, et les micro-détecteurs noirs collés sur mes bras. J'ai arrêté de jouer tandis que mes mains étaient prises de contractions involontaires. Puis la sensation de vibration s'est mise à passer de mineure à importante. Au moment précis où ce phénomène commençait à se produire, j'ai remarqué que l'ampli émettait un gros ronflement et que les lumières du générateur s'étaient mises à clignoter comme une ambulance.

– Attends ! brailla Stouffer, plongeant à travers la pièce en direction du générateur palpitant. Pourquoi est-ce que tu n'as pas dit que tu étais hyperéactif ?

– Je ne le suis pas ! hurlai-je, horrifié. Vire-moi tout ce truc !

Carruthers se précipita vers moi, mais il trébucha dans les fils multicolores qui pendaient de la guitare, sans pourtant tomber, ce qui me fit basculer à la renverse sur le dos, où je restai comme un crabe à l'agonie, les jambes et les bras en l'air, pris de convulsions tandis que l'horrible courant électrique traversait mon corps.

– Argh ! gémissais-je, les yeux fixés sur le plafond incrusté de boîtes à œufs. Puis je perdis connaissance.

– Cet homme n'est pas hyperéactif, Stouffer ! fit une voix lorsque j'eus repris mes esprits.

J'étais étendu sur une surface dure, et comme je recouvrais la vue, j'ai pu distinguer une lumière vive, et derrière un plafond peint en blanc. Debout au-dessus de moi, un vieil homme aux yeux d'un bleu profond, coiffé comme Einstein. Il portait une blouse blanche, et un stéthoscope noir pendait à ses oreilles.

– Tu as encore mal calculé ton ratio d'ampérage en kilohertz par rapport à la température corporelle, dit le docteur avec mépris en prenant mon pouls dans le cou et en regardant un Stouffer penaud. Je te l'ai déjà dit la dernière fois que tu as mis K.O. un de ces Nico Teens – tu règles les indicateurs de température comme si le type était déjà au pôle nord. Tu vas envoyer un pauvre bougre tout droit au kimber un de ces jours, espèce de minable !

– C'est de ma faute, désolé, BP. Ça va ? Ça t'a pas découragé, dis ? demanda Stouffer.

Je me souvenais encore de l'étonnante sonorité acoustique que le dangereux équipement avait produite, et même si j'avais un sérieux mal de tête, je voulais cette sonorité.

– Non, dis-je, encore dans le coton. Seulement, la prochaine fois, tu le testes sur Carruthers, hein ?

– Ça ne sera pas très utile, dit le toubib. Carruthers appréciera sûrement un bon choc. Il est du genre à s'enfiler les doigts dans les prises de courant européennes pour voir si elles déchargent en continu ou en alternatif.

Ça les a tous bien fait rire d'entendre ça, et j'ai laissé échapper un soupir de résignation, sachant que le docteur ne devait pas plaisanter.

– Bon, fit le docteur. Bob Hope [1] et les psychédéliques sont populaires par ici, mais dans ce cas précis, une petite sniffette de mon tonique sanguin… euh… chinois breveté, ne pourrait pas faire de mal.

Sur ces paroles, il me mit un petit verre dans la main et me fit signe de boire. Le liquide brun visqueux à goût de terre glissa dans ma gorge comme un œuf cru, mais en quelques instants j'étais sur mes pieds, aussi léger qu'une plume et les idées parfaitement claires.

– Bon sang, qu'est-ce que c'est que ce truc, toubib ? demandai-je, tandis que lui-même en prenait un coup.

---

1. Jeu de mot signifiant « dope ».

– Un mélange de ginseng et de coca, répliqua-t-il, les yeux pétillants.

Carruthers et Stouffer avaient l'air très amusés par cette explication.

– Disons, ajouta le docteur, c'est à moitié chinois… et l'autre moitié est péruvienne !

– Kimber, pensai-je. Quel endroit !

Nous sommes retournés chez Stouffer, le cabinet du médecin fort opportunément situé à côté du pub en face de chez lui. Il me fallait cette sonorité. Soudain, ce ne fut plus aussi horrible de penser à l'Islande et à tous ces points situés dans le nord. Armé de la merveille acoustique de Stouffer, j'avais l'impression que je pourrais conquérir le monde… ou du moins les régions les plus froides.

– Stouffer, dis-je, tandis que nous arrivions à sa porte sous la bruine. Si tu arrives à rendre cet attirail un chouïa plus léger et peut-être établir des liaisons radio sur certains de ces câbles, tu pourrais peut-être bien avoir là quelque chose. Je veux dire que je pourrais tout simplement l'adopter.

– On va voir ça, dit Stouffer avec un petit sourire. Je pense que je dois pouvoir bricoler une version plus légère. On verra.

– Génial ! hurlai-je. Équipe-moi et branche-moi !

Et tous les trois, nous avons crié en chœur comme des bûcherons cinglés : Kimber !

Chapitre 17

Après mon retour des régions sauvages de Kimber, je partis pour rencontrer la presse en Europe, voyage qui avait été prévu en compagnie d'un chargé de promo de chez Dreadnought à la tête toute ronde. La virée fut heureusement tronquée à cause du manque d'intérêt de la part de la presse, et je me suis retrouvé en train d'entrer d'un pas pesant dans l'aéroport d'Heathrow par une humide et froide soirée de mai, des frissons jusqu'aux os, comme une préparation au test d'endurance arctique que j'étais sur le point de subir. L'extrême folie de la situation me plongea d'autres lances de glace au fond du cœur tandis que mon regard se promenait dans le terminal fluorescent empli de bruits métalliques, et alors j'ai repéré, caché dans un coin sinistre, une enseigne qui annonçait ICELANDIC AIR CARGO. La seule qualité qui rachetait cette mission, c'était la sonorité promise par l'équipement acoustique de Stouffer et je m'accrochais à cette idée, comme à un invisible talisman.

Cet endroit du globe que je m'apprêtais à envahir allait très vraisemblablement faire passer la Tasmanie pour un nirvana du rock'n'roll, et à ce moment précis, comme j'avançais laborieusement au milieu de la foule du terminal, aussi chargé mentalement que physiquement, mes réserves ne portaient que sur la compagnie aérienne.

Ma première surprise, en arrivant au comptoir d'enregistrement d'Icelandic, fut de voir mon manager d'une lubricité exaspérante en tête de la file d'attente, occupé à soulever quelque chose qui avait la forme d'une luge pour le poser sur la balance. Ses cheveux blancs en bataille surmontaient son visage comme un blizzard tandis qu'il exhibait d'une voix forte le jargon huileux de sa précédente profession – celle de juge au tribunal d'instance – devant la jeune femme intimidée derrière le comptoir.

– C'est que ça va être l'Islande, disait-il d'un ton ferme à la pauvre jeune débutante au visage rougeaud. Il s'agit d'un vol cargo et comme il est stipulé à la clause 14b d'Icelandic concernant les avions-cargos commerciaux, les biens de nécessité pour les passagers, l'équipage et les employés de la compagnie qui vont participer au vol, en tant que tel, ne sont pas comptabilisés comme des bagages. Il s'agit d'un objet promotionnel et par conséquent couvert dans le formulaire B35 que je viens de vous donner.

Steed reprit par-dessus le comptoir l'énorme liasse de documents d'aspect officiel en faisant une remarque désobligeante à l'employée qui avait les yeux désespérément rivés dessus sans montrer le moindre signe d'inspiration discernable.

– Voilà ! tempêta Steed, triomphant. Ici, noir sur blanc, clause 14b. Je connais ces fichus règlements mieux que vous, et vous travaillez ici ? Allons, allons… oh, BP. Te voilà ! Je suis en train d'enregistrer la luge. As-tu déjà vu Carruthers et Stouffer ?

Steed m'a dévisagé l'air distrait tandis que j'avançais avec mon bagage. Il portait une volumineuse parka marron, un épais pantalon de ski et avait l'air bien équipé pour une tournée de l'hémisphère nord. Mon cœur s'est serré : Tarquin Steed, un véritable Clouseau dans le monde des managers, participait de toute évidence avec moi à ce voyage téméraire. Mais l'avais-je correctement entendu ? M'avait-il effectivement demandé si j'avais déjà vu Stouffer ? La dépression de prétournée venait tout juste de se manifester et, sans coup férir, mes craintes furent confirmées : un chœur braillard de « Wally Wally ! Kimber Kimber ! » retentit dans la zone d'enregistrement et le répugnant duo du nord, Carruthers et Stouffer, apparut soudain, poussant des chariots remplis de bagages personnels et un armement de matériel de sonorisation.

– Hourrah pour nous, les gars ! brailla Stouffer, tandis qu'ils poussaient à toute allure leurs chariots derrière moi.

– Venez devant, les garçons, cria Tarquin. Nous sommes un groupe, après tout.

– Ouais, acquiesça Carruthers, ses cheveux roux tout emmêlés attachés en un chignon ridicule. On va faire la bringue pendant cette tournée, hein, Brian ?

Fortesque apparut ensuite, poussant son chariot plein à ras bord, l'air de sortir du lit.

– Je file au bureau de change, annonça soudain Steed. Vous, les gars, vous enregistrez. La stagiaire que voici a tous les renseignements qui vous concernent. Vous vous en sortirez, hein, ma jolie ? demanda-t-il d'un ton sarcastique à l'employée.

Elle ne fit pas de commentaire tandis qu'elle vérifiait mon passeport, un truc balafré et délabré, l'air d'avoir essuyé les tirs de première ligne au cours de diverses guerres étrangères. « Bien », déclara Steed avec une fausse satisfaction. « On se retrouve à bord, les poteaux ». Et le voilà parti, en train d'agiter un gros rouleau de livres sterling dans la main.

– Tarquin, bouillonnai-je, quand nous avons fini par nous installer à nos places dans l'avion-cargo d'Icelandic plein de courants d'air. Pourquoi est-ce que tu ne m'as pas dit que tu venais ? Et que fait ce cinglé de Stouffer ici ? Et pourquoi, pour l'amour du ciel, sommes-nous à bord d'un avion-cargo ?

– Je ne t'avais pas dit que je venais ? fit-il sur un ton innocent tout en bricolant l'accoudoir de son siège avec un tournevis sorti de sa poche. Je ne suis pas certain de faire tout le voyage – je vais sûrement vous lâcher après Bear Island. Stouffer ? Il fallait qu'il nous accompagne avec cet attirail compliqué dont il t'a affublé. Je pensais que tu l'aurais su à Kimber. Avion-cargo ? Bon, il fallait faire quelque chose pour compenser le coût du voyage de Stouffer avec nous. Ça me paraît correct… un peu de courants d'air, je suppose. Mais il nous conduira à destination. Cool, mec, profite de la vie !

– Et puis, Tarquin, continuai-je, sentant déjà la léthargie de la défaite prendre possession de moi, pourquoi est-ce qu'on emporte une luge ?

– Pour les photos promotionnelles, répondit-il, sortant les branchements électriques de l'accoudoir comme la chose la plus naturelle qui soit.

– Prom… commençai-je.

– Il y a une grande piste de luge au sud de Reykjavik ; tu sauras te débrouiller sur une luge, non ? Avec tout le ski que tu as fait ces dernières années dans le Vermont ? Ça fait pas de grosse différence, en fait – tout ça, c'est de la glisse. Pareil.

Je l'ai regardé sortir du chatterton de sa parka et commencer à en entourer les fils électriques qu'il avait arrachés de l'accoudoir. Son obscur et dérisoire travail terminé, il leva les yeux vers moi avec son agaçante expression habituelle de vacuité.

– Des photos promotionnelles, finis-je par répondre d'une voix vide d'émotion comme d'intérêt. Je me demandais si Carruthers ou Stouffer avait des sédatifs puissants sur eux. J'avais sérieusement besoin d'inconscience. « Sur une luge… ».

– Il y a des photographes très talentueux, là-bas, très talentueux. Il y a un type – Tjork ou Bjork, je crois que c'est son nom, il peut prendre en photo quelqu'un qui fonce sur une piste de luge à cent cinquante kilomètres heure et avoir quand même son visage net. Parfait ! On y consacrera une après-midi, puis on les enverra aussitôt à la presse britannique. Ils vont être déchaînés !

Cette idée me parut être aussi terrifiante qu'inutile – la presse musicale britannique ne s'intéressait plus à moi depuis des années, et je ne voyais pas en quoi risquer ma vie allait changer quelque chose.

– Tu ne me feras jamais monter sur un de ces trucs, sifflai-je, impassible.

– Allez, dit-il, tu vas adorer ça. Après deux descentes, on ne pourra plus te faire sortir de ce truc ! Tu vas être accro en un rien de temps. C'est exactement ça : être accro ! au sexe, aux drogues, au rock'n'roll !

Ceci venait d'un homme qui approchait la soixantaine et était riche. D'après ce que j'avais pu comprendre, il n'avait essayé les drogues illégales qu'une seule fois, à Los Angeles, et ça remontait aux folles années quarante, ce qui avait eu pour résultat de provoquer un légendaire épisode de pandémonium. Un soir, c'est ainsi que le voulait l'histoire, alors que Steed et quelques amis allaient se rendre dans un restaurant assez classe de Santa Barbara, quelqu'un offrit à Tarquin un puissant joint d'herbe hawaiienne. Il ne vit pas de mal à en tirer quelques taffes, vu que tout le groupe avec lequel il se trouvait semblait d'humeur particulièrement joyeuse grâce aux effets de l'herbe. Environ une heure plus tard, bien installé devant une salade arugala, Tarquin décida soudain que la drogue lui avait transmis le pouvoir de traverser les objets solides : les tables, les gens, les murs de brique – tout paraissait possible à sa perception altérée. En conséquence, il sauta de son siège et commença à tester son nouveau pouvoir, fonçant dans tout ce qui se trouvait sur son chemin comme un taureau. L'établissement aurait subi d'assez importants dégâts avant que les amis de Steed et le maître d'hôtel parviennent à l'immobiliser au sol et que les toubibs aient été appelés pour lui administrer un tranquillisant.

– Très bien, Steed, marmonnai-je d'un air hébété, en pensant à mon manager en costume rayé et nœud pap à pois, chargeant tête la première le mur beige d'un bistro nouvelle cuisine très tendance en Californie sous le regard stupéfait des clients en chemises Ralph Lauren et mocassins.

– Être accro ! au sexe, aux drogues, au rock'n'roll !

Steed ne fit pas attention à moi, et après quelques remarques plus réconfortantes à propos des techniques de luge, il plongea dans un profond sommeil exempt de ronflements, les restes du système électrique de l'accoudoir toujours fermement serrés dans sa main gauche. J'ai jeté un coup d'œil dans la cabine. Nous étions dans la partie médiane de l'avion, un appareil qui semblait avoir été hâtivement converti de transporteur en avion-cargo, puis l'inverse, sans enthousiasme, afin de rentabiliser au maximum le mince attrait pour le tourisme en Islande. Les rangées de sièges étaient interrompues çà et là par de massifs paquets mystérieusement couverts de grosses bâches. Carruthers, Fortesque et Stouffer étaient plus vers l'arrière, en train de faire connaissance avec les hôtesses dont l'aspect peu soigné laissait penser qu'elles avaient dû être virées par d'autres compagnies pour alcoolisme. Elles n'éprouvaient d'évidence aucun scrupule à se vautrer dans les nombreux sièges vides et se servir des verres de champagne bon marché – dont il semblait y avoir une réserve infinie – ni à bavasser à n'en plus finir avec les passagers.

Après avoir été secoué pendant une heure bien monotone, j'ai levé le nez de mon guide de conversation anglais/islandais pour découvrir une femme gargantuesque penchée sur moi. Elle était vêtue d'une imposante tenue de ski blanc cassé, dont toutes les fentes possibles laissaient sortir de la fausse fourrure. Ses énormes yeux étaient globuleux ; pis encore, c'était ce genre d'yeux qui, sans aucun effort du propriétaire, laissaient voir de grandes zones de blanc, même *au-dessus* des pupilles. Le genre d'yeux que l'on associe habituellement aux psychopathes avérés.

– Salut, Brian Porker ! Comment ça va, mon pote ? Je peux m'asseoir ?

Avant que j'aie pu répondre, l'amazone avait laissé tomber son gigantesque matériel d'atterrissage sur le siège libre côté couloir auprès de moi.

– Je m'appelle Hilda, c'est moi qui vais m'occuper de tes éclairages. Je suis célibataire et je voyage dans le monde entier. Putain, c'est super, hein ? beugla-t-elle avec un accent australien rauque et guttural. Ne me laissant pas le temps de protester.

Elle entama ensuite ce refrain familier souvent entendu que j'avais fini par associer aux femmes dotées d'énormes yeux globuleux.

– Tu sais, Brian, je suis ta plus grande fan ! J'ai kiffé *à mort* tes deux premiers albums, mec ! Nom de Dieu, c'est super de faire ça. À présent, écoute, en fait, je travaille avec ta vedette américaine – The Tiny Brocil Fishes – mais Carruthers croit que je peux tenter le coup avec ton spectacle. C'est-à-dire qu'il vaut mieux avoir quelqu'un qui comprenne la langue locale, non ? C'est mieux qu'un connard d'Eskimo. Pas vrai, mec ?

Ça va être super ! Est-ce que tu vas jouer certains de tes anciens vieux morceaux ? Putain, j'espère que oui !

Et elle me fila un coup de coude dans la jambe avec la force d'un catcheur, poussant un beuglement sauvage en riant qui fit sursauter Steed comme un poisson dans son sommeil.

À quoi ça sert d'avoir des managers, des *tour managers*, des ingénieurs du son, des techniciens, des roadies, des comptables, des secrétaires et du personnel de bureau – tout un système de soi-disant professionnels à ma disposition – si on m'envoie à toute vitesse au pôle nord pour que je découvre, une heure après le décollage, que quelqu'un que je ne connais ni d'Ève ni d'Adam va passer les cinq semaines suivantes à faire du raffut dans des chambres d'hôtels, sûrement à côté des miennes, et à commettre Dieu sait quelles atrocités sur une console d'éclairage à mes frais ? Carruthers ? C'est lui ? Carruthers pense que cette effrayante géante va s'occuper de mes éclairages, c'est ça ? Je vais enterrer ce crétin dans la première congère sur laquelle on tombera – si j'arrive à en trouver une assez grande. Je vais donner ce puant à manger aux huskies, décidai-je.

Poussant un soupir, je me suis retenu d'argumenter avec ce monstre. J'irai gueuler auprès de Tarquin plus tard. Ça ne rimerait à rien de mettre Hilda la géante en colère – elle ne manquerait sans doute pas de me casser la hanche en me filant un coup bien senti.

– Euh… hasardai-je, me souvenant de son autre déclaration énigmatique. The Tiny quoi ?

– The Tiny Brocil Fishes – ta vedette américaine, assura Hilda. Carruthers les manage et je suis la responsable de leurs relations publiques et de leurs éclairages. Ils ont des super lumières à effet d'huile, un truc dingue ; des projections en fond de scène, des stroboscopes – ce genre de machin. Ça te dérange pas, les engins à fumée, hein, mec ? Nom d'un chien, j'attends tout ça avec impatience ! Comme je te disais… ta plus grande fan ! Quand est-ce que tu reviens en Australie ? T'es allé qu'en Tasmanie la dernière fois que t'étais là-bas, espèce de vilain coquin !

Et sur ce monologue réconfortant plein de références à des effets d'éclairage des années soixante totalement inadaptés, la grosse Hilda me martela encore une fois la jambe avec son puissant coude droit. Elle ne cessa de parler sur un ton monotone pendant une éternité, m'expliquant en détail la formation des Tiny Brocil Fishes (qui étaient, m'informa-t-elle, déjà en Islande en train de jouer dans un club pour s'échauffer), leur goût éclectique pour le death thrash et l'adresse de leur coiffeur. Je me suis consolé en pensant au nord glacé : peut-être réussirais-je à définitivement engourdir mes sens dans ces températures au-dessous de zéro et à stopper la nausée qui ne manquerait pas de me harceler si je devais supporter cette bande inculte de parasites pendant toute une tournée.

Hilda finit par me donner une grande baffe d'adieu, et avec l'aide de deux vodkas bien raides, je me suis endormi et j'ai plongé dans un déferlement mental fébrile. Quand j'eus à moitié repris conscience environ une heure plus tard, le premier bruit que j'ai entendu était émis par les puissantes cordes vocales de Hilda à l'avant de l'appareil : espèce de salaud d'embobineur ! hurlait-elle, j'ai mes affaires en ce moment, mais tu peux me baiser par le trou du cul, si ça te chante !

– Wahey ! Kimber ! Wally ! répondirent en chœur Carruthers et Stouffer, parfaitement synchronisés.

Finalement, après ce qui me parut avoir duré une semaine, nous avons atterri en Islande et débarqué de l'avion sur une piste sinistre et verglacée. En descendant de la passerelle bringuebalante, je fus accueilli par un froid si perçant que j'ai cru que je serais paralysé avant d'être arrivé à l'hôtel. À l'intérieur de l'aéroport, il faisait à peine plus chaud, mais au moins les douaniers n'avaient absolument pas l'air intéressé par nous et nous firent signe de passer ; vêtus comme ils l'étaient de toutes sortes de peaux d'animaux, on aurait dit qu'ils n'avaient pas l'intention d'attendre la fin de leur service pour tous retourner dans leurs igloos ou ce qui leur tenait lieu de maison dans cet endroit perdu.

– Stimulant, hein, fit Tarquin au moment où nous sortions du terminal, d'un ton ferme.

– Non, je ne trouve pas, répondis-je malgré tout.

Nous avons suivi l'équipage dans une fourgonnette conduite par un homme qui ressemblait à une peluche, s'appelait Kric et prétendait être le promoteur local.

– Est-ce que vous pourriez monter le chauffage, s'il vous plaît, Kric ? fis-je en gémissant de désespoir. On n'appelle pas ce pays Islande pour rien, ajoutai-je sans m'adresser à quiconque en particulier.

– Attends qu'on monte à Wandell Land ! Là, il y fait un putain de *froid* ! hurla Carruthers, claquant bruyamment des dents.

– Où est-ce que c'est ? demandai-je, pensant qu'un autre pays cauchemardesque avait été ajouté à notre tournée sans que je le sache.

– Territoire du nord, Groenland, m'informa Stouffer.

Il s'était déjà allumé un joint, qu'il passait à la grosse Hilda, nom auquel semblait répondre la géante australienne. Ceux-là allaient sûrement nous faire tous finir au trou bien avant d'arriver à Wandell Land. Je le voyais déjà : une horrible structure de béton en plein milieu du Groenland (aux dires de tous, un immense pays), absolument inconnue du monde extérieur et pleine de paysans groenlandais ravagés par l'alcool, purgeant des peines à perpétuité pour pratiques sexuelles déviantes avec des bêtes de la toundra.

Après avoir roulé pendant une demi-heure sur ce qui ressemblait à du permafrost ininterrompu, parsemé de groupes de sinistres bâtiments des services publics, nous sommes arrivés à notre hôtel, l'air aussi accueillant qu'un poste de police en plein cœur d'un quartier HLM du sud de Londres. Ceci ne diminua en rien le pressentiment que j'allais être bientôt emprisonné, et je me suis empressé de jeter mes sacs sur le sol du hall glacial, me moquant complètement qu'on les esquinte ou qu'on les vole, et je me suis dirigé vers le son du juke-box, en quête de réconfort et d'alcool.

Fortesque m'a rejoint au bar peu éclairé de cet hôtel, mais il n'avait pas grand-chose à dire. J'ai commencé à me siffler des doubles vodkas locales infectes qui me firent immédiatement tourner la tête ; des cellules mortes du cerveau se mirent à filer devant mes yeux, à chaque fois que je me tournais dans la direction de cet ersatz de Wurlitzer aux couleurs criardes. Tarquin et l'équipage s'étaient précipités dans un club, le *Ja, Reykjavik Rockingk !* pour aller voir un set des Tiny Brocil Fishes. C'était apparemment la boîte où j'allais jouer le lendemain soir.

– Ça me plaît pas trop, cette histoire de luge, mec, me fit remarquer d'un air triste mon *tour manager*.

– Tu crois que ça me plaît ? dis-je, en observant le barman qui louchait ; il était occupé à laver des verres dans une cuvette de plastique bleu clair qui arborait des franges de glace et des pelures de pommes de terre flottant sur les vagues d'eau de vaisselle.

– Je le ferais pas, à ta place, Beep, dit Fortesque, songeur, faisant la moue en avançant les lèvres. Tu vas te casser la figure. Faut de l'entraînement pour faire ça.

– Comme si je le savais pas ! répliquai-je avec impatience. Nom de Dieu, Forty, j'ai vu ce truc à la télé. N'empêche… fis-je en réfléchissant, imaginant la montée d'adrénaline qu'une descente aussi vertigineuse devait provoquer. Ça doit être bien de pouvoir faire quelque chose comme ça, tu ne crois pas ?

– Du calme, mec, la vodka te monte à la tête – oh, au fait, j'allais oublier…

– Quoi ?

– Ce soir, à la télé, ici en Islande, ils diffusent l'hommage à Donovan dans lequel tu es passé.

– Ils ont la télé dans les chambres ?

– Dans la tienne, tu devrais l'avoir, mon pote. Pourquoi ? Je croyais que tu détestais cette émission.

Le souvenir de ce fiasco me faisait encore siffler les oreilles mais n'empêche, arriver dans un tel désert et tomber sur la rediffusion d'une de mes rares apparitions à la télé justement ce soir, c'était, devais-je m'avouer, au moins extrêmement réconfortant, même si les circonstances de la chose étaient on ne peut plus détestables.

J'ai commandé une quadruple vodka et laissé Fortesque au bar, une expression soucieuse sur son visage grincheux, après avoir manifesté une petite étincelle d'intérêt à l'idée de faire une descente en luge. J'ai titubé le long d'un couloir perdu sous un éclairage aveuglant, m'arrêtant parfois pour vérifier le numéro de ma chambre sur ma clé et prêtant l'oreille, à l'affût du son de la télé derrière les portes de contreplaqué marron.

Enfin, j'ai localisé la chambre dont le numéro correspondait à celui de ma clé et j'ai passé la porte à tâtons pour pénétrer dans les confins glacés de la pièce. La cellule dans laquelle je venais d'entrer : des murs blancs éclairés par une rangée d'ampoules fluorescentes, deux lits superposés, genre caserne, et une minuscule vieille télé poussiéreuse décorée de guirlandes d'antennes et de funestes fils électriques noirs qui sortaient par derrière comme des dreadlocks crasseuses.

J'ai posé mes sacs sur la couchette du haut et branché la télé. Le générique de début et les zooms d'angle sur la foule du Madison Square Garden faisaient une succession de taches confuses en noir et blanc sur l'écran. Je me suis écroulé sur le dessus-de-lit kaki de la couchette du bas, tenant la vodka dans ma main droite en prenant soin de ne pas la renverser.

Aussitôt, et avec un assourdissant rugissement d'approbation du public à moitié chauve et flatulent, j'étais en plein dedans pendant qu'un chanteur rock ringard, sans aucun talent, dont je n'ai pas pu me rappeler le nom, entrait fièrement sur l'immense scène accompagné de deux chanteuses très déshabillées pour l'accompagner, une Blanche, une Noire. Ce couillon suffisant se lança dans une version rock du célèbre « Sunny Goodge Street » de Donovan, en massacrant les subtilités jusqu'à les faire disparaître alors qu'il s'aventurait à sauter dans tous les sens comme un imbécile et à tortiller ses hanches dans son jean comme s'il se produisait dans une discothèque bas de gamme.

Par bonheur, cette rediffusion avait été coupée et remontée, mais on avait tout de même trouvé le temps de montrer la seule petite séquence qui offrait de l'intérêt et suscitait la controverse : elle présentait cette pouffiasse irlandaise chauve se précipitant sur le micro comme dans les affres d'une danse gaélique, pour se retrouver tout de go sérieusement huée par toute la salle !

Ces gros culs de banlieusards d'Américains avaient apparemment été extrêmement choqués quand, à peine quelques jours plus tôt, cette jeune gonzesse irlandaise avait déclaré lors d'une émission télé tardive qu'elle avait rencontré le Pape lors de sa dernière visite en Irlande et fumé de la dope avec lui dans sa suite du Grand Hotel de Dublin ! Elle avait fait référence à Sa Sainteté en disant que c'était « un sacré petit toxico » et « un sérieux numéro avec les femmes aussi ».

La pauvre gosse se tenait derrière le micro à essayer de prendre d'assaut l'incendiaire « Mellow Yellow » de Donovan, mais elle ne fut pas autorisée à chanter une note à cause des féroces vociférations de désapprobation de la foule. Le MC, un chanteur country sans compétences précises, avançait derrière la fille avec un air penaud et tenta maladroitement de la consoler. Mais fidèle à son image de petite renarde qui n'a pas froid aux yeux, elle repoussa ses étreintes et ses chuchotements sentimentaux, devinant peut-être à juste raison qu'il s'agissait d'un bizarre attrape-nigaud public, et avec la rapidité et l'adresse d'un gamin des rues de Dublin, elle se retourna vers notre infortuné MC et lui flanqua un coup de genou bien envoyé dans l'aine, suivi d'un coup de boule écœurant, ce qui provoqua un violent saignement de nez et probablement une hernie chez ce malheureux garçon.

J'ai bu encore un peu de vodka et je frémissais d'entendre le public, satisfait de lui, continuer à huer la jeune fille chauve (sauf pendant la fraction de seconde où ils ont poussé un grognement de dégoût au moment du coup de genou dans l'aine, ce qui m'a brièvement fait hurler de joie) jusqu'à ce qu'elle finisse par quitter la scène, ce qu'elle fit avec beaucoup d'aplomb, à mon avis : en arrivant à hauteur du rideau, elle souleva prestement sa chemise d'hôpital informe et fit un pied de nez à toute la stupide assemblée de cette salle. (Le gros plan sur son derrière, toutefois, avait été masqué par un point bleu sautillant, ce qui, pensai-je, réduisait un peu à néant la portée de son acte courageux).

J'ai fait le tour de la pièce en quête d'un téléphone pour appeler Forty, pensant qu'il avait alors dû quitter le bar pour profiter de ce spectacle, mais je n'en ai pas trouvé la moindre trace. À cause d'un très important décalage horaire et de la féroce vodka islandaise, le plafond s'était mis à dangereusement osciller et il me fallait une autre distraction que le *Donovan Tribute* pour retrouver mon équilibre. Un petit coup de rigolade avec Forty était hors de question, à moins d'être préparé à affronter les couloirs glacés à la recherche de sa chambre. J'ai décidé de rester tranquille, essayant d'arrêter les oscillations en me donnant une claque sur la joue de temps en temps, tandis que, là, sur ce minuscule écran, j'apparaissais, ironiquement vêtu d'un pantalon blanc et d'un caftan rouge achetés en 1971 à l'hypermarché de Kensington et choisis spécialement pour cette émission.

Contrairement aux autres artistes, les techniciens avaient décidé de ne pas faire paraître mon nom en grosses lettres sur l'écran à mon entrée et effacé, de façon fort opportune, les maigres applaudissements reçus des rares personnes qui avaient en fait déjà entendu parler de moi. Les dents serrées, j'ai inspiré une bouffée de pur vitriol, je sentais les veines de mon cou se dessiner sur ma peau comme les canaux de Mars. J'ai été tout simplement tenté de me lever et de défoncer la télé à coups de pied, mais je me suis retenu. Au moins j'étais là, projeté jusque dans les profondeurs de l'Arctique et pas complètement mis au rebut, comme un tas de bandes d'enregistrements sur le sol.

La chanson que j'avais choisi d'interpréter ce soir-là était un étonnant et obscur morceau de Donovan, de ce fait, les spectateurs, déjà déconcertés par ma présence de non superstar, grattèrent encore un peu plus leurs crânes chauves et leurs permanentes de banlieue dans une consternation imbécile. Mais ce qui m'avait véritablement outré ce soir-là – après la performance atrocement ennuyeuse d'une féministe folk noire qui avait fait un seul hit, et d'une obscène Américaine blanche dont la carrière avait duré toute une année – ce fut l'incroyable spectacle de la soi-disant superstar Thomas Poultry, montant sur scène avec le groupe stérile qui l'accompagnait, les Throbs, et jouant une version rock justement de la même chanson ! Voilà ce païen de brute blonde qui chante comme s'il avait une patate chaude collée au palais, en train de hurler à pleins poumons une version de cette extraordinaire ode « Jersey Thursday », comme si je n'existais pas ! Plus exactement, comme si je n'avais pas été sur cette même scène à peine dix minutes plus tôt, sublime, pur et seul, donnant à ce rare joyau un éclat resplendissant, et pendant ce temps, ce public crétin avait montré des signes d'impatience, attendant comme des moutons l'arrivée de la prochaine « superstar ». Et le comble, c'est que pendant que Poultry massacrait le premier chorus, le public hurlait son approbation, comme s'il connaissait effectivement la chanson !

« Grrr grrr grrr », fulminai-je, puis d'un trait, j'ai fini le reste de la vodka et plongé dans l'inconscience.

Chapitre 18

Le lendemain matin, je me suis traîné jusqu'à la salle de petit-déjeuner où régnait l'atmosphère d'un foyer d'asile d'aliénés, et là j'ai trouvé Tarquin, l'air un peu débraillé. Je me suis servi au buffet, qui se composait de quelques pots de thé grisâtre, de biscuits, d'un grand bol de vieilles tranches de pamplemousse ridées et de quelques fines tranches de viande d'aspect peu alléchant, crachotant sur une plaque chauffante. J'ai choisi une part de chaque et je me suis assis à côté de Tarquin qui feuilletait une pile de fax.

– Bien, bien, bien, mon garçon, dit-il d'un ton jovial, prenant le dessus. Tu m'as l'air tout à fait en forme ! Il plongea dans les profondeurs de sa parka, en sortit un stylo à encre en or et se mit à tracer des traits épais sur les fax. Lui, je n'en veux pas… lui, je n'en veux pas… elle, on la prend. Ça m'a l'air bien.

– Qu'est-ce que c'est que tout ça ? demandai-je d'un air abattu, faisant la grimace tandis que la viande visqueuse passait sur ma langue pâteuse.

La gnôle locale que j'avais bue hier soir vous en donnait incontestablement pour votre argent – ses effets, semblait-il, allaient probablement bien durer jusqu'à la semaine prochaine.

– Ça ? fit-il, ses yeux bleus inexpressifs me jetant un de ces regards d'une nonchalance agaçante qui signifiait que des tâches infectes allaient sans tarder m'échoir. Fortesque ne t'a pas dit ?

– Quoi ?

– La conférence de presse, à 11 heures dans le hall. Bon, s'irrita-t-il, tirant avantage de mon état délicat.

Règle numéro 1, pensai-je (trop tard, comme d'habitude) : ne pas prendre son petit-déjeuner à l'hôtel le premier matin d'une tournée si le manager est également dans le bâtiment ; toujours, directement sortir par une porte dérobée, trouver un café tranquille et y rester au moins trois heures.

Steed continuait comme un foret dans ma tête.

– Nous avons la représentante de Arctic Associated Press qui vient – on ne peut pas se tromper avec ça – elle nous met en contact avec toutes les îles simultanément. *The Icelandic Foghorn* – petit mais influent, fit-il remarquer, en soulevant ses épais sourcils blancs au-dessus de ses lunettes de lecture cerclées d'or. *The Greenland Crossbow*. Bien, bien. *Franz Joseph Land Herald*, *Nuuk Weekly*, *Ja Porg Mettal* – pas ce que tu préfères, je sais, mais les mômes l'achètent par paquets de douze. Voyons… ah oui – *Folkenzinger Underground Newsletter*, *Porkars Weekly Entertainment Guide* – ha, ha, ha, il porte le même nom que toi celui-là ! Ah… *Hemisphere Hoedown*. Bon, ça, c'est un super petit magazine de luxe, et ils ont repéré les nuances country dans ta musique, un pour la Novaïa Zemlia – on ne peut pas les laisser de côté, ils en crèvent d'envie là-bas, E-e-e-e-t… un pour Bear Island. Oh, attends une minute… ici, ce matin, nous avons trois ou quatre fanzines d'ados qui vont peut-être ou peut-être pas se pointer – selon l'espace qui leur reste dans leur revue cette semaine. Ça t'a plu, la graisse de phoque frite ?

– Beurk ! m'exclamai-je en crachant le morceau de viande visqueuse par terre.

– Nourris-toi de ça, mon garçon. Ça va te donner des forces – et de l'isolation thermique !

Je me suis calmé aussi vite que j'ai pu, ne souhaitant pas me laisser troubler par les écarts de Tarquin, ce qui était, comme je l'avais remarqué, sa façon habituelle d'approcher les négociations.

– D'accord, Steed, ai-je commencé, m'imposant un peu de fermeté dans la voix. Cette histoire de luge… tu l'oublies, d'accord ? Tu demandes à un cascadeur de le faire. Toi, tu le fais – n'importe. Et pourquoi est-ce qu'on ne m'a pas dit que cette Amazone – Broom Hilda, ou je ne sais quel foutu nom elle a – « s'essaie » à faire mes éclairages ? Ce que je veux dire, c'est qu'il a fallu que ce soit elle qui me l'apprenne et encore dans le putain d'avion qui m'amenait ici ! Ça me fait passer pour un parfait imbécile. Et… et maintenant, tu me balances une conférence de presse de quatre heures avec ce qui m'a tout l'air d'être la collection de publications la plus invraisemblable que je pouvais imaginer ? Dis, ils n'ont pas un *Rolling Stone* islandais ou un truc du genre, hein ?

– Bonne remarque, BP, tonna Tarquin sur le mode de la contre-attaque dont il était coutumier et qui consistait à être d'accord avec les points de désaccord de ses opposants (opposants étant le mot approprié), désamorçant ainsi suffisamment leur courroux pour commencer le subtil processus *d'amener l'imbécile à tout accepter*. Ils n'ont pas *Rolling Stone* ici, mais ils ont MTV. Peut-être qu'on pourra avoir une interview pour leur rubrique informations – deux, trois chansons même. Ce serait une superbe idée, je vais la noter.

– MTV m'a mis à l'index, fis-je d'un ton cassant.

– Pas ici, contra Tarquin. Ils n'ont pas de données démographiques ; ils ne savent pas à quel point tu es impopulaire.

Il semblait inutile de lutter contre le déluge de la presse – ils devaient déjà être installés en rangs dans le hall à présent. Je poussai encore quelques gémissements à propos de la grosse Hilda et de son style télé des années 60-70 en matière d'éclairage, mais Steed prit cela à la légère, disant qu'il lui en toucherait un mot pour lui demander d'y aller un peu moins fort pour mon show et de garder les images de fond sur le Vietnam, les lumières à effet d'huile psychédéliques et les stroboscopes uniquement pour les Tiny Brocil Fishes dont le rock *acid death* était plus adapté à ces effets spectaculaires. Quant à la course en luge, lorsque j'ai ramené ça sur le tapis, il s'est contenté de pincer les lèvres et de me dévisager sans expression, le visage baissé et ses épais sourcils relevés.

Nous sommes allés en traînant le pas jusqu'au hall et sans mentir, pas moins de huit soi-disant journalistes étaient patiemment en train d'attendre, micro et calepins dépassant des poches de leurs parkas, prêts à l'action. Le jeune homme à l'allure négligée de la réception me jeta un regard méfiant tandis qu'il nous conduisait, Steed et moi, dans une salle de conférence très éclairée, sans âme et trop pleine de lampes fluorescentes. Une table avait été dressée et on y offrait encore d'autres choses gluantes, semblables à celles que j'avais trouvées sur la table du petit-déjeuner, seulement c'étaient des morceaux plus gros d'une chair encore plus visqueuse qui mijotaient sur une plaque chauffante.

– Oh, BP, chuchota Tarquin, tandis que la presse se jetait sur les gros steaks flasques et commençait à les dévorer comme s'il s'agissait d'un mets très délicat. Ne fais aucun commentaire sur la graisse de baleine. Ils adorent ça. Ils se fichent complètement de harponner des grands troupeaux de baleines bleues, de cachalots et de baleines minke. Il n'est pas non plus impossible que tu tombes parfois sur un filet de narval. Surtout, tu ne dis rien, d'accord ? Ils sont un peu susceptibles en ce qui concerne les écologistes en fauteuil. Ils vivent de la graisse de baleine ici. Il regarda autour de lui subrepticement. Ils ne peuvent pas vraiment faire pousser des avocats – on ne peut que les plaindre, en fait.

– Hum ! s'exclama-t-il, avant que je ne puisse répondre, s'adressant aux journalistes avec un sourire enjoué. Bien, mesdames et messieurs, Brian est là pour répondre à vos questions – toutefois inutile de vous presser, profitez du buffet !

J'ai étouffé un haut-le-cœur réflexe et je me suis littéralement assis sous les feux de la rampe, celle des lampes fluorescentes installées juste au-dessus de moi. Les appareils photo commencèrent à cliqueter et je pris toutes les poses figées que j'avais l'habitude de prendre. Puis les questions débutèrent. Ils parlaient tous un étrange langage alambiqué auprès duquel le suédois semblait être l'anglais le plus pur qui soit.

– Bienvenue ici, l'Islande c'est, dit avec un large sourire une imposante femme aux énormes lèvres rouges. Vous aimez, n'est-ce pas, notre groupe à nous les Sugar Cubes ?

– Non, pas du tout, répliquai-je. Tout comme les Français, les Allemands, les Finlandais, les Danois, les Suédois, les Espagnols, les Maures, les Bolcheviques et toutes les autres nationalités au nord, au sud ou à l'est du Royaume Uni – jusqu'à ce que vous arriviez au continent américain – les Islandais ne sont pas faits pour jouer le rock'n'roll. Ils produisent d'abominables sonorités proches du grincement, dis-je avec délectation, revenant tout simplement à la question.

– Ah, oui, je vous vois ! dit la femme, très enthousiaste.

233

Tout ceci s'avérait plus drôle que je ne l'avais escompté, je pouvais de bon cœur et en toute virtuelle impunité insulter ces têtes de graisse de baleine. Bon, si seulement ils restaient à l'écart du terre à terre…

– Comment, commença un type emmitouflé de four-rure, un micro dans une main et une assiette de graisse de baleine dans l'autre, votre rencontre avec les Soul-billy Shakers – votre grand et bon groupe – a-t-elle fait démarrer votre carrière ?

J'aurais dû m'en douter : le terre à terre était arrivé. Pour pimenter les choses, j'ai décidé de mentir de manière éhontée.

– À l'époque, je travaillais dans une entreprise d'équarrissage, commençai-je, sachant pertinemment qu'ils connaissaient tous mon histoire avec précision, mais, comme d'habitude, ils voulaient l'entendre de ma bouche.

La presse des nations arriérées, comme la Belgique, par exemple, me plonge toujours dans la déprime parce qu'elle montre un vif intérêt pour les débuts de ma car-rière tout en ignorant totalement que je viens de sortir un nouveau disque.

– Je travaillais dans une entreprise d'équarrissage, continuai-je, quand une Daimler noire s'est arrêtée pour venir chercher des fémurs. Un grand béhémoth de guitariste s'est penché depuis l'intérieur de la voiture et m'a ordonné d'en remplir le coffre. Pendant que je fai-sais mon travail, je fredonnais inconsciemment « Small Town Talk », un superbe single – au cas où vous ne le sauriez pas – de Bobby Charles. La vitre arrière s'est ouverte et un joueur de clavier fou et déplumé a sorti la tête. « Tu as une bonne voix », a-t-il dit, « Vas-y, chante un peu ! ». Alors j'ai entonné le refrain à pleins poumons. Toutes les vitres de la vieille Daimler se sont ouvertes et une voix irlandaise a dit sur un ton entendu

« T'es engagé ! Voilà », conclus-je, grandiose, « comment j'ai rejoint les Soulbilly Shakers ».

Il y eut une brève agitation de conversations en islandais, combinées à une bonne dose de hochements de têtes méditatifs. Ils avaient l'air pleinement satisfaits de mon histoire farfelue. Un jeune homme maigre avec une vilaine peau fit ensuite chorus :

– Qu'est-ce que vous êtes en train de penser du rapping ?

– Je pense que c'est de la musique de débiles pour débiles ; telle fut ma réponse Zen. « Revenez quand vous saurez écrire une chanson les gars », voici généralement ma réponse sur ce genre détestable. Même chose pour le hip hop, ajoutai-je me laissant emporter par les insultes ; si vous collez le hip hop dans le frigo le plus proche, fermez la porte derrière vous – après cela, vous pouvez vous appeler « Ice » si ça vous amuse.

Les questions et les réponses continuèrent pendant une heure environ de cette façon plaisante jusqu'à ce qu'il soit temps pour moi de répondre aux questions téléphonées. Elles étaient de nature semblable, bien qu'à chaque récit, mes comptes rendus historiques soient de plus en plus fantaisistes. Une fois les interviews terminées, je me suis précipité dans ma chambre pour faire une petite sieste avant de retrouver mon équipe et de me diriger vers le *Ja Reykjavik Rockingk !* pour régler les balances. Là, j'ai rencontré les Tiny Brocil Fishes, qui, au premier abord, avaient l'air d'une bande de nuls finis. Mais plus tard dans la soirée, quand ils sont passés sur scène, leur magnétisme animal crevait les yeux dans chaque mouvement, même si leurs compétences musicales avaient encore besoin d'une vingtaine d'années pour s'affiner. À ma grande horreur, quand ils eurent terminé leur set et quitté la scène – après deux désespérants rappels – la moitié du public suivit le mouvement !

Dans le vestiaire conçu pour la claustrophobie, envahi de sinueux graffitis islandais, je grattais sur ma guitare et essayais de me calmer. Fortesque est entré, portant une boîte de viande de macareux congelée et une bouteille d'eau minérale. Je lui ai demandé pourquoi nous avions engagé en première partie un groupe avec un public aussi implacablement favorable. Il m'expliqua d'un air abattu que leur dernier single, « Head Cleaner », avait soudain commencé à grimper dans les charts de l'Arctique et qu'ils étaient rapidement en train de devenir une sorte de sensation ; leur vidéo faisait aussi des passages fréquents sur MTV. Fortesque dégagea les mèches de cheveux noirs de ses yeux et me versa de l'eau.

– Je dois dire, BP, ajouta-t-il, que dès le début, je n'étais pas sûr de ce lieu ; je crois qu'ils connaissent que dalle de toi ici. Mais essaie de voir les choses autrement, fit-il tel le roadie toujours enthousiaste. Si les Brocils n'avaient pas fait ta première partie, tu n'aurais probablement pas plus de cinquante personnes ici – au moins, tu en fais bien le double !

– Oh, merci, Forty, ricanai-je, sarcastique. Dans cet immense club de mille places, j'ai une centaine de clients ? Putain, j'ai du mal à contenir mon excitation ! Où est ce salaud de Steed ?

Mais il était trop tard pour les récriminations – j'avais un spectacle à assurer. Je survis bien sous la pression, je donne souvent le meilleur, et ce soir, je n'avais rien à perdre. Je suis monté sur scène avec une loyauté je-m'en-foutiste, armé de l'incroyable son produit par le Sonic Set-Up de Stouffer et l'hameçon de jade des aborigènes de Tasmanie toujours enfilé sur son grossier cordon autour de mon cou et je me suis mis à brailler le set le plus violent que j'ai pu trouver.

Après deux, trois morceaux, le mot a, semble-t-il, filtré dans la rue (la capitale étant un petit lieu où le téléphone arabe avait un effet instantané) et certains des gosses partis après le show des Brocils commencèrent à réapparaître. Bientôt l'endroit comptait une foule respectable d'environ trois cents personnes et je continuais à m'acharner sur ce que je jouais avec une vigueur toujours croissante. Après le spectacle, la vodka locale particulièrement raide assura l'habituelle atmosphère d'indulgence tandis que les Brocils et moi échangions des compliments et que la grosse Hilda ne cessait de s'extasier sur cette tournée qui allait être super. Bêtement, j'ai même accepté la proposition de Steed de descendre jusqu'à Vest Mannaeyjar pour au moins inspecter la piste de luge. Surprenant ce qu'un concert décent peut avoir comme effet sur un égotiste.

Chapitre 19

C'est ainsi que pendant notre journée de repos, avant le second spectacle qui devait avoir lieu à Siglufjørdur sur la côte nord, nous cahotions le long d'une route gelée en direction du sud vers ce qui, j'en étais convaincu, allait marquer la fin de cette tournée glaciale et inconfortable, sans parler de ma vie : la descente publicitaire en luge. Bien que j'aie d'abord protesté véhémentement, quelque chose en moi se délectait à la l'idée de renoncer à mon harnais de sécurité, et la seule pensée d'être en équilibre sur l'impalpable limite entre le parfait connard et le héros olympien triomphant me paraissait de plus en plus fascinante. S'allonger sur une pointe de métal et filer à toute allure dans un tube de glace, sans compétence et sans entraînement, semblait magnifiquement stupide et sûrement ce que je connaîtrais jamais de plus proche de l'extase mystique. Qu'est-ce que j'en avais à faire ? Je jetterais au moins un coup d'œil à la piste. Si de la voir me libérait automatiquement les tripes, je pourrais toujours coller mes lunettes de soleil de marque à monture de bruyère sur le nez de Steed et lui dire de le faire à ma place. Expert comme il l'était à survivre aux désastres auto-infligés, il pourrait tout aussi bien s'infliger celui-là.

Trois heures plus tard, nous sommes arrivés dans un petit complexe sportif et avant que j'aie eu le temps de discuter, j'ai été conduit dans un vestiaire par deux fanatiques qui me proposèrent, joyeux, quelques tuyaux sur les techniques de luge tandis qu'ils prenaient mes mesures pour me fournir, très vite, l'équipement vestimentaire nécessaire, dans lequel j'eus quelques difficultés à me glisser. Ensuite, ils nous ont amenés derrière le bâtiment et soudain, je me suis retrouvé, en face d'un abîme de glace bleue miroitante, à trembler dans des chaussures de luge auxquelles je n'étais pas habitué.

— Pourquoi ne pas seulement me coucher dessus, dans un endroit plat et que Teal secoue un peu son appareil photo, pour faire comme si je descendais, protestai-je tandis que je me tenais en surplomb de l'effrayante piste, ajustant mon entrejambe glacé dans la combinaison de luge moulante en peau de phoque.

— N'importe quoi ! dit Tarquin en riant. Regarde-moi ces virages ! Tu restes bien allongé sur le dos et tu laisses cette saloperie filer ! Pense à la vitesse enivrante ! Pense aux records de ventes ! Couverture du NME avec celle-là – bon, au moins tu partageras la couverture avec les Brocils, puisqu'ils sont prévus pour la semaine prochaine. Qu'est-ce que t'as fait de tes couilles ?

— Je sais pas, répondis-je, cherchant à tâtons dans la combinaison. Je crois qu'elles ont disparu quand j'ai regardé par-dessus la rambarde – les bordures de ce truc doivent faire trois mètres de haut ! Putain, je vais me briser tous les os du corps ! Qu'est-ce que tu veux dire : « Tu restes bien allongé sur le dos et tu laisses cette saloperie filer ! » Bon sang, qu'est-ce que t'en sais ? Pourquoi est-ce que t'essaies pas le premier ? Allez, Steed, monte sur cette connerie ! Vas-y.

Je saisis les lames de cette machine glaciale, les agitai sous son nez, mais il fit signe des mains pour manifester son refus.

– Non, non, non, dit-il en riant. Je pèse trop lourd, mon garçon. Cette luge a été spécifiquement conçue pour un poids maximum de 75 kilos, je ne pourrais rien faire d'autre que de creuser la piste et caler à mi-parcours – allez, finissons-en. Teal rouspète à cause du manque de lumière : dans l'Arctique à cette période de l'année, la nuit tombe comme une pierre dès 4 heures. Vas-y, BP ! On te soutient ! Les premiers secours ne sont pas loin, et si tu te renverses, ils m'ont dit que tu ralentirais de quatre-vingts miles à l'heure à quarante en un dixième de seconde – tu ne peux pas te faire bien mal à cette vitesse.

– Salopard, murmurai-je, en m'allongeant sur l'acier mordant de la luge et fixant le ciel arctique sale.

Teal, le photographe, avait installé une série d'appareils photo le long de différentes sections de la piste, tous reliés à un petit engin noir, genre chrono-mètre, qu'il tenait dans ses mains bleuissantes. Il me fit un large sourire par le trou entre ses grandes dents blanches. On aurait dit un Eskimo muni d'une bombe à hydrogène.

– Ce sera excellent ! s'exclama-t-il.

Les visages de Carruthers et de Stouffer, couverts de plaques rouges, dansaient au-dessus de ma tête tandis qu'ils commençaient à balancer la luge d'avant en arrière en préparation de ma descente.

– Vite ! La lumière ! hurla Teal alors qu'un nuage noir courait au-dessus de moi.

Tout à coup, j'étais parti, la machine faisant un bruit de ferraille et crissant sur la glace à mesure que je prenais de la vitesse. Tout ce que les lugeurs m'avaient dit dans leur baragouin d'anglais dans le vestiaire s'était évaporé de mon esprit dès le moment où j'avais atteint le premier virage. J'allais tellement vite qu'essayer de réfléchir à quelque chose était difficile. Mais j'ai effectivement remarqué la rangée des Nikon de Teal qui me lançaient des éclairs dans les yeux et illuminaient les murs de glace lisses de la piste tandis que je la dévalais. L'adrénaline a fusé dans ma tête comme de la méthadrine, et je me suis retrouvé en train d'anticiper les virages magnifiquement, mon cerveau envoyant des messages accélérés à mon corps prostré qui s'était tendu comme un muscle aéro-dynamique, se pliant et s'arc-boutant en synchronisation avec les courbes de la piste. L'effrayante vitesse, les virages serrés, les grands murs de glace bleue translucide et miroitante aussi dure que du béton, tournoyaient et se détendaient dans ma vision, conspirant avec la peur à détruire mon apparent état Zen. Mais je ne voulais pas entendre parler de cette émotion, et j'ai farouchement tenu le coup jusqu'à ce que je finisse par atteindre la grande ligne droite qui signalait les derniers cent mètres. J'avais survécu !

– Laissez-moi recommencer ! hurlai-je. Encore une fois, pour me porter bonheur !

J'ai extirpé mon corps de la machine et je me suis retrouvé tremblant comme une boule de graisse de baleine, mais néanmoins grisé par mon succès. L'équipe s'est rassemblée autour de moi avec force tapes dans le dos, et Teal, après avoir enfoncé les clés sur sa boîte noire, m'a annoncé que tout avait fonctionné correcte-ment et qu'il avait réussi une collection de photos stu-péfiantes. L'adrénaline se dissipait et je me sentais vidé ; je me suis rendu compte qu'une fois suffisait. Si j'essayais une nouvelle fois, je penserais sûrement trop fort à l'éclat de la première descente et ferais une erreur fatale. Même les lugeurs – qui prétendaient s'entraîner pour les prochains Jeux olympiques – furent surpris et même quelque peu suffoqués par mon succès.

– Retournons en ville, dis-je. Boire un coup ne devrait pas faire de mal.

Soudain Carruthers laissait échapper un cri d'inquiétude :

– Ouh là là ! Voilà Steed. Il a piqué une crise !

J'ai fait demi-tour juste à temps pour voir la luge vide se cogner dans le dernier virage de la piste, suivie de près par Steed qui dévalait à toute allure, replié en position fœtale, dans sa parka trop grande. Paralysés, nous vîmes mon manager et le lourd engin d'acier sortir de la courbe pour filer dans la dernière ligne droite dans notre direction.

– Vite ! criai-je. Le secouriste ! Mais lorsque la luge ralentit pour enfin s'arrêter sur la pente inclinée vers le haut des derniers dix mètres, l'envol de mon manager fut également stoppé, alors il se déplia de sa position fœtale et se remit rapidement sur ses pieds, le visage livide, mais son expression ne laissant rien paraître.

– Ouahou, c'était bien, dit-il, comme s'il venait d'aller nager dans une piscine confortablement chauffée.

Nous avions le souffle coupé et nous nous sommes précipités vers lui, nous attendant à ce qu'il ait un os cassé, des blessures au crâne, et au moins un peu de sang. Mais il avait l'air d'aller. Il rajusta son épaisse parka et nous regarda.

– Quoi ? s'enquit-il, sachant pertinemment la raison de notre inquiétude, mais ne se laissant pas aller un seul instant. Non, non, bluffa-t-il. Rien, vraiment. Je me suis fait légèrement renverser dans le premier virage. Trop lourd pour la luge. Fallait que j'essaie quand même. Alors, on va prendre un verre ou quoi ? Tu refais une descente, Brian ?

Une fois de plus, Steed méprisait une de ses classiques et maladroites acrobaties qui avait frôlé la catastrophe, comme s'il avait tout simplement trébuché sur un chemin verglacé.

Chapitre 20

Le lendemain soir, sans incident ni calamité notable, je jouais à Siglufjørdur sur la côte nord, juste au bord de l'inhospitalier détroit du Danemark. Les Brocils semblaient attirer la foule, mais la plupart des gens sont restés jusqu'à mon set, et ce fut avec moins de trépidation que le lendemain matin je suis monté à bord de l'imposant ferry en route pour King Christian IX Land dans l'immense banquise connue sous le nom de Groenland. Deux soirs plus tard, un à Brewster et l'autre à Godthåb, la capitale, nous sommes partis vers le nord, en direction de Wandel Land où nous devions faire une courte traversée en ferry pour une île au nom invraisemblable, Disko Island.

Je soupçonnais que, comme en Tasmanie, un solide culte de John Travolta se profilait, mais je n'étais absolument pas préparé à la vision qui m'accueillit lorsque je fus en scène dans le seul club de Disko Island, *Boysworld*. À la moitié de ma deuxième chanson, mon esprit suivait sa course habituelle : *Pourquoi est-ce que le son des moniteurs est si différent du soundcheck ? Merde ! Je me suis fait mal en chantant les aigus il y a deux soirées de ça. Est-ce que les applaudissements étaient si faibles que ça après la deuxième chanson ? Ils ne m'aiment pas – je vais chanter plus fort et plus vite, ça va les bluffer. Bon sang ! Pourquoi est-ce que j'ai une ballade en troisième sur ma liste ? Ça ne va rien arranger. La guitare a la sonorité d'un banjo. Non, il y a un type qui tape du pied. Ils aiment ça, après tout... non, il s'est de nouveau arrêté... merde. Il va au bar. Je fais un bide ici ! Pourquoi est-ce qu'il y a exclusivement des hommes dans le public ? Et pourquoi est-ce qu'il y a autant de gus qui se tiennent la main ? Pourquoi ?...*

Cette dernière pensée m'arrêta presque en plein milieu du couplet. Le cheminement paranoïaque de mes pensées, dans lesquelles je m'empêtre toujours au début d'un spectacle, diminua sous le choc de ma découverte de la véritable nature du public. Il y avait bien un bon nombre de spectateurs dans le club, pourtant je ne pouvais absolument pas repérer le moindre visage de femme. Beaucoup de boucles d'oreille étincelaient, il y avait beaucoup de coupes de cheveux impeccables, plein de pantalons moulants, et une incroyable quantité de tripotages juste sous mon nez. Je chantais pour un public entièrement constitué d'homosexuels ! Disko Island, ma foi ! Certes, ils auraient sans doute préféré Gloria Gaynor ou ce nain de Minneapolis [1], mais, progressivement, après quatre ou cinq morceaux, ils eurent l'air de bien apprécier mes compositions ardemment hétérosexuelles, et quand je me suis lancé dans un joyau à la limite du *protest song*, leurs applaudissements furent tout à fait appréciables. Toutefois Carruthers et Stouffer, aux commandes de la sono qui, compte tenu de la mauvaise disposition de l'espace, était sur le côté de la petite scène, avaient l'air bien trop déconcertés par cette masse de mâles. Entre deux chansons, tandis que je m'envoyais un verre d'eau de glacier, ce duo de rustres grossiers sortit des apartés acerbes dans un micro branché sur mes moniteurs, qui,

1. Prince.

bien qu'à un assez faible volume, s'entendaient parfaitement dans les premiers rangs, et les garçons se tortillaient et faisaient des grimaces d'un air narquois à ces commentaires.

– Putains de pédés ! cria Carruthers avant de replonger la tête sur les manettes de la console de contrôle.

– Bande de putains de Michaël ! hurla Stouffer

– Bande de quoi ? demandai-je hors micro à Stouffer.

– Bande de Michaël, hurla-t-il en réponse, attaquant le matos au fer à souder. Putains de George Michaël !

– La ferme, Stouffer, sifflai-je. Ils ont payé leur place et George n'est pas là pour se défendre.

Sur ce, l'expert râblé aux yeux en billes de loto ferma sa main gauche en forme de coin et la planta dans le creux de son bras droit qu'il releva et secoua en direction de la foule, ce qui correspondait à ce geste anglais particulier qui peut soit être compris comme un terme d'affection, soit signifier un désagréable « va te faire enculer ».

L'assistance comprit cette dernière formule et quelques huées nuisibles à l'atmosphère s'ensuivirent. Ce concert menaçait de rapidement dégénérer, mais j'étais déterminé à jouer jusqu'à ce que j'aie rempli le contrat, qui, dans tous les bouges où j'ai joué au cours de ma carrière, n'a absolument jamais spécifié que je devais faire une mauvaise prestation à cause du sexe ou de la particularité sexuelle de l'assistance.

– Va te faire foutre, Stouffer, dis-je intentionnellement, en mesurant bien le poids de mes mots.

Je me suis penché sur mon ampli au fond de la scène et j'ai gueulé à Fortesque qui était accroupi sur le côté, prêt à me passer ma Gretsch pour la partie électrique du show : « Forty, arrange-toi pour que Steed s'occupe de Stouffer, d'accord ? Avant qu'il y ait une émeute ! »

Mais Steed avait déjà décidé de prendre l'initiative. J'ai senti la légère scène vibrer fortement et je me suis retourné pour voir Tarquin, ses grosses mains entourant le cou de Stouffer, lutter avec le technicien de la sono entre le pied du micro et la console. Ils se battaient sur le sol graisseux de la scène noire, Steed en costume rayé de magistrat et nœud papillon jaune à pois, le jeune Stouffer en treillis kaki, Doc Martens et T-shirt violet publicitaire pour un obscur label indé « Stuff It ! Records ».

Les gars sur la piste de danse émirent des cris d'encouragement aussi aigus que puissants. La grosse Hilda tourna le stroboscope, et sur la scène on vit nos deux hommes, bras et jambes battant l'air dans les flashes de lumière blanche crue, comme dans un dessin animé. J'ai pris la Gretsch des mains de Fortesque, décidant de ne pas perdre une occasion d'enjoliver les compte rendus avec une touche dramatique. Je savais que la presse locale était là et ce petit fiasco ne manquerait pas d'épicer quelque peu ma réputation, j'ai donc attaqué mon vieux hit « Knee Trembler », tandis que Steed et Stouffer continuaient à se rosser à peine à un mètre de moi. Pile au bon moment, juste quand je faisais retentir le mi majeur culminant de la fin de la chanson, Stouffer se libéra de l'emprise de Tarquin, et se rua à l'avant de la scène, se lova comme un boulet de canon et se jeta au milieu de l'assistance au cri de « Kimber ! Enculez les Michaël ! »

Un espace au milieu de la piste se dégagea aussitôt et Stouffer y atterrit comme un œuf. Il se releva et regarda autour de lui, l'air agressif, prêt à donner quelques coups de poing, mais finalement, il se ravisa en observant la quantité des tapettes avec une inquiétude grandissante. Certains des plus costauds, vêtus de cuir, se faufilèrent vers le bord du cercle et fixèrent le petit Stouffer de haut. Mais avant qu'ils aient pu le réduire en bouillie, Carruthers s'était mis de la partie, avait attrapé Stouffer par les épaules et l'avait ramené de force vers l'entrée du fond de la scène.

J'ai regardé Steed, allongé sur le dos au milieu de la scène, une jambe tendue en l'air, immobile et comme hypnotisé par les clignements du stroboscope. Fortesque l'aida à sortir et le show continua avec un nouvel élan. Plus tard, je découvris que Steed, à cause des effets de l'éclairage psychédélique, avait vécu en flash-back son expérience désastreuse après avoir pris des substances hallucinogènes, et commençait à ne plus voir, une fois encore, les objets solides comme des obstacles au passage du corps humain. Après le spectacle, nous l'avons rempli de vodka pour le faire redescendre et l'empêcher de sortir du club par la manière forte.

Demain, nous allions prendre l'avion vers l'extrémité est du pays pour un show à Scorebysund, notre dernier spectacle dans ce vaste pays inhospitalier avant de continuer sur le Svalbard, en plein milieu de l'océan Arctique.

Après un engagement heureusement sans incident dans un club petit mais correct de la côte est, nous avons finalement quitté le Groenland, nos identités sexuelles intactes, sinon nos réputations, et la tournée s'est poursuivie tant bien que mal, vivant, comme toutes les tournées, sa propre vie. Steed avait loué une vieille antiquité d'avion tout bousillé dans lequel nous nous sommes entassés un matin, tenant à la main toutes sortes de publications présentant toutes des photos de la descente en luge avec des descriptions détaillées du fiasco de Disko Island.

J'ai étudié la presse avec horreur, les yeux rivés sur la photo en première page du *Greenland Crossbow*. J'étais là, allongé, raide comme une planche, le visage pâle comme la mort et le corps semblable à un phoque que l'on aurait dépouillé, dégraissé et auquel on aurait recousu la peau sur les os. Et un de ces ridicules torchons, pour le plus grand amusement de tout le monde à bord de l'avion, avait par erreur montré une photo de Tarquin, la tête entre les jambes tandis qu'il dévalait un virage à la suite de la luge renversée. (Les appareils photo de Teal avaient apparemment continué à fonctionner).

– Tu vois, Steed, hurlai-je par-dessus le grincement des hélices, je te l'avais dit – tu aurais pu le faire à ma place ! Ces connards ne savent pas faire la différence !

Mais j'éprouvais indubitablement une certaine satisfaction. Avec un peu d'aide de mon équipe et des Tiny Brocil Fishes, j'avais, semble-t-il, pris d'assaut le Grand Nord. Pourquoi pas ? Ça changeait de délirer pour des lires ou de crooner pour des couronnes. Pas tout à fait Madison Square Garden, mais mieux qu'un coup de pied au cul. Avec un enthousiasme retrouvé, j'ai pris une gorgée de vodka dans une petite flasque et décidé de profiter du voyage.

L'avion, piloté par un kamikaze enthousiaste du nom de Njørker (prononcé « Dik »), cliquetait et pétaradait dans les cieux cristallins en direction du Svalbard, également connu sous le nom de Spitzberg – une possession norvégienne semblait-il. En dessous de nous la masse de la mer du Groenland s'étendait dans toutes les directions. De temps à temps, Dik faisait descendre le vieux zinc en piqué au-dessus de la surface de l'océan sans aucune raison évidente, puis il relevait les manettes et nous faisait remonter raide à vous en arracher les tripes. L'estomac de Stouffer semblait devenir délicat et incontrôlable après ces acrobaties style montagnes russes, et plus d'une fois, il a dû ouvrir un hublot pour vomir en direction de la mer sombre. Ce numéro était généralement encouragé par Carruthers, qui était assis à côté de moi, hurlant à tue-tête « Wally ! ».

– Dis donc, c'est quoi toutes ces conneries homophobes de la part de Stouffer ? demandai-je à Carruthers, tandis que les odeurs nauséabondes des vomissements à la vodka de Stouffer emplissaient l'avion. Et toi aussi, espèce d'ignorant de pauvre con. Qu'est-ce que ça peut te faire, Carruthers ? Quelque chose de latent bien caché quelque part en toi, c'est ça ?

Terry, le chanteur vedette et guitare basse des Brocils assis devant nous, se pencha et répondit à la place de cette paire de barbares.

– Ils ne supportent pas les pédés, dit-il avec un accent prononcé de Dorking – les Brocils venaient du Surrey et parlaient comme des Londoniens, mais en y ajoutant la grossièreté des hooligans des matchs de foot. Les Brocils n'en ont rien à foutre, tu vois ce que je veux dire ? Je veux dire que… s'ils paient leur putain de place normalement, ils peuvent bien aller fourrer leur matraque où ils veulent, je m'en fous, tu vois ce que je veux dire ? Tant que c'est pas chez moi. Faut pas déconner !

Ça a bien fait rire tout le groupe. J'observai leurs tenues et leurs coupes de cheveux rétro. Ils avaient tous l'air de s'être fixés dans ce trou noir transitoire de la mode anglaise, la période entre 72 et 76, quand les stupides hooligans des banlieues avaient fini par découvrir l'acide, mais malgré tout, à cause de l'attrait décroissant du monde hippie, s'habillaient et se comportaient comme des crétins d'alcooliques. Vu qu'aucun des membres du groupe n'avait pu naître avant 1960, cette affectation me remplit d'un mélange d'effroi et d'émerveillement. Ils portaient soit des pantalons coupés droits, soit des pantalons à pli permanent, des chaussures marron à épaisses semelles et gros talons, ces affreuses chemises à cols en pelles à tarte que les footballeurs de l'époque arboraient souvent, ils avaient les cheveux bouclés, qui commençaient à pousser après la coupe précédente style skinhead longue, et des vestes de jean au col bordé de peau retournée.

– Tu vois, continua Terry, son gros nez et son visage boutonneux à moins de vingt centimètres de moi dans la partie étroite de l'avion, Brocils aime l'acide, les champignons psychédéliques, la picole, la dope et les nénettes – et les pédés ne sont pas une menace à notre philosophie de la vie, tu vois ce que je veux dire ? Ces deux… là il faisait allusion à Carruthers et Stouffer, ils viennent du nord, hein ? Toutes ces conneries de piéger les petits animaux 'noffensifs leur a monté à la tête. Ils fument et planent, mais les pédés les dégoûtent. Ils sont différents, ces gens du nord, hein ? songea-t-il, fermant les yeux et faisant un large sourire figé chaque fois qu'il me parlait.

– De pauvres animaux offensifs ? demandai-je, ne le comprenant pas pour quelque raison étrange.

– 'noffensifs ! cria-t-il par-dessus le vrombissement du moteur et le fort gémissement de Stouffer, qui vomissait une nouvelle provision de la vodka de la veille par le hublot. Tu sais bien 'noffensifs ! I-N-O-F-F-E-N-S-I-F-S ! finit-il par épeler. Des pauvres mignons petits lapins, poursuivit-il. Ils ont ce putain de grand thyla-je-sais-pas-quoi qui chasse dans ces foutus champs, aussi !

J'étais estomaqué. Terry avait fait allusion à ce légendaire animal comme si c'était de notoriété publique ; Carruthers abritait ce spécimen avec sa collection d'agressives bêtes sauvages pour la chasse, et, malgré mes avertissements de ne pas révéler la chose, il ne l'avait d'évidence pas du tout gardée secrète.

– Mon Dieu, suffoquai-je, en m'adressant à mon exaspérant ingénieur du son. Tu veux dire que cette bestiole est effectivement en action, Carruthers ? Elle va dans les champs ? Comment est-ce qu'il a fait pour grandir aussi vite ?

– Aye, il est grand maintenant, c'est sûr. Pâtée de céréales, perdrix et un paquet de vitamines – ça fait pousser plus vite, nibs, expliqua Carruthers, le sujet l'enthousiasmant immédiatement. Mais ce couillon est complètement paumé pour courser les lièvres. Je sais pas… il court pas bien – sa queue est sacrément toute raide et ça le ralentit. Tu sais, Towser fout complètement la trouille aux autres chiens – ils dégagent à un mile de là rien qu'à le sentir ! Mais il est formidable à voir – j'aime cette putain de bestiole. Je l'aime ! Et puis il a chopé un veau chez un fermier du coin, il lui a coupé la jugulaire en deux secondes environ, putain – il a fallu que je m'explique un peu avec le type, c'est sûr.

– Bon, Carruthers, nom de Dieu, j'aurais pu te le dire qu'il ne serait pas bon pour la chasse au lièvre. Et cet animal n'est pas un chien ; il n'appartient pas, même de loin, à la famille des chiens, en fait. C'est plus un putain de kangourou géant qui mord, c'est ça. D'où la queue raide. J'ai lu des choses sur ces bêtes, c'est quelque chose que tu devrais faire.

Sans tenir aucun compte de mes commentaires, l'incorrigible Carruthers continua allégrement et en toute inconscience à décrire les progrès de l'animal. Devenu un puissant et fidèle animal domestique qui menaçait les chiens locaux, une super distraction pour Carruthers et son équipe de déviants malicieux sur les terres de Kimber. À en juger par le nombre croissant de personnes qui connaissaient cet incroyable phénomène, je me demandais combien de temps s'écoulerait avant que la presse ait vent de cette histoire, et je me réveillerais un matin pour voir mon nom et cette formidable histoire en gros titres à la une de toute la presse à scandale, et ensuite, pensai-je traversé d'un frisson, dans les corridors des palais de justice.

J'observais ce teenager géant qu'était Carruthers tandis qu'il continuait à s'enflammer sur les capacités à tuer les vaches de cet impitoyable thylacine. Même à bord de cet avion glacial, ce bouffon ne portait rien d'autre qu'un pantalon noir de sweat par-dessus lequel il avait enfilé son short de boxe vert tilleul, en tissu soyeux, sa marque distinctive, et des chaussures de randonnée jaunes ainsi qu'un T-shirt orange de la taille d'une tente sur lequel, dans les couleurs rastafari, était imprimé « Dehors les tantouses ! ». Ses maigres bras blancs étaient parsemés ici et là de marques ressemblant à des brûlures de cigarette. Ses cheveux roux comme le feu avaient quelque chose d'une extraordinaire éruption volcanique. Il était au milieu d'une phrase, déversant les plus minuscules détails, à vous glacer les sangs, de l'ouverture à 120 degrés de la mâchoire du thylacine, quand une intense montée d'indignation me submergea au point que je roulais pour en faire un tube mon exemplaire du *Greenland Crossbow* et l'en frappai violemment sur la tête.

– Carruthers, dis-je, tandis qu'il me regardait bêtement en clignant de ses pâles yeux vides, et en soulevant une main maladroite pour gratter ses cheveux errants fous. Carruthers, tu mériterais d'être enfermé dans un asile d'aliénés, espèce de sagouin. Si jamais mon nom est associé à ce thylacine, je t'arrange les tripes façon bretelles. T'as bien compris, espèce de pignouf ?

– Nibs, marmonna-t-il d'un air penaud, puis il ajouta avec un certain enthousiasme : Mais il faut que tu montes le voir, BP ! Aye, c'est un méga truc à voir. Putain de méga !

– Couillon ! crachai-je, et je le frappai encore un peu plus sur sa tête qui formait un énorme bloc ; mais secrètement, je me suis retrouvé intrigué à l'idée de ce marsupial aux rayures de loup en train de bondir au milieu d'un champ dans la brume du petit matin, excité à l'odeur d'un chien local ou d'un malheureux veau trop lent pour s'écarter de son chemin.

Chapitre 21

Le concert dans la capitale du Svalbard, Longyear-byen, m'apparut être un exercice inutile. Steed m'avait assuré qu'on se ferait de l'argent, mais le public, cons-titué, pour l'essentiel, d'ouvriers des conserveries de poisson, d'éleveurs de huskies et de divers pilotes et marins dont l'âge et l'évident état de débilité laissaient penser que le cercle polaire marquait le dernier arrêt dans leurs carrières déclinantes, suffit à modérer l'exci-tation de la une de la presse du matin. Une atmosphère lugubre s'abattit sur notre groupe après le spectacle, et penser aux quatre heures de traîneau jusqu'à South Cape du lendemain ne fit rien pour la dissiper.

Le lendemain matin, nous nous sommes emmitouflés dans autant de couches de vêtements que nous en avi-ons, et nous sommes partis dans un gigantesque traî-neau tiré par un attelage de huit huskies aux yeux démoniaques, mené par un type étonnamment frêle d'apparence du nom de Njark. Le vieux Njark était un taciturne qui, en général, gardait ses pensées pour lui et laissait ses chiens aboyer. Pendant que nous bringueba-lions sur la banquise désolée, la seule chose qui sortait occasionnellement de sa bouche, c'était un cri destiné à ses puissantes bêtes féroces rendues dingues : « Tushky tushky ! », suivi d'une gouttelette de salive envoyée au dessus de sa tête avec virtuosité ; là, elle était arrêtée par le vent perçant et revenait aussitôt telle un boomerang vers nous, ce qui nécessitait force mouvements vers l'avant et sur le côté pour essayer d'éviter sa trajectoire. Après chaque tir, Njark regardait par-dessus son épaule, les rênes de cuir du traîneau fermement agrippées par ses mains gantées, et il nous offrait un grand sourire hâlé et édenté.

Sans trop savoir comment, nous sommes arrivés à South Cape, malgré deux tentatives de la part de Stouffer d'étrangler Njark après avoir été touché autant de fois par les mucosités du conducteur. Tarquin est intervenu à chaque fois et a maintenu l'expert à terre grâce à une prise de lutte, jusqu'à ce qu'il retrouve un semblant de calme. Allez savoir pourquoi, j'avais moi-même eu l'idée de flanquer par terre ce crétin de Njark, mais Steed a fait preuve d'une prudence bien fondée dans cette affaire ; si nous avions ne serait-ce que posé un doigt sur leur maître, nul doute que ces bêtes de somme au regard diabolique n'auraient pas manqué de nous réduire en lambeaux.

À South Cape, ville remarquable pour ses constantes bourrasques mugissantes et un climat connu sous l'appellation « cristaux de glace » (un terme autosuffisant comme explication, j'étais néanmoins émerveillé que quiconque puisse supporter ce froid pinçant et l'effet d'étouffement qui accompagne ce phénomène plus d'une journée), nous eûmes un public identique à la foule de Longyearbyen. Ma prestation, qui eut lieu dans une usine de traitement de la morue convertie en hâte pour recevoir un spectacle seulement quelques heures avant le début de celui-ci, s'avéra toutefois un peu plus inspirante que celle de la veille grâce à l'enthousiasme alcoolisé des ouvriers. N'empêche, je ne voyais pas à quoi rimait tout cela. Pas le moindre disquaire dans tout le pays. Quand j'ai harcelé Tarquin sur le sujet, il s'est contenté de classer la question avec un haussement d'épaules et un énigmatique « On ne sait jamais, mon garçon, on ne sait jamais ».

– On ne sait jamais quoi ? fut ma réponse incrédule.

– Le vieux coup des répercussions, dit-il d'un air entendu en se tapotant le nez. Ça pourrait payer des dividendes sur Bear Island, un show comme celui de ce soir. C'était plein ici, tu comprends.

– Ouais, fis-je, plein d'une bande de videurs de poisson crétins qui sentaient le phoque crevé et dansaient comme le Capitaine Igloo. Et Bear Island – j'ai regardé sur la carte – c'est à peu près de la taille de Neasden ! Les répercussions, repris-je d'un ton narquois, tu plaisantes.

Stouffer, qui venait juste de passer à côté de nous dans une chambre froide qui nous servait de vestiaire, dit : « Super drogues sur Bear Island », et il continua bruyamment son chemin, suivi de mon regard rempli d'incompréhension.

– Quoi ? dis-je à Steed.

– Bon, fiston, disons simplement que Bear est un peu plus vivante que tu ne pourrais le soupçonner. Un petit peu plus vivante.

Je ne parvins pas à glaner davantage d'informations de la part de Steed qui se précipita pour empocher les couronnes norvégiennes que Jalfie, l'homme d'affaires habile qui se faisait passer pour promoteur et qui, découvris-je, organisait aussi des tournois de dépeçage de poisson quand les artistes se faisaient rares sur le sol du Svalbard, ce qui arrivait habituellement 361 jours par an.

Fortesque n'entendait pas davantage m'éclairer sur l'engagement du lendemain soir sur Bear Island ; c'était apparemment le territoire de Carruthers et de Stouffer. L'idée que Steed sache quelque chose des réalités d'un spectacle sur Bear Island bourdonnait dans ma tête pendant que je me couvrais de peaux d'animaux arctiques posées en travers de la grossière couverture de laine qui me servait de lit, et j'essayais de trouver un peu de sommeil dans cette pièce qui faisait penser à un cercueil dans le seul hôtel de South Cape, le *Northern Njarl*.

Tôt le lendemain matin, Tarquin Steed, la grosse Hilda, Carruthers, Stouffer, Fortesque, moi, Jalfie, le promoteur et un pilote du nom de Flyte nous nous sommes encore tassés dans un autre vestige, celui d'un hydravion cliquetant, pour un voyage vers la lointaine et minuscule Bear Island. Les Tiny Brocil Fishes attendaient qu'un autre pilote se soit débarrassé de sa gueule de bois, un seul avion étant trop petit pour nous tous. La grosse Hilda était d'humeur exubérante. La nuit précédente, elle avait rencontré l'installateur des ignobles éclairages fluorescents qui semblaient border toutes les habitations et les lieux de travail de toutes les régions arctiques, et un romantique interlude s'en était suivi. Elle débitait un interminable discours confus sur le contenu de mes ballades amoureuses souvent tendres – surtout les raretés qui figuraient sur mes deux premiers 33 tours – et comment elle les avait trouvées tellement « identifiantes », ou une bêtise de ce genre. Je lui ai dit catégoriquement qu'elles n'étaient absolument pas inspirées par une expérience personnelle vécue, mais qu'elles avaient été glanées ou, pour parler sans détour, volées à des soaps de la télé. Ceci, bien sûr, eut le désirable effet de la faire démarrer sur les artistes sensibles et leurs aventures amoureuses changeantes, attisées (croyait-elle) par des années à mourir de faim dans des greniers, à lutter contre l'addiction aux drogues, et à pratiquer l'abnégation comme moyen d'atteindre la connaissance. Je lui ai fait savoir, sans grand ménagement, « qu'on pensait du bien de moi, que j'étais bien nourri et que je baisais bien ». Cette déclaration tempéra finalement son humeur et étouffa ses envolées languissantes d'amour – qui commençaient à me taper sur la gueule de bois – et je parvins à rester assis dans un silence songeur tout le restant du vol.

Plus tard dans la journée, nous nous sommes traînés dans le *Boogie Bar* de Bear Island et bien que le lieu empestât comme l'antre d'une otarie qui a mis bas, Carruthers et Stouffer avaient l'air très à l'aise et ils appelaient par leurs prénoms le personnel qui faisait le nettoyage et avait l'habitude de préparer l'endroit pour le spectacle. Deux serveuses – à ma très grande surprise, de sveltes et séduisantes Californiennes – s'activaient derrière le bar, bien garni, long de quinze mètres, à laver les verres tout en échangeant des commentaires avec les deux ingénieurs du son. Entre la familiarité de Carruthers et de Stouffer avec le club et son personnel, les rangées de néons publicitaires pour des bières américaines, et la collection de flippers et de machines vidéo dernier cri alignée le long des murs humides, je me suis senti complètement désorienté. Hormis l'odeur fétide des produits de la mer qui semblait imprégner la plupart de ces concerts, j'aurais très bien pu me trouver à Chicago ou à Washington.

– Super drogues, répéta Stouffer, énigmatique, tandis qu'il traversait à folle allure la piste de danse en direction de Steed allongé sur le dos au milieu de la piste minable, enfonçant un tournevis en bas du générateur du Sonic Set-Up de Stouffer. « Dégage, espèce de salopard ! » hurlait l'expert tandis qu'il repoussait mon manager toujours en train de se mêler de tout pour lui éviter une électrocution certaine.

– Je regarde juste, dit Steed avec l'innocence d'un nourrisson.

– Putain, tu touches pas, lui ordonna Stouffer, irrité, avant de se tourner vers moi tandis que j'installais le pied du micro sur la scène, me préparant à régler les balances, comme je te disais, BP, fit-il avec un large sourire joyeux, « Super drogues sur Bear, eh, eh ! »

Je décidai de ne pas prêter attention à ce guignol. J'imaginais que les seules drogues qu'ils avaient sur ce bloc de glace, c'étaient des hormones pour augmenter la quantité de graisse de phoque de la population locale, et que Stouffer se moquait de moi ou qu'il prenait ses désirs pour la réalité.

Mais j'ai commencé à penser différemment plus tard dans la soirée pendant que je jouais ma première chanson et que je regardais à travers l'éclairage de scène l'étrange public que mon spectacle avait attiré. Les videurs de poisson et les vieux marins des deux représentations précédentes sur le Svalbard étaient presque entièrement absents, à leur place se trouvait un mélange éclectique que l'on aurait pu trouver dans le dernier club branché new-yorkais. Là, dans cette masse grouillante, c'était un tout autre micmac que la typique foule arctique que j'avais rencontrée jusqu'à présent, exceptés, peut-être, les pédés de Disko Island. Devant moi, une profusion de représentants de tous poils du monde de la nuit. D'où sortaient ces ravers déplacés ? J'apercevais des jeunes femmes bien habillées et des jeunes hommes en tenues grunge, comme tout droit sortis des publicités de mode de magazines branchés ; des types punky aux cheveux verts en vestes de cuir lacérées ; des hommes d'affaires japonais en costumes rayés avec, à leur bras, des courtisanes occidentales qui, de toute apparence, devaient coûter cher ; et éparpillés ici ou là, des hommes d'âge mûr que l'on pouvait parfaitement imaginer sortant de chez un tailleur huppé de Savile Row pour monter dans des Rolls Royce avec chauffeur. Ils n'étaient tout simplement pas venus ici pour les jeunes, et plus à la mode, Tiny Brocil Fishes, non plus. Chose incroyable, ils avaient l'air de bien connaître les morceaux, et certains, à ma grande surprise, applaudirent en m'entendant entonner des compositions de mon dernier album.

J'ai quitté la scène après vingt-deux chansons et cinq bis, complètement perplexe, et je me suis écroulé dans une loge bien aménagée pour ouvrir une bouteille de champagne. (Chose incongrue encore une fois, un bon millésime de Moët et Chandon).

– Cet endroit est incroyable, dis-je à Steed et Fortesque quand ils vinrent se joindre à moi pour boire un verre. Qu'est-ce qui se passe ici ? demandai-je.

– On va au casino ou quoi ? demanda Carruthers, en entrant dans la loge, l'air échauffé et en sueur. Stouffer le suivait, ses yeux, déjà amplifiés derrière ses lunettes aux verres épais comme des culs-de-bouteille, tournoyaient comme des soleils de feu d'artifice.

– Au casino ? demandai-je. T'as pris quoi, Carruthers ? Les super drogues sont arrivées ?

– Allez, Brian, dit Steed, il est juste là derrière.

J'engloutis un verre de Moët et les suivis par une sortie de la loge qui nous conduisit au long d'un étroit couloir jusqu'à une porte blanche, sur laquelle était inscrit le mot « Privé » en lettres noires dans le style des cageots d'emballage. Steed sortit une clé et ouvrit la porte. Derrière, je percevais vaguement une cacophonie étouffée et je ressentis une étrange poussée nerveuse dans les tripes. Quand la porte fut grande ouverte, une surprenante scène me sauta aux yeux, et j'eus l'impression d'être arrivé dans un film de Fellini. Devant nous s'agitaient des groupes animés de gens rassemblés autour de diverses tables de jeu, les paris et les jetons volant des mains sur le feutre vert comme des confettis. Des hommes bien habillés se faufilaient en portant des flûtes de champagne, et des femmes hurlaient et riaient dans l'épaisse fumée des cigarettes. La superbe moquette rouge, les aménagements plaqué or et les tables en somptueux bois massif me disaient que celui qui avait rassemblé toutes ces choses avait assez d'argent pour renflouer le *Titanic*.

– Nom de Dieu ! ce fut tout ce que je pus dire en passant de pièce en pièce, chacune aussi animée que la précédente.

– Super bar dans la prochaine, clama Carruthers tandis que nous nous faufilions dans la foule pour entrer dans une pièce meublée luxueusement où étaient répartis des groupes de gens se relaxant sur des canapés autour de grandes tables de verre.

Le bar était effectivement stupéfiant : il s'étirait sur toute la longueur du mur du fond, soit trente mètres, fait d'une seule pièce massive de bois de feuillus extraordinairement onéreux. Assis sur des tabourets de cuir rouge, appuyés sur le bois finement astiqué, nous n'avons attendu que quelques instants avant qu'un barman impeccablement habillé apparaisse devant nous.

– Bonsoir, messieurs, dit-il avec un accent difficile à situer. Je m'appelle Snarl et ce soir, c'est moi qui vous sers. Que prendrez-vous ?

– Une tournée de Vodka Iceberg, je pense, Snarl, commanda Steed, en levant les sourcils dans ma direction. Je hochai la tête en silence, prêt à gober tout ce qu'on mettrait devant moi.

– Oh, au fait, messieurs, fit Snarl, se tenant juste devant Carruthers en pointant nettememt un doigt vers lui. Ce monsieur est interdit ici, il est trop jeune.

Et là-dessus, Carruthers et le barman s'attrapèrent et se mirent à lutter furieusement pour, quelques instants après, être tous les deux pris d'une crise de hurlements à laquelle se joignirent Steed et Stouffer. Quelle mise en scène ! De toute évidence, ils se connaissaient tous bien et la brève et feinte bagarre se termina en poignées de mains et en questions polies sur les amis, les familles, et les noms de divers chanteurs de rock obscurs avec lesquels mes ingénieurs du son étaient passés par Bear Island au cours de précédentes tournées.

Snarl partit chercher les boissons, me lançant un coup d'œil en battant l'air de ses paumes, un geste que je pris pour un signe de bienvenue, mais j'avais quand même l'impression d'être en présence d'un club dont je n'étais pas vraiment membre.

Pendant que je buvais la Vodka Iceberg qui remettait la tête en place, Stouffer s'est glissé vers moi et a sorti de sa veste de treillis deux feuilles de ce que je pris à première vue pour des timbres poste.

– Ceux-là, dit-il tout doucement, en désignant une feuille divisée en petits carrés imprimés de blasons bleus et rouges, ceux-là ce sont des Supermen. Très doux en fait.

Il m'a regardé en faisant rouler ses énormes yeux. Même dans la lumière tamisée du bar, j'avais l'impression de voir ses pupilles noires se rétrécir et se dilater.

– Je parie que ça fait un bail pour toi, mais si tu veux te réhabituer, c'est ces petits-là qu'il te faut.

J'ai cligné des yeux et examiné la feuille, n'ayant aucune idée de ce qu'il racontait. On aurait dit des trucs de gosses, un peu comme ces décalcomanies qui partent à l'eau.

– Écoute, ceux-là, ajouta-t-il, poussant l'autre feuille dans mon champ de vision, c'est des Jokers. Ils sont au niveau au-dessus, sûr. Autrement plus sérieux, les Jokers.

J'ai observé la feuille avec attention, et j'ai finalement compris ce que Stouffer était en train de me montrer.

– De l'acide ! suffoquai-je, les yeux rivés sur la minuscule, mais fidèle image de Jack Nicholson, soigneusement imprimée sur chaque carré. Très tentant, Stouffer, dis-je, en les lui rendant et observant mes doigts de crainte d'ingestion par la peau. Mais, continuai-je, rien que de me trouver dans une telle situation me fait déjà bien tripper, merci. Je veux dire que je commence tout juste à m'habituer à tout ceci extérieurement. Je ne voudrais pas devoir aussi faire face intérieurement. Merci quand même, Stouff. Sois sympa, t'arrête pas.

– Nibs, hurla Carruthers, deux tabourets plus loin. Il va en arriver d'autres, BP. Il va en arriver d'autres. Ceux-là, c'est même pas les super drogues, pas vrai, Stouffer ?

– Absolument, répondit Stouffer d'un ton réjoui.

Steed s'est levé de son tabouret et s'est approché. Un couple habillé impeccablement nous a frôlés, l'air échauffé et ivre. J'ai jeté un coup d'œil dans la pièce et j'ai remarqué que l'épaisse fumée ne provenait pas seulement du tabac. De gros joints de haschich circulaient sans le moindre souci de discrétion.

– D'accord, Stouffer, fit Steed en faisant tourner le glaçon dans son verre, je pense qu'il est temps que Brian rencontre le Clermont Set.

Ces paroles avaient l'air exceptionnellement inquiétantes, et je me suis demandé, avec un brin de paranoïa, si un petit bout de Joker ne s'était pas infiltré sous ma peau.

J'ai suivi mon équipe jusqu'au bar, avec l'impression qu'on me menait à l'échafaud. Nous avons retraversé en jouant des coudes deux des salles de jeux dans lesquelles nous avions navigué auparavant en allant jusqu'au *Snarl's Den*, nom sous lequel le bar que nous venions de quitter était connu, et nous sommes arrivés devant une porte située derrière une table de blackjack, barrée d'une corde et gardée par un imposant gorille. Sans un mot, celui-ci souleva l'épaisse corde rouge et ouvrit la porte. Nous sommes entrés, et pendant deux minutes j'ai zigzagué dans un couloir labyrinthique que Carruthers négociait en toute confiance, même dans l'obscurité livide. Sans avertissement, une pièce s'ouvrit devant nous et d'un seul coup, je me retrouvai devant une roulette rutilante pour être présenté par Steed à un homme d'âge mûr à l'air distingué.

– BP, voici Lucky. C'est lui qui dirige la maison.

J'ai serré la main de l'homme, remarquant sa moustache noire, ses cheveux grisonnants et son front aristocratique. De toute évidence, ce n'était pas un marchand de voitures d'occasion qui avait fait son chemin, il avait l'allure d'un homme dont les ancêtres n'était pas d'une trempe ordinaire.

Et alors ? me dis-je au fond de moi. Pas vraiment l'échafaud, ni même une initiation, non plus. Steed venait de me présenter à un vieux de la haute qui avait plus d'argent que de bon sens. Mais au fond de moi, quelque chose me tenaillait : j'étais certain que ce visage m'était familier et pas seulement dans son genre, car on en voit beaucoup à la télévision tous les ans qui se pavanent aux courses d'Ascot.

– Ravi de vous rencontrer, Brian, dit l'homme. Superbe spectacle ce soir, j'apprécie beaucoup vos deux premiers albums, en fait. Les nouvelles compositions sont vraiment épatantes aussi. Comment marche le remix ? J'ai fait quelques démarches auprès de mes amis des circuits radio dans l'Arctique, mais ils sont terriblement lents à repérer la qualité ici, terriblement lents.

Avec son bel accent de la haute société, il avait quelque chose de déplacé à discuter mes compositions, mais je ressentais ce frisson secret auquel succombent tous les gens des classes ouvrières quand ils ont le sentiment d'avoir fait impression sur l'aristocratie malgré leur mépris habituel pour de tels guignols.

– Oh, merci, euh, monsieur, bégayai-je, mais je ne crois pas que ça les intéresse. Malgré tout, les concerts marchent plutôt bien.

– Excellent, excellent, dit-il, puis il se tourna vers Carruthers qui se rapprochait de moi. Carruthers, mon vieux, vous avez gagné ? Est-ce que ça fait l'effet qu'il faut ?

– Ben, j'ai fait des putains de merveilles jusque-là, Lucky. J'ai fait deux parties de blackjack avant le concert et quelques tours de roulette. J'ai gagné à tous les coups ! Les super drogues marchent à merveille, je dirais. Je vais aller me payer encore quelques petits coups dans un moment. C'est génial, je vois presque les boules tomber dans les cases quelques fractions de seconde avant de faire mon pari, et les cartes clignotent devant mes yeux comme dans une gigantesque vision ! C'est nibs ! Méga nibs !

– Splendide, s'exclama Lucky avec satisfaction. Je pense qu'ils ont fini par arriver au bon dosage ; cette désagréable triple vision qui s'est produite la dernière fois que vous étiez ici semble avoir été éradiquée, vous ne pensez pas ?

– Oh, aye, dit Carruthers, poursuivant ce qui me paraissait être une conversation parfaitement incompréhensible. Je le sens nibs maintenant, Lucky. Excellent truc. Je crois qu'ils ont la formule pile poil. En fait… Je me sens heureux ! Je me sens heureux !

Cette dernière sortie fit ricaner tout le monde, et comme Lucky lui-même se retournait et commençait à lancer des jetons sur sa table privée, j'ai regardé bêtement en direction de Steed, comme si je le suppliais de m'apporter des clarifications. Il passa le bras autour de mon épaule et il me fit sortir tranquillement. Tandis que nous marchions, j'ai jeté un coup d'œil dans un coin très obscur de la pièce. J'ai aperçu la silhouette de ce qui m'apparut être un gigantesque homme velu, assis un verre dans sa main simiesque, je distinguais également autour de son cou un collier de chien en argent, attaché à une fine chaîne, qui jetait de faibles

264

éclats. L'extrémité de la chaîne était tenue par une femme, habillée de la tête aux pieds d'une tenue cuir bondage. J'ai aussitôt rejeté cette vision ; ce devait être un effet de lumière ou peut-être – pensai-je, traversé d'un autre éclair de terreur – une infime quantité de ce foutu buvard de Joker qui avait pénétré dans mon système sanguin. Là, il fallait que je garde mon sang-froid ; je voulais savoir en termes non multidimensionnels ce qui se passait ici, bon sang. Finalement, Steed m'informa, du moins en partie.

– Écoute, BP, dit-il doucement, regarde bien Lucky. Réfléchis bien…

J'ai regardé ce languissant être sophistiqué, ramassant nonchalamment un gros gain à la roulette, son comportement de grand seigneur, calme et serein en dépit de ses succès au jeu. Grand seigneur ? Pourquoi cette expression m'était-elle venue à l'esprit ? J'y étais. Je me suis souvenu dans un flash où j'avais vu ce visage auparavant. Le mystère de l'histoire que cachait cette physionomie de la haute société avait conservé une force irrépressible, de sorte qu'année après année, elle revenait aux esprits du public, nourrissant les imaginations, telle une ancienne énigme. Évidemment ! Il n'était autre que Lord « Lucky » Lucan, le 7e comte de Lucan, ce pair anglais bon à rien qui avait disparu il y a près de vingt ans, après une tentative ratée pour tuer sa femme. En tout cas, il avait abominablement mal calculé et, à sa place, matraqué à mort la nurse de ses enfants. Il avait disparu de la surface de la terre le lendemain du meurtre et laissé dans son sillage une énigme qui depuis avait résisté à la loi. Or, il était là, en chair et en os, et s'adonnait au vice qui avait en tout cas menacé de l'entraîner au plus bas tant de fois dans sa vie antérieure, en bref : le jeu !

– Tu y es, hein ? dit Steed, observant les lumières qui passaient sur tout mon visage.

– C'est Lucan, c'est ça, dis-je.

– Les super drogues dont cette grande gueule de Stouffer n'arrêtait pas de nous rebattre les oreilles, expliqua Steed, c'est un petit développement que Lucky a mis en place ici. C'était un parfait minable du temps où il était libre. Alors, avec quelques subventions du Clermont Set, il a installé cet énorme casino souterrain – nous sommes à quinze mètres sous terre, tu sais – et embauché une équipe de scientifiques – des Russes, surtout – pour mettre au point des drogues qui t'aident à gagner. Je ne sais pas… elles augmentent ta perception d'une façon très spécifique. Quelque chose en rapport avec l'ADN de la chance, comme ils l'appellent. Je n'ai jamais essayé moi-même. On dirait que ça donne des résultats malgré tout.

Nous avons regardé Lucan qui empochait un autre gain avec un sourire satisfait. Carruthers était debout à côté de lui en train de hurler « nibs ! » pendant que lui aussi ramassait les jetons des mains du souriant croupier personnel de Lucan.

– Est-ce que ce n'est pas tout simplement son propre argent qu'il est en train de gagner, Steed ? demandai-je, sans trop bien comprendre, sinon en termes purement hédonistes.

– Oh oui, tout est recyclé à son profit, bien sûr. Pas dans les pièces principales toutefois… on y joue pour de bon. Ça aide à financer la recherche. Ah, regarde, tiens, voilà Goldie et Aspers… salut, les gars. Steed s'adressait à deux messieurs plus âgés qui rejoignaient Lord Lucan à sa table.

– John Aspinal et Sir James Goldsmith, me souffla Steed à l'oreille. Ils font partie du Clermont Set. Ces types ont tellement d'argent que les joyaux de la couronne à côté, c'est de la menue monnaie. Comme on l'a longtemps soupçonné, ces deux-là ont organisé la fuite de Lucky après le meurtre. Ils l'ont d'abord rapidement fait passer aux Orcades, puis ils ont construit ce lieu ici. J'ai entendu dire qu'ils payaient grassement le gouvernement norvégien. Il y a des sous-marins russes qui patrouillent le long des côtes juste en ce moment, mais je pense qu'il s'agit simplement d'une nouvelle clause dans le contrat – de la protection, je crois. C'est un peu triste en fait, je crois qu'ils utilisent Lucky comme un pion. Tu sais… un cobaye. Dieu sait quels ravages entraînent ces super drogues ; il n'y a pratiquement pas de précautions prises pour leur mise en œuvre. Elles pourraient bien pourrir son foie pour autant qu'on sache. Quand ils auront mis au point cette drogue, ils vont la répandre dans toute l'industrie mondiale du jeu. Ils ne se trouvent pas encore assez riches, tu vois, ah !

– Salopards cupides, dis-je.

– C'est à peu près ça, acquiesça Steed.

– Comment se fait-il que tu connaisses toute cette bande, Steed ? demandai-je.

– Oh, ça remonte à un petit bout de temps à présent. Nos chemins se sont croisés à plusieurs reprises il y a longtemps. Vieux copains d'école et tout ça. Vieux copains d'école.

Steed expliqua quelques complexités supplémentaires de cette fascinante situation, mais au bout d'un moment j'avais cessé d'écouter. Le monstrueux être velu repéré plus tôt avait de nouveau retenu mon attention. Il était debout dans l'ombre, la chaîne qui pendait de son cou scintillait entre les mains de la femme en tenue bondage. Le monstre se gratta un bon coup, puis se secoua de la tête aux pieds comme un chien avec un effrayant mouvement rythmé. Je n'arrivais pas à discerner les choses distinctement à cause de l'obscurité de donjon de ce coin, mais il avait l'air d'être couvert de poils de la tête aux pieds et il devait facilement mesurer dans les deux mètres cinquante. Il s'assit de nouveau et laissa échapper un profond grognement caverneux qui me secoua les tripes à trois mètres de là. Je devais halluciner. Ce lieu me montait à la tête – je voyais des singes géants. Pourtant, il fallait que je me renseigne – je me suis éloigné de Tarquin sur qui la grosse Hilda et l'homme aux néons avaient soudain fait main basse, comme sortis du néant, et je me suis approché de Lucan pendant qu'il faisait une pause à la roulette pour attraper un verre sur le plateau d'un serveur qui passait. Je me suis glissé auprès de lui, prenant un verre de champagne millésimé sur le plateau qui en regorgeait.

– Euh... Lord Lucan, risquai-je. Hum, Lucky, mon vieux. J'ai dû être contaminé par un des Jokers de Stouffer, mais je suis sûr d'avoir vu un type très spécial là-bas dans le coin.

Je pointai mon doigt dans la direction de l'apparition velue, ne sachant pas si je commettais un faux pas en le mentionnant, car à présent, j'étais bien persuadé que si c'était une hallucination, elle était inhabituellement précise. Sur aucune autre personne dans la pièce ne semblaient pousser d'énormes masses d'épais poils simiesques.

– Oh, fit vaguement Lucky. Vous avez vu George, c'est tout. Je suppose que quelqu'un aurait dû vous le présenter. Après tout, vous êtes un peu un invité d'honneur. Je présume que vous voulez aussi voir l'aigle. Je vais vous les faire amener, mon vieux. Bon, vous voyez la porte là-bas ? Il désigna le coin de la pièce, à environ deux mètres de l'endroit où nous nous trouvions et en diagonale par rapport à l'entrée. Vous passez par là... Carruthers ! fit-il sèchement en s'adressant au géant ado. Emmenez Brian au paddock, soyez gentil. Il faut faire des présentations.

– Nibs, Luck, répondit Carruthers, se coinçant deux jetons de roulettes dans les orbites avec un sourire débile.

– Pressons, pressons, ordonna Lucan, vous n'avez pas la nuit entière devant vous – il y a plein d'autres choses à tester, mon vieux.

– C'est nibs, farff ! Par ici, Beep.

Le rouquin empoté me fit passer la porte et asseoir à l'intérieur du « paddock » sur un vieux banc de bois. Les lumières étaient très vives dans cette pièce, le spécialiste du néon s'était éclaté au point que c'en était douloureux. Je clignais des yeux, tressaillais et regardais Carruthers dont la peau boutonneuse ressemblait à une carte d'état-major de Pirbright Heath. Mes yeux se sont progressivement habitués jusqu'à ce que je remarque de la sciure sur le sol de cette pièce blanche du genre cellule, deux autres vieux bancs et une autre porte sur le mur du fond. Avant que je puisse m'habituer à cet environnement nouveau et – comparé au luxe fascinant des salles de jeu – plutôt hostile, la porte de derrière s'ouvrit et Lord Lucan entra, un énorme oiseau de proie sur le bras. Le poignet de Lucky était enfermé dans un épais gantelet de cuir auquel s'agrippaient férocement les serres de cet imposant rapace tandis qu'il agitait ses gigantesques ailes noires et blanches. En ornithologue amateur et avide fan des programmes télé sur les animaux, je reconnus l'espèce immédiatement. Ses dimensions irréelles et le lourd bec orange révélaient son identité de pigargue empereur, le plus grand aigle de la planète terre, qui pouvait se vanter d'une envergure de deux bons mètres cinquante.

– C'est un pig… commença Lucky pompeusement.

– Un pigargue empereur, interrompis-je, désirant impressionner ces prétentieux avec ma science. À présent, je ne me sentais pas bien du tout et j'étais heureux que mon éducation en histoire naturelle m'apporte un terrain solide sur lequel me placer.

– Oh… fit Lucky, un peu décontenancé. Bon… en tout cas. Vous n'êtes sûrement pas sans savoir qu'il n'en reste que deux mille spécimens vivants aujourd'hui. Celui-ci, je l'ai sauvé quand c'était un oisillon. Il peut voler, mais ne semble pas vouloir le faire. Il aime se faire nourrir de fruits de mer, je suppose, pas vrai, Earl ? dit-il à l'oiseau qui laissa échapper un croassement à vous glacer les sangs.

Puis Lucan se retourna tout raide, le pigargue se balança maladroitement sur son bras, ses ailes battaient doucement pour maintenir son équilibre et il cria en direction de l'obscurité, derrière la porte de derrière ouverte.

– Tamby ? Tu viens ? amène George pour que Brian puisse le voir de près à la lumière, s'il te plaît, ma chérie. Ah, nous y voici, qu'il est mignon.

Tamby, la femme bondage, se glissa dans la pièce, son pantalon de cuir noir faisant un léger bruit de frottement. Elle tenait la fine chaîne d'argent, l'énorme être dont elle avait la garde la suivait avec obéissance, apportant avec lui une forte odeur de singe dans le paddock et une vision trop surréaliste pour que mes sens, perplexes, puissent enregistrer correctement. « George » – comme l'avait appelé Lucan – n'était certes pas tellement éloigné de ce qu'aurait été un être humain ; il était grand comme un joueur de basket qui aurait souffert d'une sérieuse encéphalite. Massif, entièrement couvert d'épais poils marron foncé, il avait de petits yeux comme des billes et un front proéminent qui revenait en angle sur son nez aplati qui laissait paraître de profondes et larges narines.

Tamby, une blonde hyper mince, aux yeux très fardés, ne prononça qu'un ordre simple : « Assis ! » auquel George obéit avec un petit geignement pensif avant de s'effondrer pour former un lourd tas boudeur sur un banc.

– Ne vous inquiétez pas, Brian, dit Lord Lucan, il est inoffensif. Je crois qu'on les trouve en Amérique sous le nom stupide de « Bigfoot ». « Sasquatch » est peut-être plus correct, bien qu'ici dans l'Arctique, les gens l'appelle « Ingloot », ce qui signifie « Homme des montagnes ».

– Un abominable homme des neiges ? fis-je, le souffle coupé.

– Ah, dit Lucan. Encore un nom parfaitement ina-dapté. « Yéti » n'est pas mal, mais je préfère Homme des montagnes – plus proche de la vérité, je pense. En tout cas, c'est ainsi que nous allons l'appeler quand l'exposition sera finalement prête et effective ? Donc, vous savez tout. Aspers a toujours été fasciné par l'idée que ces gars existent… en fait, il y a quelques années, il a organisé quelques chasses partiellement réussies dans l'Himalaya. Mais il a fini par trouver sa chance ici. Il a capturé George sur Franz Joseph Land, à Gra-ham Bell Island. Je crois que vous y donnez un concert dans quelques jours. Ouvrez l'œil ! Le public sera peut-être entièrement constitué de types comme lui ! Ce serait drôle, non ? ah ah ah !

Zombie rock'n'roll comme je n'en avais jamais vue, Tamby était assise, silencieuse, à côté de George, qui balançait ses immenses bras de singe entre ses grandes cuisses épaisses. Carruthers se pencha jusqu'à lui et caressa le Sasquatch derrière l'oreille. Ils avaient de toute évidence beaucoup de choses en commun ces deux-là.

Steed entra, alors Lucan et lui expliquèrent vague-ment cette bizarre entreprise. Le monopole sur le monde du jeu était une absolue certitude maintenant que les super drogues provoquaient toutes les particularités et les effets induits. Et entre le thylacine que Car-ruthers avait confortablement installé en sécurité dans les coins sauvages de Kimber (Lucan fit nette-ment comprendre que cet animal finirait par arriver ici), le pigargue empereur – une créature condamnée à disparaître, probablement d'ici une trentaine d'années – et l'abominable homme des neiges, ils avaient le début d'un cryptozoo qui semblait créé pour le seul plaisir du Clermont Set et de leurs riches amis, dont un grand nombre était visiblement prêt à payer de fortes sommes pour la capture et l'entretien de telles bêtes.

– Et ceci, dit Lord Lucan après cette explication qui incluait le nom de divers autres animaux, dont certains totalement inconnus, même de moi, pourtant assez bien informé dans ce domaine, ceci nous amène à une forme de rémunération… euh, en ce qui concerne Towser, le petit thylacine. Ce que je veux dire, c'est que les gens vont payer et approcher de près ces créatures. Comme je disais, le thylacine va finir par venir ici sur Bear. Désolé, Carruthers.

Lucan regarda dans la direction de mon ingénieur du son.

– Aye, je le sais, dit Carruthers d'un ton triste ajoutant : « Le mot rémunération me plaît, malgré tout ».

– Ne vous inquiétez pas, mon vieux bougre, l'assura Lucky, nous payons bien pour les spécimens.

– Et vous voyez aussi, Brian, poursuivit Lucan, se tournant vers moi. C'est vous, en quelque sorte qui avez découvert cette petite beauté. C'était pendant votre temps libre et pendant votre tournée. À l'exception de George – cette créature est presque la fierté de notre petite collection jusqu'à présent. Cinquante millions de yens, d'accord ? Désolé que ce soient des yens, mais nos deux plus scandaleusement riches investisseurs japonais sont de fervents amateurs de marsupiaux disparus, oui, de fervents amateurs. J'en ai parlé à Steed, et nous pouvons effectuer le versement sur votre compte aux îles Caïman demain. Carruthers, je m'en occupe tout particulièrement. Les cinquante millions sont pour vous, sauf quinze pour cent pour cette crapule, fit-il en riant, parlant de Tarquin, mon manager.

– Ouahou ! Attendez une minute, bredouillai-je. Je n'ai pas de compte aux…

– J'en ai ouvert un hier, s'interposa Steed. Un compte personnel aux îles Caïman. Parfaitement anonyme. Le Clermont Set a bouclé la banque de tous les points de vue. Le tout, net d'impôts. Je me suis chargé des formalités et il fonctionne depuis l'instant où nous nous sommes mis d'accord sur le montant. J'ai essayé d'obtenir davantage mais ces riches aristocrates sont de fieffés durs à la détente.

Sur ces mots, Tarquin et Lucan se mirent à ricaner et à faire des plaisanteries d'hommes.

– Quel autre genre de trucs recherchez-vous ? Vous avez parlé d'autres créatures à l'instant, demandai-je à Lucan, fasciné par l'idée d'une collection d'animaux qui comprendrait des bêtes quasi mythiques comme le yeti et des créatures supposées disparues comme le thylacine.

– Bon, à part celles que j'ai déjà mentionnées, dit-il très prudemment, nous possédons à présent la preuve indubitable de l'existence d'un groupe d'amphibiens géants vivant au nord du Loch Ness et dans au moins dix autres lacs aux eaux profondes dans l'hémisphère nord. L'idée qu'il s'agisse de plésiosaures est une ânerie – ce sont de toute évidence des urodèles géants.

– De toute évidence, approuvai-je, étonné de l'étendue des recherches menées dans ce projet plutôt frivole.

– Oui, poursuivit Lucan, de grosses bêtes en vérité, mais certains témoignages, au fil des années, ont été très largement exagérés, bien sûr.

– Bien sûr, murmurai-je.

– Ce sont des amphibiens géants, évidemment, continua Lucky. Des restes d'urodèles ont été découverts dans les environs du Loch Ness à plusieurs reprises dans le passé, mais seuls un ou deux chercheurs y ont prêté attention. La presse a, comme d'habitude, ostensiblement noyé la réalité dans le bourbier du ridicule pour toujours. Mais ils sont bien là. En fait, nous avons un aquarium prêt pour accueillir le premier. Un aquarium, disons plutôt un environnement complet. Il fit signe en direction de la porte de derrière. C'est le fouillis là-dedans pour l'instant, expliqua-t-il, lisant mes pensées. Il faut vraiment que vous reveniez d'ici un an – nous aurons mis tout le système en place et en fonctionnement. Ce seront de superbe pièces d'exposition, croyez-moi. Merveilleuses. Hum… Voyons à présent l'état actuel, continua Lucan en frottant son menton parfumé à l'eau de Cologne d'une façon spectaculaire. D'ici trois jours, mes contacts russes vont me livrer une créature parfois connue sous le nom d'ours de Bergman, d'après le nom du célèbre zoologue Sten Bergman, qui a étudié la peau de l'un de ces géants dans les années vingt. Sacré truc gigantesque – à côté de lui, ce George-là ressemble à un nain.

– Oh oui ! Un Tatzelwurm en provenance d'Autriche dans une ou deux semaines. Oui, ceux-là sont vraiment intéressants, s'enthousiasma Lucan, à présent complètement emporté par le sujet.

Nous étions debout sous les lumières fluorescentes crues du paddock, Lucan impeccable dans son costume rayé, moi en jean noir, avec ma parka élimée de l'armée néerlandaise et un T-shirt mal floqué, cadeau d'une chaîne de radio islandaise, empêtrés dans l'odeur agressive du Bigfoot et de la sciure.

– Un Tatzelwurm ! Vous imaginez ? Celui-là m'excite tout particulièrement ! délira Lucky en sortant un étui à cigarettes de la poche intérieure de son costume et m'offrant une Black Russian.

Je déclinai, étant dans une exceptionnelle phase sans tabac depuis le début de la tournée arctique. Lucan s'en alluma une, le bruit métallique de son lourd briquet en

274

or massif résonna de façon inquiétante contre le plafond de pierre. Je fixai les yeux ardoise du Lord, mourant d'envie d'en savoir davantage.

– Oui, le Tatzelwurm ! poursuivit-il, sentant que son public composé d'une seule personne était fasciné.

Steed, pendant ce temps, tripotait une prise électrique sur le mur, essayant d'y faire entrer un tournevis. Carruthers était assis sur le banc à côté de Tamby qui caressait sa jambe d'une manière totalement asexuelle, comme si c'était un morceau de carton. L'ingénieur du son n'avait pas l'air intéressé par Tamby. Son regard la traversait pour entrer en contact avec le Sasquatch qui le fixait en retour, sans expression et maussade, s'ennuyant à mourir.

– Oui, parfois connu sous le nom de « Ver des tunnels » ou de « Souche des montagnes », continua Lucan, tirant abondamment sur sa forte Black Russian. Ni vraiment reptile, ni vraiment amphibien, l'air très méchant et assez agressif aussi. Un mètre de long, couvert d'écailles, une espèce de lézard géant répugnant, il n'a pas été vu depuis les années 1880, mais j'étais suffisamment fasciné pour envoyer une expédition complète dans les Alpes suisses et autrichiennes – deux de mes types sont morts de froid au cours de cette campagne, en fait. Quoi qu'il en soit, nous en avons un maintenant. Un beau spécimen en tout cas ; ils viennent juste de s'assurer de ce que mangent ces bestioles avant de l'envoyer ici. Il va nous falloir une bonne quantité de nourriture, quelle qu'elle soit.

– Et naturellement, nous espérons trouver aussi un de ces fichus bestiaux d'un mètre, de couleur fauve et aux yeux en amande qui ne cessent d'enlever des Américains, pour mener des expériences de croisements. Vous savez, les Grays, comme on les appelle. Une simple question de temps, mon vieux. Une simple question de temps.

Lucan tortilla sa moustache poivre et sel entre ses doigts manucurés et regarda le Bigfoot avec nostalgie. Ma tête tournait. On venait de me donner près d'un demi-million de dollars pour un accident de la nature et je me trouvais à quinze mètres sous le permafrost d'une obscure possession de la Norvège, l'île de Bear, en train de parler à Lord Lucan de l'imminente capture de monstres du Loch Ness et d'aliens. J'ai regardé en direction de Tarquin Steed qui se tenait dans la lumière aveuglante d'une installation de quatre lampes fluorescentes empalée en plein milieu du plafond de pierre, tenant le tournevis qu'il utilisait pour l'enfiler dans la prise électrique devant ses yeux plissés, comme si elle révélerait davantage de secrets sur le simple plan qu'il avait imaginé auparavant.

Il haussa les épaules et dit : « C'est la vie, je présume », puis retourna vers la prise de courant avec un esprit de vengeance ravivé.

– Je crois que je vais me coucher, répliquai-je au commentaire énigmatique de Tarquin, me sentant soudain vidé. J'ai un concert demain. Et un long vol aussi. Merci pour tout, Lucky. Est-ce que tu sais comment on sort d'ici, Steed ?

À l'instant où je prononçais le nom de mon manager, une pluie d'étincelles sortit de la prise qu'il tripotait dans le mur et le projeta en plein milieu de la pièce comme un boulet de canon.

– Putain de bordel ! gémit-il, tandis que Carruthers et moi nous précipitions pour l'aider.

– Ça va, Steed ? demandai-je instamment, le remettant sur ses pieds et époussetant la sciure de ses épaules.

– Quoi ? répondit-il, se comportant déjà comme si rien d'anormal ne s'était produit. Non, non, non. Je vais bien, ajouta-t-il, ses yeux interrogateurs fixés entre le tournevis, qu'il tenait toujours solidement dans sa main, et la prise qui se consumait dans le mur.

– Lucky, c'est du courant alternatif ou quoi ? demanda-t-il d'un ton mielleux.

Lucan haussa les épaules et rit doucement, comme s'il était habitué à ce genre de singeries de la part de mon manager.

– Ça va bien, Steed, dites ? Nous avons tout le personnel médical qu'il faut si vous en avez besoin, vous savez.

– Medi… ? Non. Absolument pas. En parfaite santé. Alors, BP. Qu'est-ce qu'on disait ? Prêt à mettre les bouts ? Et ce sera bien les bouts ! C'était ça ?

Je hochai mollement la tête en signe d'acquiescement, encore une fois étonné que Tarquin ait la peau aussi invinciblement dure.

– Allons-y. L'hôtel est juste à un labyrinthe d'ici, dit Steed qui commençait à bailler, le choc électrique apparemment déjà oublié. Si nous ne tournons pas au mauvais endroit au pôle nord, on devrait le trouver sans problème. Allez, on y va. Demain sera une longue journée.

Nous avons réussi à retrouver notre chemin jusqu'à la loge d'où avait débuté cette odyssée et nous avons traversé la piste de danse vide jusqu'à la porte d'entrée. Dehors, il faisait si froid qu'à chaque inspiration c'était comme si on avalait de minuscules morceaux de verre à pleins poumons.

Je pensais aux îles Caïman et à tout cet argent, non imposable, qui attendait à la banque. J'eus soudain l'impression d'endurer ce climat depuis des années et la pensée de faire sauter le reste de la tournée et d'aller directement aux îles Caïman m'allonger sur une plage pour le reste de mes jours me frappa comme un signal lumineux. Franz Joseph Land ? Novaïa Zemlia ? Deux des environnements les plus froids, les plus hostiles de la terre – et des territoires russes, aussi ? À quoi bon ?

Je pouvais pratiquement prendre ma retraite avec tous ces yens.

Cette idée tentante s'infiltra dans mon esprit et je la fis partager à Fortesque et à Tarquin. Nous sommes restés assis dans le sombre salon vide de notre hôtel froid et peu engageant à boire de l'alcool non identifiable que nous avions réussi à extorquer au portier de nuit de l'hôtel et qui nous brûlait la gorge.

– Alors, Steed, qu'est-ce que t'en penses ? dis-je après qu'il eut commencé par ignorer ma proposition de laisser tomber la tournée maintenant et d'aller à la plage. Il prit une longue inspiration et leva les yeux vers moi.

– Je ne pense pas que ce serait une sage décision, Brian, dit-il solennellement.

– Allez, mec ! hurlai-je, me descendant un autre verre de tord-boyaux avec panache. Partons de cette cage à lapins. On se gèle le cul comme pas permis et pense à tous ces yens qui languissent sous ce putain de soleil ! Allez, cet endroit me déprime – je suis sûr qu'après ce soir les concerts vont péricliter jusqu'au bout.

– Allons, Brian, continua-t-il, toujours sur un ton sérieux. Écoute, dit-il. Le Clermont Set est partout ici, la plupart des clubs où tu as joué leur appartiennent plus ou moins. Steed pinça les lèvres, se mordilla la lèvre inférieure en laissant échapper cette information.

Je remplis un peu plus mon verre avec l'infâme gnôle de Bear Island ; si je continuais à descendre ce truc à ce rythme, j'allais probablement devenir aveugle pendant mon sommeil. Mais je savais ce que voulait dire Steed. Par inadvertance, j'avais été responsable de la découverte du petit thylacine et ils m'avaient grassement payé, mais si je les lâchais, ils ne manqueraient pas de faire des bretelles avec mes boyaux, et même pire, ils récupéreraient leurs cinquante millions de yens en une fraction de transaction d'ordinateur. J'eus soudain l'impression d'avoir été acheté. Penser que ces sinistres salauds aristocrates me contrôlaient était tout à fait désagréable ; ils devaient être des sectateurs de Satan et Dieu sait quoi d'autre.

Je m'empressai d'évacuer cette idée, cependant, pour laisser la picole faire son bon boulot. Il n'y avait pas de raison qu'ils cherchent à me traiter de haut. J'avais rapporté cet animal rare, même si ce n'était que par défaut, et j'avais été récompensé par des brouettées d'argent. Affaire conclue : tant que je remplissais mon contrat dans l'Arctique. Bon sang, pensai-je, pourquoi faire des vagues ? Peut-être avais-je une bonne dose de fibre morale, mais je n'étais pas un idiot fini. J'allais prendre le cash.

– Comment se présente le premier concert sur Franz Joseph Land, Fortesque ? demandai-je à mon fidèle compagnon, contrôlant un peu mon enthousiasme.

– Pas très bien, mec, répondit l'Australien aux cheveux noirs, l'air funeste. On n'a vendu que trente entrées jusqu'à maintenant.

– Ah, mais attends une minute, bredouilla Steed, la gnôle finissant par voiler ses capacités articulatoires. Cela correspond tout à fait bien avec l'importance de la population. Je ne me prononcerais pas trop vite sur celui-là. Et nous ne parlons que d'une seule île, souviens-toi, les autres chiffres seront très nettement supérieurs.

– Ha ! me moquai-je, puis j'avalai l'alcool. Quel genre de salade Sasquatch, tu me sors, Steed ? Mène-moi sur un autre bateau, sur celui-ci, il y a un chanteur rock en danger !

Et sur ces paroles, nous avons trinqué et continué à boire jusqu'à ce que l'aube gris acier nous envoie, abrutis, dans nos chambres.

Chapitre 22

— Je suis passée à *Bunkum*, dit la vieille dame assise à côté de moi. L'avion cargo d'Icelandic était juste en train de traverser des turbulences à vous tordre les boyaux et les boissons avaient été hâtivement servies, encourageant à une camaraderie détendue qui se manifestait en chaleureuses poches de conversation dans tout ce tube glacial.

La tournée du cercle polaire était finie et je sentais les diverses pressions imposées par le travail et l'exposition aux autochtones hostiles se résorber dans mon système, l'épuisement consécutif à la détente me laissait un peu sans défense face aux traits et aux flèches qui pourraient m'atteindre sous la forme de passagers bavards dans les avions. Et donc, sans autre raison peut-être que le manque d'énergie, je me suis interdit de dresser des barrières d'indifférence ou d'hostilité et j'ai laissé les écouteurs dans mon sac, préparé, au moins, à offrir à cette vieille fille quelques minutes de mon temps.

J'ai baissé les yeux vers la silhouette ratatinée à ma gauche, emmitouflée dans un anorak de ski rose avec la capuche bordée de fourrure. À son accent, j'avais deviné qu'elle était américaine.

— Pardon ? m'enquis-je.

– *Bunkum*, répliqua-t-elle, en me lançant un regard pétillant de ses deux yeux bleus maquillés, perchés comme des sentinelles de chaque côté d'un nez proéminent, qu'elle tapotait avec un mouchoir blanc et propre.

– Je suis passée à *Bunkum*. J'étais en train de me faire opérer du côlon quand, vlan ! j'ai flanché. Les clignotants de cette foutue machine, qui vous disent si le cœur continue à battre ou pas, se sont arrêtés. Tout ça, c'est sur le film. C'est passé à la télé. Allen, mon fils, m'en a fait une vidéo, aussi. C'est un vrai Mensch, ce garçon.

– Oh… je n'avais pas réponse à cela et pendant un moment je sentis se profiler une attaque de Raseuse de Bord.

Mais elle avait l'air d'être une gentille vieille dame, j'ai donc ingurgité le reste de ma Vodka Iceberg pour me donner des forces, et levé les sourcils dans sa direction, l'encourageant à continuer.

– J'ai eu de la chance, poursuivit-elle en me touchant le dessus du poignet de ses doigts ridés qui semblaient attachés à sa main par divers articles d'orfèvrerie ostentatoires. Rolf Greenbaumstein était là avec toute son équipe de *Bunkum*. Steinglass, le neuropsychiatre, surveillait les appareils cette semaine-là ; ils avaient des intensifieurs d'aura, des appareils à détecter les phénomènes paranormaux – tous ces trucs-là ! Ils se trouvaient justement à St Vincent ce jour-là à se déplacer de service en service, cherchant des EMI pour leur émission, et j'ai été l'heureuse élue !

Elle me regarda, rayonnante, et je sentis un tic sous mon œil droit ; ce n'était pas une Raseuse de Bord, mais une autre espèce, non encore répertoriée. Je n'avais pas la moindre idée de ce qu'elle racontait, mais j'ai décidé de m'accrocher, ne souhaitant pas aller m'installer dans le seul siège vide de l'avion à côté de la grosse Hilda et de son moulin à paroles, assise un peu plus haut, devisant joyeusement avec mon équipe, les Tiny Brocil Fishes, et la plupart des hôtesses de l'air au rabais qui travaillaient sur ce vol.

– *Bunkum !* s'exclama-t-elle, percevant mon expression d'incompréhension avec une sensibilité exacerbée. L'émission de télé sur NBC. Parfois ils montrent des apparitions, parfois des OVNI ou des lutins – vous l'avez sûrement déjà vue ?

– Ah oui, *Bunkum !* répondis-je, finissant par comprendre. Très distrayante, très distrayante. Avant, ils l'appelaient *Hokum*, c'est ça ? demandai-je.

– Exact. Nous y voilà à présent ! s'enthousiasmat-elle, en tortillant sa petite carcasse sur le siège, un Tom Collins tournoyant au fond d'une tasse en plastique dans sa main rutilante.

– EM… quoi ? demandai-je en quête d'éclaircissement.

– Expérience de mort imminente ! fit-elle d'une voix retentissante, son accent new-yorkais devenant de plus en plus riche à mesure que la boisson lui réchauffait les cordes vocales. Steinglass m'a dit : « Nous avons enregistré un nombre de relevés inhabituels sur notre appareil quand vous étiez partie. Pouvez-vous nous dire, Mrs. Weissmuller si vous avez eu conscience de quoi que ce soit au cours des quatre-vingt-dix secondes pendant lesquelles votre cœur a cessé de battre ? » C'était à la télé ! Je suis célèbre à Brooklyn !

– Super, super, dis-je, attrapant une hôtesse qui avait réussi à s'arracher à la petite fiesta de mon équipe pour passer dans les allées. Je lui ai demandé de nous rapporter des boissons.

– Donc, j'ai dit à Steinglass – maintenant, souvenezvous : j'étais allongée sur un lit d'hôpital à ce momentlà, mais ils ont fait venir une maquilleuse, très professionnelle – j'ai dit : « Oh… c'était merveilleux !

Soudain, il y a eu cette lumière. Une lumière blanche éclatante et j'ai flotté jusqu'à elle. J'ai regardé en dessous et j'ai vu les médecins et les infirmières... et moi-même allongée sur la table d'opération ! Après je me déplaçais dans un tunnel éclairé d'une lumière blanche, j'étais emportée à l'intérieur, c'est tout. Je me sentais sereine, belle, heureuse. Puis je suis de l'autre côté du tunnel et me voici dans une sorte de chambre. Elle est blanche, mais je n'arrive pas à distinguer de murs. Et alors, la chose la plus merveilleuse ! Tous mes parents sont là ! Maman, papa, mes oncles, mes tantes. Mon frère Abraham est là... ma belle-sœur, mes grands-parents – des deux côtés – ils sont tous là pour m'accueillir !

Nous communiquions sans paroles. C'était juste un sentiment chaleureux d'amour. Tout à fait irrésistible. Mais alors, soudain quelque chose m'a dit que je n'étais pas prête. Que je ne devrais pas être déjà là. Que j'avais encore du travail à accomplir sur terre – et puis hop ! Je suis de retour sur la table d'opération, et mon cœur bat et je reviens à moi. Donc je raconte tout ça à Steinglass, et il me dit : « Mrs. Weissmuller, quel était votre métier ? » et je dis à Steinglass : « Je nettoie les calmars à la conserverie de poissons de Long Island ». Et il me dit : « Je vois ». Puis ils sont passés à cet autre reportage sur ce Russe qui se plante des aiguilles d'acier dans les bras, y attache des câbles et tire des trains en haut de collines.

La viocque leva les yeux vers moi et me sourit en soulevant le verre qu'on venait de lui servir comme pour trinquer timidement avant de s'en envoyer une bonne gorgée.

À ce moment, nous fûmes interrompus par Carruthers qui s'affala par terre dans l'allée à côté de moi et entreprit une plaisanterie de fin de tournée à laquelle je réagis sans aucun enthousiasme, préférant l'histoire très intrigante de la vieille dame. Il ne tarda pas à sombrer dans une dense stupeur jusqu'à ce que Stouffer débarque, lui verse de l'eau dans le cou et réussisse à suffisamment le réveiller pour qu'il retourne à l'avant de l'avion où les réjouissances allaient toujours bon train. Carruthers avait quand même laissé une Vodka Iceberg toute fraîche sur ma tablette, que j'avalai d'un trait, ayant descendu le dernier, craignant que l'hôtesse ne se soucie jamais de reprendre son service normal.

– Ah, merci, soupira la dame pleine de gratitude, tandis qu'elle finissait son verre, sans paraître remarquer qu'il s'était écoulé dix minutes depuis la dernière fois qu'elle avait parlé. Vous êtes un gentil garçon. Vous êtes ce chanteur pop, c'est ça ?

J'acquiesçai d'un vague murmure, mais cette chère vieille ne dit pas grand-chose de plus après cela ; elle resta assise dans une rêverie vitreuse. J'essayais de penser à l'intérêt de retrouver ses parents de l'autre côté. J'imaginais la tante Maude et l'oncle Ted, portés comme sur des roues dans la lumière pour m'accueillir. L'oncle Ted, chauve comme une foulque, en train de chanter « Green, green, it's green they say, on the far side of the hill », juste comme ce vieux 45 tours qu'il passait tous les Noëls. Et la tante Maude, sous une croûte de talc et de produits Revlon, parfaitement asexuée, femme qui, de toute sa vie, ne m'avait pas adressé la parole plus d'une demi-douzaine de fois, et toutes pour me réprimander, au cours des seize Noëls, ou à peu près, où nous nous étions trouvés dans la même maison avec le reste de la famille.

Mon grand-père du côté de ma mère serait sans doute en tête de la foule qui m'accueillerait. Il se tiendrait là, ce vieux type grisonnant, totalement impossible à reconnaître pour moi, étant donné que je devais avoir dans les quatre ans quand il est mort. J'allais sûrement supposer que c'était un vieux pervers cherchant à me molester. Bon sang, c'est qui ce vieux salaud, penserais-je, qui me couvre de son affection ? Et puis, il y aurait ma grand-mère du côté de mon père. La vieille Nancy une petite mégère lunatique qui, pendant tout le reste de sa vie, ne m'a plus jamais dit un mot à partir du jour où j'étais arrivé pour la fête annuelle avec un T-shirt sur lequel était imprimé « Rolling Stones » en grandes lettres rouges dans une matière caoutchouteuse qu'on colle au fer à repasser. Pas un seul mot.

Son mari, lui aussi un barjot. Le vieux papi montait dans la Ford Ruby et nous partions nous promener pour la journée vers une infernale plage anglaise couverte de goudron, et dès que nous étions arrivés, il sortait de la voiture en faisant craquer ses articulations, s'allongeait sur le sol (les parkings étaient alors couverts d'herbe) et s'endormait promptement ! Nancy enrageait contre lui et poussait ces extraordinaires petits « cot cot cot » avec ses fausses dents mal ajustées, mais sans aucun résultat : le vieux bougre pouvait dormir n'importe où, n'importe quand.

L'un après l'autre, je fis défiler mes parents devant l'œil de mon cerveau et je n'arrivais pas à trouver la moindre raison, ni aucune marque d'amour ou d'affection que nous nous serions manifestée sur la terre et qui pouvait véritablement garantir une réunion au ciel. J'étais convaincu qu'il n'y en avait pas un seul qui attendrait dans les espaces célestes, mourant d'envie, en somme, de couvrir leur jeune parent de l'amour familial chaleureux et intime. En fait, je les enverrais sacrément promener s'ils me faisaient ça ; rien que d'y penser, j'en avais la chair de poule !

Je jetai un coup d'œil à la viocque. Elle dormait, ou méditait ou quelque chose comme ça. Elle regardait droit devant elle, les yeux fermés, parfaitement immobile, le verre de plastique presque vide dans sa main noueuse, debout sur son genou. J'ai surveillé le verre, fasciné, en voyant, sous mes yeux, la prise se desserrer et le récipient basculer, déversant le restant de son contenu glacé sur ses jambes. Je me suis penché pour l'attraper, mais il était trop tard et le gobelet bascula sur son genou et rebondit sur le sol métallique sans moquette.

En observant son visage, une appréhension commença à me prendre aux tripes. Je jetai un regard en direction de l'hôtesse qui passait à ce moment devant moi, puis sur ce visage exsangue, blanc comme le givre malgré les substantielles applications de fond de teint et d'eye-liner pour de vieille femme.

« Merde », dis-je en cherchant son pouls. Son petit poignet se refroidissant sous mon pouce n'avait plus de pulsation ; pas le moindre clignotement. J'imaginais cette machine dans l'épisode de. *Bunkum*, la machine qui vous dit si votre cœur a cessé de battre, un point en plein écran comme un soleil qui aurait implosé pendant que l'équipe au fort accent allemand de l'émission le fixait, tous se grattant leurs barbes scientifiques avec impatience.

La vieille fille était morte. Morte et bien morte, probablement à mi-course de son voyage autour du monde. Elle avait expiré, là, sur le siège à côté du mien. Elle avait dû économiser pour ce voyage : une dernière aventure avant que les proches, de l'autre côté, dans cette lumière d'amour blanche, soient finalement prêts à la prendre dans leurs bras pour la conduire au bercail céleste.

Une hôtesse de l'air réussit finalement à parcourir l'allée tandis que nous affrontions d'autres turbulences. Elle me sourit, mais je ne fis pas d'effort pour lui répondre, la léthargie s'étant emparée de moi, comme par sympathie avec le cadavre. Je restai là un instant, raide et hésitant, acceptant la réalité de la situation et trouvant même manière d'inspiration dans ce corps inhabité. Je pouvais voir son âme s'élever aux accords de « Hava Nagilla », atteignant ses tympans spirituels, et la vision de ses amis, de ses parents et de tout le reste des Mensche de sa vie se matérialisant dans ses globes oculaires éthérés. Ils allaient vraisemblablement se faire sur-le-champ une sacrée bonne petite bouffe : des *matzo balls* dans de la soupe au poulet, des *blintzes* et des *bagels*, le tout arrosé d'une bonne gorgée de cette saloperie de Manischewitz, aussi douceâtre que de la mélasse.

Je ne voyais pas de raison de donner l'alarme : une EMI dans une vie devait suffire. Il était grand temps de passer à une simple EM, pensai-je. Le bon boulot que son destin lui avait fait poursuivre à la conserverie de poisson de Long Island était achevé, et les choses étaient réglées. Je n'allais pas risquer de réveiller un toubib qui serait à bord pour lui faire faire des massages cardiaques, histoire qu'il se précipite ici et la brutalise jusqu'à ce que la pauvre vieille revienne à la vie. Qu'elle parte, pensai-je, en baissant les yeux vers ce petit visage de lutin qui glissait de la capuche de l'anorak de ski, figé dans une expression complètement vide.

Puis je vis le thylacine, mon imagination soudain activée, me nourrissant de l'essence spirituelle qui, pensai-je, se dispersait encore autour du cadavre. Le thylacine dans une cage à Kimber, attendant le retour de Carruthers, juste pour se retrouver arraché par quelque émissaire brutal du Clermont Set et envoyé vers une destination éloignée, désolée et glaciale. Oh, je ne doutais absolument pas que Lucky et son équipe auraient préparé un scénario d'environnement tasmanien pour le jeune animal, mais ma gorge se serra rien qu'à cette pensée. Il semblait y avoir quelque chose de sacré, de mythique à propos de cette bête, et je sentis soudain les picotements de frustration dans mon sang se transformer en gros tessons de remords et de désir. Ce désir jaillit d'un souvenir profondément enfoui, presque cellulaire dans sa genèse – l'abominable vision inopinée de mon cousin Billy posant un crapaud dans l'ornière faite par un tapecul, puis faisant tomber le tapecul dessus, envahit ma vision intérieure. « J'ai pensé qu'il aimerait vivre là », avait dit ce salopard de sadique, masquant à peine un ricanement dans sa voix pendant que je regardais l'amphibien exploser, ses entrailles giclant comme de la crème blanche.

Cet incongru souvenir d'enfance du terrain de jeu local fut écarté et je me retrouvais de nouveau avec le cadavre qui n'avait pas bougé d'un pouce. Les thylacines, les cadavres, les crapauds écrabouillés, une carrière réduite aux tournées dans l'outback, dans le nord gelé, et Dieu sait quels endroits Steed gardait dans sa manche – qu'est-ce que tout cela signifiait ? Disparition. C'était le mot de la fin au bout de mon tunnel personnel. Pas de parents aimants, pas de plans de retraite confortables, pas de lumière blanche accueillante. La disparition pure et simple. Et alors, je sus ce qui me restait à faire.

Chapitre 23

– Carruthers ?
– Aye ?
– BP.
– Salut, Brian ! Méga, méga. Comment tu vas ? Bien ?

Je fis une pause pendant un instant, faisant des efforts pour entendre au milieu des clics et des pops de miles de fibres optiques, satellites ou je ne sais trop quoi, cette foutue technologie moderne utilisait pour relier Londres à Kimber par téléphone. Je m'inquiétais des écoutes téléphoniques et j'étais parano depuis notre retour à Londres, épiant les ombres dans les rues, imaginant le Clermont Set comme un instrument de la Police de la Pensée d'Orwell, maintenant que nous étions littéralement entrés dans le proverbial 1984.

C'est la vieille Mrs. Weissmuller et son soudain décès qui m'avaient plongé dans cet état. Depuis le moment où elle avait cassé sa pipe dans l'avion, j'existais à des niveaux parallèles, basculant entre les sens normaux et un inhabituel arc plus large, genre radar. Je croyais être capable de voir à travers la peau de quelqu'un et de percevoir le rayonnement d'un intangible intérieur. Je marchais comme si mes jambes étaient repliées sous moi dans la position du lotus ; il fallait parfois que je baisse les yeux pour vérifier, craignant que tout Londres ne me dévisage.

– Carruthers, est-ce qu'il est toujours là ? Il n'y eut pas de réponse immédiate, comme si Carruthers scrutait la pièce.

Une vision claire de ce rustre me traversa l'esprit. Il avait les yeux baissés vers son short vert vif, le téléphone éloigné de son oreille. Cette apparition mentale était tellement palpable que je sentais le silence de la campagne dans le hall où se trouvait ce téléphone. Je sentais l'odeur du pain, du pâté de hérisson, et de l'air humide et frisquet.

– De quoi tu parles, Brian ?

– Du putain de thylacine, Carruthers ! sifflai-je entre mes dents. Est-ce qu'il est toujours là ?

– Oh, aye, Towser est dans la cage. Il est sorti ce matin et il a fait une bonne séance d'entraînement, sûr. Il a flairé un lapin. N'a pas pu l'attraper – trop lent pour ça, mais ce salaud les sent à un mile à la ronde et il les débusque si bien que j'ai plus qu'à les tirer. Génial !

– Ils ne sont pas encore venus le chercher alors ? demandai-je, une étonnante représentation de ce grand lourdaud de Carruthers et du thylacine rayé, gros comme un Labrador à présent, soudain apparue sur ce nouvel écran de cinéma dans ma tête.

– Pas encore, répondit-il d'un air maussade.

– Bien. Écoute, Carruthers. Tu es toujours en contact avec cette hôtesse de l'air ?

– Laquelle ?

– Celle qui a fait passer l'animal en fraude, espèce d'andouille !

– Oh, Miss Mepps. Aye, nibs. J'ai le numéro de téléphone de Miss Mepps. Elle habite à Londres, ouais.

– Appelle-la et demande-lui quand elle retourne en Tasmanie. Demande-lui quand est son prochain vol. Compris ?

– Aye… est-ce que tu penses que…

– Fais ça, je te dis, Carruthers, sois sympa.

– Nibs. Je t'appelle quand je l'ai eue. Farff.

Je faisais les cent pas dans l'appartement, des papillons me traversaient l'estomac pendant que j'attendais l'appel de Carruthers. Je n'arrêtais pas d'aller jusqu'aux grandes baies vitrées pour regarder dans la rue bordée d'arbres. Deux jeunes arabes sveltes traînaient à côté d'un vieux platane trois portes plus bas, tous les deux vêtus de trenchs, ils se lançaient et se relançaient l'enveloppe duveteuse d'une boule de platane. Quelque chose dans leur jeu insensé les faisait ricaner. Ils me mettaient mal à l'aise. Toute la perspective venteuse de cette rue, en fait, et les craquements intempestifs du plancher sous la moquette bleu roi, faisaient que je me sentais nerveux et solitaire. Je ne souhaitais qu'une chose : pouvoir monter dans un avion pour l'Amérique, être avec ma famille et oublier le projet insensé dans lequel j'étais sur le point de m'embarquer, un plan qui pouvait très bien me mettre dans un très sérieux kimber, c'était sûr.

J'ai jeté un œil au courrier que j'avais remonté à mon retour de l'Arctique. Comme de juste, les exaspérants avocats des Baedburger avaient concocté une réponse au dernier joyau de mon imagination que je leur avais envoyé, des années auparavant, me semblait-il.

Cher « Sir » Porker,

Depuis réception de votre dernier courrier, que nous avions photocopié, agrandi et encadré, nous avons reçu une facture du *Holy Order of American Jaffas*, s'élevant à la somme de 30 139,15 dollars. Ceci, prétendent-ils, leur étant dû de plein droit en compensation de la négligence « criminelle et scandaleuse » dont a fait preuve votre demi-oncle alors à leur service, et doit leur être payée par vous en totalité dès réception en tant que récipiendaire de ses biens à la place des Baedburger.

Il se trouve que les Jaffas ont eu vent du décès de Mr Bacon et que, dans leur pauvreté, ils ont décidé d'entamer une action en justice, démarche nécessaire pour restaurer l'ancienne grandeur de cet ordre dont il a, de notoriété publique, causé la perte.

Le Lombardi Memorial Hospital de Franklin D. Roosevelt Island à New York a également demandé une indemnité de 15 000 dollars en dédommagement de la pension et des soins de Mr Bacon au cours des cinq derniers mois de sa vie. Ce qui fait un total de 25 010,35 dollars. Nos honoraires légaux pour le traitement du dossier au nom des Baedburger s'élèvent à 7 000 dollars. Ceux que vous nous devrez vont sans doute se monter à un chiffre identique. Ce qui laisse 11 010,35 dollars dont 5 000 seront exigés en taxes d'État, ce qui nous laisse un total final de 6 010, 35 dollars. Un instant… le téléphone sonne – excusez-nous, Mr « Sir » Porker. C'était le gouvernement canadien nous informant qu'un arriéré d'impôts sur les sept hectares de terre que Mr Bacon possédait en New Caledonia leur est dû. Ce qui nous laisse un total final de 57,25 dollars. Accepteriez-vous un chèque ? Loretta et Gaylord Baedburger ont décidé de ne pas faire valoir plus avant leurs droits. L'argent est à vous.

Nous vous prions d'accepter l'expression de nos respectueuses salutations.

Messieurs Goldtraub, Cardbaum & Silvermein.

Je tripotais mon stylo à encre, prêt à écrire à toute vitesse une réponse adéquate et injurieuse quand le téléphone sonna et que le ton suave de Carruthers écorcha ma susceptibilité déjà bien à vif.

– Aye, BP. Carruthers.

Et une fois de plus, mon cerveau fébrile projeta une vision parfaite sur mon œil interne : je voyais le thylacine faire de grands bonds dans la campagne anglaise, traverser furtivement une prairie dans la brume tandis que ce dégingandé de Carruthers avançait tant bien que mal derrière lui, un fusil dans sa main droite.

– Oui, dis-je, essayant de me concentrer sur l'affaire qui nous concernait.

– J'ai eu Miss Mepps, nibs. On a beaucoup de chance, elle a un vol demain soir à 7 heures, de Heathrow. J'aurais facilement pu la rater.

– Elle va en Tasmanie, Carruthers ?

– Aye, farff. Tassy, c'est ça.

– D'accord, Carruthers, dis-je en pensant à Miss Mepps, l'Hôtesse de l'Enfer, avec sa peau qui ressemblait à un trampoline à cause de son lifting au rabais.

– Elle est où ?

– Elle est dans son appartement de Peabody Estate, près de Victoria, à côté de Scotland Yard.

– Elle est à Londres, Super. Carruthers, écoute-moi attentivement…

Chapitre 24

Avec un grand sac à bandoulière pour tout bagage, je sortis de la maison à midi le lendemain et j'avançai contre le vent frais en direction de ma voiture. Mon regard s'est immédiatement porté sur les Arabes aux yeux noirs, exactement au même endroit que la veille, comme s'ils avaient passé la nuit ici. Ils étaient là, à trois mètres de ma Lancia gris métallisé, se lançant nonchalamment leurs boules duveteuses jusqu'à ce qu'ils voient ma silhouette déterminée descendre les marches de mon perron dans leur direction. Rapidement, et avec une habile insouciance, les deux garçons descendirent doucement un peu plus loin dans la rue, toujours en se lançant la boule de platane, leurs trenchs flottant dans la brise, tout en me jetant des regards par derrière. Je ne pouvais guère me permettre qu'un avis superficiel à cause du champ de mines en merdes de chiens que je devais systématiquement éviter dans ma rue (plus le quartier de Londres est riche, plus les propriétaires de chiens sont négligents), mais je pouvais voir à leurs vêtements et à leur allure assurée que ces garçons avaient passé un bon bout de temps en Angleterre et avaient très vraisemblablement été éduqués ici. Ils n'avaient pas cette grossièreté typique des intégristes d'Edgeware Road qui m'étaient toujours apparus très mal à l'aise sur le béton, comme si le sable était leur milieu de prédilection.

Je suis arrivé à la voiture, ayant échappé aux étrons, et je regardais les jeunes accélérer alors qu'ils tournaient dans ma rue en direction de la rue voisine. L'effet bizarre, presque psychotropique, dont je faisais l'expérience depuis le temps passé avec la vieille experte de la mort dans l'avion, revint pour de bon, ma vie ayant été particulièrement calme la plupart des jours précédents après mes conversations téléphoniques avec Carruthers. À présent, assis dans le siège de cuir esquinté de la Lancia en train d'emballer le moteur guttural, j'aurais juré avoir vu la faux noire de la mort accrochée au bras d'un des Arabes juste avant qu'ils disparaissent au coin de la rue.

Cette vision demeura devant mes yeux, se répétant et se surimposant partout où je regardais, et il avait fallu que je me donne une grande claque sur la joue pour la faire disparaître.

J'ai pris la direction de Marble Arch, luttant pour garder conscience des choses terrestres en observant le décor londonien : les Pakistanais derrière les vitrines de leurs magasins de vidéo et d'informatique qui bordaient Edgeware Road avant la passerelle ; les riches Saoudiens dans leurs Mercedes, roulant tout doucement devant les casinos qui se trouvaient à moins de cent mètres de là ; un clochard de temps à autre recherchant furtivement une poubelle exceptionnelle d'où il pourrait tirer son repas pourrissant.

Tout ceci semblait m'aider, et mon état d'hallucination déclina un peu après une altercation avec une patate de chauffeur de taxi qui avait essayé de me faire une queue de poisson à Marble Arch.

– Putain de rital ! gueula-t-il, tandis que je me faufilais dans le flot compact de voitures autour du rond-point.

– Va te faire foutre, branleur ! répondis-je avec mon plus bel accent cockney, hérité du côté maternel.

Poussant la Lancia à toute allure devant la gare Victoria, j'ai pris à droite en face de Scotland Yard, trouvant St Peters Street et les HLM de brique ocre de Peabody. J'ai garé la voiture devant un parcmètre et je me suis dépêché d'entrer dans la cour, espérant que c'était la bonne. Tout avait l'air d'aller au ralenti tandis que je jetai un coup d'œil à la rue derrière moi pour voir passer une Ford Escort rouge et deux yeux noirs en amande au milieu d'un jeune visage basané lancer un regard dans ma direction. Puis rapidement, une main se leva pour les dissimuler derrière le revers du trench coat.

Des Bahaïs ! Voilà ce qu'étaient ces Arabes visqueux – la secte aux gros doigts et aux tonalités hypnotiques de berceuses, qui croyait que j'étais la réincarnation de son gourou ! Ils étaient de retour, de nouveau sur mes traces, exactement comme ils l'avaient été en Suède. J'ai repensé à la journée d'hier dans mon appartement, j'ai essayé de me souvenir de coups de téléphone qui auraient pu aboutir à une attitude mécanique et onirique de ma part. Mais j'avais un trou, ne me souvenant que des paroles échangées avec Carruthers et d'un rapide coup de fil à Fortesque rempli d'ordres et d'instructions abruptes déposés sur son répondeur, et je subodorais que mon imagination pouvait bien faire toutes sortes de sauts, ils avaient dû être purement et simplement provoqués par l'étrange transmutation dont le cadavre m'avait imprégné dans l'avion. Mais, une chose était sûre, une attaque bahaï était imminente.

J'ai trouvé le bâtiment et j'ai monté les marches quatre à quatre, me sentant tout d'un coup impétueux, puisant des forces dans la certitude que si je les avais vaincus une fois, je les vaincrai une nouvelle fois. J'ai sonné à la porte et les yeux méfiants et sombres de

Miss Mepps m'accueillirent, ses cheveux teints en noir coiffés en arrière, révélant la peau liftée et artificiellement bronzée de son visage aux traits tirés.

– Carruthers ? Il est ici, dit-elle, me faisant vaguement entrer, son accent bourgeois simulé aussi transparent que le lifting.

– Salut, Miss Mepps, dis-je essayant de réchauffer l'accueil glacial qu'elle m'avait offert. Comment va le chien ?

– Carruthers ? répéta-t-elle en direction du fond de l'appartement.

Pour une raison qui m'échappait, l'Hôtesse de l'Enfer restait fidèle à l'impression initiale que j'avais eue d'elle ; exactement telle qu'elle s'était révélée lors du vol pour la Tasmanie il y avait des mois, son attitude envers moi était une manifestation de dédain, comme si ma simple présence l'offensait. J'essayai de me souvenir d'un acte de ma part à l'origine de son attitude – avoir commandé une bière un peu trop tôt pendant le vol me semblait être la seule chose qui aurait pu la contrarier.

– Allez, Towser, allez, mon gars !

Carruthers entra en pivotant autour d'une porte au fond de la pièce, le thylacine en laisse enchevêtré entre les deux grands poteaux blancs qui faisaient office de jambes chez l'ingénieur du son. De voir cette créature me donna un frisson dans le dos. Il était là, en train de tirer sur sa laisse dans ma direction, bestial et lupin, les rayures caractéristiques noires comme du charbon sur la partie haute de son corps, de la salive gouttant de ses grandes mâchoires noueuses et ses pattes puissantes fermement plantées sur la moquette bon marché à motif cachemire. Carruthers luttait avec la laisse et me souriait bêtement pendant que la queue raide du thylacine commençait à battre un aspidistra poussiéreux quelque peu lugubre dans son pot de papier alu.

– Bon sang, comment est-ce qu'on va faire pour qu'il reste tranquille, demandai-je en voyant mon plan s'effondrer sous mes yeux. Il est absolument *gigantesque*, Carruthers ! C'est un spécimen à sa taille adulte. Comment est-ce qu'on va faire monter ce monstre dans l'avion ?

– Tranqs, fut la seule parole que le géant ado m'offrit en réponse.

Tout d'un coup, je me suis senti bête, plongé dans l'ennui et sur le point de tout laisser tomber, mais j'ai demandé où se trouvait la salle de bains, décidant qu'un peu d'eau sur la nuque pourrait me faire du bien. Je n'avais aucune idée de ce que pouvait vouloir dire « tranqs », et je me dis que ce devait être le côté obscur de « nibs », ou une de ces absurdités du nord. Mais lorsque j'ai observé l'armoire à pharmacie de Miss Mepps dont la porte était ouverte, sa signification m'est devenue évidente : de nombreux flacons, clairement étiquetés et remplis d'une variété de gélules et de pilules aux couleurs engageantes s'offraient à mes yeux.

Des tranquillisants, et une sacrée quantité : Miltown, Valium, Librium, Ativan, plus un flacon de comprimés jaunes avec un nom à rallonge se terminant en « drine » sur l'étiquette. Des amphés, de toute évidence – le petit assistant de l'hôtesse de l'air. J'étouffai le désir d'avaler un cocktail de ces trucs, et retournai dans le séjour.

– Comment ? demandai-je, interrompant une séance de câlins entre l'hôtesse de l'air d'un certain âge, Carruthers et le thylacine qui promenait doucement sa langue géante sur leurs visages, Carruthers dont les cheveux roux présidaient à tout ce spectacle comme un vaisseau spatial en flammes.

– Oh, aye, fit-il, se dépliant de l'ignoble canapé de velours rouge où cette démonstration avait lieu, pour se mettre sur ses pieds. Tu vois, dans la jungle où j'ai eu Towser... le chef abo l'avait gavé de plantes médicinales comme je te l'avais dit. Ça l'avait complètement assommé, ce petit bougre. Ce type m'en avait donné une quantité et Miss Mepps lui en filait à chaque escale technique. J'ai un jeu de seringues, on va écraser des pilules, quoi, et les lui injecter, farff. Kimber et bonne nuit. Pas de problème, nibs.

– Pas de problème ? Et la puanteur ? m'enquis-je, mes narines s'ouvrant comme deux trous noirs à l'odeur des puissants relents canins qui emplissaient la pièce. Cet animal n'est peut-être pas de la famille des chiens, mais il pue exactement comme un chien – et un chien crevé de surcroît.

Miss Mepps m'a jeté un de ces regards, comme si je l'avais insultée encore une fois, et pendant un moment je me suis demandé si le marsupial devait être le seul à blâmer pour la puanteur que dégageait l'endroit.

– Ne t'inquiète pas, chéri, dit-elle d'un ton sarcastique, je le badigeonnerai d'eau de quelque chose – c'est sa taille qui m'inquiète. Il va falloir que je le mette dans ce sac, là-bas. Elle désigna un sac de toile gigantesque posé au pied de la télé. Tu te détends et tu nous fais ton numéro de star pop. Tu te soûles ou tu fais tout ce que vous, les gars, vous faites tout le temps, d'accord ? fit-elle, la voix à présent chargée de venin. Mais moi, je vous dénonce si je me fais choper avec ce truc, ajouta-t-elle en relevant son nez pointu d'un air hautain pour nous snober.

– Hé, c'est vous qui l'avez amené ici ! dis-je d'un ton ferme, sentant monter sérieusement en moi la tentation d'aller flanquer une tarte à cette pouffiasse.

– Arrête de râler, pop star. On va réussir le coup.

– Moi, je râle ? m'exclamai-je, incapable de me contenir davantage et attrapant l'objet le plus proche, qui se trouva être un ananas à l'air minable en haut d'une coupe de fruits, dont la plupart avaient atteint un degré avancé de décomposition.

Je me lançai vers Miss Mepps, agitant devant moi l'objet piquant, un sourd grognement s'échappant de mes lèvres retroussées. Ses yeux noirs s'exorbitèrent comme s'ils étaient montés sur échasses tandis que je me jetais sur elle, avec la ferme intention de l'assommer à coups d'ananas pourri. Mais Carruthers avait réagi à une vitesse étonnante, il avait tendu une de ses jambes gigantesques sans même bouger du canapé, sur laquelle j'ai trébuché et je me suis écroulé comme un arbre abattu. Toutefois, en tombant le bras tendu devant moi, je tenais toujours fermement l'ananas piquant qui atterrit sur l'entrejambe de la jupe en polyester bleu marine de Miss Mepps, et sous le choc, la femme s'est mise à hurler comme un chien.

Quelques nanosecondes plus tard, mon visage heurta le sol entre les pieds de Miss Mepps, le thylacine bondit dans l'imbroglio, suivi par la moitié supérieure de Carruthers qui essayait désespérément de dégager la bête à la langue pendante avant qu'un danger s'ensuive.

Après une éternité confuse occupée par la double attaque des pieds de Miss Mepps et l'haleine fétide du tigre de Tasmanie, Carruthers réussit à tirer l'animal d'une main et à me relever de l'autre comme si j'étais un jouet mécanique devenu fou furieux.

Miss Mepps s'est assise en tenant son cœur et en haletant très fort. J'étais debout, à bout de souffle également, fixant bêtement la tige de l'ananas que je tenais toujours fermement dans ma main ; la chair oléagineuse du fruit à moitié pourri s'étalait sur les cuisses de l'hôtesse, ajoutant une autre odeur désagréable à l'atmosphère. Towser, le thylacine, était assis aux pieds de Carruthers, haletant et laissant sa langue collecter toutes les molécules d'air rafraîchissant qui restaient dans la pièce.

– Bien, dit Miss Mepps en se relevant, son expression normale de dédain à nouveau en place. Cet ananas avait fait tout le chemin depuis Hawaii, espèce de salaud ! Essaie de contrôler ce débile, s'il te plaît, Carruthers, le supplia-t-elle, me jetant un regard mauvais. Je vais changer de jupe et préparer les tranquillisants, je peux ? On ferait bien de s'y mettre, je veux faire monter cet animal dans l'avion bien à l'avance, au cas où il n'y aurait pas assez de place dans la soute.

Elle alla dans la salle de bains en m'évitant. Je m'apprêtais à faire des excuses à Carruthers, mais je me suis retenu. Ce n'était pas de ma faute si nous étions dans cette situation – je ne faisais guère que suivre la voie que ma vision de la disparition avait ouverte ; la vision produite par ma proximité du cadavre de la vieille dame au moment où son âme s'était envolée vers l'inconnu. Carruthers avait raflé l'animal dans son habitat légal et il était à l'origine de toute cette pagaille. Entre les Bahaïs et le Clermont Set sur mes talons, pas étonnant que j'attaque les hôtesses de l'air. En plus, je fichais en l'air cinquante millions de putains de yens !

– C'était un peu kimber tout ça ! dit Carruthers d'un ton enjoué alors qu'il extrayait une seringue de la poche de son short.

Il portait un informe T-shirt marron avec le mot « Tupperware ! » imprimé dessus dans une infâme couleur avocat.

– Ça t'a plu, ces petits ébats, hein, Towser, hein, mon gars ? C'est l'heure de ta sieste maintenant, mon garçon. Aye, allez, on s'endort…

La camionnette marron aux vitres teintées nous suivait depuis le carrefour de Kensington Church Street et de Kensington High Street et pas loin derrière traînait la Ford Escort rouge. Le vent balayait les rues comme un mauvais présage tandis que je prenais à gauche et que je lançais ma Lancia dans Warwick Road. Entre les imperméables déchaînés et les sacs de courses qui volaient, j'apercevais de temps à autre d'étranges esprits qui rayonnaient derrière les vaisseaux humains de piétons. Une fois encore, je me demandai si je n'avais pas absorbé une dose d'un des foutus timbres Joker de Stouffer tripotés avec autant d'insouciance sur Bear Island, et si je n'avais pas une réaction retardée. J'avais suffisamment fait l'expérience de flashs sous acide après la fin des années soixante pour reconnaître la sensation à présent, mais ceci me paraissait encore plus bizarre, et je commençais à douter que le simple fait d'avoir été assis à côté d'un cadavre sur un avion cargo converti en avion de ligne depuis l'Arctique suffisait à causer cette espèce de bouleversement psychique. D'abord, je ne fis aucune mention à Carruthers ni de ma conscience élargie, ni du fait, plus terre à terre, que nous étions suivis ; il avait étendu sa carcasse gauche en travers du siège arrière, apparemment pas concerné par mes soudaines accélérations à en péter le carburateur, fixant bêtement devant lui comme s'il regardait un film ennuyeux.

Mais en commençant à repenser à ce vol de retour d'Islande et à repasser les détails dans ma tête avec autant d'attention que mon cerveau visionnaire le permettait, je me suis souvenu d'un incident qui s'était produit tout juste une demi-heure avant que la vieille dame passe l'arme à gauche. Je me suis souvenu de Carruthers se glissant vers l'arrière et se plantant à côté de moi, ivre, sur le sol de l'allée. Il avait essayé d'entreprendre une conversation de fin de tournée, de style sentimental, du genre divagations d'hommes soûls célébrant leur amitié qui suivent souvent des semaines d'épreuves mêlées à des spectacles triomphants, ce que certains des concerts polaires furent absolument, malgré mon cynisme. Toutefois, nos timides tentatives pour devenir copains étaient tombées à l'eau en quelques minutes ; j'étais plus intéressé par ce que la vieille dame avait à raconter, et l'ingénieur du son avait soudain sombré dans un profond sommeil en pleine phrase comme s'il avait reçu un coup de maillet sur la tête. Avant que j'aie repris la conversation avec la vieille juive de Long Island, Stouffer avait titubé jusqu'à notre section de l'avion et versé de l'eau dans le cou de Carruthers afin de le réveiller et de ramener sa carcasse d'échalas jusqu'au groupe qui faisait sa petite fête à l'avant, et tandis qu'il emmenait cet adolescent géant à demi-conscient, j'avais aperçu la boisson de Carruthers posée sur ma tablette à côté de mon verre vide. Il y avait eu une accalmie dans le service des boissons, surtout parce que les hôtesses traînaient au milieu de mon équipe, avec qui elles faisaient la fête en servant les boissons gratuites ; j'avais donc bu une gorgée du verre de Carruthers, et, décidant que c'était tout simplement une agréable et rafraîchissante Vodka Iceberg, et rien de plus, je l'avais descendue d'un trait. Ce soudain souvenir me perturba complètement tandis que nous ralentissions aux feux du rond-point de Chiswick menant à la M4 ; je me sentais obligé d'enquêter sur la nature de cette boisson.

– Hum, Carruthers ? risquai-je, redoutant une réponse qui expliquerait effectivement le pétrin dans lequel je me trouvais.

– Aye ? répondit-il d'une voix terne.

– Tu te souviens de ce vol de retour de l'Arctique quand tu étais assis à côté de moi et que tu as laissé ton verre sur ma tablette ?

– Justement, qu'est-ce qu'il est devenu ? s'exclama-t-il, soudain enthousiaste après sa récente lassitude. Je craignais le pire.

– Qu'est-ce qu'il y avait dedans ? hasardai-je, grinçant des dents d'angoisse.

– Une putain de toxine de dendrobate à ventre tacheté ! répliqua-t-il sans hésiter.

– Euh, euh, fis-je, aussi stoïque que possible. De dendrobate à ventre tacheté...

– Aye, quand on disait « Super drogues sur Bear Island », on parlait de drogues au pluriel, c'est-à-dire pas juste une seule, quoi – pas seulement le KP3.

– Le KP3 ?

– Aye, c'est comme ça qu'ils appellent la potion du jeu – en fait, c'est une forme très raffinée de dendrobate à ventre tacheté – le truc que t'as bu était vachement plus brut – même si je ne suis pas sûr de pouvoir raconter tout ça comme ça à quelqu'un qui n'est pas au courant, quoi. Remarque, je suppose que t'es au courant maintenant, hein ?

– Oui, Carruthers, je suppose, dis-je, commençant à bouillir et déjà en train de chercher dans la voiture un objet avec lequel je pourrais couronner cet enfoiré.

– D'accord, Carruthers, dis-je, pesant mes mots très attentivement. Qu'est-ce que cette saloperie fait exactement ?

– Bien, la substance brute que t'as prise, c'est comme le KP3 – la drogue du jeu – à ses premiers stades de fabrication. Ces putains de Russes adorent s'envoyer au ciel, pas de doute, et ils ont réussi à isoler une très discrète – je dis bien très discrète – quantité sélectionnée des exactes molécules à partir de ce putain de dendrobate, quoi, en séparant la substance qui t'envoie dans un sérieux kimber – cette putain de partie qui te tue, quoi. Oh, et puis ils sont aussi en train de bricoler avec du venin de crotale diamondback d'Arizona –

maintenant, celui-là, je suis impatient de me l'essayer. Nibs.

– Je vois, dis-je, fixant l'ingénieur du son dans le rétroviseur, assis sur le siège arrière, installé en travers sur toute la longueur, les deux tours jumelles que faisaient ses longues jambes pliées au genou dépassant de son short de boxe vert vif et obscènement imberbes, touchant presque le tissu brun du toit de la Lancia.

– Aye, continua-t-il, nonchalamment. Pour ce qui est du dendrobate à ventre tacheté, ils ont isolé les matières chimiques utiles, conservé un lot de la forme brute – celle qui te fait voir des squelettes en train de marcher dans les rues – celle que tu as prise – et puis, partant de là, ils ont finalement trouvé cette magnifique substance qui exacerbe ton ADN de la chance : tu sais, la drogue du jeu.

– Et, s'il te plaît, mon petit chimiste amateur, dis-je d'un ton sarcastique, devinant que bientôt une colère abjecte le remplacerait, combien de temps cette substance va-t-elle m'affecter ?

– C'est différent pour chacun, à ce que j'en sais. Ça vient par flashs. Deux, trois jours… quelques semaines. Mais si tu bois, ça coupe les effets, Brian ! annonça-t-il, joyeux. Aye, si j'étais à ta place, je m'enverrais un flot régulier de picole dans la gueule – ça t'éviterait un sérieux kimber, farff.

– Je vois, dis-je, sentant quelque chose bouillonner au fond de moi, quelque chose comme une fureur homicide, psychopathe. Et puis, je ne pus m'empêcher de hurler à pleins poumons : Pourquoi bordel, est-ce que tu te balades dans des putains d'avions avec des verres pleins du putain de poison de cette foutue toxine du dendrobate ? Espèce de couillon d'écervelé !

– Aye, du calme, Beep, répliqua mielleusement ce propre à rien. C'est ce putain de Stouffer qui me l'a donné. J'avais déjà eu deux flashs de Superman et un

305

demi Joker, plus suffisamment de vodka pour foutre en l'air un cuirassé. Bon sang, qu'est-ce que tu fous à t'envoyer les boissons des autres, de toute façon ? Même moi, je ferais pas ça.

Cette dernière phrase, il l'avait prononcée avec indignation, et je devais admettre qu'il avait parfaitement raison.

– Bien, finis-je par répondre, la colère me quittant soudain et une discrète résignation prenant sa place. Donc, il faut que je coupe les effets avec quelques verres et ça finira par partir.

– Pour autant que je sache, nibs. Au moins, je n'ai pas entendu dire que quelqu'un avait été esquinté de façon *permanente*… pas encore. Bien sûr, pratiquement personne n'en a pris pour ainsi dire – c'est pas vraiment en vente libre, tu vois.

Nous avions perdu Miss Mepps dans la circulation au volant de sa Peugeot bas de gamme, le thylacine comme un sac de patates sur le siège arrière, gavé d'hypnotiques et de tranquillisants. Carruthers avait concocté une équation incongrue pour le mélange, à parts égales de Valium, d'Ativan et de Miltown, avec en garniture deux gélules de Nembutal.

« Pour les rêves », avait-il insisté, comme si ce cocktail dangereux était un relaxant communément prescrit pour maîtriser les espèces extraordinaires officiellement disparues.

Arrivés sur la M4, j'ai poussé la voiture à 140, mais la camionnette de mauvais augure aux vitres teintées qui suivait nos tours et nos détours dans la circulation, gardait toujours obstinément le rythme. Je priais pour que celui qui était au volant ne sache pas que nous nous étions séparés de Miss Mepps et que le thylacine se trouvait avec elle, endormi dans sa Peugeot minable. Dans ce cas précis, nous avions une sacré bonne chance d'au moins monter à bord de l'avion et de faire sortir l'animal du pays. Mais au moment où je faisais crisser les pneus de la Lancia pour la garer sur le parking longue durée d'Heathrow, je vis que la camionnette marron s'arrêtait également, ses vitres teintées pile sous le ciel gris.

– Dégage, Carruthers, m'exclamai-je, voilà la navette !

Nous avons attrapé nos sacs et nous nous sommes précipités vers le bus qui démarra aussitôt. Je me suis assis à l'arrière et j'ai regardé par la vitre pour voir deux hommes qui ressemblaient à des videurs de boîte de nuit, sauter de la camionnette, jeter un coup d'œil à la Lancia, puis ressauter à l'intérieur pour aller garer leur véhicule sur une place voisine.

– Ben, t'es un peu pâle, BP, dit Carruthers. Tu te sens bien ?

– Aye, répondis-je, me laissant aller, et pas pour la première fois, à parler comme l'ingénieur du son. Je veux dire oui… oui, Carruthers, ça va. J'ai juste besoin de boire quelque chose.

– Dis donc, farff ! C'est au poil. Y en a plein l'avion. Miss Mepps va nous refiler des boissons gratuites par paquets ! Nibs, c'est sûr, pas de doute !

J'imaginais très bien l'hôtesse de l'air ossifiée en train de verser de l'alcool dans le gosier de cet ivrogne de Carruthers, mais je me disais que son rôle avec moi demeurerait celui de l'Hôtesse de l'Enfer, et qu'il faudrait que j'achète le mien.

Nous avons été retirer nos tickets et nous sommes installés dans la file d'attente pour l'enregistrement bien que j'aie supplié qu'on nous donne nos cartes d'embarquement ; nous n'avions que des gros sacs de cabine, pas de bagage à enregistrer, mais il fallait malgré tout faire la queue. Je piétinais d'impatience, me crispant à cause de la bruyante amplification des voix et du cliquetis des chariots métalliques, espérant que la file allait avancer plus vite, maudissant en silence la lenteur des réponses de ces débutants trop zélés aux guichets qui exécutaient mécaniquement leur rituel, demandant aux Pakistanais, aux Juifs, aux Arabes et aux Anglais également s'ils n'avaient pas d'explosifs cachés dans leurs bagages. C'est alors qu'une tape sur l'épaule me fit sursauter. Je fis volte-face : les videurs étaient là, le visage pâteux, engoncés dans leurs costumes bon marché – l'un d'eux portait même des lunettes de soleil comme s'il travaillait pour la CIA.

– Où il est ? demanda celui qui m'avait bousculé.

Mes intestins ondulèrent comme des serpents et mon estomac fut pris de spasmes ; la salive sur ma langue semblait vivre sa propre vie, se divisant en rigoles indépendantes avant de complètement se dessécher. Le tic sous mon œil droit s'enclencha, suivi de près par un dysfonctionnement physique similaire sous mon œil gauche. J'ai donné un coup de coude à Carruthers qui n'avait pas remarqué l'imminence du danger. Les gorilles regardèrent l'adolescent géant et réagirent, leur violente supériorité légèrement entamée au spectacle de cet humain grand comme un poteau, devant son expression tout aussi stupide que la leur. J'ai vu un policier donner des indications à une Japonaise trapue et j'ai repris courage parce que cet endroit était tout simplement public.

– Quoi ? dis-je d'une voix légèrement insolente.

– Le chien, dit le gorille, son monotone accent du sud de Londres s'était émoussé jusqu'à la platitude totale après des années de stupidité suprême. Ceux du Clermont Set étaient peut-être des aristocrates, mais ils n'engageaient pas des Sloane Rangers pour faire leur sale boulot.

– Nous étions censés récupérer le chien auprès du rouquin qu'est là, dit l'autre voyou en s'approchant de moi, mais on nous a dit qu'il était parti pour Londres hier soir avec lui. On nous a dit qu'il venait de Tasmanie… c'est bien là que part ce vol, pas vrai, mecton ?

Des années que je n'avais pas entendu quelqu'un utiliser le mot « mecton » et j'ai pouffé de rire malgré moi. Le policier passa encore une fois à côté de nous, discutant aimablement avec un pilote en uniforme. Les deux voyous reculèrent à nouveau d'un petit pas, faisant semblant d'être dans la queue. Quelque chose fit tilt dans ma tête : si le Clermont Set voulait le thylacine, il n'avait qu'à venir le chercher lui-même.

– Dégage, dis-je tout net aux deux voyous à gages, après quoi la queue se dégagea d'un coup et ce fut à mon tour d'enregistrer.

Carruthers s'avança jusqu'au comptoir avec moi, lançant des petits sourires suffisants aux deux artistes qui semblaient à court d'idées.

Mais ils rassemblèrent bientôt à eux deux tous leurs piètres esprits et partirent s'acheter des billets, suivis de près par les deux Bahaïs aux yeux en amande.

Chapitre 25

Miss Mepps marchait d'un pas chancelant dans l'allée pendant que l'avion avançait sur la piste pour se préparer à décoller. Elle avait l'air à la fois calme et nerveuse tandis qu'elle réglait la ceinture d'un enfant, cet obscène phénomène étant de toute évidence à mettre sur le compte d'un cocktail amphés/tranquillisants. Quand ses mains ridées se sont posées sur le torse de la petite fille, son visage était un paradigme de gentillesse attentive, mais quand elle a ajusté la ceinture de sécurité, j'ai vu sa mâchoire se serrer et ses oreilles bouger, faisant légèrement remuer d'un air menaçant les koalas d'un goût douteux qu'elle portait en boucles d'oreilles.

Elle reprit ses déplacements au ralenti, m'offrant le côté speedé de son humeur en passant à côté de mon siège, lorsqu'elle m'adressa, le temps d'une fraction de seconde, une grimace nerveuse et méprisante. J'étais déjà hyper tendu sachant que les kidnappeurs à gages de loup marsupial étaient à bord, dix rangées derrière, dans la section fumeurs et il était vraisemblable que les jeunes Bahaïs fussent également dans l'avion. Et j'espérais très fort que le message que j'avais laissé sur le répondeur de Fortesque serait écouté à temps par ce fidèle bonhomme – jusque-là, aucun signe ne l'indiquait. Au moins Carruthers était-il avec moi et son aspect inhabituel semblait troubler les deux voyous ;

310

mais je ne me faisais guère d'illusion sur nos chances s'ils devaient nous faire quitter un espace public. Ces deux monstres nous flanqueraient une sérieuse dérouillée si nous ne leur crachions pas la bête, et je n'étais pas sûr que mon délicat organisme approuverait de supporter la torture.

Mes yeux firent des bonds à l'intérieur de leurs orbites au moment du décollage et l'altération de la conscience, qui m'affectait depuis le décès de l'experte de la mort et l'ingestion du dérivé de dendrobate à ventre tacheté de Carruthers, revint de plus belle après avoir été un peu atténuée par la récente montée d'adrénaline qu'avait déclenchée les hommes de main du Clermont Set, la paranoïa et la peur étant des états relativement normaux. Mais pendant que l'avion s'élevait dans les airs avec un bruit de tonnerre, je me suis soudainement retrouvé catapulté dans une profonde hallucination, et les têtes de tous les passagers devant moi perdirent leurs couches de cheveux et de peau jusqu'à ce que je sois projeté dans une apparition sépulcrale, celle d'un vaisseau peuplé de squelettes, et tous les tissus à l'intérieur de ce vaisseau commençaient à tomber en lambeaux comme brûlés et décomposés par les feux de l'enfer. Penser à l'objectif de cette mission me propulsa immédiatement dans la réalité, même si elle était ternie par l'appréhension que suscitaient mes divers poursuivants.

Ce soudain retour aux réalités me donna de la force et j'ai jeté un coup d'œil en direction d'un Carruthers à l'air normal, plongé dans un livre en piteux état intitulé *Tanner la fourrure des carcajous pour le plaisir et pour le profit*, et je me suis senti rassuré par cette bizarre faculté que je semblais avoir développée, qui consistait à faire disparaître les visions quand je le voulais – même si, par ailleurs, je n'avais pas encore trouvé une raison valable de les activer.

Progressivement, tandis que le constant vrombisse-ment des réacteurs et le réconfortant picotement causé par deux quarts de bouteille de mauvais Chardonnay fai-saient leur effet, je me suis relaxé et j'ai repris courage à l'idée que j'accomplissais une mission juste. Comme mes ennemis n'étaient apparemment pas conscients que Miss Mepps collaborait avec nous, et que j'espérais bien encore avoir un autre atout en réserve, les chances de succès m'ont paru soudain très solides. Il fallait seu-lement que je puisse contrer le diabolisme hypnotique des Bahaïs, et une fois hors de l'aéroport en Tasmanie, la brutalité des gorilles.

Une masse rouge attira mon regard, juste derrière la cloison : sortant de la zone des boissons un verre à la main, une femme, dans un horrible muumuu satiné aussi rouge qu'un tissu à rideaux. Inutile de la regarder pour l'identifier – mes yeux fixaient la petite tache brune, visqueuse et huileuse comme du vieux sang, qui se dissolvait dans le rouge du liquide : du jus de tomate et de la sauce Worcestershire ! Sans aucun doute, des-cendant l'allée dans ma direction, telle un paon miteux, suivie de près par ses deux jeunes acolytes, la Mata Horreur en personne.

– Je le savais, je le savais, dis-je d'un ton résigné tandis qu'elle se glissait sur le siège inoccupé à côté de moi, pieds nus dans des vieilles et dégueulasses san-dales himalayennes à lanières.

– Brian, dit-elle, me fixant de ses yeux marron globu-leux et abaissant la tablette pour y poser son verre. Les choses vont bien pour vous dans le cercle polaire, hein ? Mais certains de nos sujets ont été déçus que vous n'ayez pas inclus nos chansons dans votre set. Vous vous souvenez des chansons Brian, n'est-ce pas ? *Bahá'u'lláh, lláh uáhál u'lláh...*

– Oui, oui ! Je m'en souviens de ces foutues chan-sons, mais vous ne m'aurez pas cette fois-ci ! dis-je d'un ton ferme en fouillant dans mon sac, sortant des bouchons d'oreilles, et les enfilant aussitôt. Voilà ! Maintenant, comment se fait-il, bon sang, que vous n'ayez pas compris mon message, hein ? Regardez-vous : jus de tomate et sauce Worcestershire et… et cacahuètes grillées, exact ? dis-je en montrant du doigt son infecte boisson. Moi : grandes quantités d'alcool, de steak et de frites, OK ? Sacrée différence de sensibilité. Maintenant, laissez-moi tranquille. Je pars en vacances avec mon bon ami Carruthers. Allez, dégagez !

Elle me regarda comme si j'étais un vilain garçon qui faisait un caprice. Les deux jeunes acolytes (je reconnus les types qui traînaient autour de mon appartement depuis des jours) flânaient non loin dans l'allée, chose incroyable, toujours en train de se lancer négligemment des boules de platane.

– Et dites à Mickey et Dingo que si jamais je les reprends à s'amuser avec ma voiture, je cognerais leurs petites têtes basanées l'une contre l'autre jusqu'à ce que leurs oreilles saignent.

Mata ne releva pas la violence de ma menace et posa une main aux gros doigts sur mon genou. Je fis une grimace à la vue de ces ongles toujours crasseux, laissés sales pour respecter, pensais-je à présent, quelque interprétation sibylline des règles archaïques du culte.

– Oh, des vacances, c'est ça, Brian ? dit-elle, un léger ton de réprimande sarcastique dans la voix.

– Ben, hoop. C'est qui cette gonzesse, Beep ? demanda Carruthers, pliant la moitié supérieure de son corps pour s'installer dans l'autre siège libre à côté de moi et dévisageant Lolla.

– Carruthers, je te présente Lolla, dis-je sur un ton abattu, craignant voir se profiler une alliance contre nature. Une Bahaï qui croit que je suis la réincarnation de Bahá'u'lláh, le fondateur, disparu depuis longtemps, de leur prétendue religion.

– Ben, nibs ! s'exclama Carruthers, candide.

Je voyais bien qu'il faudrait que je mette l'ingénieur du son au courant de mes précédentes expériences avec ces gens – et rapidement, dans l'espoir qu'il puisse poursuivre la mission si je succombais à leurs tactiques de contrôle de l'esprit.

– Et c'est écrit, dit Lolla de façon très inquiétante, « L'avatar reviendra sur la terre et il initiera les mourants pour le saut dans la liberté éternelle et les bêtes de la mythologie seront ses dévoués serviteurs. »

Je commençais à suer sous ma parka de l'armée néerlandaise et un bourdonnement démarra entre mes tempes, identique aux sons que j'avais entendus il y avait un temps infini, dans l'eau de ma piscine en Amérique quand Steed m'avait appelé pour me pousser à accepter cette tournée en Suède.

– Quel paquet de bêtises ! m'exclamai-je, alors que des reconstitutions de la mort de la vieille dame à côté de moi dans l'avion et de ma première vision du thylacine dans la forêt tropicale explosaient sur mon œil interne.

Lolla manigançait quelque chose, aucun doute. Ils ne m'avaient, de toute évidence, pas perdu de vue, et mes remarques étaient tombées à plat sans convaincre. Mais j'étais au fond de moi solide comme un roc qui ne se laisserait pas réduire en une poudre soumise et malléable. Quoi qu'il en soit, j'étais de toute façon convaincu que cette fois-ci je m'en sortirais intact.

– Y'a comme qui dirait du kimber ici, hein, Beep ? demanda Carruthers, pigeant finalement que Lolla n'était peut-être pas une femme aussi facile.

La Mata Horreur se leva, rétive à s'embrouiller avec cet adolescent géant – ses compagnons visqueux lui ouvrirent le chemin, prêts à la protéger de leur corps si un danger menaçait.

– T'as parfaitement raison, Carruthers, dis-je. Ça devient kimbéreux, c'est le moins qu'on puisse dire. Ne te laisse pas charmer par la voix de ces salopards, d'accord ? Ne les laisse en aucune façon toucher tes tympans. Compris ? Carruthers leva les yeux vers Lolla sans rien comprendre.

– Si tu le dis, Beep. Si tu le dis.

– À bientôt, réincarnation de Bahá'u'lláh, dit Lolla alors que tous trois s'éloignaient dans l'allée.

– Nom de Dieu, soupirai-je, en enlevant mon blouson, la gorge serrée.

– Pas mal, cette gonzesse, dit Carruthers en regardant disparaître le rideau rouge de l'autre côté de la cloison.

– Tu plaisantes, Carruthers ? Et c'est quoi cette littérature perturbante que tu feuillettes là ? demandai-je en m'emparant du livre crasseux qu'il tenait toujours dans ses mains.

À l'intérieur, des dessins de ces méchantes belettes géantes longues d'un mètre et pesant vingt kilos, en train d'être dépouillées, suspendues à diverses phases du processus.

– Tanner la fourrure des carcajous pour le plaisir et pour le profit ? raillai-je d'un air dégoûté.

J'ai reposé d'un coup sec le livre entre ses mains, et à ce moment précis, une infime molécule d'odeur de tabac venue du fond de l'avion me chatouilla les narines et m'expulsa sur-le-champ de cette période non-fumeur que je traversais depuis le début de notre tournée dans l'Arctique.

– Merde. Je vais à l'arrière me taper une cigarette. Tu viens aussi, Carruthers.

– Nibs, dit l'ingénieur du son, tordant sa difficile carcasse pour la mettre debout.

Nous nous sommes traînés pas jusqu'à l'espace derrière les toilettes tout au fond de l'avion. C'était bondé là-bas, comme s'il y avait une fête abreuvée des quantités excessives de picole habituellement consommées par les fumeurs dans les avions. Mes yeux m'ont piqué et m'ont fait mal quand j'ai passé le rideau de produits chimiques nocifs qui flottait au-dessus des rangées de sièges arrière comme la porte d'une boîte de nuit privée. Je voulus faire demi-tour, mais le virus de la nicotine avait déjà pénétré dans mon système sanguin, marchant comme une armée de fourmis de mon cerveau jusqu'à mon cœur qui battait d'excitation par anticipation.

À l'intérieur du nuage, les gens riaient, tenaient des cannettes de bière, d'épais flots de fumée s'élevaient de leurs mains et de leurs bouches. Sur ces longs vols, même les Hôtesses de l'Enfer se retenaient d'obliger les gens à regagner leurs sièges et les corps se déplaçaient joyeusement, à gauche et à droite, tandis que des passagers se faufilaient au milieu de cette foule pour aller aux toilettes. J'observai leurs visages – le lot habituel était là : des hommes d'affaires anglais replets, au nez rouge, qui fonçaient vers leur première crise cardiaque et vers Bombay pour y escroquer quelques paysans qui cultivent les épices ; de minces Japonais, fumeurs invétérés, qui descendaient consciencieusement leurs trois paquets par jour pour maintenir le revenu de leur pays comme l'impose leur gouvernement ; quelques jeunes femmes à l'air névrosé, qui participent aux bavardages sans pour autant se montrer prêtes à disparaître dans les toilettes avec l'un des hommes d'affaires ventripotents ; deux ou trois jeunes au teint terreux, beurrés à mort et parlant football. Je plissais les yeux dans la fumée des cigarettes, cherchant un candidat possible qui pourrait gracieusement me donner un clou de cercueil sans pour autant se mettre à me casser les couilles. Mais ils avaient tous l'air également susceptibles de s'avérer ennuyeux ; pourtant, quand le besoin de nicotine eut atteint un paroxysme abrutissant, ma patience fut tout simplement révoquée ; salivant comme un imbécile, je me jetai sur le dos d'un grand type en minable costume sombre.

– Excusez-moi, est-ce que vous pourriez… mais je perdis mes mots en regardant le visage voilé de fumée d'un des meilleurs acteurs de Londres, debout à côté de son clone.

– Salut, Brian… quoi ? Tu veux cloper, c'est ça ? Voilà, mec. Une Rothmans. Bien, hein ?

Je savais que je ne pourrais pas éviter les gorilles du Clermont Set pendant tout le vol et je m'étais dit au départ qu'ils étaient fumeurs et qu'ils seraient quelque part au fond, mais l'envie m'avait fait perdre mes esprits et momentanément oublier leur présence dans l'avion. Leur emprunter des cigarettes n'avait pas fait partie de mon programme, je maudis ma stupidité.

– Ouais… ouais, merci, dis-je, me résignant par égard pour la pire drogue connue de l'homme.

Sans hésitation, j'ai pris le parfait cylindre de sa patte grosse comme un jambon, j'ai arraché le filtre, et accepté qu'il me l'allume avec son briquet jetable vert chartreuse. Carruthers s'est faufilé à côté de moi, écartant d'un coup de son coude blanc une blonde qui riait. Après deux rapides taffs de la Rothmans, j'ai senti le poison pénétrer dans mes veines, transformant aussitôt mes jambes en compote. Ma tête tournait et j'ai senti mes poumons se transformer en bouillie tandis que d'anciennes blessures se réveillaient. Je me suis maudit en silence, mais j'ai continué à tirer sur la cigarette, dévisageant avec des yeux cuisants le voyou au visage rond dont la poitrine me touchait presque le visage dans les confins de l'étroit passage.

– Oh, fit le gorille, tournant la tête vers son acolyte, il enlève le filtre, Brian. On est un petit dur, hein, Brian ?

Je ne dis rien, écrasant le bout tacheté jusqu'à en faire une bouillie cotonneuse entre mes doigts en sueur. Les deux gorilles me surplombaient, la fumée faisant des volutes au-dessus d'eux comme des cornes infernales, et je sentis la porte s'ouvrir dans ma tête et je poussai un petit gémissement quand les deux hommes se transformèrent en cuisants diables de Halloween, leurs cigarettes à présent semblables à de grandes dents de fourche.

Concentré à fond sur mon fix de tabac, je réussis à chasser cette vision de mort et à faire reprendre au monde les dimensions plus avenantes de la vantardise et de la peur. Une hôtesse, déjà plus décontractée après l'accumulation des heures de vol, se fraya un chemin entre les corps et prit même des commandes de boissons. Les gorilles voulaient du whisky Coca, Carruthers commanda une vodka pure et je demandai un cognac – mon ingénieur du son m'avait conseillé de maintenir un niveau d'alcool élevé dans mon système sanguin afin de faire baisser la toxine du dendrobate à ventre tacheté. Un homme d'affaires japonais riait de bon cœur, sa tête crachait de la fumée comme une aciérie. Je suis resté là, à quelques centimètres de la poitrine du voyou, sentant par vagues les effluves d'aftershave Brut à travers le tabac.

Monsieur Muscle numéro deux, tellement près de son pote qu'ils en évoquaient d'improbables siamois, porta la main à son visage et se gratta nonchalamment la mâchoire. Un lourd coup-de-poing américain en or reçut un éclat de lumière, puis il nous fit, à Carruthers et moi, un petit sourire narquois en glissant sa main dans sa poche pour y faire tomber l'arme menaçante.

– Ben, dis donc ! tonna Carruthers en se penchant par-dessus mon épaule au moment où la main disparaissait. Les coups-de-poing américains, c'est illégal, putain ! Comment vous avez fait pour passer les détecteurs de métaux avec ça, hein ? Je peux regarder ?

Le voyou regarda nerveusement autour de lui tandis que les gens qui n'étaient pas pris dans une conversation de volume élevé lançaient des regards dans notre direction. Il fit un pas en avant et siffla en plein dans le nez de Carruthers :

– Ferme ta grande gueule, espèce de salopard de gringalet, dit-il d'un ton qui rendait le mot « agressif » positivement convivial.

Carruthers, toutefois, eut l'air amusé et je sentis une touche de fierté se glisser dans mon cœur, peut-être même un peu d'admiration pour cette tête de nœud, bien qu'à contrecœur. Et quand il s'appuya sur le gorille et enfonça un de ses énormes rangers sur ses chaussures cubaines bon marché, je ne pus empêcher un sourire d'émerveillement de traverser mon visage.

– Aïe, aïe ouille, espèce… de putain de con ! s'écria la brute, pratiquement incapable de contenir le volume de sa voix.

Il ferma le poing, s'apprêtant à en filer un coup, mais à ce moment une hôtesse de l'air apparut dans le rideau de fumée, portant un plateau regorgeant de boissons.

– Deux whisky Coca ? fit-elle l'air enjoué tandis que le poing du gorille se desserrait automatiquement et qu'un sourire forcé s'affichait sur son visage porcin.

– Et une vodka et un cognac pour nous, Miss, dis-je, m'emparant des verres en plastique.

Je commençais à tirer un plaisir pervers de cette atmosphère de tension et de méchanceté ; un coup-de-poing égaré pouvait faire jeter ces andouilles hors de l'avion à Bombay. Ils savaient qu'ils devaient se contrôler.

Tel un mauvais pickpocket, j'ai ouvertement plongé ma main dans la veste du gorille numéro un pour en sortir ses Rothmans, ce qui l'a rendu livide.

– Dis donc, où est-ce que tu te crois ? commença-t-il, sans enthousiasme.

Mais j'étais déjà en train de mettre mon verre dans la main du voyou et d'allumer ma cigarette. Je lui ai repris mon verre et je suis resté là à boire et à lui cracher ma fumée dans le visage.

– Tu veux que je te rende tes clous de cercueil, mon pote ?

– Petit salaud, murmura-t-il, me les arrachant des mains et en sortant une pour lui.

Émergeant du néant, Miss Mepps apparut et se frotta un peu à Carruthers en passant. Je le vis se retourner au ralenti, l'embrasser et lui dire : « Salut, love, nibs ! » avant d'avoir le temps de faire quoi que ce soit pour l'arrêter. Les visages des sales individus à gages se tendirent, de très faibles lueurs de compréhension se frayant difficilement un chemin dans leurs synapses congénitalement léthargiques.

– Bien, bien, bien, dit l'homme aux cigarettes. On se connaît, hein, monsieur Carruthers ? Je filai un coup de coude à ce nigaud avant qu'il puisse laisser échapper quoi que ce soit, mais c'était trop tard.

– Il se peut bien que je l'aie baisée une fois, farff, dit-il, plein de culot.

Complètement démonté, je me suis interposé et j'ai repoussé Carruthers, me retournant pour m'en aller rapidement. Les gorilles ont échangé des regards avant de nous regarder fixement.

– Euh… ah, il veut juste dire… vous voyez ? marmonnai-je bêtement. Il s'est envoyé un certain nombre de ces petites hôtesses en son temps, c'est ce qu'il veut dire. Merci pour les clopes. Nous avons traversé le rideau de fumée et laissé les gorilles là, à nous suivre de leurs yeux ronds.

– Un peu vieille pour toi, la grognasse, hein, Carruthers ? hurla l'un d'eux derrière nous, et ils gloussèrent méchamment, me faisant courir un frisson dans le dos.

– Ils sont tous les deux cons comme la lune, dis-je à Carruthers tandis que nous retournions à nos sièges, mais je crois que même eux ont peut-être bien compris le scénario maintenant.

– Excuse-moi, Beep, dit-il, d'un ton malheureux, tirant sur ses cheveux roux indisciplinés comme s'il voulait remettre de l'ordre dans la matière grise en dessous.

– Bah, ne t'inquiète pas pour ça, Carruthers. Que faisons-nous d'autre dans cet avion que de ramener en fraude le thylacine en Tasmanie ? C'est ce qu'ils veulent en tout cas – seulement maintenant, ils savent comment. Ça ne fait pas beaucoup de différence au bout du compte.

Carruthers s'assit à côté de moi, tripotant son livre sur les carcajous pour passer le temps, faisant courir ses doigts en spatule sur le dos bleu tout esquinté. Il avait remonté dans mon estime, s'était révélé un bon pote sur qui compter quand on était dans le pétrin ; sa loyauté envers son employeur pendant la tournée, impeccable, et je trouvais que finalement, en dépit de son comportement et de ses habitudes déplorables – des qualités qui vous font instantanément connaître dans le monde des tournées du rock'n'roll – je commençais à m'attacher à ce gamin, peut-être était-il temps de lui manifester autre chose que du dédain.

– Dis-moi, Carruthers, commençai-je, en m'agitant, mal à l'aise sur mon siège, est-ce que tu as, euh... des parents – de la famille et tout ça – à Kimber ? C'est là que tu es né ?

– Aye, répondit l'ingénieur du son, fourrant son livre dans le dossier du siège devant lui et sortant deux mini vodka du même réceptacle.

– Maman est fourreuse – elle fait des manteaux et tout ça, en vison surtout. Elle achète sa fourrure dans un élevage de visons juste à côté de Kimber, plus les trucs que je lui fournis avec la chasse, tu vois ? Et papa tient une jardinerie aux environs de Wally.

La partie sur la fourrure m'avait hérissé, mais j'ai persévéré, déterminé à faire naître une forme de camaraderie, quoi qu'il advienne. J'ai regardé son visage, en voyant l'homme qui se cachait derrière peut-être pour la première fois. Il ne s'y passait pas grand-chose, mais j'ai décidé de lui laisser le bénéfice du doute pour l'instant. Nous nous sommes envoyé la vodka directement à la bouteille, et nous avons continué très prudemment.

– Hum, répondis-je finalement. Ça m'a l'air assez normal, enfin, je suppose. Et quand est-ce que tu es entré dans le circuit du rock'n'roll ?

– Aye, bon, j'avais un petit groupe – je faisais pas mal de batterie quand j'avais tout juste quinze ans, quoi. On s'appelait The Macabre ; du vrai gothique, quoi. Un guitariste nibs, aussi – il vit en Amérique maintenant, il fait du travail de studio. Jimmy Turkle, il s'appelle.

– Ah ouais ? J'ai entendu parler de lui.

– Aye, il se fait un paquet de blé, sûr. En tout cas, on s'est séparés, j'ai fait un peu le roadie pour quelques groupes locaux et puis Stouffer et moi on s'est associés et on a fait une tournée avec le guitariste de Neanderthal. C'est comme ça que j'ai rencontré Steed qui le manage et Fortesque. Stouff et moi, on manage les Nico Teens et quelques autres petits groupes et on les édite sur notre propre label, « Fook It ! Records ».

– Très bien, très bien. Ces putains de Nico Teens vendent plus dans le nord de l'Angleterre que moi dans le monde entier à ce que j'ai entendu dire.

– Aye, ils s'en sortent bien, mais ils n'ont pas une image de marque internationale comme toi – tu vois ce que je veux dire ? Ça compte pour beaucoup. Incapables de se faire remarquer au sud de Watford. Personne ne les connaît.

– Et les Brocils ? C'est quoi, leur histoire ?

– Aye, les Tiny Brocil Fishes sont partis pour faire fort, je crois. Ils sont sur notre label à présent, mais ça ne va pas durer longtemps : y a des grosses pointures qui commencent à traîner autour ; ils vont sûrement finir avec Shinto Tool ou un truc du genre.

Il ne faisait aucun doute que Carruthers était un type plein de ressources, et il jouait sur plusieurs tableaux. Bon sang, je commençais à l'aimer, ce guignol.

– Bon, continuai-je tandis que Carruthers avait attiré l'attention de Miss Mepps et lui demandait d'autres boissons. Si jamais j'ai besoin d'un label, il se pourrait que je t'en touche un mot.

– Toi ? Sur notre label ? Putain, BP, ce serait super méga ! On te ferait un contrat nibs – mieux que ce que tu as avec Shinto Tool et ce putain de Dreadnaught. Peut-être que les avances ne feraient pas assez pour toi malgré tout, conclut-il, son excitation se modérant un peu.

– Bon, écoute, dis-je, me laissant séduire par l'idée d'aller en fait jusqu'au bout et de justement rejoindre le vrai monde des indés. Ces labels ne vont pas non plus me proposer du cash, au train où vont les choses. Ils ont d'autres chats à fouetter – tu vois ce que je veux dire ?

– Je suppose…

– Et ils m'emmerdent tous en tout cas. À quoi bon ?

– Ben putain, tu parles, BP, on est là pour toi, mec ! Putain qu'on est là !

Carruthers avait tellement l'air excité par ma suggestion absurde qu'il en sautait littéralement sur son siège.

– D'accord, on en parle quand mon contrat va arriver, dis-je, regrettant déjà mes paroles mais ne souhaitant pas lui enlever tout de suite ses illusions. Je pense que Shinto ne va pas renouveler mon contrat. Je me sens parfois comme notre Towser, le thylacine : en voie de disparition.

À cette pensée, le dossier du siège de devant commença à se rider jusqu'à ce que le tissu qui le recouvrait parte en morceaux, révélant sa structure écaillée et osseuse. Je remuai rapidement la tête jusqu'à ce que l'image disparaisse, laissant un résidu fantomatique superposé à la housse grise du siège.

– Ça va, BP ? demanda l'ingénieur du son, assez inquiet.

– Un coup de roulis de toxine de dendrobate.

– Aye – revenons-en à ce que tu disais, reprit Carruthers. Towser et ses frères n'ont pas disparu, pas vrai ? Et toi non plus. Je dois admettre que je pensais que « Knee Trembler » était le seul truc bien que tu n'avais jamais fait jusqu'à ce que je travaille pour toi. Maintenant, je vois que tous tes morceaux sont nibs – juste différents, c'est tout. Tu as plein de potentiel en toi, plein. Tiens bon, Brian. Tiens bon.

Carruthers baissa ses pâles yeux gris vert sur moi, plus vides que jamais, mais son intention était sincère.

– Allez, merde, Carruthers, t'es vraiment un type bien, dis-je. Un sacré type bien. Santé ! Et au fait, continuai-je, une autre idée à propos de mon ingénieur du son me venant à l'esprit, d'où vient le nom « Carruthers » ? C'est qu'on dirait pas du tout un nom du nord…

– Disons, commença-t-il prudemment. Euh, mon père est originaire d'une vieille, vieille famille – ah… un peu royale, en fait.

– Royale ? Et c'est quoi ton prénom en tout cas ?

– Mon prénom, c'est Archibald – putain, ne ris pas !

– Ah ! Archibald ?

– Aye, disons que je suis quatorzième pour la succession au trône.

Carruthers dit cela avec un air on ne peut plus penaud sur son long visage pâle, devenu presque écarlate de gêne. Mais je ne suivais pas du tout ses divagations et je le regardais d'un air interrogateur, la vodka manœuvrant avec l'extrême fatigue qui avait soudain commencé à m'envahir, pour se faire une place.

– Qu'est-ce que tu déconnes là, Carruthers ? fis-je ayant du mal à articuler. Quel trône ?

– Euh… le trône d'Angleterre. Quoi, tu vois, le roi d'Angleterre et tout ça.

– Nom de Dieu, m'exclamai-je, crachant presque une pleine gorgée d'alcool sur le dossier du siège de devant.

– En vérité, je suis le Baron Archibald Carruthers. Son nibs… je suis Son nibs le Baron…

Je grinçai des dents, encore une fois soudain agacé par ce crétin.

– Tu veux dire que nous avons à nos trousses deux très méchants voyous armés de coups-de-poing américains et Dieu sait quoi d'autre, engagés par une bande de salopards de la haute, et te voilà toi, encore plus de la haute que tous ces putains de mecs réunis, qui ne cherches même pas à te servir de ça pour nous sortir du très sérieux kimber dans lequel nous sommes ? Carruthers, poursuivis-je, mes problèmes d'élocution dus à l'alcool s'estompant à mesure que je digérais toutes les implications de l'aveu de mon ingénieur du son, cette petite information aurait pu s'avérer très utile pour nous, Carruthers. Tu me comprends, mec ? demandai-je, complètement exaspéré.

– Aye, répliqua Carruthers, l'air encore triste à propos de ses origines. C'est que je n'en fais pas toute une histoire, c'est tout. Ce que je veux dire, c'est que tout ça, c'est du passé, en fait. Papa préfère être un type qui gère une jardinerie, quoi. Et moi, je veux juste glander. En plus, je suis né tout au nord et c'est ce que je suis, pas une tantouse efféminée du sud comme ces membres de la famille royale. C'est plus de putains de soucis que ça ne rapporte, tout ça. J'ai envie qu'on me fiche la paix.

– T'as envie… ?

Mais j'ai laissé tomber. Ce type était une énigme, pareil à un thylacine vivant et respirant, et je devais admettre qu'il fallait un sacré culot pour laisser tomber les relations que Carruthers aurait pu cultiver s'il avait souhaité vivre une vie plus facile que celle de roadie dans le monde du rock'n'roll.

– Bon, allez, merde, mec ! m'exclamai-je après une pause interminable pendant laquelle deux autres mini vodkas apparurent dans la main noueuse du Baron Archibald Carruthers que nous avons tout de suite avalées sans autre cérémonie. Tu as raison, Carruthers ! Rien à foutre des membres de la famille royale ! Et *God Save the Queen* !

Et sur ces paroles, nous avons trinqué avec nos verres en plastique et nous nous sommes souri.

Puis Carruthers a fermé les yeux et s'est immédiatement endormi pour un somme de six heures.

Chapitre 26

– C'est tout ? C'est tout ce que vous avez comme bagage, monsieur ?

– C'est tout, répondis-je au jeune boutonneux qui gonflait sa poitrine osseuse sous son uniforme, très sûr de lui et trop zélé dans son rôle officiel de crétin des services d'immigration.

Je jetai un coup d'œil par les vitres du guichet et je vis une silhouette familière sortir de la zone, une fine mèche de cheveux noirs sortant de sa casquette de base-ball noire et une fausse moustache drapée en travers de la bouche.

– Ouais, je ne reste que quelques jours. J'ai travaillé ici l'année dernière – mais cette fois, je reviens ici juste pour faire un petit coup d'oiseaux.

– Un petit coup de quoi ? demanda le connard d'un ton sarcastique.

– D'observation des oiseaux, dis-je, faisant des efforts pour rester calme et réprimant le désir de flanquer mon poing au sommet de sa tête pleine de pellicules.

– Et vous avez fait tout ce trajet depuis la Grande-Bretagne rien que pour quelques jours d'observation des oiseaux… après trente heures de vol ?

– Exact, répondis-je, luttant contre le désir d'être sarcastique.

Le petit con éplucha mon passeport, clignant des paupières en voyant les divers permis de travail, les visas et les tampons exotiques répartis comme une collection de papillons sur ses pages écornées.

Il me passa en revue une dernière fois de ses yeux vides et lobotomisés, haussa les épaules puis me fit signe de passer. Carruthers suivit, miraculeusement accepté avec son histoire tout aussi improbable. Nous étions sortis de l'avion en trombe, laissant les gorilles traîner au milieu des mollassons de la section fumeurs, qui avaient un peu entravé leur progression en sortant leurs énormes cargaisons de cigarettes et d'alcool des casiers à bagages.

Miss Mepps, sans aucun doute fortifiée par ses petits adjuvants, s'était précipitée par la sortie réservée au personnel navigant comme un cafard et devait sûrement à présent se trouver dans une autre partie de l'aéroport, à nous attendre tous les trois. Lolla et ses deux Bahaïs lèche-bottes n'étaient visibles nulle part et je scrutai le hall des arrivées avec anxiété, m'attendant à les voir surgir d'un moment à l'autre comme des Hare Krishna. Mais Carruthers et moi sommes arrivés jusqu'au trottoir, et, obéissant à un signe de tête du fidèle pilier avec une casquette de base-ball et une moustache noire, nous avons directement sauté dans un taxi.

Les portes se fermèrent et nous étions partis, mais quand je me suis retourné sur mon siège, j'ai aperçu les balèzes à gages du Clermont Set se précipiter sur le taxi suivant dans la file, suivis de près par ces sataniques pervers religieux.

– Merde ! Ils sont sur nos talons, Forty. Et les gorilles sont à peu près persuadés que Miss Mepps est dans le coup.

– Quel hôtel, les gars ? demanda le chauffeur, vautré sur son volant.

– Terminal trois, avion privé, à côté du hangar à marchandises, dit Fortesque, en enlevant la casquette de base-ball et en me serrant la paluche.

– Quoi ? Excusez-moi, mon vieux, je vais pas là-bas. Je vous descends à Qantas et vous pourrez prendre un autre foutu taxi, d'accord ?

Fortesque se pencha de son siège et se retrouva à côté du chauffeur ; il lui passa un savon et glissa des billets dans sa poche supérieure. Se rasseyant, il arracha la moustache d'un coup sec et douloureux.

– Cool ? demandai-je.

– Cool, m'assura-t-il.

– Nibs, ajouta Carruthers.

Après avoir essuyé la sueur sur mon front, j'ai extrait des jumelles miniatures très puissantes de mon sac à bandoulière.

– Dieu merci, tu as eu mon message, dis-je à Fortesque, posant les jumelles sur mes yeux. Est-ce que Bruce est prêt ? Est-ce que notre plan marche ?

– Bruce est prêt, mon pote, pas de souci. Je l'ai appelé avant de partir pour Heathrow. Putain de chance – il a arrêté ses allées et venues depuis une semaine seulement.

– Brave homme. Oh, comment t'as fait pour passer la douane avec ce déguisement, au fait ?

Fortesque a sorti son passeport et me l'a ouvert pour me montrer une photo. Là-dessus, il avait une moustache noire et une casquette de base-ball.

– J'étais comme ça quand j'ai fait faire le passeport, m'affirma-t-il avec un gloussement ironique.

– C'est pas une bonne photo, Fortesque, dis-je.

– J'ai un peu l'air idiot, non ? acquiesça-t-il.

En lui rendant le passeport, j'ai reporté mon attention sur ce que je voyais par la lunette arrière et remarqué un taxi qui accélérait en sortant du dernier terminal passagers.

– Oh, oh, Fortesque, j'espère que ton oncle est où il est censé être, avec le moteur qui tourne. Et la grognasse de Carruthers aussi.

– Aye, Miss Mepps sera là. Towser devrait commencer à revenir à lui à présent, je pourrais le lancer à leurs trousses si nécessaire, ça leur fera un petit coup de kimber juste comme il faut, farff !

Notre chauffeur, s'essayant à quelques tactiques du style Grand Prix de formule 1 sous les ordres de Fortesque, poussa le véhicule à ses limites, et quand le terminal trois fut en vue, je regardai dans les jumelles le taxi qui nous suivait, l'apercevant par moments entre les bâtiments de béton des services techniques de l'aéroport. Quelques minutes plus tard, nous nous arrêtâmes en faisant crisser les pneus à côté d'une vieille carcasse de bimoteur six places. La porte était ouverte et à l'intérieur se trouvaient Miss Mepps et le thylacine, qui nous fixaient avec des expressions curieusement similaires sur leurs visages. La bête vit Carruthers et commença à haleter, faisant de son mieux pour contrôler sa grande langue pendante tandis qu'il luttait contre trente heures de tranquillisants.

L'oncle de Fortesque sauta du cockpit, une bouteille de Boags à la main, et avec un sourire si large qu'on ne voyait plus ses yeux, sa bouche fendant son visage comme un matelas éventré. Il souleva son chapeau de toile et l'agita pour nous saluer, faisant rebondir les bouchons attachés sur le bord avec du fil à pêche, comme des petites marionnettes. Je pouvais presque sentir son haleine depuis l'intérieur du taxi.

– Oncle Bruce ! hurla Forty, se précipitant vers ce type corpulent et le prenant dans ses bras. Tu as une mine d'enfer, mec ! Mais le coucou a pris un coup de vieux, on dirait, non ? ajouta-t-il, en gesticulant en direction du tas de ferraille qui toussait et crachait de façon inquiétante dans l'air chaud du matin.

– Oh, il est superbe, Forty. Aucun problème, mec !
lui assura Bruce, ravi. Où est-ce qu'on va, Devonport ?

– Exact, Bruce.

– On ferait bien de dégager alors – on dirait que voilà
de la compagnie.

Le taxi s'arrêta dans un crissement de pneus à moins
de quinze mètres, me plongeant dans une autre vision
de mort. Je regardais, abasourdi, tandis que le véhicule
ondulait en traversant des couches de réalité, inver-
sant son évolution comme s'il passait d'une complexe
forme de vie à l'état de bactérie monocellulaire pour
devenir en un clin d'œil un macabre corbillard noir. En
un dense mouvement intemporel, il dégorgea sa car-
gaison de cinq squelettes animés, qui se balançaient
doucement, tortillant leurs doigts nerveux, leurs dents
jaunes s'entrouvrant sans bruit.

– Allez, BP ! Vite, à bord !

C'était Fortesque qui m'attrapait par le col de ma
parka fauve de l'armée néerlandaise et me tirait derrière lui comme un sac de patates. Je sortis d'un coup
de la transe de mort, de la grotesque prémonition de
disparition, après quoi je vis distinctement les voyous
du Clermont Set dans leurs minables costumes étri-
qués, et avec eux, les Arabes en trench-coats conduits
par la Mata Horreur en personne, se précipitant vers
moi sur le tarmac fumant.

Bruce faisait tourner le moteur à fond et avait déjà
commencé à faire avancer l'avion pour se mettre en
position de décollage pendant que Fortesque, sentant la
vieille capuche de ma parka se déchirer, sautait par la
porte et glissait instantanément devant moi dans un acte
de protection altruiste. Le voyou en lunettes de soleil
était là, son compagnon à visage porcin sur les talons.

Je hurlais « Partez ! Partez ! », prêt à me prendre des
coups de pieds dans les dents pour sauver un grand
marsupial puant et presque mythique.

Mais c'est alors que ce cri souvent entendu fendit l'air, le profond timbre de sa voix au milieu du faible gémissement des deux moteurs : « Kimber ! » beugla Carruthers. « Attaque les gars ! Vas-y, chope-les, Towser ! »

Le thylacine, obéissant à chaque ordre de l'ingénieur du son, me dépassa à toute allure, ses rayures se brouillant devant mes yeux, traînant derrière lui cette puissante odeur canine que j'avais pour la première fois remarquée dans la tanière de sa mère il y avait une éternité, et dont l'organique complexité me titillait les narines.

Les émissaires lourdauds du Clermont Set s'arrêtèrent et alors, avant qu'ils aient pu ne serait-ce qu'hésiter, le tigre de Tasmanie était sur le premier d'entre eux, ses crocs enfoncés dans l'aine, des grognements sortant de ses massives mâchoires bavantes. L'autre voyou reculait vers le taxi, mais le chauffeur avait déjà le pied sur le champignon, les pneus hurlant sur l'asphalte en direction de l'aéroport principal et loin de ce spectacle effrayant. Towser restait accroché comme une sangsue tandis que le lourdaud gémissant tombait au sol, braillant qu'on le prenne en pitié, et il ne desserra pas les mâchoires tant que Fortesque et moi ne fûmes pas en sécurité à bord. Alors seulement Carruthers lâcha un bref et perçant « Nibs ! », suivi d'un « Nibs, mon petit gars ! » à pleine voix. À cet ordre, le thylacine lâcha finalement prise, regardant bêtement autour de lui comme si une vague de somnambulisme chimique avait une fois de plus envahi son sang.

L'avion bringuebalant prenait à présent de la vitesse et Bruce gueulait de façon incompréhensible, couvrant le vacarme des moteurs. Fortesque me tenait toujours par le col, et au-dessus de nous, la tête de feu de Carruthers se penchait, émettant des « nibs » et des « mon petit gars » comme une malade jusqu'à ce qu'enfin, la bête retrouve ses esprits. Avec une bonne accélération, le thylacine suivit la piste en bondissant et il sauta dans l'avion, nous renversant tous les trois comme des quilles, nous aspergeant de sueur et de sang pendant qu'il léchait joyeusement le visage souriant de Carruthers.

– Qu'est-ce que t'es un bon garçon, hein ? Qu'est-ce que t'es un bon garçon, farff ! chantait Carruthers, tandis qu'une volée de jurons venait de notre pilote, suivie d'un « Ouahou ! Putain de bordel, on a décollé » de défi, alors que nous décrivions une boucle au-dessus de nos assaillants.

– Tu veux dire que nous n'étions pas sûrs de décoller, Bruce ? hurlai-je, me glissant dans un siège.

– Disons… pas vraiment, mon vieux… bon, disons pas sûr à 100 %. Ah, t'inquiète pas pour ça. Je n'arrivais pas à faire démarrer ce salaud une demi-heure avant que vous arriviez, sans parler de décoller. Ça va, Sheila ? Ma jolie ! Bruce donna une claque sur le genou de Miss Mepps, assise à côté de lui, avec sa grosse main de fermier, les bouchons de son chapeau effectuant une danse enlevée.

– Oh, oh, regardez en bas, dit Bruce, passant une fois de plus au-dessus du petit terminal avec ses trois hangars et ses petits appareils parsemés autour comme des jouets.

Les Bahaïs et les têtes de nœud parlaient à un homme en salopette bleue en lui montrant fébrilement du doigt un six places rouge et blanc.

– Merde, gueula Bruce. C'est Pikey – il fera n'importe quoi pour un dollar. J'ai dit à ce connard d'aller au pub – je lui ai donné cinq dollars, parfaitement. « Va t'acheter deux mousses fraîches, je lui ai dit, allez. Je m'occupe de ce qu'il y a à faire ici, mec, t'inquiète ». Ce salopard sent l'argent à un mile à la ronde ; c'était lui mon contact pour le business d'importation de glandes de crapaud ici. Cet enfoiré n'a rien écopé, lui, n'empêche, ça non – c'est moi qui ai tout ramassé. Je me suis fait pincer en Nouvelle-Zélande, tu vois. Tes copains vont se faire prendre par cet enculé, j'en ai bien peur, affirma-t-il, en regardant derrière lui et en s'enfilant sa bière. Ben alors ! continua-t-il avec un solide rot. Une caisse de Boags sous le siège à côté du clebs. Bienvenue en Tasmanie !

Chapitre 27

– BP, j'ai failli oublier… une lettre arrivée pour toi au bureau l'autre jour.

Le petit avion, empuanti par l'odeur du thylacine mâle, ronronnait au-dessus des champs et des villes de Tasmanie vers le nord en direction de Devonport et de l'estuaire de la Mersey. L'animal était assis dans la petite allée centrale, son corps appuyé contre Carruthers, sa tête à ma hauteur. J'ai pris la lettre que Fortesque me tendait et je l'ai posée sur mes genoux un instant, pendant que j'observais les traits cénozoïques du thylacine : *thylacinus cynocephalus*, l'équivalent marsupial du *canis lupus* ou du *canis rufus*, bien qu'il n'ait absolument rien d'un loup, mais sans aucun doute le premier prédateur du secteur ; la réponse tasmanienne au tigre du Bengale ou aux lions des savanes africaines.

La créature réagit à mon regard et leva les yeux vers moi en pantelant et en baillant, ce qui se manifesta par des petits gémissements et reniflements. Puis il referma ses grandes mâchoires et me regarda de face pendant un moment, cessant son halètement juvénile pour respirer doucement. Les distractions extérieures disparurent pendant une fraction de seconde, alors le thylacine et moi nous sommes regardés fixement, trouvant un fil commun à nos destinées à un niveau tout à fait primitif et primal. Les affinités entre nous suivaient les ondes des courants moléculaires et je partageai aussitôt l'expérience des anciennes perspectives de l'existence du thylacine et peut-être le thylacine faisait-il l'expérience de mon minuscule atome de vie, et alors comprendre ce qui nous avait rapprochés devint parfaitement clair : nous étions tous les deux en train de berner l'extinction. Le loup marsupial s'accrochait sans doute avec acharnement à son sanctuaire en voie de disparition rapide, comme moi dans mes dernières tentatives de communication, à un public qui diminuait, réduit à de minuscules îles faisant surface dans un océan d'éternelle insouciance, aussi sûr de la disparition que si le fusil d'un fermier avait été pointé sur ma tête et sa charge létale éjectée dans mon cerveau. Mais nous continuions à vivre en dépit du monde ambivalent. Nous allions le défier et survivre, quoi qu'il advienne. Bon, le thylacine y arriverait, pensai-je, pris soudain d'un léger doute. Si j'allais m'en sortir ou pas, je n'en avais pas la moindre idée.

– BP ? BP ? Ça va, mec ? dit Fortesque, l'image de son visage gnomique aux traits marqués se mettant au point devant moi tandis que le bourdonnement du moteur envahissait de nouveau mes sens. On dirait que t'as vu un fantôme, mec – t'entends ça à la radio ?

– Des fantômes, répondis-je, engourdi. J'en ai vu quelques-uns ces derniers temps, Forty. C'est quoi ? ajoutai-je, sa seconde remarque faisant lentement son chemin.

– Tu peux monter le son, Bruce, s'il te plaît ? demanda mon *tour manager*.

– J'ai déjà entendu ça avant, dit Bruce d'un ton jovial tandis qu'il tripotait le volume sur le tableau de bord. « Knee Trembler », c'est comme ça que ça s'appelle ?

Forty m'a dit que t'étais un type célèbre – au hit parade, hein, mec ?

– Au hit… ? marmonnai-je, alors que mon vieux cheval de bataille passait en pointillé sur la radio de l'avion.

– Je suis pas censé être branché là-dessus, évidemment, dit Bruce, mais j'aime bien écouter un peu de pop quand je fais mes acrobaties aériennes. Merde, je l'ai perdue…

La chaîne ne fit plus entendre que des parasites alors que Bruce prenait un virage sec sur l'aile gauche. Je regardai en bas par le hublot crasseux, avec l'impression de pouvoir passer la main à travers et de toucher le paysage vert de Tasmanie en dessous.

– Disons que c'était un succès il y a dix ans, finis-je par acquiescer, la chaîne à présent hors de portée était remplacée par un mélange d'informations australiennes et de bredouillements de résultats de cricket. Mais seulement pour l'Angleterre.

– Non, ils ont dit qu'elle était au hit parade en Tas – j'en suis absolument certain.

J'ai haussé les épaules. Il devait se tromper. Mon attention fut alors attirée par la lettre que Fortesque m'avait remise.

Je l'ouvris et fus instantanément ramené sur terre : elle ne venait pas de ces répugnants Shylocks du cabinet juridique qui représentait les Baedburger, mais des Baedburger eux-mêmes, ces fanatiques de chrétiens nés de nouveau et légataires de feu mon demi-oncle.

Je lus cette chose du bout des bras, la tenant contre le plafond de l'habitacle comme si elle dégageait une mauvaise odeur. Ma colère (ah, quelle réconfortante mélasse créative !) se pressa d'envahir de nouveau mon organisme comme une vieille amie :

337

Cher Brian,

Nous avons reçu divers courriers par vous adressés à nos représentants devant la loi, messieurs Goldtraub, Cardbaum et Silvermein. J'ai le regret de vous dire que la plupart nous ont profondément offensés. Quand vous avez été notre invité, ici, chez nous, vous sembliez être un si charmant jeune homme et vous aviez vraiment l'air d'apprécier les côtelettes de porc. Quand Adam, notre fils, vous a dit « Je n'ai vu aucune de vos chansons sur MTV, Brian », votre explication de cet étrange paradoxe nous a paru satisfaisante à cette époque. Mais à présent, je ne crois pas un instant que vous n'avons jamais entendu parler de vous parce que les gens qui dirigent les chaînes de radio et MTV sont tous des « salopards », comme vous les appelez. Je crois maintenant que vous avez peut-être commis des erreurs, Brian. Peut-être votre caractère et votre agressivité retournent-ils les gens contre vous. À présent que j'ai pris connaissance de vos écœurantes lettres à nos avocats, je pense plus que jamais que l'Enfer vous prendra à moins que vous n'appreniez hâtivement la vérité de Dieu, Notre Seigneur par l'intercession de Son Fils Jésus-Christ.

Alors seulement serez-vous sauvé et peut-être cela se reflétera-t-il dans votre travail et notre fils verra-t-il alors vos chansons à la télévision. (Nous pensons aussi qu'une permanente ne vous ferait pas de mal).

Nous vous envoyons nos prières et nous espérons que vous entendrez bientôt Son message.

Et au fait, à cause de vos lettres diffamatoires, nous vous poursuivons en justice afin de récupérer tout ce que vous possédez.

Veuillez agréer nos sincères salutations,
Loretta et Gaylord Baedburger

– Ah ! grognai-je, en froissant le méprisable document dans mon poing. Espèces de flasques gros-culs, de culs bénis de… connards ! hurlai-je, cherchant mon papier à lettres gravé à mon nom et mon stylo à plume vert bouteille.

– Bon sang de bonsoir, fit l'oncle Bruce, arrête de jurer comme un charretier !

– Excuse, Bruce. C'est juste que ces moralistes de droite aux gros culs…

– Aux gros culs ? dit Bruce intéressé. Est-ce qu'il y a une femme impliquée dans l'affaire, mon vieux ? J'aime bien les filles aux gros culs. Pas vrai, Sheila ? dit-il à nouveau à Miss Mepps, dont le visage tiré avait pris une expression vexée et peinée.

Bruce entonna alors une sérénade qui expliquait le bush, une désagréable chansonnette sur les médecins volants, les femmes enceintes et les intestins de kangourou. Je rassemblai mon matériel d'écriture et me jetai dans une riposte convenable à ces haineux propos moralistes des Baedburger.

Chère Loretta et cher Gaylord,

À cause d'un malencontreux enchaînement dans mon ADN, j'ai la malchance de tenir de mon demi-oncle, « Sir » John Bacon, je suis tourmenté par de violentes visions à la fois mystiques dans leur genèse et révélatrices dans leur résultat. Vos représentations oléagineuses du divin sont semblables à des merdes de chien sur un trottoir de Montmartre comparées au cristallin religioso-blakien, à la parfaite fluidité, auxquels j'ai moi-même récemment été sujet.

Ceci, je le porte avec la résignation d'un martyre et le courage d'un avatar. Vous-mêmes, bernés par la fausse moralité et le poids des simplifications excessives, ne pouviez, au cours de vos très ennuyeuses élucubrations, concevoir la force impressionnante ni l'effrayante splendeur de la véritable perspicacité révélatrice. Non, c'est moi qui dois hériter de la corde raide de la santé mentale sur laquelle il me faut marcher jusqu'à la fin de mes jours.

Limités du côté matière grise et généreux du côté postérieur, c'est peut-être ce que vous êtes et ceci vous servira sans doute dans le court terme de votre injuste persécution. Mais dans la durée, je crois que les forces du karma vont finir par se rassembler contre vous et que ma juste récompense va à coup sûr advenir. Entre temps – allez vous faire enculer espèce de salopards flatulents !

Veuillez agréer mes sincères salutations,
Brian Poker, M. C. (Chevalier)

– De mieux en mieux ! hurlai-je, en repliant mon ouvrage dans une de mes enveloppes personnelles.

Certes, écrire cette réponse m'avait bien botté les fesses, et je ressentais le lourd poids du décalage horaire, du pessimisme et du manque de couilles susceptibles de saborder cette mission, contenu et compartimenté derrière ma folle détermination de réussir.

– Pas vraiment mieux ! cria Bruce par-dessus le bruit des moteurs tandis qu'il couchait l'avion vers une petite piste d'atterrissage en bordure de Devonport. Le Cessna de Pikey a davantage d'accélération que ce vieux bijou – il est sept heures, matez-moi ça !

Carruthers, Fortesque et moi, nous avons effectué une torsion vers la gauche pour regarder par les hublots sales l'appareil rouge et blanc dans le ciel bleu pas très loin derrière nous, grouillant de maniaques religieux et de voyous à gages. Ça allait être serré, mais j'imaginais que si Bruce réussissait à poser cette épave du premier coup et que le taxi prévu était là, prêt à partir, nous pourrions les semer avant d'arriver au fleuve.

– Tenez bon, les gosses ! hurla Bruce, alors que nous tombions à pic vers la piste, une turbulence imprévue faisant tourbillonner l'avion comme un jouet.

– Mince alors, le vent du nord s'est levé quelque chose de bien ici.

Le thylacine laissa échapper un gémissement dans un bâillement et posa sa tête sur le sol entre ses pattes. Je lui caressai le dos, m'émerveillant nerveusement devant sa solide charpente, sa musculature sous la fourrure exubérante ; la bouillie de céréales et les perdreaux avaient certainement donné à ses hormones de croissance un avantage sur ses frères dans la nature sauvage. J'imaginais que la petite sœur avec qui Towser avait partagé sa poche serait naturellement plus petite à cause des rigueurs de la vie sauvage, même si la différence n'était pas énorme ; je me suis souvenu des restes de wallaby grillé jetés aux thylacines dans les ombres vacillantes des feux de camp aborigènes.

– Où est-ce que vous avez passé votre brevet de pilotage ? demanda Miss Mepps, jetant à Bruce un regard en coin en glissant deux pilules entre ses lèvres minces.

– Quel brevet de pilote ? hurla Bruce. Les yeux de Miss Mepps s'agrandirent avec la contrariété.

– Je plaisante, chérie, s'empressa-t-il d'ajouter, sentant se profiler au loin le sérieux ramponneau que la vieille bique allait lui flanquer. À Tangalooma, en fait, ma chérie. Je suis l'un des Tangalooma Phantoms. Division Balèzes, laisse-moi te dire, ma nénette… Ouhaou ! La ferme, il faut que je me concentre.

Les yeux injectés de sang de Bruce se détachèrent de Miss Mepps juste à temps pour redresser l'appareil en vue de l'atterrissage. La sueur me monta au front au moment où les roues touchèrent l'asphalte. Nous avons rebondi, notre pilote cramponné aux commandes tout en activant des manettes avec un sourire maniaque sur son visage rubicond.

Une fois en sécurité sur le sol, l'avion hoqueta en direction du terminal – en fait une grande cabane en tôle ondulée avec un radar sur le toit, rutilante dans la brume de chaleur qui montait de l'asphalte. Le taxi était là, sans chauffeur, mais les clés se trouvaient sur le contact et nous nous sommes jetés à l'intérieur, Bruce à la place du chauffeur avec Fortesque à côté, Carruthers, Miss Mepps et moi derrière et le thylacine docilement coincé dans le coffre avec, comme compagnie, un pneu de secours graisseux et un sacs d'outils.

– Ce salopard a passé un coup de bigophone ! hurla l'oncle Bruce, tandis que nous avancions, la voiture penchée dans les ornières, sur la route pour sortir de l'aéroport, manquant de rentrer en collision avec un autre taxi qui s'engageait sur la petite piste.

Nous nous sommes retournés pour voir le Cessna de Pikey toucher la piste d'atterrissage. Aucun doute que le taxi était prévu pour ses odieux passagers.

Bruce suivit la route qui encerclait pratiquement la piste avant de rejoindre la voie principale, et entre les carcasses rouillées de biplaces abandonnés recouverts de plantes grimpantes épineuses sur les bords, nous avons aperçu les Bahaïs et les gorilles se précipiter vers leur taxi.

– Elle a pas l'air sympa, la gonzesse... qu'est-ce qu'elle magouille, Brian ? demanda Bruce, se grattant sa brosse de la main gauche tandis que la droite se battait avec le volant sur la route vérolée.

Il avait vu Lolla et sa robe-rideau rouge briller dans la brume de chaleur.

– La religion, dis-je sèchement, pas d'humeur à entrer dans les détails.

– Mérite bien qu'on la fuie, dit Bruce.

Chapitre 28

C'est à contrecœur que Bruce ignorait la limitation de vitesse alors que nous nous dirigions vers le sud de Devonport en direction des docks à l'embouchure de la Mersey. Nous faire arrêter maintenant pour excès de vitesse amènerait nos agresseurs juste sur nos talons, et je craignais que l'oncle de Fortesque, qui ne cessait de décapsuler des bouteilles de Boags avec les dents et d'en avaler le contenu, ne se révèle positif à l'alcootest.

La vitesse constante me faisait un peu somnoler ou du moins planer. J'ai fermé les yeux et je me mis à avoir des visions de Miss Mepps, dont la jambe, sous son bas, était appuyée contre la mienne et dont le parfum bon marché embaumait les confins surchauffés du siège arrière. Le simple désagrément de ce double assaut provoqua soudain une poussée de toxine du dendrobate à ventre tacheté. Ma conscience semblait se replier sur elle-même, éloignée du logement habituel qu'était mon crâne, et voyager vers l'intérieur en direction de mon cœur. De là, elle s'écoulait dans le sang de ma jambe comme une espèce d'huile en voie de décoagulation, traversait mon jean noir (je fis alors l'expérience dans de subtils détails du moindre fil de toile) et à partir de là, elle pénétra rapidement dans les bas poisseux de Miss Mepps. Avec un sursaut inquiétant, cette conscience liquide s'enfonça alors dans ses propres globules sanguins. À l'intérieur de son corps osseux, j'ai voyagé, et j'ai continué dans la jambe d'échalas de Carruthers. Des messages affluaient sur mon œil interne, qui formaient des détails intimes de la physiologie de ces deux-là : la repousse de poils noirs rasés sur les jambes de Miss Mepps, chassant de microscopiques plaques de peau morte dans le tissu de sa jupe bleue ; les articulations du genou de Carruthers, raides comme des câbles d'acier à force d'être perpétuellement repliées dans les voitures, sur les sièges des avions, et partout ailleurs où les choses étaient prévues pour des humains de taille normale ; et ce gosse n'avait pas fini sa croissance – il n'avait même pas vingt ans !

Ma bulle de conscience tactile a filé dans son sang pour atteindre sa tête de crétin et y a flotté, comme dans du liquide amniotique, n'y trouvant rien qui ressemblât à du cerveau. Puis une synapse liquide dans cette mare obscure s'est enclenchée à la simple pensée de Towser, suant dans le coffre de la voiture, et puis je suis passé, en roulant à travers les housses de plastique des sièges, molécule par molécule, dans le siège spongieux, puis à travers le squelette d'acier du véhicule pour atteindre le microclimat du marsupial vivant. J'y ai erré un moment, percevant sa respiration, comme des marées brisant d'anciens rivages, mesurant cette vague conscience qu'il avait de son maître, Carruthers, à quelques centimètres de là. Ce serait dur pour cette créature de le voir pour la dernière fois, mais il en serait ainsi.

Sans avertissement, je ressentis un mouvement d'aspiration nauséeux, tout l'inquiétant processus se renversa d'un seul coup et je retrouvai mon esprit de nouveau dans ma tête.

Le grincement des vitesses qu'on rétrogradait et le mouvement du poids humain sur le siège arrière, un raclement de gorge de Fortesque et un juron murmuré par Bruce me signalèrent une sorte d'arrivée et je clignai les yeux en me réveillant dans la clarté du matin, apercevant les reflets de l'eau au moment où les cris des mouettes m'arrivaient aux oreilles.

– Tubb, voilà l'homme qu'il nous faut, les gars, dit Bruce. Juste après le virage, là. Ça va, Brian ?

– Juste un coup de décalage horaire, Bruce, répondis-je, en attrapant une Boags sur le sol du taxi.

Tubb ? Est-ce que je l'avais bien entendu ? Bruce devait le connaître alors ; mais au moins, le loueur de bateau n'avait pas fait de remarques la dernière fois que nous lui avions rapporté le bateau avec quatre jours de retard ; Tubb, c'était lui, pas de doute.

Et c'était bien lui, penché au-dessus d'une pile de cordages et de filets à moitié pourris, son jean trop grand et tout taché lui tombant à la moitié du derrière, découvrant sa raie du cul comme l'arrière-train d'une truie. Bruce arrêta le taxi et Tubb tourna la tête, souriant sous une casquette de base-ball d'un blanc sale. Il avança en se dandinant vers Bruce qui s'extirpa du siège du conducteur et alla vers lui. Les deux hommes se tombèrent dans les bras et firent des commentaires virils ; Tubb avait l'air plus rondelet que dans mon souvenir, mais ses marchandises n'avaient absolument pas changé : le même bateau à moteur bleu glacier que nous avions loué à peine quelques mois plus tôt pour notre voyage fatidique dans le lointain passé dansait sur le courant à l'extérieur du dock flottant, très près de quelques autres embarcations à divers stades de décrépitude, qui tanguaient dans les tourbillons de la baie.

– Allez, Brian ! aboya l'oncle Bruce. Et toi, neveu, et cette grande asperge avec sa charmante hôtesse de l'air... et n'oubliez pas Médor ! Filons d'ici, putain, avant que cette bande de pervers arrive. Venez que je vous présente au vieux Tubb.

– On s'est déjà présenté, dis-je, hochant la tête en direction de Tubb qui nous fit un signe de la main et un sourire édenté.

Il n'eut pas l'air de nous reconnaître cependant et s'activait à tirer le démarreur du bateau bleu glacier pendant que Bruce lui glissait quelques mots à l'oreille et agitait une liasse de dollars australiens sous son nez. Ce qu'ils négociaient parvint à peine à nos oreilles et bientôt Tubb empochait sans les compter un paquet de billets en nous faisant signe de monter sur le bateau, ce que nous nous sommes hâtés de faire. En quelques instants, nous avions, une fois de plus, largué les amarres, le moteur créant des chevaux blancs d'écume autour du gouvernail. Le thylacine, tout droit à la proue, ouvrit les narines et fixa ses yeux de loup vers l'amont, une figure de proue vivante et respirante propulsée depuis le Cénozoïque jusqu'à cette époque précise.

– On y va, les gars ! brailla Carruthers. Kimber !

Le marsupial resta parfaitement immobile, claquant les lèvres, qui paraissaient à présent sèches et râpeuses. Carruthers caressa son arrière-train rayé, l'air triste en sentant l'inévitable séparation de l'homme et de la bête, du maître et de l'animal de compagnie.

> *Oh, a life on the ocean wave*
> *Is better n'goin'to sea*
> *A life on the ocean wave*
> *Is the only life for me, Tarrum !*[1]

Bruce chantait gaiement à la barre et je m'agrippais à tribord, mes yeux errant sur les nombreux quais

---

1. *Oh une vie sur la vague océane*
Est meilleure que celle du marin
Une vie sur la vague océane
Est la seule vie pour moi, Tarrum ! (traditionnel)

flottants, cabanes délabrées, remises pour nettoyer les poissons le long des berges du fleuve. Diverses embarcations nous croisèrent en dansant sur l'eau : des embarcations en mauvais état qui avaient besoin d'un coup de peinture, comme le vieux rafiot de Tubb ; de temps en temps, un ketch toutes voiles dehors, méticuleusement entretenu par des enthousiastes bourrus aux aptitudes nautiques rigoureuses, et un ou deux bateaux à moteur de grosse cylindrée avec à bord des gens riches à l'air bourré confortablement adossés, victorieux, comme s'ils étaient aux contrôles de phallus géants.

– Et si ces salopards louaient un truc comme ça ? dis-je, sans m'adresser à personne en particulier.

Miss Mepps s'assit à côté de moi et répondit sur un ton monotone et hébété :

– J'ai rencontré ces Bahaïs, ils ne sont pas méchants. J'ai appris à aimer les cacahuètes grillées.

Ça, je l'imaginais volontiers. Il devait y avoir, au cours de ces longs vols, de nombreuses occasions où ces préparations diaboliques constituent la seule forme de nourriture qu'il reste à dévorer. Peut-être que ce phénomène contribuait à la sécheresse poisseuse de la plupart des hôtesses de l'air qui me donnaient souvent l'impression que leurs ovaires ou autres importants organes s'étaient ratatinés à l'intérieur de leur corps au cours de la première année de ce boulot répugnant.

– Vous seriez le patron, n'empêche, non ? Si vous entriez dans cette histoire de réincarnation, je veux dire. Il faudrait tous qu'on se prosterne devant vous, poursuivit Miss Mepps d'un air vaguement accusateur. On serait en dessous de vous, dit-elle sur un ton inquiétant, déboutonnant sa tunique bleue pour laisser paraître une médaille de St Christophe bon marché blottie dans son décolleté osseux.

Bon, cela était très bien, pensai-je. Miss Mepps était sur le point de vivre une importante dépression nerveuse, probablement de dimension psychotique et presque certainement causée par l'étourdissante collection d'amphétamines et de tranquillisants qu'elle s'était enfilée au cours des trente dernières heures.

– Ne vous inquiétez pas Miss Mepps, dis-je, pas une seule minute d'humeur à la consoler. Vous ne serez jamais en dessous de moi, je vous le garantis.

Elle fit un petit mouvement de tête prétentieux, les lèvres en avant comme des limaces séchées au sel, puis regarda droit devant elle, prenant, étrangement, la même expression que Towser tandis qu'il respirait l'air de l'amont du fleuve en quête de souvenirs ancestraux.

Il n'était pas encore midi et il faisait déjà plus de trente degrés, mais le temps était sec ; l'humidité arriverait plus tard quand nous entrerions dans les zones plus boisées. Je n'avais pas d'autre plan plus précis que celui de remettre le thylacine tant physiquement que spirituellement dans son milieu naturel et je n'avais, jusqu'à ce que je découvre les deux groupes d'adversaires dans l'avion qui nous avait transportés jusqu'ici, pas prévu de réels problèmes : le relâcher dans la forêt avec les aborigènes (si nous réussissions à les retrouver), ou le plus près possible, reprendre l'avion pour Londres et expliquer à Steed comment je venais de foutre en l'air 50 millions de yens pour le bien d'un marsupial puant, et passer ensuite le reste de ma vie à me demander si ces malfaiteurs du Clermont Set allaient me buter pour ma conduite aussi odieuse que déshonorante. Ce n'était rien à faire. Du gâteau. Mais à présent, je me retrouvais à essayer d'accomplir cette simple destinée avec une sérieuse complication aux trousses. Et où étaient-ils ? Qu'est-ce qui les retenait ?

Je scrutais la rivière étincelante derrière nous, mais ne voyais que quelques petites embarcations de pêche avec des loups de mer locaux à la barre, remplis de filets, de cannes et de lignes.

– Tant pis, les gars. Je sais qu'il y a une dame à bord, mais il faut que je pisse.

Bruce fit signe à Carruthers de se glisser à l'arrière et de prendre la barre pendant que lui s'agenouillait à bâbord et sortait son pénis, qui ressemblait à un petit perroquet rouge avec un bec violet et en faisant un rot gras, il pissa par-dessus bord.

– Ah, ça va mieux. « Please release me, let me go », chantait Bruce en reboutonnant son short de toile.

Il s'assit à côté de Fortesque sur l'une des étroites planches qui faisaient office de sièges, et gratta sa mâchoire mal rasée.

– Allons, du nerf, les gonzes et les gonzesses ! Qu'est-ce qui pourrait être mieux ? Une belle journée, remonter le courant suivis par deux types prêts à vous massacrer dès qu'ils posent les yeux sur vous, un putain de gros vieux salaud d'une race disparue qui empeste tout le bateau depuis là où il se trouve jusqu'à l'avant, et la charmante Miss Mepps… formidable ! Déridez-vous, nom de Dieu !

Bruce jeta un coup d'œil au derrière de Miss Mepps sur le siège devant lui en retroussant la lèvre lascivement et reprit les divertissements :

You're the one that I want
(You're the one I want now, oo oo oo honey !)[1]

– Ouais ! Elle te plaît, celle-là, hein, Brian ? C'est quoi l'autre que j'ai entendue récemment ? Alors, c'est quoi les paroles déjà ? Ah ouais :

1. *C'est toi que je veux*
C'est toi que je veux maintenant, ch é é é é é é érie (John Travolta, *Grease*)

Nebuchadnezzar and Pontius Pilate
Lazzaro Spallanzani and Venus De Milo
They hunted him down, inflicted many pains
But he suffered erysipelas and lived on seven planes
King of the Senses
King of the Senses[1]

– Super, celle-là. Je l'adore !

– T'entends ça, Beep ? commença Fortesque alors que je forçais ma mémoire à retrouver cette chanson très familière.

– Ouais, qu'est-ce…

– Bruce chante *King of the Senses*. Dis donc, où est-ce que t'as entendu ça, Bruce ?

– À la putain de radio, bien sûr. Je l'ai entendue un bon paquet de fois. Facile à retenir, celle-là – c'est de qui donc ?

– Brian Porker en personne ! répondit Fortesque, se penchant en diagonale en travers du derrière de Miss Mepps et me donnant une claque dans le dos.

Bien sûr ! Je me rendis compte avec un certain choc que c'était un morceau de mon dernier album, *Porker In Aspic*.

– Nom de Dieu, ça et en plus *Knee Trembler* ? Bruce, demandai-je, tout excité, sachant qu'il avait dû l'entendre un bon nombre de fois pour être aussi familier avec deux de ses nombreux et denses couplets, où as-tu entendu celle que tu viens de chanter ?

1. *Nabuchodonosor et Ponce Pilate*
Lazzaro Spallanzani et la Vénus de Milo
Ils l'ont traqué, lui ont infligé biens des maux
Mais il a souffert d'érysipèle et vécu sur sept plans
Le roi des sens
Le roi des sens.

– Je sais pas… je me suis pas mal déplacé en Tasmanie cette dernière semaine – j'ai entendu plein de trucs. C'est une des tiennes, c'est ça ? Bravo, mon pote. Un peu longue quand même, vieux. T'aurais pu faire sauter une ou deux minutes, et personne ne s'en serait plus mal porté – c'est pas de la vraie pop après tout.

Fortesque et moi avons ricané de cette évaluation de mon psychodrame épique de sept minutes. Peut-être était-ce simplement la valeur de la chose qui la faisait entrer dans la difficile liste tasmanienne de disques à programmer, en se traçant un chemin au milieu des armées de derviches et de divas du disco avec une férocité rafraîchissante. En tout cas, j'étais atterré à l'idée qu'après tout, ma tournée en Tasmanie qui n'avait pas attiré un grand public, avait effectivement produit des résultats ; après des années d'absurdités, ça, c'était nouveau pour moi. Soudain la disparition parut être un souvenir très lointain.

Chapitre 29

Nous remontâmes la rivière pendant près de trois heures, le thycaline toujours à la proue, remuant la queue et s'agitant sur ses pattes, très excité, chaque fois qu'un mouvement incontrôlé nous rapprochait de la berge qui commençait à présent à perdre toute trace de civilisation et retrouvait cet aspect primitif dont je me souvenais depuis notre dernière visite. Des traînées de vapeur flottaient dans la flore luxuriante, et de magnifiques perruches à ventre jaune volaient entre les branches.

Je ressentis un étrange malaise m'attaquer de toutes parts à la fois ; le ronronnement du bateau à moteur semblait pénétrer à l'intérieur de mes os ; la fourrure du thylacine commençait à devenir tangible, et même si mes doigts se trouvaient à un ou deux mètres, j'en sentais la rugosité sur ma peau comme celle de crins de cheval ; et une sensation d'écrasement, comme si la canopée de la forêt pesait sur mon crâne, me fit cligner des yeux et secouer la tête avec effort pour la chasser. Ce putain de Carruthers et ses super drogues expérimentales ! C'est lui qui devrait vivre tout ceci, pas moi.

Soudain, Bruce est passé au ralenti pour quasiment nous faire faire du sur place et l'eau s'est mise à clapoter contre la proue de la vieille embarcation tandis que le courant essayait de nous bousculer pour nous immobiliser.

— Allez, regardez-moi ça, dit Bruce doucement, une tranquille stupeur remplaçant son habituel côté grande gueule.

Et là, à notre gauche, se confondant presque avec le feuillage diapré, le camouflage sans artifices de sa peau aussi naturel qu'un tronc d'arbre pourrissant, qu'une berge vaseuse ou une termitière, se trouvait le chef aborigène sur lequel j'étais tombé en premier quand j'avais suivi tant bien que mal les deux thylacines dans leur ancien et secret habitat.

Il ne nous regardait pas pendant que notre bateau était pris dans un tourbillon rapide et s'avançait à moins de trois mètres de lui. Son corps noir était cambré comme s'il avait pris une posture d'art martial, il avait le bras droit replié et la main droite ouverte près de ses cheveux touffus. Ses pieds nus étaient plantés dans la vase tout au bord de la berge comme s'il avait poussé à cet endroit, tel un arbre ancien qui aurait refusé de se plier aux règles de l'érosion, et il avait une expression catatonique sous les barbouillages blancs et autres assortis aux cicatrices de son visage.

La canopée au-dessus de la rivière était soudain devenue transparente à mes sens, comme si je m'étais transformé en épidiascope humain, et je savais que personne d'autre sur le bateau ne vivait ce même phénomène et que c'était l'étrange posture de l'aborigène qui avait déclenché cela en moi. Je me préparai à d'autres complications de la conscience de mort. Effectivement, la forêt reculait, toute sa sève pompée et chaque brindille transformée en fragile griffe de sorcière qui se courbait avec un air menaçant au-dessus, réduisant presque en poudre les branches.

Carruthers, Fortesque, Miss Mepps et Bruce se changèrent en statues de sel dans le bateau à côté de moi, et seul le thylacine demeura normal, comme s'il appartenait à une autre vague temporelle. Mais soudain ces farces psychotropes m'irritèrent et j'insultai l'aborigène à pleins poumons, dans l'illusion qu'il devait certainement avoir un lien avec l'experte de la mort et la toxine du dendrobate ; il me paraissait parfaitement normal que ces trois éléments soient connectés et inhérents aux quelques prochaines heures de mon existence. En tout cas, je me souvins du conseil de Carruthers de calmer les effets des toxines avec de l'alcool et je cherchai au fond du bateau une des canettes de Boags de Bruce, regrettant de ne pas avoir apporté une bouteille de cognac avec moi. Je descendis la boisson d'un trait, sans rien ressentir.

– Qu'essaies-tu de me dire ? finis-je par crier au Noir (pour moi, c'était un Noir, et j'étais foutrement persuadé qu'il n'aurait jamais envisagé de dire qu'il était « Afro Tasmanien ») sur la berge tandis que j'écrasais de frustration la canette de bière.

Instantanément, sa main droite fit un mouvement circulaire et ses hanches tournoyèrent en suivant un rythme inaudible. Bien que cette démonstration ait pu tout simplement sembler être à mes compagnons une ânerie indigène gracieuse, mais dénuée de sens, dans mon état réceptif, une image pure avait été transmise à mon œil intérieur et j'ai deviné la signification de sa posture sans me poser de question.

Brusquement, le silence qui m'avait enveloppé depuis que j'avais vu notre guide aborigène, fut ébranlé par le grondement de ce que je savais être, avec une certitude inquiétante, une puissante vedette.

– Bruce, fonce ! hurlai-je, et voyant littéralement à travers la forêt dense, de l'autre côté du méandre, comme si ma vision était dotée de rayons X, je perçus un très coûteux hors-bord qui arrivait sur nous à toute allure, les Bahaïs à la barre et les gorilles, tels de stupides figures de proue, agrippés aux garde-corps de la poupe.

– Tout droit, Bruce, il y a un affluent qui nous rejoint – un tourbillon ! un tourbillon ! vas-y !

– Génial mec, aye, aye, cap'taine ! rugit Bruce lorsqu'il mit les gaz du moteur à fond, ce qui fit tomber Miss Mepps à la renverse comme une quille de bowling sur les planches humides du pont.

À ce moment précis, l'aborigène entreprit une danse parfaitement banale dans les années soixante-dix, un truc pile à la Travolta, tout droit sorti de *Grease*, et il disparut dans les sous-bois en dansant, se confondant avec eux comme un caméléon géant. Mes synapses s'excitèrent avec une clarté exacerbée, mais comme si c'était le fait d'une course de cinq kilomètres et d'une douche froide et non pas des présages mystiques transmués sur moi par les aborigènes, les bribes de Joker, la toxine de dendrobate à ventre tacheté, ou les vieilles dames qui meurent dans les avions.

J'avais la certitude, de façon irrévocable, que les visions de mort étaient finies ; d'avoir vu une dernière fois, à travers la forêt impénétrable, nos agresseurs et d'avoir échangé par télépathie avec l'aborigène annonçaient leur disparition ; au moins, elles avaient rempli leur obscure fonction et je sentais la porte macabre se fermer avec un bruit grave et retentissant.

– Kimber ! vas-y, Towser !

Ah, comme ces tonalités ô combien terrestres complétaient l'impression d'un retour à la douce normalité quand Carruthers, tel une gigantesque allumette en flammes, se lança de tout son long par-dessus bord, le thylacine à ses côtés, et que tous deux nagèrent vers la bouche de l'affluent par lequel nous étions entrés, il y a des mois, dans un autre âge.

– Quoi ? Quoi ? Tout droit où ça ? supplia Bruce, réagissant avec un peu de retard à mes ordres de continuer.

Pourquoi se presser, mon vieux ? Est-ce que j'ai raté quelque chose ?

J'ai vaguement expliqué à Bruce et à Fortesque que je venais juste d'avoir la curieuse sensation qu'une vedette de dix mètres transportant deux désagréables salopards des quartiers sud de Londres et une horde de dingues religieux connus sous le nom de Bahaïs se rapprochait rapidement, sans vouloir m'étendre sur ma récente vision de squelette, ni que je venais juste de voir à travers la forêt impénétrable, au-delà d'un méandre, et que j'avais repéré la vedette qui approchait alors qu'elle était à près de deux kilomètres de l'endroit où nous avions rencontré l'aborigène révélateur.

– Foutaises ! tempêta Bruce. Mes oreilles sont aussi fines que celles d'une foutue chauve-souris ; à l'heure actuelle, je l'aurais entendu, le bateau.

– Coupe le moteur, ordonnai-je d'un ton sec, ce qu'il fit et tandis que la cristalline Mersey près de sa source commençait à repousser le bateau sans énergie dans le sens du courant, on entendit progressivement augmenter le léger ronronnement d'un canot à moteur au milieu du bruit de l'eau, des jacassements des perroquets et du bourdonnement des insectes.

– Putain de bordel, je me suis fait empaffer, murmura Bruce, t'as raison, BP.

– Empaffer ? demanda Fortesque. Il me semble que tu as été… en prison, hein, tonton ?

– Espèce de salaud, Forty ! Personne ne m'a carré son outil dans le fion ! C'était moi qui commandais dans cette taule, moi qui commandais !

Le vigoureux roadie et son ancien bagnard d'oncle se payèrent une sacrée bonne séance de rigolade et s'ouvrirent deux Boags avant que Forty redémarre le moteur et nous lance de nouveau à contre-courant, en direction de l'endroit qui, je l'espérais, serait l'accomplissement de ma télépathie aborigène : là, nous allions découvrir une autre rivière qui déversait ses eaux dans la Mersey et formait un tourbillon à la jonction. Je pouvais voir dans l'œil de mon esprit selon un procédé mnémonique normal, une simple image d'une scène gravée dans les réserves de ma mémoire par l'obscure pantomime dont j'avais été témoin plus tôt sur la berge de la rivière, mais restée en place, comme si j'avais effectivement été là. Mais ce qu'on pouvait faire de ce tourbillon, une merveille naturelle potentiellement dangereuse, je n'en avais pas la moindre idée.

Chapitre 30

Maintenant que Carruthers avait décidé, sans un mot d'explication, d'accélérer la mission en se lançant dans la nature avec le thylacine, j'attendais une réaction de Miss Mepps. Mais l'hôtesse semblait ne pas avoir remarqué sa fuite audacieuse et restait assise dans le bateau, absolument immobile, comme clouée sur place, fixant droit devant elle, catatonique, son mascara violacé dégoulinant à cause de l'humidité et le fond de teint sur ses joues tombant en copeaux, chaque plaque percée de visibles empreintes de pores.

Pendant un court moment, nous avons avancé doucement, en silence, suivant la rivière qui se rétrécissait, le ronronnement de la puissante vedette derrière nous augmentant considérablement en volume de minute en minute.

– Dorking, dit soudain Miss Mepps, sans s'adresser à personne en particulier.

– Pardon ? répondis-je, tandis que Fortesque et moi, stupéfaits, les sourcils dressés par l'étonnement, nous retournions pour l'observer.

Mais elle ne chercha pas à clarifier cette référence énigmatique au sud de l'Angleterre et resta guindée et calme dans le bateau qui tanguait.

Soudain, après un méandre, ma vision s'est concrétisée sous nos yeux : effectivement, il y avait une autre rivière, éjectant l'énergie qu'elle avait accumulée dans la Mersey, d'où une formidable débâcle d'écume et des cascades de courants masquées par un mince nuage de brume.

Dans un trou d'eau calme sous la berge à bâbord, j'aperçus une forme sombre et lisse glissant sous l'eau au milieu d'un dense enchevêtrement de racines d'arbres. Je sus immédiatement que c'était cette merveille de la nature, cette absurde énigme qui pond des œufs et déconcerte la science, un ornithorynque. J'étais tenté de demander à notre barreur, Bruce, de le suivre, mais ma rêverie fut brusquement interrompue par un hurlement de l'oncle de Fortesque.

– Alors on fait quoi maintenant, Brian ? c'est toi le mec qu'a les idées ! supplia-t-il en pointant du doigt derrière nous. J'ai regardé en aval et nos poursuivants étaient là, sur nos talons.

Pendant un instant, mon esprit bouillonna de fantasmes de fuite ; j'aurais aimé traîner et profiter d'un dernier coup d'œil sur l'ornithorynque et, comme si cette pensée lui était liée à cause de son étrangeté, j'aurais aimé explorer les bizarres paroles de Miss Mepps pour en extraire la signification, même si elles paraissaient tout à fait insondables. Elle traversait, je le sentais, un épisode psychotique sévère. Cette idée fit naître en moi un désir soudain de saisir l'hôtesse de l'air à bras le corps et de la passer par-dessus bord pour lui faire retrouver un peu de bon sens. Elle avait un sacré toupet, cette femme ! (Je n'ai jamais pu supporter les gens suffisamment faibles pour laisser leurs psychoses prendre le dessus en présence d'autres personnes).

Mais le gros et puissant bateau blanc n'était qu'à 300 mètres derrière nous, Lolla et ses potes appuyés au bastingage, son abominable muumuu cramoisi tel un drapeau délabré proclamant une idiotie religieuse, et les brutes, l'un à la barre avec ses lunettes noires en train de prendre le soleil et l'autre en train de fumer une Rothmans et de sourire comme un fou en sentant la victoire. Apparemment, ils n'avaient pas encore remarqué que Carruthers et la bête n'étaient plus avec nous et avant qu'ils puissent s'approcher suffisamment près pour voir que ces deux-là n'étaient pas cachés sous les bancs de notre embarcation, je devais rejeter toutes les délicieuses idées de rosser Miss Mepps et d'étudier les ornithorynques. Il était indubitablement temps d'agir de façon décisive.

– Brian… gémit Fortesque.

– OK, suffoquai-je, ma tête se vidant de ses bagages superflus. Bruce, vas-y ! fais un arc de cercle autour de la masse d'écume où l'affluent débouche.

Bruce suivit mes instructions, enfonçant le bateau du vieux Tubb au milieu des hauts-fonds aux limites de la turbulence, et tandis qu'il faisait tourner l'embarcation derrière cet enchevêtrement tourmenté, je sentis la perfection de l'exécution augmenter mon taux d'adrénaline comme sur le point de survivre à une sacrée descente en luge, faire un ace sur un court de tennis ou terminer un slalom rapide avec une véritable compétence. Car pendant que nous rebondissions sur la frange de la turbulence, le gorille à la barre de la vedette dirigea son bateau droit sur nous, totalement ignorant des dangers de l'eau blanche bouillonnante. Et quand ils arrivèrent à la jonction, le sommet même de l'imprévisible, le hors-bord tourbillonna comme un bouchon coincé dans les serres de l'écumant maelström comme si son moteur avait été arraché.

Son pénible équipage tomba sur le pont comme une rangée de quilles tandis que la vedette ne cessait de tournoyer en dessinant des cercles, s'inclinant de bâbord à tribord, le moteur noyé et hors d'usage. Bruce et Fortesque poussèrent des cris de joie pendant que nous observions, en sécurité, depuis les profonds creux d'eau en amont des remous du vortex. Les pauvres voyous et les Bahaïs glissaient d'avant en arrière, luttant pour garder l'équilibre. Leur angoisse était évidente ; leurs visages torturés en disaient long : ils étaient au fond de cette rivière, sans rame, en danger de mort et l'objet de leur poursuite n'était plus à leur portée.

– Où est ce putain de chien ? aboya l'un des voyous, alors qu'il se tortillait comme une anguille au bout d'un hameçon, s'agrippant désespérément au bastingage.

– Libre ! Et d'ailleurs, il est en fait bien plus proche du kangourou que du chien, espèce d'imbécile ! hurlai-je, enivré par notre succès et déterminé à traiter de haut nos adversaires avec un peu de connaissances bien informées. Bruce a poussé le moteur du hors-bord, nous avons longé le tourbillon et de nouveau lentement descendu le courant.

– Pas disparu, et pas en captivité ! ajoutai-je en guise d'adieu.

En regardant derrière nous la vedette endommagée, à présent presque entièrement sur le flanc et prenant l'eau parce que sa coque très pointue entrait dans l'écume, je vis Lolla plonger, suivie des sveltes Arabes, les lanières de leurs gilets de sauvetage flottant dans l'air avant de toucher l'eau. Je ne donnais pas très cher de leurs chances de survie, mais s'ils sautaient assez loin du centre du tourbillon dans lequel le bateau s'enfonçait lentement, ils pouvaient s'en sortir, avec un peu de chance. Leur problème, me dis-je.

Bruce et Fortesque semblaient tout à fait réjouis par cette affaire ; Miss Mepps, par contre, demeurait statique avec ses yeux globuleux, agrippée au banc, fixant droit devant elle dans une transe chimique sans expression. J'eus soudain envie de faire demi-tour pour venir en aide à ces malheureux Bahaïs, mais je résistai – le danger de s'attirer davantage de baston de la part des gorilles du Clermont Set ne valait pas la peine de prendre le risque.

Un cacatoès de Baudin a volé par-dessus la rivière devant nous, jacassant comme pour se moquer de la folie des humains. Fortesque a montré du doigt l'embouchure du petit affluent où avait commencé notre aventure, et nous nous y sommes engouffrés en gîtant pour remonter doucement le courant, atteignant bientôt cette même langue de terre où les aborigènes avaient emporté notre bateau il y avait des mois.

– Et maintenant ? s'enquit Bruce, tandis que nous accostions et que nous débarquions, chassant déjà les insectes qui nous piquaient, manœuvrant pour se positionner sur notre peau.

– Bon sang, où est passé Carruthers ? marmonna Fortesque.

– Je crois… est-ce qu'on attend ? me risquai-je, ignorant complètement la question de mon *tour manager*.

– Tu veux dire que tu n'as pas absolument toutes les réponses, Brian ? dit Bruce sur un ton plein de gaieté sarcastique.

Donc, nous nous sommes accroupis en rond, tranquillement, pour écouter les sons révélateurs, jetant de temps à autre un coup d'œil en direction de Miss Mepps, le dos appuyé contre un bel eucalyptus, une lueur de lucidité réapparaissant sur son visage tandis que le décor inconnu affectait sa conscience.

Les ombres s'allongèrent lentement pendant notre attente et Fortesque s'activa à tailler un bâton en filao à feuilles de prêles. Bruce marchait lourdement dans la clairière, en se grattant l'estomac et en émettant des sons à partir de diverses parties de son corps.

« Nectarine », dit soudain Miss Mepps, si bien que tous trois nous avons silencieusement cessé nos obscures entreprises et regardé dans sa direction. J'étais en train d'observer un petit lézard posé sur un brin de *button grass*, son œil perçant me jaugeant de temps en temps avec une sournoiserie parfaitement reptilienne. Apparemment surpris par le bruit de la voix de Miss Mepps, il sauta tout d'un coup de son fragile perchoir pour disparaître dans les broussailles. Sous mes genoux, je sentis un léger grondement, intermittent pour commencer, mais augmentant rapidement en vélocité.

Ma première pensée alla aux aborigènes : enfin, ils étaient en route, rampant à travers les couloirs secrets de leur habitat dense et primitif. Mais une inquiétude grandissante me transperça les entrailles comme une froide flèche de pierre – je savais que les vrais indigènes de Tasmanie apparaîtraient en silence, comme projetés molécule par molécule sans vibration, sans craquement de bois.

Je bondis sur mes pieds, essayant désespérément de percer la dense jungle de feuillage avec des yeux parfaitement inefficaces. Fidèle à mon sentiment de malaise, le craquement de bois que j'entendis provenait d'au-delà d'un mur de verdure qui nous entourait, et à moins que des éléphants mâles aient été transportés d'Afrique, la seule chose qui pouvait causer une agitation aussi gratuite dans un environnement aussi virginal, c'était une paire d'hommes blancs trapus.

Fortesque et Bruce se raidirent et je me suis instinctivement emparé d'un bâton. Mais son efficacité comme arme ne vaudrait guère plus que celle d'une plume contre le poids de deux des types les plus balèzes de Londres qui approchaient, et je l'ai lâché, regardant, pris de panique, autour de la clairière en quête de l'itinéraire le plus sûr pour nous échapper.

– Les voilà ! hurla un des voyous du Clermont Set, alors qu'ils avançaient avec un bruit de tonnerre à travers la dernière étendue de sous-bois.

Sans penser à la force de l'union, Bruce, Fortesque et moi nous sommes précipités dans la forêt dans des directions différentes, aussitôt engloutis dans l'oubli des feuilles.

– On suit Brian, hurlèrent les balèzes, et j'ai filé dans les fourrés, avec une atroce lenteur, enlisé dans une séquence cauchemardesque, mes jambes retenues par des enchevêtrements de lianes et de plantes rampantes, ou tout simplement par l'irrégularité du terrain sous elles.

Les voyous me suivaient d'un pas chancelant, profitant du passage que j'avais frayé dans la végétation en écrasant des branches et des buissons, et je sentais qu'ils gagnaient du terrain, centimètre par terrible centimètre. Cette fois-ci, il n'y aurait pas de policiers comme à l'aéroport pour me protéger ; pas d'allées pleines de monde dans la section fumeur de l'avion obligeant ces brutes à garder leurs distances. S'ils m'attrapaient ici, des doigts seraient sûrement retournés, un nez sans aucun doute cassé, une rotule ou deux brisées par les coups-de-poing américains durs comme l'acier. Si on parlait de kimber – l'essence même en était à mes trousses.

– Où est ce putain de chien, Brian ? hurlaient-ils, et je percevais presque le léger parfum désagréable de l'after-shave Brut, mélangé en une alchimie démoniaque à leur sueur qui coulait à profusion de leurs corps à présent débarrassés de leurs vestons étroits et serrés dans leurs chemises trempées et déchirées.

Je continuais à me frayer un chemin dans la forêt, sans prêter attention aux coupures et aux bleus, ni aux possibles piqûres d'insectes ou de reptiles venimeux, et le risque fort clair de cassures et de fractures de mes os trop distendus. Mais au moment où j'arrivais dans une clairière basse, la canopée sembla tournoyer au-dessus de moi et le cri d'un oiseau effrayé se réverbéra dans ma tête, mêlé aux halètements et aux grognements des deux durs dingues à ma poursuite, et je sentis mes genoux se dérober sous moi tandis que je m'écroulais, roulant sur le dos, tournant sur moi-même le cou tendu en avant, les yeux exorbités et fixés sur les hommes qui se jetaient sur moi.

Leurs grosses paluches me tombèrent dessus et j'ai renoncé, effrayé, tandis que je me préparais à recevoir de sérieux coups. Mais leurs mains ensanglantées au-dessus de ma tête parurent se figer instantanément, les deux hommes tressaillant en même temps avec une mystérieuse synchronisation. Des regards d'incertitude traversèrent leurs visages mous et méchants. Ils portèrent la main à leurs cous épais. Avec un tressaillement de douleur, un des voyous parvint à attraper quelque chose derrière lui, il retira un objet pointu de sa peau et le regarda sans comprendre. Puis, avec d'étranges bruits sourds, tous les deux basculèrent vers l'avant et heurtèrent le sol couvert de feuilles. Je suis resté allongé, immobile, absorbé par le soudain silence de mort de la forêt tropicale, mon cœur battait à tout rompre dans ma poitrine, et c'était apparemment le seul bruit de tout cet univers.

Le silence se poursuivit pendant quelques minutes, et, supposant que mes agresseurs étaient soit morts, soit complètement K.O., j'ai tiré mon pied de sous le ventre d'un des gangsters blessés et je me suis levé, balayant du regard les enchevêtrements de feuilles, passant sur ce que j'avais d'abord pris pour du feuillage tacheté avant de me rendre compte que c'était en fait un visage humain. Les feuilles s'écartèrent, puis les branches, et d'autres visages apparurent. Lentement, quatre aborigènes se sont glissés dans la clairière, l'un d'eux tenait l'instrument de la disparition des gorilles – un petit arc constitué d'un bâton brut et d'un morceau de liane, plus court qu'un avant-bras et d'une forme délicate.

Le chef aborigène avança d'un pas rapide jusqu'à moi, ses trois archers se répartissant autour des corps blancs dans lesquels ils donnaient des petits coups de pied pour s'assurer qu'ils les avaient bien rendus inoffensifs. Les yeux du chef ont croisé les miens et j'ai fait un petit sourire, humble en sa présence.

« Nibs », dit-il.

Chapitre 31

Je pouvais m'imaginer la scène quand des scientifiques finiraient par découvrir cette secrète tribu : ils seraient là, des caméras vidéo à la main, fouillant partout, apportant des miroirs pour se raser, des pots et des casseroles, des montres et des couteaux comme cadeaux aux aborigènes perplexes ; et quand les linguistes entreprendraient cette première tentative de communication entre la civilisation moderne et l'ancienne, le premier mot qui surgirait pour nourrir une recherche et une analyse approfondies serait une obscure syllabe ambiguë originaire de Kimber, près de Pipely, pas très loin de Wally : « nibs ».

Nibs, c'était ce que ça allait être alors, et le chef prit mon bras pour me conduire à travers la forêt, laissant ses aides s'occuper du poids mort des hommes blancs inconscients.

Quand nous sommes arrivés au village, Fortesque, Bruce et Miss Mepps étaient déjà là, entourés par la tribu et réunis avec Carruthers qui avait été récupéré presque aussitôt après avoir quitté les eaux cristallines de la Mersey et s'être hissé sur ses berges primitives.

Ce soir-là, nous étions assis autour des feux tandis que Towser, le thylacine, qui avait beaucoup voyagé, et sa petite sœur sortaient des ombres et y retournaient sous l'infini manteau étoilé du ciel. Nous parlions

367

tranquillement et mangions, jetant à l'occasion un coup d'œil à l'auvent d'une hutte où les deux brutes se balançaient dans des hamacs, gémissant dans leur sommeil sous les effets puissants des extraits de plantes qui les avaient assommés.

Une fois encore, je me suis émerveillé – comme je l'avais fait lors de notre précédente visite dans ce même campement – de la richesse qui nous entourait : les vies parfaitement équilibrées des indigènes et la stabilité apparente de leur nourriture et de leur interaction avec leur environnement ; leur connaissance intime de la vie des plantes et des substances contenues dans les racines et les feuilles, et bien sûr les thylacines, magnifiques et étranges, semi domestiqués, objets de salivation pour les zoologues du monde entier.

En me réveillant le lendemain matin, j'entendis à côté Miss Mepps parler à Carruthers, et je fus heureux de constater le semblant de normalité de son discours ; apparemment une sérieuse psychose avait été évitée et elle parlait de retourner en Angleterre avec un soulagement et une excitation naturels, jurant de ne souffler mot de notre aventure à quiconque.

J'ai sauté de mon hamac et je me suis frotté les yeux dans la lumière, mais j'ai été parfaitement tiré du sommeil quand Carruthers a stoppé sa conversation avec Miss Mepps en plein milieu d'une phrase pour pousser un bruyant cri de surprise.

– Ben, putain ! s'exclama-t-il, en longeant la cabane à reculons jusqu'à moi. La gonzesse et les bougnoules sont de retour ! Eh, BP, vise-moi ça – putain de kimber !

J'ai fait quelques pas pour sortir de l'auvent et suivre le regard de Carruthers et là, entrant dans le campement avec deux aborigènes mâles derrière eux, il y avait la Mata Horreur et les deux jeunes sous sa protection, un tantinet échevelés, mais arborant toujours néanmoins ce regard de face de lune ahuri typique des fanatiques religieux.

– Oh, non, grognai-je. Forty ?

Fortesque et Bruce sont apparus, profitant du spectacle de l'arrivée des Bahaïs avec autant d'agitation que moi. Les indigènes qui les avaient amenés ici, étaient, à mon avis, membres d'une autre tribu, car je ne me rappelais pas les avoir vus lors de notre visite précédente et leur aspect dénotait de subtiles différences. Cependant, ils se mêlèrent bientôt aux activités du campement avec une parfaite aisance, se confondant avec leurs frères et dévisageant, fascinés, les gorilles allongés dans leurs hamacs sous un auvent voisin, les effets de la dose qui les avait assommés commençant visiblement à se dissiper.

– Vous voilà, Brian, dit Mata, comme si elle s'adressait à un vilain garçon. Puis cette ennuyeuse manœuvre d'approche fut suivie d'une typique dose de piété moralisatrice à l'eau de rose : Notre foi dans le tout-puissant Bahá'u'lláh nous a apporté son soutien. Ouvrez votre cœur et libérez votre esprit car il est en vous !

– Mince alors ! s'exclama Bruce.

À cet instant précis, les deux voyous commencèrent lentement à s'avancer vers nous, tout tremblotant en traversant pieds nus la terre brune aplatie, tous leurs vêtements, à l'exception de leurs slips, leur ayant été ôtés la nuit précédente. Deux aborigènes s'empressèrent de les escorter, attentifs au moindre signe de problème, mais les gorilles avaient l'air transformés, détendus et absolument pas menaçants.

Ils se tinrent à côté de nous, se balançant légèrement, respirant l'air pur et profitant de la beauté du village et de la forêt, étonnés de la situation.

– C'est bien, ici, dit celui à qui j'avais emprunté les Rothmans dans l'avion.

– Ravissant, dit l'autre, baissant les yeux vers sa peau blanche comme s'il la voyait pour la première fois. Leur préalable attitude menaçante semblait bannie et une douceur se lisait sur leurs traits, un état très vraisemblablement absent depuis le jour de leur naissance.

Le chef aborigène a malicieusement plissé son large nez et glissé sa main dans un petit sac qui pendait de son pagne. Il en a sorti le coup-de-poing américain en or, l'a passé à ses doigts et a tenu sa main devant son visage. Un éclat de lumière a traversé la surface polie comme une vivante présence féerique et s'est reflété dans tout le campement, se posant sur nos visages pendant un court instant avant de s'envoler quand il a bougé la main.

Les grands hommes blancs souriaient d'émerveillement devant les scintillements de lumière, ne montrant aucun signe de reconnaissance en face de cet instrument brutal auquel ils furent un temps très attachés ; ils étaient tout simplement là, soumis ; un autre aborigène s'est avancé jusqu'à eux et d'un grand geste habile, a barbouillé leurs joues de rayures rouge brique et beige, puis il a reculé pour apprécier, satisfait de son art.

– Nom de Dieu, dit Carruthers. Je sais pas ce qu'ils leur ont injecté, mais j'en veux un kilo, farff !

– Carruthers ! fis-je d'un ton sec, sentant encore du passage en fraude en perspective.

– Je plaisantais, Brian, s'empressa-t-il de répondre.

– Laissons cette fois-ci chaque chose à la place qui lui revient, d'accord ? dis-je, presque implorant, car je commençais à me sentir vidé et fragile, me demandant comment je pourrais bien persuader les guignols religieux devant moi que je n'étais aucunement la réincarnation de leur foutu gourou.

Cette chose venait à peine de me traverser l'esprit que Lolla plongeait dans les plis de son abominable muumuu et en sortait ce que j'ai d'abord pris pour un parchemin, sur lequel étaient sans aucun doute inscrites d'insidieuses doctrines religieuses qui allaient m'être lancées à la figure. Mais lorsqu'elle l'a déroulé, entonnant soudain un refrain aux tonalités atones de Bahá'u'lláh, j'ai vu que c'était cette même image que j'avais regardée, médusé, sur le trône de bois il y a une éternité, à Jokkmokk, au cours de la bizarre cérémonie d'investiture bahaï.

Ses cheveux noirs, ternes et raides, et ses yeux sans expression, occupaient l'espace supérieur du parchemin déroulé et je fus une fois de plus confrontés aux traits lisses de cet Arabe ; et Fortesque eut le souffle coupé de telle façon que cela me confirmait bien que la ressemblance était surprenante.

– Hé, hé, hé, ricana Carruthers. Ça te ressemble vraiment, Brian. Hé, hé…

– Oh, foutaises, Carruthers, geignis-je.

Mais Bruce qui était là avec nous, agitant les bouchons qui pendaient à son chapeau de toile en secouant la tête de surprise devant le portrait, s'est soudain précipité en avant pour montrer quelque chose qui pendait au cou du portrait de Bahá'u'lláh.

– C'est quoi ça, dis donc, ma chérie ? dit-il, plantant son doigt sur la peinture. Qu'est-ce que ça veut dire ? demanda-t-il en regardant de près. Il y a un visage là-dessus… on dirait un médaillon ou quelque chose comme ça.

Lolla retourna la peinture et la regarda un instant.

– Oh, en fait, c'est rien. Juste le portrait d'un vieil homme des montagnes que le grand Bahá'u'lláh a rencontré au cours de ses années de formation. Il est dit que Bahá'u'lláh a reçu la sagesse de ce sage et appris l'essentiel de ce qu'il a ensuite organisé en une religion que nous appelons à présent Bahaï.

– A… Attendez une minute, bredouillai-je. Vous voulez dire que Bahá'u'lláh n'était pas le véritable fondateur de ce paquet de conneries – qu'il y a eu quelqu'un avant lui ?

– C'est-à-dire… Lolla avait l'air un peu contrariée et ses compagnons arabes aux yeux en amandes fixaient la peinture attentivement, arborant des expressions perplexes.

Le soleil se levait au-dessus de la clairière et la sueur commençait à perler sur mon front. J'ai fait quelques pas jusqu'à la Mata Horreur, impatient de voir le païen véritablement responsable de cette mascarade, et quand j'ai vu le portrait sur le médaillon, gravé très finement, très précis dans les détails, j'ai sursauté, comme si l'on m'avait donné un coup de poing dans l'œil.

– Fortesque, dis-je, ébranlé, à mon robuste *tour manager*. Mate-moi ça, veux-tu ? – allez.

Fortesque fit un pas en avant pour observer le portrait. J'ai regardé ses traits anguleux se plisser de gaieté lorsqu'il a reconnu l'image des pâles yeux insipides, les familières lèvres pincées d'un homme qui, aurait-on dit, venait d'arnaquer un artiste en lui faisant accepter une série d'engagements musicaux au pôle nord, et la mèche folle de cheveux blancs, perchée au sommet d'une tête rectangulaire.

– Ouhaou, s'exclama Fortesque, il a un peu bronzé, mais pas d'erreur sur la tronche !

– Celui-là, dis-je, triomphant, tapant férocement sur le médaillon, c'est l'homme que vous cherchez. C'est lui qui est à l'origine de toutes ces salades auxquelles vous vous accrochez comme des berniques. C'est lui, votre gourou !

– Qu'est-ce que vous racontez ? dit Lolla, laissant tomber ses bras d'exaspération.

– Il habite à Findhorn, dis-je. Dans le nord de l'Écosse. Il est anglais. Il était magistrat, maintenant c'est un manager de rock'n'roll. Il a un cerveau gros comme une pastèque ! Il s'appelle Tarquin Steed ! C'est la réincarnation que vous cherchez. Je ne suis qu'un humble ménestrel. Croyez-moi, c'est mon boss, je suis donc sûr qu'il est le vôtre aussi.

Un vacillement d'incertitude traversa le visage de Lolla tandis que mon affirmation prophétique commençait à entailler la conscience de sa vision étroite. Puis je me suis souvenu du discours que son adjoint Mukraik avait mielleusement débité au téléphone ce matin-là à Jokkmokk, et les mots me venaient sur la langue avec la familiarité d'une comptine : « Et dans les déserts de glace, son éminence resplendira et sa gloire deviendra manifeste », citai-je, me rendant compte que j'avais frappé juste. « Les déserts de glace », ça doit vouloir dire Findhorn ! expliquai-je. Ça ne fait pas du tout référence à moi en tournée en Suède ; c'est Steed à Findhorn – il fait toujours un putain de froid de canard en Écosse. C'est là que se trouve votre gourou !

Et je me suis tourné vers Fortesque et j'ai dit du coin des lèvres : « Ça va occuper Steed pendant un bout de temps, hein, Forty ? »

– Mince alors ! gloussa le vieux roadie.

J'ai souri dans le soleil levant pendant que les aborigènes se rassemblaient autour des Bahaïs qui continuaient de regarder, avec fascination et une stupide conviction grandissante, le portrait sur le médaillon. Towser, le thylacine, émergea des fourrés, lançant un regard sinistre à Carruthers avant de retourner furtivement dans les profondeurs de la forêt, son arrière-train rayé disparaissant dans les plis du feuillage.

Chapitre 32

– Brian, est-ce que tu m'entends ? Dis, Brian ?

C'était l'aristocratique accent *public school* anglaise de Steed qui gueulait à travers les parasites, perçant le calme de l'habitacle comme s'il s'adressait aux soldats au front dans une région en guerre. Je me l'imaginais très bien assis dans sa ferme de Findhorn, entourée d'épais murs de pierre, vêtu de sa parka vert forêt, se prélassant dans un fauteuil de cuir marron, ses bottes de chasse rouge piment calées sur un beau bureau en bois de feuillus récupéré dans le cabinet d'un avoué de Londres, un regard étonné de parfaite innocence sous ses fameux broussailleux sourcils blancs.

Nous étions en route pour Londres et je ne sais comment mon persuasif manager avait réussi à manipuler aussi bien les contrôleurs aériens d'Heathrow que le pilote de notre 747 de Qantas pour qu'ils l'autorisent à communiquer avec moi via la radio de l'avion.

« À présent », gronda-t-il, et je ressentais exactement la même lassitude et le même désespoir qui m'avaient frappés, une éternité plus tôt, au cours de cet été paradisiaque pendant que je fainéantais auprès de ma piscine d'un bleu virginal, ma jolie femme, terriblement appétissante, à portée de main dans sa camisole fauve, et la vie des insectes de notre vallée du Vermont bourdonnant à mes oreilles dans toute sa gloire.

– Le Clermont Set n'est pas très satisfait de ta petite, euh… déclaration, ou je ne sais quel foutu truc dans lequel tu t'es fourré, affirma Steed. Mais je crois que j'ai arrondi les angles – avec une petite aide de la part de Lord Manquill Carruthers, le père de ton ingénieur du son !

– Ah, dis-je, me souvenant de l'ascendance royale que l'adolescent géant m'avait divulguée lors du voyage aller. Donc les choses ont fini par rentrer dans l'ordre, hein ?

– Suffisamment pour que tu ne te fasses pas tuer, Brian, en tout cas. C'est bien tombé, c'est sûr, dois-je dire. Nous avons bien sûr perdu les yens, là-dessus, aucun doute. Et tu sais, évidemment, qu'ils vont retourner chercher Towser, quoi qu'il en soit. Tu le sais, n'est-ce pas ?

Je n'y avais pas pensé. Mais maintenant que Steed m'y avait obligé, je pris conscience que seule une intervention des Nations Unies empêcherait Lucky Lucan et son équipe de mettre en définitive la main sur un thylacine. Curieusement, cette idée m'emplit de léthargie.

– Peu importe, dis-je platement dans le micro, en regardant le pilote et son copilote qui m'entouraient dans leurs costumes ajustés, les deux hommes arborant d'identiques bronzages de solarium. Sans me prêter aucune attention, ils continuaient de faire avancer l'énorme appareil dans l'infinie immensité bleue.

– En tout cas, Brian, viens au bureau dès ton arrivée. Super nouvelles ! Le single a démarré au Groenland – l'Islande et Franz Joseph Land parlent de substantielles diffusions. Les Tiny Brocil Fishes et les Nico Teens veulent faire une tournée groupée avec toi, et la grosse Hilda travaille à un formidable show avec ses éclairages. Et puis, comme tu as dû le remarquer, les Tasmaniens en ont fini avec le disco, ils ignorent le reste de l'histoire du rock en bloc, et sont maintenant complètement dingues de Soulbilly ! « Knee Trembler » monte dans les charts. Si tu n'étais pas dans ce putain d'avion, je t'aurais fait rester là-bas et j'aurais envoyé les anciens Soulbilly Shakers pour une tournée de retrouvailles. C'est ce qui t'attend au bout du chemin, mon garçon – encore deux mois, et on retourne là-bas avec un groupe pour capitaliser.

– Retrouvailles. Très bien… attends un peu. Tu veux dire que « Trembler » se vend vraiment bien là-bas ? demandai-je, déterminé à ne pas trop m'exciter avant d'avoir entendu des chiffres précis.

– Oh, nom de Dieu, oui ! on est pratiquement arrivé à 800 jusqu'à présent.

– Quoi ? C'est tout ? Et il est dans les charts ?

– Bon, allez, BP – ce n'est que la Tasmanie, après tout.

– C'est vrai, répondis-je d'un air maussade. Et les nouveaux titres ? J'ai entendu l'oncle de Forty chanter « King Of The Senses ». Il dit qu'il l'a entendu à la radio tasmanienne.

– Une étape à la fois, mon garçon. Il se peut que ça leur prenne du temps avant qu'ils en arrivent à tes nouveaux titres… c'est-à-dire, intellectuellement parlant. Pour l'instant, je tire quelques ficelles pour qu'ils arrêtent de diffuser cette chanson sur les ondes. Il ne faut pas trop les pousser, tu sais. Ce sont des Tasmaniens, après tout.

J'ai essayé de calculer la logique du plan de Steed, mais je ne suis arrivé à rien. Essayer d'empêcher la diffusion d'une de mes chansons, c'était nouveau pour moi, et tellement original que j'étais trop embrouillé ne serait-ce que pour émettre la moindre critique.

– D'accord, comme tu veux, finis-je par approuver, abasourdi comme d'habitude.

– Donc, en tout cas, pour ce qui est des régions polaires, allons-y, Brian. Il faut battre le fer tant qu'il est chaud, je pense ! Et c'est tes nouveaux titres qui montent là-bas – ces gens du nord sont prêts pour le défi. Attention, ça va donner à tout le catalogue un sérieux coup de pouce, mon garçon, un sérieux coup de pouce !

– Un coup de pouce ! dis-je, déjà crevé. Euh, Steed, ajoutai-je, un dernier élan d'indépendance se glissant dans mon esprit comme une limace à l'agonie. Si tu me parles du Japon, je t'étrangle.

– Le Japon ! Nom de Dieu ! Miss Twark ? Ne raccroche pas, Brian, je suis en communication avec Londres. Smyke, vous êtes là ? Bien. Passez Miss Twark au bigophone à Yooky. Dites-lui d'essayer de savoir de quoi il retourne à Tokyo. Super idée, Brian – bon, où en étais-je ?

– Et l'Angleterre, Steed ?

– Tu plaisantes ou quoi ?

– Mais ils ont publié les photos de la course en luge, non ?

– Seulement pour être sarcastiques, Brian. Seulement pour être sarcastiques.

– Très bien, acquiesçai-je de mauvaise grâce.

– Oi, mec ? interrompit le pilote australien d'une voix tout à fait irritée. Est-ce que vous pourriez avoir l'amabilité de couper la communication avec cette tantouse ? Nom de Dieu, qu'est-ce qu'il croit, que c'est un putain de conseil d'administration ?

– Steed, il faut que je dégage maintenant…

– Oh, au fait, continua mon manager parfaitement inconscient, nous engageons des poursuites contre les Baedburger pour non-respect des droits d'auteur. Apparemment, ils ont envoyé tes lettres à un magazine local qui les a publiées régulièrement. Ils se sont fait pas mal d'argent avec ça d'après mes informations.

Miss Twark les en a avisés. Avec un peu de chance, on devrait les mener au tribunal avec ça. En tout cas, il faut qu'on termine maintenant – j'ai plein de labels à contacter. Tout ça démarre, mon gars !

– Bien à toi, sans rancune, à vous, terminé.

Je suis retourné à mon siège pour digérer le manifeste en vue de la domination du monde selon Steed, soudain ragaillardi à cette idée. Miss Mepps servait des boissons, parfaitement à l'aise dans un uniforme neuf. L'air un peu vidée, mais l'un dans l'autre, elle avait miraculeusement échappé à une très sérieuse dépression nerveuse ; elle posa lourdement une mini bouteille de champagne gratuite sur ma tablette, un semblant de sourire traversant ses traits trop tirés.

Deux rangées derrière, ils y avait les Bahaïs, étudiant attentivement une carte du nord de la Grande-Bretagne, leurs intentions finalement complètement éloignées de moi et dirigées vers une plus grosse pointure, une pointure qui se déplaçait d'un pas pesant dans les couloirs d'une ferme rénovée quelque part à Findhorn sur la côte sauvage de l'Écosse.

Patate et Frite, comme nous avions fini par appeler les balèzes à gages du Clermont Set, étaient assis tous les deux de l'autre côté de l'allée, à ma hauteur, des hommes tout à fait transformés. Une douceur leur était tombée dessus depuis que ces minuscules flèches avaient envoyé des messages chimiques biologiques dans leur système sanguin. C'était à présent d'innocents bébés, absorbant les informations et les expériences comme si chaque instant était le premier.

Lolla, bien sûr, avait aussitôt sauté sur l'occasion, et Patate et Frite étaient complètement plongés dans la doctrine bahaï bien avant que l'avion ait fait sa première escale technique. Pourquoi pas ? Je pensais… qu'ils étaient de parfaits candidats pour être imprégnés et peut-être que dans ce cas la simplicité de la croyance religieuse était bien adaptée et même profitable pour l'orientation de leurs futures vies. Et j'imaginais qu'ils seraient bien utiles à Lolla et ses acolytes pour persuader Steed d'accepter la situation qui lui revenait de droit – Ancêtre du Grand Bahá'u'lláh et Potentat de la foi !

– Ben, c'est putain de génial ! aboya Carruthers depuis le siège devant moi quand je lui ai raconté le dernier plan d'attaque de Tarquin Steed. Méga, Brian, putain de méga !

– Quoi, suffoqua Fortesque, tout excité sur le siège à côté de l'ingénieur du son. Un hit au Groenland ? Super, mon pote !

– On y va, les gars ! m'exclamai-je, les persuadant tous les deux de se lever. Puis nous nous sommes serré la main, criant à l'unisson : « Kimber ! allez, les gars ! »

Après cette explosion de joie de vivre, je me suis assis lourdement, et j'ai pensé à appeler la maison dès que nous aurions atterri pour convaincre ma femme et mon fils de me rejoindre en Angleterre pour quelques semaines avant que je continue cette tournée, apparemment sans fin, des confins de la planète terre. Et après cela, j'ai plongé dans un sommeil profond et satisfait.

COMPOSITION : NORD COMPO À VILLENEUVE-D'ASCQ
IMPRESSION : BRODARD ET TAUPIN À LA FLÈCHE
DÉPÔT LÉGAL : OCTOBRE 2007. N° 96318 (44018)
IMPRIMÉ EN FRANCE